JN437245

황야의 이리

황야의 이리

헤르만 헤세 | 장혜경 옮김

문예출판사

Der Steppenwolf

Hermann Hesse

차례

- 이 책의 번역 저본은 *Der Steppenwolf*(Suhrkamp Verlag AG, 2009)이다.
- 본문의 주는 모두 옮긴이 주다.
- 인지명은 국립국어원의 외래어 표기법을 따르며 규범 표기 미확정인 경우는 원어 발음에 가깝게 표기했다.

편집자 서문

이 책에는 한 남자가 남긴 빛바랜 기록이 담겨 있다. 우리는 그를 '황야의 이리'라 불렀고, 그도 자신을 몇 번이나 그렇게 부르곤 했다. 그의 원고에 서문이 꼭 필요한지는 모르겠다. 어쨌거나 나는 황야의 이리가 남긴 글에 몇 자 덧붙여 그에 대한 나의 추억을 기록으로 남기고픈 마음이다. 그에 대해 내가 아는 것은 별로 없다. 그의 과거에 대해서도 전혀 아는 것이 없고, 고향이 어디인지도 모르기 때문이다. 하지만 나는 그 사람에게서 호감이라고밖에 말할 수 없는 강렬한 인상을 받았다.

황야의 이리는 쉰 살가량의 남자로, 몇 해 전 어느 날 우리 친척 아주머니 집에 와서 가구 딸린 방을 찾았다. 그는 맨 꼭대기 층 다락방과 그 옆의 작은 침실을 빌렸고, 며칠 후 여행 가방 두 개와 큰 책 상자 하나를 들고 와서는 우리 집에 아홉 달인가 열 달인가를 살았다. 그가 너무도 조용하게 혼자서만 지냈으므로, 우리의 침실이 가까이 붙어 있지 않아서 계단이나 복도를 지나다가 우연히 마주칠 일이 없었더라면 아마 우리는 서로에 대해 아무것도 몰랐을 터이다. 이 남자가 워낙 사교성이 없었기 때문이다. 그는 내가 지금껏 그 누구에게서도 볼 수 없을 정도로 심하게 사교성이 없었다. 자신도 가끔 그렇게 불렀듯, 그는 정말이지 황야의 이리였다. 내가 사는 세상과는 다른 세상에서 온 낯선 존재, 사람을 꺼려도 아주 많이 꺼리는 야생의 존재였다. 그런 성향과 운명 탓에 그가 얼마나 깊은 외로움에 빠져들었고, 그 외로움을 얼마나 운명으로 느꼈는지는, 그가 여기에 남긴 기록을 읽고서야 알게 되었다. 물론 그 전부터도 오가며 많이 부딪쳤고 또 소소한 대화도 나눴기에 어느 정도는 그를 알았다. 또 그의 기록을 읽고서 떠오른 그의 이미지도 더 얄팍하고 구멍이 많기는 하겠지만, 근본적으로는 개인적인 친분으로 얻은 이미지와 다르지 않았다.

황야의 이리가 처음 우리 집에 와서 아주머니에게 방을 빌리던 그때, 마침 나도 그 자리에 있었다. 그가 점심시간에 오는 바람에 다 먹은 접시들이 아직 식탁에 놓여 있었고, 내가 사무실로 도로 들어가야 할 시간까지는 아직 30분이 남아 있었다. 첫 만남에서 받았던 그 이상하고도 매우 이중적인 인상을 나는 잊지 못한다. 그는 초인종을 누른 뒤에 유리문으로 들어왔고 아주머니는 어두컴컴한 현관에 서 있던 그에게 무슨 일로 오셨냐고 물었다. 하지만 그는, 황야의 이리는 대답을 하거나 자기 이름을 말하지 않고, 머리카락을 짧게 자른 뾰족한 머리통을 탐색하듯 쭉 빼고서는 예민한 코로 여기저기 킁킁대며 말했다.

"아, 여긴 냄새가 참 좋습니다."

그 말을 하면서 그는 미소를 지었고, 착한 우리 아주머니도 그를 따라 미소를 지었지만 나는 이 인사말이 어쩐지 뜬금없어서 그에게 살짝 반감이 들었다.

"아 참, 방 때문에 왔습니다. 세를 놓으신다고 해서요."

우리 셋이서 다락 계단을 오르면서 나는 그제야 그 남자를 좀 더 자세히 살필 수 있었다. 키가 아주 큰 편이 아니었는데도 그의 걸음걸이와 고개 자세는 키 큰 사람 같았다. 유행하는 편안한 겨울 외투를 입었고 전반적으로는 단정했지만, 옷매무새는 칠칠치 못했고, 면도는 깔끔했으며 아주 짧게 자른 머리는 여기저기 흰머리가 희끗희끗했다. 처음에는 걸음걸이가 통 마음에 들지 않았다. 뭔가 용을 쓰고 주춤거렸는데, 그것이 뾰쪽하고 강인한 옆모습과 어울리지 않았고, 말투와 말할 때의 활기와도 어울리지 않았다. 그가 아파서 걷기가 힘들다는 사실을 안 것은 나중의 일이었다. 그 당시에는 역시나 불쾌하게 느꼈던 그 특유의 미소를 띠고서 그는 계단과 벽, 창문과 계단실의 키 큰 낡은 장롱을 살폈는데, 그 모든 것이 다 흡족하면서도 어딘가 유치해 보이는 듯했다. 대체로 그 남자는 바다 건너의 나라처럼 낯선 세상에서 우리한테로 와서 이곳의 모든 것이 귀여우면서도 살짝 우스운 듯한 인상을 풍겼다. 그는 예의가 깍듯했다. 그것 말고는 달리 표현할 말이 없다. 맞다. 그는 친절했다. 집과 방, 집세, 아침 식사 비용은 물론이고 다른 모든 조건에도 그 자리에서 군말 없이 동의했다. 그런데도 그 남자에게는 전체적으로 낯선 분위기가, 내 판단으로는 좋지 않거나 적대적인 분위기가 감돌았다. 그는 방에 침실까지 더 빌리겠다고 했고 난방, 수도, 서비스와 집 안 규칙을 묻고는 그 모든 이야기를 주의 깊고 다정하게 들었으며, 모든 조건에 동의했고, 즉석에서 집세를 선불로 내겠다는 말도 했다. 하지만 이 모든 일을 하는 동안 마음은 콩밭에 가 있는 듯했다. 나아가 마음은 딴 데 있으면서 방을 빌리고 사람들과 독일어로 이야기하는 것이 이상하고 새로운 것 같았고, 자기 행동이 자기가 보기에도 우스워서 진지하게 취급하지 않는 것 같았다. 내가 받은 인상은 그랬다. 그리고 온갖 소소한 일로 그 인상이 깨지고 바뀌지 않았더라면 그는 결코 내게 좋은 인상을 남기지 않았을 것이다. 물론 처음부터 마음에 쏙 들었던 것도 있었다. 특히 얼굴이 그랬다. 낯설다는 인상을 풍기기는 했지만 얼굴은 마음에 들었다. 약간 독특하며 슬프기도 한 얼굴, 그러면서도 말짱하고 아주 생각이 많으며 잘 단련되고 영적인 얼굴이었다. 거기에다 깍듯하고 다정한 그의 태도는, 그 태도를 유지하느라 좀 힘들어 보이기는 했어도, 오만한 기색이 전혀 없어서 한결 마음이 놓였다. 오만은커녕 거의 사람의 마음을 움직이는, 간절함 같은 무언가가 깃들어 있었는데, 그 이유를 안 것은 나중이지만, 그것 때문에 나는 곧바로 그에게 살짝 마음이 끌렸다.

두 방을 살펴보고 다른 의논을 마치기도 전에 점심시간이 끝나는 바람에 나는 어쩔 수 없이 사무실로 돌아갔다. 나는 작별 인사를 건네고 그와 아주머니만 남겨두고 집을 나왔다. 저녁에 퇴근하자 아주머니는 그 남자가 방을 빌리기로 했고 며칠 있다가 들어올 거라는 이야기를 들려주었다. 다만 그는 자신의 전입 사실을 경찰에 신고하지 말아달라고 부탁했는데, 몸이 아파서 그런 형식적인 절차와 경찰서 민원실에서 기다리는 등의 일이 힘들다고 했다. 그때 내가 깜짝 놀라서 아주머니에게 그런 조건을 들어줘서는 안 된다고 경고했던 기억이 아직도 생생하다. 의심을 사지 않으려고 경찰을 피하는 그런 태도가 그 남자에게서 풍기던 낯설고 미심쩍은 분위기와 너무나도 딱 맞아떨어지는 것 같았다. 나는 아주머니에게 잘못하다가는 큰 낭패를 볼 수도 있으니 생판 처음 보는 사람이 그런 남다른 요구를 할 때는 절대 들어줘서는 안 된다고 말했다. 하지만 알고 보니 아주머니는 이미 그러겠노라 승낙한 뒤였고, 그 낯선 남자에게 마음을 빼앗겨 홀딱 반해버린 상태였다. 아주머니는 인간적이고 친한 관계, 가령 친척 아주머니 같은, 아니 엄마 같은 관계를 맺을 수 없는 사람에게는 절대 세를 놓지 않는 사람이었기 때문이다. 덕분에 예전 세입자들에게 여러 번 뒨통 당한 적이 있으면서도 말이다. 그래서 나는 처음 몇 주 동안 내내 온갖 이유로 새 세입자 트집을 잡았지만, 그때마다 아주머니는 따뜻하게 그를 감쌌다. 경찰서에 전입신고를 하지 않은 일이 마음에 걸렸으므로 나는 아주머니가 적어도 그 낯선 남자에 대해 아는 것이 얼마나 있는지, 그의 고향과 거주 목적은 아는지 물어봤다. 내가 정오에 사무실로 돌아간 후로 그는 아주 잠깐 더 있다 갔지만, 아주머니는 이미 이런저런 것을 알고 있었다. 그는 아주머니에게 몇 달 우리 도시에 살면서 도서관을 이용하고 도시의 유적을 관람할 생각이라고 말했다. 사실 아주머니는 세 드는 기간이 너무 짧아서 마음에 차지는 않았지만, 그는 약간 기이한 행동에도 이미 아주머니의 마음을 얻었다. 한마디로 방은 나갔고 나의 반대는 너무 때 늦었다.

"그 사람은 왜 여기 냄새가 좋다고 했을까요?"

내가 물었다.

그러자 때로 예감이 꽤 뛰어난 아주머니가 이렇게 대답했다.

"그건 내가 잘 알아. 우리 집에선 청결과 질서의 냄새가 나거든. 다정하고 단정한 생활의 냄새가 말이야. 그게 그 사람 마음에 든 거지. 보아하니 그 사람은 그런 삶을 살지 못했고, 그래서 그런 게 그리운 거야."

그렇군. 그럴 수도 있지. 나는 그렇게 생각했다. 그리고 물었다.

"그런데 질서 있고 단정한 생활에 익숙하지 않다면 어떻게 하죠? 그 사람이 청소도 잘 안 하고 매사 지저분하거나 밤마다 술이 떡이 되어 집에 오면 어쩌시겠어요?"

"두고 보자꾸나."

아주머니가 이렇게 말하며 웃었기에 나는 그쯤에서 입을 닫았다.

실제로 내 걱정은 쓸모가 없었다. 그 세입자는 질서 있고 합리적인 생활을 해본 적은 없어도 우리에게 한 번도 짐이 되거나 피해를 준 적이 없었고, 지금도 그는 우리에게 좋은 기억으로 남아 있다. 그러나 우리 두 사람의 마음은, 아주머니와 나의 영혼은 그 사람 때문에 아주 심하게 어지럽고 괴로웠다. 솔직히 말하면 나는 여전히 그를 완전히 놓지 못했다. 그를 정말로 좋아하게 되었는데도, 아직도 가끔 밤에 그의 꿈을 꾸고 그 사람 탓에, 그저 그런 사람이 존재한다는 사실 탓에 마음이 불안하고 걱정스럽다.

이틀 후 짐꾼이 그 낯선 남자의 물건을 가져왔다. 그는 이름이 하리 할러라고 했다. 아주 예쁜 가죽 가방은 보기가 좋았고, 납작하고 큰 여행 가방은 과거의 기나긴 여정을 말해주는 것 같았다. 바다 건너의 나라를 포함하여 여러 나라의 호텔과 운송 회사 상표가 누렇게 빛이 바랜 채로 붙어 있었으니 말이다.

곧 그가 따라왔고, 이 이상한 남자를 조금씩 알아가는 시간이 시작되었다. 처음에는 내 쪽에서 아무 짓도 하지 않았다. 처음 본 순간부터 할러에게 관심이 갔으면서도 처음 몇 주 동안은 그와 마주치거나 대화를 나누려는 노력을 전혀 하지 않았다. 하지만 처음부터 슬쩍슬쩍 그를 흘깃거렸다는 사실은 고백하지 않을 수 없다. 이따금 그가 집을 비우면 그의 방에도 들어갔고 호기심을 못 이겨 살짝 방을 뒤지기도 했다.

황야의 이리의 외모라면 앞에서 몇 가지 언급했다. 그는 처음 본 순간부터 대단한 사람, 재능이 비범한 보기 드문 사람이라는 인상을 풍겼다. 얼굴에는 지성미가 넘쳤고, 너무도 부드럽고 생동감 넘치는 표정의 변화는, 극심하게 요동치며 남다르게 부드럽고 예민해서 흥미를 끄는 그의 영혼을 되비춰주었다. 그와 이야기를 나눌 때면, 언제나 그런 것은 아니지만 그가 관습의 한계를 넘어서 남들과 다른 자기만의 개인적인 이야기를 꺼낼 때면, 우리 같은 사람은 곧장 납작 엎드릴 수밖에 없었다. 그는 남들보다 생각을 많이 했고 지적인 문제에서는 거의 차가울 정도의 객관성과 확고한 생각과 지식을 선보였는데, 그것은 진정으로 지성적인 사람들만이 가능한 일이었다. 명예욕이 없어서 절대로 뽐내거나 남을 설득하려거나 상대를 이겨먹으려 들지 않는 그런 사람들 말이다.

말은 아니고 한 번의 눈길에 불과했지만, 그가 이곳에서 살던 마지막 시기에 그런 식의 언사를 한 적이 있었다. 유럽식 이름을 쓰는 유명한 역사철학자이자 문화비평가가 강당에서 강연을 한다기에 황야의 이리와 함께 갔다. 그는 조금도 가고 싶은 마음이 없었지만 내 설득에 못 이겨 승낙했다. 우리는 같이 그곳으로 가서 강당에 나란히 앉았다. 연사가 연단에 올라 인사말을 시작하자, 그를 예언가쯤으로 기대했던 많은 청중은 알맹이 없이 멋만 잔뜩 부리는 그의 태도에 실망을 금치 못했다. 그가 강연을 시작했고, 초반에 몇 마디 아첨의 말을 던지며 이렇게 많은 분이 와주셔서 감사하다고 하자 황야의 이리가 아주 잠깐 나를 쳐다봤다. 연사의 그 말과 그 인물 전체를 비판하는 눈빛이었다. 와우! 도저히 잊을 수 없는 무시무시한 눈빛이었는데, 그 눈빛의 의미를 주제로 책 한 권도 너끈히 쓸 수 있을 정도였다. 눈빛은 그 연사를 비판하는 데 그치지 않고, 부드럽지만 저항할 길 없는 비웃음으로 그 유명한 남자를 완전히 박살 내버렸다. 그게 다가 아니었다. 그 눈빛은 비웃는다기보다 외려 슬펐다. 심지어 끝 모를 지독한 슬픔이었다. 얼마만큼은 확고하고 또 얼마만큼은 이미 습관과 형식이 되어버린 고요한 절망이었다. 그 눈빛은 허영심덩어리인 연사의 사람 됨됨이를 절망을 담아 환히 비추었고, 나아가 그 순간의 상황, 관객의 기대와 분위기, 강연 광고의 약간 시건방진 제목까지도 조롱하고 끝장내버렸다. 아니, 황야의 이리의 눈빛은 우리 시대 전체를, 소란스러운 분주함, 야심과 허영, 우쭐대는 얄팍한 지성의 천박한 놀음 전체를 꿰뚫었다. 아, 안타깝게도 그 눈빛은 더 깊이 파고들었다. 우리 시대, 우리 지성, 우리 문화의 결핍과 절망에서 멈추지 않았다. 눈빛은 모든 인류의 심장을 파고들었으며, 현자일지도 모를 한 사상가가 인생의 품위와 의미 전반에 품은 모든 의심을 화려한 말솜씨로 들려주었다. 눈빛은 말했다.

"봐, 우리는 저런 원숭이야! 봐, 저게 인간이야."

그러자 모든 명성, 모든 영특함, 지성이 이룬 모든 업적이, 숭고하고 위대하며 영원해지려는 인간의 모든 노력이 와르르 무너지며 원숭이 놀음이 되고 말았다.

말을 하다 보니 내가 너무 앞서 나갔다. 원래의 내 계획과 의도와 달리 할러의 본성을 미리 말해버렸다. 원래는 차근차근 그를 알아가는 과정을 이야기하면서 서서히 그의 이미지를 밝히려 했는데 말이다.

어차피 이렇게 앞질러버렸으니 할러의 수수께끼 같은 '낯섦'에 대해 더 이야기하고, 그 낯섦, 그 특별하면서 섬뜩한 고독의 이유와 의미를 내가 서서히 예감하고 알아간 과정을 낱낱이 적을 필요가 없어졌다. 차라리 더 잘되었다. 나는 나라는 인물을 최대한 뒤로 숨기고 싶으니 말이다. 나는 참회를 하거나 소설을 짓거나 심리 분석을 하려는 것이 아니다. 그저 이 황야의 이리의 기록을 남기고 간 독특한 남자의 이미지에 증인으로 이바지하려는 것이다.

그가 아주머니 집의 유리문을 열고 들어와 새처럼 고개를 쭉 빼며 집에서 좋은 냄새가 난다고 칭찬하던 그 첫 순간부터 그 남자에게서는 뭔가 특별한 점이 눈에 띄었다. 그리고 나의 순진한 첫 반응은 거부감이었다. 나는 느꼈다. (나와 달리 전혀 지적인 사람이 아닌 우리 아주머니도 정확히 나와 같은 것을 느꼈다.) 나는 그 남자가 아프다고 느꼈다. 정신이건 마음이건 성격이건 어딘가 병이 들었다고 느꼈기에 건강한 사람의 본능으로 그것을 거부했다. 시간이 흐르면서 이런 거부감은 호감으로 바뀌었다. 그의 외로움과 내면의 노력을 곁에서 지켜보면서 쉼 없이 지독하게 고통받는 이 남자에게 크나큰 연민을 느꼈기 때문이다. 그 시기에 나는 고통받는 이 남자의 병이 천성적으로 어디가 모자라서가 아니라 재능과 힘은 넘쳐나는데 다만 그것들이 조화를 이루지 못해서라는 사실을 차츰 깨달았다. 할러는 고통의 천재라는 사실을, 니체의 말마따나 고통을 견디는 능력을 천재적으로 무한히 지독하게 키워왔다는 사실을 알았다. 동시에 그 염세주의의 밑바닥은 세상이 아니라 자신을 향한 경멸이라는 사실도 깨달았다. 그가 제도나 인간을 아주 무자비하게 혹평할 때는 단 한 번도 자신을 빼놓지 않았기 때문이다. 그가 화살을 겨눈 첫 번째 사람은 항상 그 자신이었고 그가 증오하고 부정한 첫 번째 사람도 그 자신이었으며…….

이쯤에서 심리학적 의견 한마디를 덧붙이지 않을 수 없다. 황야의 이리의 인생에 대해서는 아는 것이 정말 적었지만 나는 여러 가지 이유에서 그가 사랑은 넘치나 엄격하고 신앙심이 매우 깊은 부모님과 선생님들에게서 '의지 꺾기'를 기반으로 삼는 교육을 받았다고 짐작했다. 그러나 이 학생한테는 그런 인격 말살과 의지 꺾기가 통하지 않았다. 그러기에는 그가 너무 강하고 단단했으며 자부심과 지성이 넘쳤으므로 인격은 말살하지 못하고 그저 그에게 자신을 증오하도록 가르치는 데 그쳤다. 자기 자신을 향해, 이 순진하고 고결한 대상을 향해 그는 평생 자신이 가진 천재적인 상상력 모두를, 뛰어난 사고력 모두를 쏟아부었다. 할 수 있는 모든 독설, 모든 비판, 모든 악담, 모든 증오를 누구보다도 제일 먼저 자신을 향해 퍼부었어도 어쨌거나 그는 속속들이 기독교인이었고 속속들이 순교자였다. 남들을, 주변 사람들을 항상 사랑하고 공정하게 대하며 상처 주지 않기 위해 실로 영웅적이라 할 심각한 노력을 기울였다. '네 이웃을 사랑하라'는 계율이 자신을 향한 증오만큼이나 마음 깊숙이 새겨져 있었고, 그러기에 그의 삶 전체가 자신을 사랑하지 않고서는 이웃을 사랑할 수도 없으며, 자신을 향한 증오는 지독한 이기심과 똑같이 결국에는 이런 끔찍한 고립과 절망을 낳는다는 사실을 보여주는 본보기였기 때문이다.

하지만 이제는 내 생각 따위는 접어두고 사실을 이야기할 때다. 그러니까 내가 그의 방을 뒤적이기도 하고 아주머니에게서 듣기도 해서 할러 씨에 관해 제일 먼저 알게 된 사실은 그의 생활 방식이었다. 그가 생각을 많이 하고 책을 많이 읽는 사람이며 실질적인 직업이 없다는 건 금방 알아차렸다. 그는 늘 아주 늦은 시각까지 일어나지 않았고 가끔은 점심 직전에야 겨우 일어나서 잠옷 차림으로 침실에서 몇 걸음 걸어 자기 거실로 건너갔다. 그의 거실은 창문이 두 개 붙은 크고 아늑한 다락방이었는데, 불과 며칠 만에 이전 세입자들이 살던 때와 딴판이 되었다. 거실이 물건으로 가득 찼고, 시간이 가면서 점점 더 그득해졌다. 벽에는 그림이 걸리고 스케치가 붙었는데, 이따금 잡지에서 오린 그림들이 자주 바뀌어가며 걸려 있었다. 남쪽 풍경 하나와 누가 봐도 할러 씨의 고향인 듯한 독일 소도시 사진들도 걸렸다. 사진 사이사이에 걸려 있던 밝은 채색 수채화들이 그가 직접 그린 작품이라는 사실은 나중에야 알았다. 예쁘게 생긴 젊은 여성과 어린 소녀의 사진들도 있었다. 한동안은 태국 불교의 부처를 그린 탱화 한 점이 벽에 걸려 있다가 미켈란젤로의 〈밤〉 복제품으로 바뀌었고, 다시 마하트마 간디의 초상화로 바뀌었다. 책은 큰 책장에만 꽉 들어찬 게 아니어서 탁자, 예쁜 골동품 책상, 소파, 안락의자, 의자, 방바닥을 가리지 않고 여기저기 굴러다녔고, 책에 끼운 책갈피는 계속해서 바뀌었다. 책은 꾸준히 늘어났다. 도서관에서 한 꾸러미씩 빌려올 뿐 아니라, 책 상자 배달도 허다했다. 이 방에서 사는 남자는 아무래도 학자인 것 같았다. 사방에 자욱한 담배 연기와 여기저기 널린 꽁초와 재떨이도 학자와 어울렸다. 하지만 대부분의 책은 학술적인 내용이 아니었다. 대다수가 온갖 시대와 민족이 배출한 작가들의 작품이었다. 그가 온종일 누워 지내는 일이 많은 소파에는 한참 동안 18세기 말에 나온 《메멜을 떠나 작센으로 향한 소피의 여행》*이라는 제목의 두꺼운 여섯 권짜리 작품이 여섯 권 전부

* 독일 시인이자 소설가였던 요한 티모데우스 헤르메스(Johann Timotheus Hermes, 1738~1821)가 쓴 감상주의 서간체 소설이다.

놓여 있었다. 또 그는 괴테와 장 파울*의 전집을 많이 읽는 것 같았고, 노발리스**와 레싱***, 야코비****, 리히텐베르크*****도 많이 펼쳐보는 것 같았다. 몇 권의 도스토옙스키 작품에는 뭐라고 적은 쪽지들이 한가득 꽂혀 있었다. 수많은 책 틈에 낀 조금 더 큰 탁자에는 곧잘 꽃다발 하나가 놓여 있었고, 수채화 물감 상자 하나도 늘 먼지를 잔뜩 뒤집어쓴 채로 굴러다녔으며, 그 옆에는 재떨이들이, 그리고 이것도 숨길 수 없으니 하는 말이지만 온갖 술병이 굴러다녔다. 짚으로 만든 망을 두른 병에는 대개 근처 작은 가게에서 산 이탈리아산 적포도주가 들어 있었고, 가끔은 부르고뉴산 포도주와 말라가산 포도주도 보였다. 버찌 브랜디가 든 두꺼운 병 하나는 상당히 짧은 시간 안에 거의 비워냈지만 그대로 방구석에 처박혔고, 남은 술은 더 줄어들지 않은 채로 먼지만 쌓였다. 나의 염탐질이 잘했다는 말도 아니고, 지적인 관심은 넘치나 정말로 게으르고 나태한 삶이라고 말하는 이 모든 흔적이 처음에는 역겹고

---

* Jean Paul, 1763~1825. 본명은 요한 파울 프리드리히 리히터다. 독일 소설가로 독일 낭만주의의 선구자다.

** Novalis, 1772~1801. 본명은 프리드리히 폰 하르텐베르크다. 독일 낭만주의의 시인이자 철학자다.

*** Gotthold Ephraim Lessing, 1729~1781. 독일 계몽주의를 대표하는 작가이자 비평가다.

**** Friedrich Heinrich Jacobi, 1743~1819. 독일 철학자로 합리주의를 비판하고 감정 철학을 주장했다.

***** Georg Christoph Lichtenberg, 1742~1799. 18세기 후반의 독일 물리학자이자 철학자다.

의심스러웠던 것도 솔직히 인정한다. 나는 규칙적으로 생활하는 소시민이고 직업과 정확한 시간 배분에 익숙할 뿐 아니라 술과 담배를 하지 않았으므로 예술가 같은 온갖 다른 무질서보다도 특히 할러의 방에 굴러다니는 그 술병들이 더 마음에 들지 않았다.

수면과 일이 그렇듯 그의 식사와 음주도 아주 불규칙하고 기분 내키는 대로였다. 어떤 날에는 아예 문밖으로 나가지도 않았고 모닝커피를 빼면 종일 아무것도 입에 대지 않았다. 어떨 때는 그가 식사를 마쳐서 아주머니가 가서 보면 식탁에 바나나 껍질 하나만 달랑 있을 때도 있었다. 하지만 그러다가도 다른 날에는 식당까지 가서 밥을 먹었다. 우아한 고급 식당에 갈 때도 있었고 변두리 작은 술집에 갈 때도 있었다. 건강은 좋아 보이지 않았다. 다리가 신통치 않아 계단을 오를 때 아주 힘들어했고, 다른 질병 때문에도 괴로운 것 같았다. 한번은 지나가는 말로 몇 년 전부터 소화가 제대로 안 되고 잠도 잘 못 잔다고 한 적도 있었다. 나는 그것이 무엇보다 술 탓이라 생각했다. 나중에 그를 따라 그의 단골 술집에 들락거리면서 그가 포도주를 기분 내키는 대로 벌컥벌컥 들이켜는 모습을 자주 목격했다. 하지만 나도, 다른 이도 그가 진짜로 취한 모습을 본 적은 없었다.

우리가 처음으로 조금 더 친밀하게 만났던 그날을 나는 평생 잊지 못한다. 그때까지만 해도 우리는 서로를 같은 셋집에 사는 이웃 정도로만 알고 있었다. 어느 날 저녁 퇴근해서 집에 왔더니 할러 씨가 2층과 3층 사이 계단참에 앉아 있어서 깜짝 놀랐다. 그는 맨 위 계단에 앉아 있다가 내가 지나갈 수 있게 비켜주었다. 나는 몸이 불편하신지 묻고 위층까지 모셔다드리겠노라 말했다. 할러가 나를 쳐다봤고, 나는 그가 꿈같은 상태에 빠져 있다가 나 때문에 깨어났다는 사실을 깨달았다. 그가 천천히 미소를 지었다. 너무도 자주 내 마음을 무겁게 만들었던 그 매력적이고도 애처로운 미소였다. 그러더니 내게 옆에 앉으라고 권했다. 나는 말씀은 감사하지만 남의 집 앞 계단에 앉는 것은 편하지가 않다고 대답했다.

"아, 네."

그가 그렇게 대꾸하고는 더 활짝 미소를 지었다.

"맞아요. 하지만 잠깐만 기다려보세요. 내가 왜 여기에 잠시 앉아 있을 수밖에 없는지는 알려드려야 할 거 같아요."

이 말을 하면서 그는 과부가 사는 2층의 현관 앞을 가리켰다. 계단과 창문, 유리문 사이에 쪽매널마루를 깐 작은 자리에는 낡은 주석을 덧입힌 키 큰 마호가니 장이 벽에 붙어 있었고, 장 앞쪽 바닥에는 커다란 화분에 심은 두 그루 식물이 작고 나지막한 받침대에 놓여 있었다. 진달래와 아라우카리아였다. 식물은 예뻤고 항상 아주 깨끗하고 완벽하게 관리가 되어 있어서 나도 진즉부터 볼 때마다 기분이 좋았다.

"저것 좀 보세요. 아라우카리아가 있는 이 작은 자리가 어찌나 향기가 좋은지 도저히 그냥 지나칠 수가 없어서 잠시 걸음을 멈춥니다. 물론 당신 아주머니 집도 좋은 냄새가 나고 정리정돈이 잘 되어 있고 너무너무 깨끗하지만, 여기는 눈이 부실 만큼 깨끗하지요. 먼지 한 톨 없이 닦고 광을 내 손도 못 댈 정도로 깨끗하고 정말로 반짝반짝합니다. 그래서 여기만 오면 항상 코 가득 숨을 들이쉬지 않을 수가 없어요. 향기가 나지 않나요? 바닥의 왁스 냄새와 은은한 송진의 잔향이 마호가니와 깨끗하게 닦인 식물의 잎사귀와 어우러져 시민 계급의 청결과 주도면밀함과 정확성, 작은 일에서도 의무를 다하는 책임감과 성실성의 최고봉을, 향기를 뿜어냅니다. 저 집에 누가 사는지는 몰라도 저 유리문 뒤에는 분명히 청정함과 먼지 한 톨 없는 시민성, 질서의 낙원이 깃들어 있을 겁니다. 사소한 습관과 의무도 다하려는 감동적인 열성의 낙원 말입니다."

할러가 말했다.

내가 대꾸를 하지 않자 그가 말을 이어갔다.

"비꼰다고 생각하지는 마세요. 이런 시민성과 질서를 비웃겠다는 마음은 추호도 없습니다. 맞아요. 나는 다른 세상에 삽니다. 이 세상이 아니지요. 아마 저런 아라우카리아를 키우는 집에서는 단 하루도 못 견딜 겁니다. 하지만 내가 아무리 늙고 초라한 황야의 이리라 해도 어머니의 아들입니다. 우리 어머니도 시민 계급 여성인지라 꽃을 기르고 방과 계단, 가구와 커튼을 살피셨고 집과 생활을 최대한 청결하고 깨끗하며 질서 있게 유지하려 애쓰셨지요. 송진 향을 맡으면, 아라우카리아를 보면 그 기억이 납니다. 그래서 이따금 여기 앉아서 저 고요한 질서의 작은 정원을 바라보면서 저런 것이 아직 남아 있다는 사실에 기뻐하지요."

그는 몸을 일으키려 했지만 힘들어했고 내가 옆에서 조금 거들어줘도 뿌리치지 않았다. 나는 아무 말도 하지 않았지만, 예전에 아주머니가 그랬듯 이 이상한 남자가 이따금 뿜어내는 마력에 무륜을 꿇고 말았다. 우리는 느릿느릿 계단을 같이 올랐다. 그의 방문 앞에서 이미 열쇠를 손에 쥔 그가 아주 다정한 눈길로 내 얼굴을 또 한 번 빤히 쳐다보며 말했다.

"퇴근하는 길이죠? 그래요. 나는 잘 몰라요. 당신도 알다시피 나는 멀찍이 떨어져서, 변두리에서 사니까요. 그래도 책 같은 것에는 관심이 있겠죠. 아주머니한테서 당신이 김나지움을 마쳤고 그리스어를 잘한다고 들었어요. 오늘 아침에 노발리스의 책에서 좋은 구절을 읽었는데, 한번 보지 않을래요? 당신 마음에도 들 겁니다."

그는 나를 담배 냄새 지독한 그의 방으로 데리고 들어가서 쌓인 책 무더기에서 한 권을 빼내더니 책장을 휙휙 넘기며 그 구절을 찾았다.

"이것도 좋아요. 아주 좋아. 들어봐요. '고통스럽다면 자부심을 품어도 좋다. 모든 고통은 우리의 수준이 높았다는 기억이다.' 멋진 문장이죠! 니체보다 무려 80년이나 앞서다니 말이에요! 하지만 내가 말한 명언은 이게 아니에요. 잠깐만요. 찾았어요. 자, 들어봐요. '인간은 대부분 헤엄을 칠 수 있을 때까지는 헤엄치려고 하지 않는다.' 재미있지 않아요? 당연히 헤엄을 치려고 하지 않겠죠. 인간은 땅에 살려고 태어났지 물에서 살려고 태어난 게 아니잖아요. 또 당연히 생각하려고 하지 않아요. 살려고 태어났지 생각하려고 태어난 게 아니니까요. 그래요. 생각하는 사람, 생각을 주된 일로 삼는 사람은 생각은 멀리 나아갈 수 있겠지만 땅을 물로 착각한 거라서 언젠가는 물에 빠져 죽고 말 겁니다."

그가 말했다.

나는 그에게 빠져들었고 관심이 생겼다. 나는 조금 더 그의 방에 있었고, 그날 이후 우리는 계단이나 길에서 마주칠 때마다 잠시 이야기를 나누는 사이가 되었다. 그날 계단에서도 그랬듯 처음에는 그가 나를 놀린다는 기분이 늘 조금씩은 없지 않았다. 하지만 그게 아니었다. 그는 아라우카리아도, 나도 너무나 존경했다. 자신이 고독한 존재라고, 물에서 헤엄을 치고 있다고, 뿌리를 잃은 뜨내기라고 굳게 믿었기에 정확하게 지키는 나의 출퇴근 시간, 하인이나 전차 차장 같은 서민들의 일상적인 행동에 진정으로, 전혀 비웃지 않고 감격할 수 있었다. 처음에는 그런 모습이 정말 우습고 과하다고 느꼈다. 부잣집 도련님, 백수의 변덕이라고, 가벼운 감상주의라고 말이다. 하지만 그는 실제로 공기가 희박한 자신의 공간에서, 이질성과 황야의 이리 기질 때문에 우리의 소시민 세상을 감탄하고 사랑했다. 그에게 우리의 세상은 튼튼하고 안전한 것, 머나먼 곳이자 닿지 못할 곳, 그는 가보지 못한 고향이자 평화였다. 우리 집에 오시는 착실한 파출부 아주머니와 마주칠 때마다 그는 늘 정말로 공손하게 모자를 벗었다. 우리 아주머니가 그와 잠시 이야기를 나누거나, 옷이 해져서 수선해야겠다고 하거나 외투 단추가 덜렁댄다고 알려주면 이상하리만치 귀를 세우고 심각하게 들었다. 어딘가 틈을 찾아 이 작은 평화의 세상으로 들어와서는 단 1초라도 그곳에서 편안함을 느껴보려고 무진장 절망에 찬 노력을 다하는 사람 같았다.

아라우카리아를 봤던 그 첫 만남에서 이미 그는 자신을 황야의 이리라고 불렀는데, 나는 그 이름이 의아했고 살짝 거슬렸다. 그게 뭔 말인가? 그러나 절로 그 표현에 익숙해졌을 뿐 아니라, 나 혼자서 생각할 때는 이내 그를 황야의 이리라고만 부르게 되었다. 지금이라도 그 모습을 본다면 황야의 이리보다 더 적절한 단어가 떠오르지 않을 것이다. 길을 잃어 우리에게로, 도시로, 무리 생활로 잘못 들어온 황야의 이리. 그 어떤 다른 이미지도 그를, 사람을 꺼리는 그의 고독과 그의 야성, 불안과 향수와 실향을 더 설득력 있게 담아낼 수는 없을 것이다.

한번은 저녁 내내 그를 관찰한 적이 있었다. 심포니 콘서트에 갔다가 놀랍게도 근처에 앉은 그를 발견했다. 그는 나를 보지 못했다. 첫 곡은 헨델이었다. 고상하고 아름다운 음악이었지만 황야의 이리는 자기 생각에 빠져 음악을 듣지도 주변을 살피지도 않았다. 차갑지만 근심이 그득한 표정으로 홀로 외롭게, 서먹서먹하게 눈을 내리깔고 앞만 쳐다보고 있었다. 그러다 다른 곡이 흘러나왔다. 프리데만 바흐의 심포니 소곡이었다. 불과 몇 소절 만에 미소를 머금기 시작하며 심취하는 그를 보고 나는 많이 놀랐다. 그가 완전히 자기 안으로 가라앉았고 10여 분 동안 너무나도 행복에 젖어 달콤한 꿈속을 헤매는 것 같았기에 나는 음악보다 그에게 더 신경이 쓰였다. 곡이 끝나자 그는 정신을 차리고 자세를 바로잡더니 일어서서 나가려는 기척을 보이다가 그대로 앉아서 마지막 곡도 마저 들었다. 레거*의 변주곡으로, 많은 사람이 좀 길고 지루하다고 느꼈다. 황야의 이리도 그랬는지 처음에는 정신을 차리

---

* Max Reger, 1873~1916. 독일 낭만주의 작곡가이자 오르간 연주자다.

고 기분 좋게 듣더니 다시 정신을 딴 곳에 팔았다. 그는 양손을 주머니에 찌르고 다시 자기 안으로 빠져들었다. 이번에는 꿈꾸듯 행복한 표정이 아니라 슬픈 표정이었고, 결국에는 화난 표정이 되었다. 그의 표정은 다시금 아득했고 어두웠으며 생기를 잃었다. 늙고 병들고 불만에 찬 모습이었다.

연주회가 끝난 후 나는 길에서 다시 그를 찾아냈고, 그를 뒤따라 걸었다. 그는 외투에 몸을 파묻은 채로 피곤한 걸음을 마지못해 우리 동네 방향으로 옮기다가 작은 구닥다리 술집 앞에서 걸음을 멈추고는 마음을 정하지 못한 듯 시계를 보더니 안으로 들어갔다. 나는 순간적인 충동을 못 이기고 그를 따라 들어갔다. 그가 좁다란 탁자에 앉자 술집 주인과 웨이트리스가 단골손님인 양 그를 반갑게 맞아주었다. 나는 인사를 하고 그의 탁자에 앉았다. 우리는 한 시간 동안 거기에 앉아 있었고, 내가 생수 두 잔을 마시는 동안 그는 적포도주 반 리터를 마시고는 다시 1/4리터를 더 시켰다. 나는 콘서트에 갔다 오는 길이라고 말했지만, 그는 그 말에 아무 대꾸도 하지 않았다. 대신 내 물병의 라벨을 읽었고, 자기가 살 테니 포도주를 들지 않겠느냐고 물었다. 내가 술은 안 마신다고 대답하자 그는 다시 어쩔 줄 모르는 표정을 짓더니 말했다.

“그렇지요. 그 말이 맞아요. 나도 몇 년 동안 술을 끊은 적이 있고 단식도 꽤 오래 했었어요. 하지만 현재는 다시 물병자리로 돌아왔어요. 어둡고 눅눅한 자리지요.”

내가 그 말을 농담으로 받으며 다른 누구도 아닌 그가 점성술을 믿다니 황당하다는 식의 대답을 건네자 그는 자주 내게 상처가 되었던 예의 그 정중한 말투로 되돌아가 이렇게 말했다.

"지당하신 말씀입니다. 안타깝게도 나는 점성술이라는 학문도 믿을 수가 없거든요."

나는 자리를 털고 일어나 그와 헤어졌고, 그는 밤늦게야 집으로 돌아왔지만, 걸음걸이는 평소와 다르지 않았고, 늘 그렇듯 바로 잠자리에 들지 않고 (옆방에 사는 터라 나는 소리를 정확히 들었다) 한 시간쯤 불을 켠 채로 거실에 있었다.

또 다른 날 저녁도 나는 잊지 못한다. 그날은 아주머니가 외출을 하셔서 나 혼자 집에 있었다. 초인종이 울렸고 내가 문을 열자 아주 어여쁜 젊은 숙녀가 서 있다가 할러 씨가 계시냐고 물었다. 나는 그녀를 알아봤다. 그의 방에 걸린 사진 속 인물이었다. 나는 그녀에게 그의 방문을 가리키고는 내 방으로 들어갔다. 잠시 위층에 있나 싶더니 두 사람이 이내 함께 계단을 내려와 신이 나서 아주 유쾌하게 농담을 주고받으며 밖으로 나가는 소리가 들렸다. 세상을 피해 숨어 사는 그에게 저렇게 젊고 어여쁘며 우아한 여자친구가 있다니 나는 정말 깜짝 놀랐고, 그와 그의 인생에 관한 나의 온갖 추측은 다시금 확신을 잃었다. 그러나 그는 한 시간도 채 지나지 않아 다시 집으로 돌아왔다. 혼자서, 무겁고 처량한 걸음으로 힘겹게 계단을 오르더니 정말로 우리에 갇힌 이리처럼 거실에서 소리 죽인 채 몇 시간을 왔다 갔다 했고, 그의 방에는 동이 틀 때까지 밤새도록 불이 켜져 있었다.

두 사람의 관계에 대해서는 아는 것이 없었지만 이것만은 덧붙이고 싶다. 그 여인과 함께 있는 그를 또 한 번 본 적이 있다. 시내의 거리였다. 두 사람은 팔짱을 끼고 걸었고 그는 행복해 보였다. 늘 쓸쓸하고 근심이 넘치던 그의 표정에 기품과 아이 같은 천진함이 실려 나는 다시 놀랐고 그 여인이, 그리고 그를 동정하던 우리 아주머니도 이해가 되었다. 하지만 그날 저녁에도 그는 슬프고 비참한 모습으로 집으로 돌아왔다. 우리는 현관문에서 마주쳤는데, 그는 자주 그랬듯이 외투에 이탈리아산 포도주를 품고 와서는 밤이 깊도록 위층 자기 방에 앉아 있었다. 나는 마음이 아팠다. 그는 얼마나 슬프고 적막하며 위태로운 삶을 살고 있단 말인가!

이쯤이면 수다는 충분하다. 보고나 설명을 더 하지 않아도 황야의 이리가 자살자의 삶을 살았다는 사실은 충분히 전한 것 같다. 그러나 나는 그가 인사는 없었어도 밀린 방세는 다 내고서 어느 날 갑자기 우리 도시를 떠나 종적을 감추었을 그 당시에 그가 자살했다고는 생각지 않는다. 그날 이후 우리는 그의 소식을 듣지 못했고, 그 앞으로 온 편지 몇 통은 지금도 보관하고 있다. 그가 남긴 것은 여기 살면서 쓴 이 원고뿐이었고, 그는 이 원고를 내 마음대로 해도 된다는 내용의 메모 몇 줄과 함께 내게 맡겼다.

할러의 원고에 적힌 경험담의 사실 여부를 가리기란 불가능하다. 경험담 대부분이 문학일 거라는 점은 의심치 않지만, 그 말이 마음대로 갈겨쓴 창작이라는 뜻은 아니다. 그보다는 마음 깊은 곳에서 영혼이 경험한 일들을 눈에 보이는 사건의 옷을 입혀 표현하려고 노력했다는 뜻이다. 할러의 문학에 담긴 일부 환상적이기도 한 사건들은 아마도 이곳에서 살던 마지막 시기에 썼을 것이다. 그 경험담의 밑바닥에는 분명 현실에서 겪은 실제 경험의 한 조각도 깔려 있을 것이다. 그 시기 우리의 손님은 실제로 행동도 외모도 변했고, 집에 잘 들어오지 않았는데, 밤새도록 집을 비운 적도 있었으며 책에는 손도 대지 않았다. 나와 마주친 몇 번은 눈에 띄게 생기가 돌았고 젊어 보였으며, 또 몇 번은 정말이지 유쾌했다. 하지만 이내 심각한 우울증이 다시 찾아왔고, 온종일 밥도 안 먹고 침대에 누워 있었다. 그 시기에는 다시 등장한 그 여자 친구와 정말로 심하게, 아주 난폭하게 말다툼을 벌인 적도 있었다. 온 집안이 깜짝 놀랐고, 이튿날 할러는 그 일로 우리 아주머니에게 사과를 했다.

아니, 나는 그가 자살하지 않았다고 확신한다. 그는 지금도 살아서 어디선가 시원치 않은 다리를 끌고 남의 집 계단을 오르내릴 것이고, 어디선가 반짝반짝 닦은 쪽매널마루와 정갈하게 가꾼 아라우카리아를 바라볼 것이며, 낮에는 도서관에, 밤에는 술집에 앉아서 창문 너머 세상과 사람들이 사는 소리를 들을 것이며, 자신은 거기에 끼지 못한다는 사실을 알지만 제 목숨을 끊지는 않을 것이다. 그에게는 이 고통을, 그의 마음을 채운 이 몹쓸 고통을 끝까지 감내해야 하며, 죽어야 한다면 이 고통이 원인이어야 한다는 믿음이 남아 있기 때문이다. 나는 종종 그를 생각한다. 그가 있어 내 삶이 더 편해지지도 않았고, 내 안에 숨은 강인하고 즐거운 면모를 지지하고 캐내어줄 재능이 그에게 있지도 않았다. 아니, 오히려 그 반대였다. 그러나 나는 그가 아니기에 그의 방식대로 살지 않는다. 나는 내 삶을, 소시민적이지만 안정적이고 의무로 가득한 삶을 살 것이다. 그러하기에 나와 우리 아주머니는 그를 마음

편히, 우정의 마음으로 떠올릴 수 있었다. 아주머니는 나보다 그에 대해 더 많이 알지만 그 내용은 자신의 착한 마음에 고이 간직할 것이다.

할러의 기록에 관해서라면, 일부는 병적이지만 일부는 아름답고도 생각이 깊은 이 놀라운 상상에 관해서라면, 이 말은 꼭 하고 넘어가야겠다. 만약 이 글이 우연히 내 손에 들어왔고 누가 쓴 글인지 몰랐다면 나는 분명 화를 내며 던져버렸을 것이다. 하지만 할러를 잘 알기에 일부나마 그를 이해할 수 있었다. 그렇다. 그에게 동의할 수 있었다. 이 기록에서 한 개인의, 한 불쌍한 정신 질환자의 병적인 상상만을 봤다면 나는 아마 이것을 다른 이에게 전해도 될까 주저했을 것이다. 그러니 내가 본 것은 그 이상이다. 시대의 기록이다. 지금 나는 안다. 할러의 마음에 깃든 병은 개인의 기벽이 아니라 시대 자체의 병이며, 할러가 포함된 그 세대의 신경증이다. 그 신경증은 절대로 약하고 열등한 개인만 걸리는 병이 아닌 것 같다. 오히려 누구보다 강인하고 가장 지성적이며 가장 재능이 뛰어난 사람들이 그 병에 걸리는 것 같다.

이 기록은 크나큰 시대의 질병을 회피하거나 미화하지 않고서, 질병 그 자체를 묘사의 대상으로 삼으려 애쓰면서 극복하려는 노력이다. 실제 경험이 어느 정도나 밑바탕이 되었는지는 관계없다. 이 기록은 말 그대로 지옥을 가로지르는 걸음이다. 때로는 겁에 질려, 때로는 용감무쌍하게 암울한 영혼 세계의 혼돈을 가로지르는 걸음이다. 지옥을 통과하겠다는 의지로, 혼돈에 맞서고 악을 끝까지 견디겠다는 의지로 내디딘 걸음이다.

이런 이해의 열쇠는 할러가 던진 한마디였다. 언젠가 중세의 잔혹함에 관해 이야기를 나눈 후 그가 이런 말을 했다.

“이런 잔혹함은 사실 잔혹함이 아닙니다. 중세 사람이 오늘날 우리의 생활 방식 전반을 본다면 우리와는 전혀 다르게 잔혹하고 끔찍하고 야만적이라며 혐오할 겁니다. 모든 시대, 모든 문화, 모든 풍습과 전통은 각자의 방식이 있고, 각자에게 맞는 부드러움과 엄격함, 아름다움과 잔혹함이 있으며, 어느 정도의 고통을 당연하다 생각하고 어느 정도의 악습을 감수하지요. 인간의 삶이 진짜 고통이나 지옥이 되는 때는 두 시대, 두 문화와 종교가 겹치는 지점뿐입니다. 중세 시대를 살아야 하는 고대인은 문명의 한가운데에서 질식할 수밖에 없는 야만인처럼 숨통이 막혀 죽을 겁니다. 한 세대 전체가 두 시대, 두 생활 방식의 틈에 끼어서 당연하다고 생각하던 모든 것을, 모든 풍습과 안전과 순수함을 잃어버리는 시대가 있지요. 물론 모두가 그 사실을 똑같은 강도로 느끼지는 않습니다. 니체 같은 사람은 지금 우리가 겪는 고통을 한 세대보다 더 이전에 견뎌야 했습니다. 그가 홀로, 이해받지 못한 채 만끽해야 했던 그 고통을 지금은 수천 명이 겪고 있는 거지요.”

이 기록을 읽는 동안 그 말이 자주 생각났다. 할러는 두 시대의 틈에 낀 사람, 모든 안전과 순수함을 잃은 사람, 인생의 모든 문제를 더 증폭시켜 개인의 고통과 지옥으로 경험할 운명을 타고난 사람이었다.

그의 기록이 우리에게 갖는 의미가 바로 그것 같았고, 그래서 나는 이 기록을 공개하기로 마음먹었다. 더불어 나는 이 기록을 편들 마음도, 비난할 마음도 없다. 그러니 판단은 독자 개개인이 양심에 따라 내리기 바란다.

하리 할러의 기록

미친 사람들만 읽기를

그날도 평소와 다름없이 지나갔다. 나는 그 하루를 허비했고, 나의 원시적이고 소심한 생활 방식으로 그 하루를 부드럽게 살해했다. 서너 시간 일했고 고서를 뒤적였으며, 중년들이 그렇듯 두 시간 동안 통증에 시달렸다. 그러다가 가루약을 털어 먹고서 통증을 속여 넘겨 기분이 좋았다. 이윽고 뜨거운 욕조에 누워 기분 좋은 온기를 쭉 빨아들였고 우편물을 세 번 받았으며 그 쓸데없는 편지와 인쇄물들을 모조리 읽고서 호흡 훈련을 했다. 귀찮아서 명상은 생략했다. 대신 한 시간 산책하면서 하늘에 뜬 예쁘고 귀여우며 보기 드문 깃털 구름을 감상했다. 고서를 읽는 것만큼이나, 따뜻한 욕조에 누워 있는 것만큼이나 정말로 좋았다. 하지만 전반적으로는 특별히 황홀한 날, 행복과 기쁨이 넘치는 눈부신 하루는 아니었다. 그저 이제는 오래전부터 익숙해진 평범한 날 중 하나였을 뿐이다. 불만투성이 중년 남자의 적당히 편안하고 그럭저럭 견딜 만하며 그런대로 괜찮은 뜨뜻미지근한 날, 특별한 통증이나 특별한 걱정, 진짜 근심거리나 절망은 없는 날, 아달베르트 슈티프터* 처럼 면도하다가 사고로 죽을 때가 아닌가 하는 의문조차도 흥분하거나 무서워하지 않고서 냉정하게 차분히 고민하게 되는 그런 날이었다.

다른 날을 맛본 적이 있다면, 통풍 발작이나 눈알 뒤에 뿌리를 내리고서 악마처럼 눈과 귀의 즐거운 모든 활동을 고통으로 만들어버리는 심한 두통에 시달리는 재수 없는 날, 영혼이 죽어버린 날, 마음이 헛헛하고 절망감이 밀려오는 날, 주식회사들이 다 빨아먹어 망가진 지구 한복판에서 인간 세상과 소위 문화라는 것이 천박하고 시끄러운 대목장처럼 가짜 화려함을 뽐내면서 내 병든 자아 속으로 모여들어 도저히 견딜 수 없을 정도로 치달아서는 가는 곳마다 구토제처럼 우리를 향해 이죽거리는 바로 그런 날, 그 지옥의 나날을 맛본 적이 있다면 오늘과 같은 그런 평범하고 그저 그런 날에 아주 만족할 것이다. 감사의 마음으로 따뜻한 난롯가에 앉아서 조간신문을 읽으며 오늘도 전쟁이 터지지 않았고 새롭게 독재 정권이 들어서지도 않았으며 정치와 경제 분야에서 특별히 추잡스러운 사건이 발각되지도 않았음을 확인하고 감사할 것이다. 그리고 녹슨 칠현금의 현을 조율하여 적당한, 그럭저럭 유쾌하

* Adalbert Stifter, 1805~1868. 오스트리아 소설가다. 정신 착란에 시달리다 린츠에서 면도칼로 스스로 목숨을 끊었다.

고 흡족한 감사의 시를 연주하여 브롬제에 살짝 취해 조용하고 순해진 그저 그런 만족의 신을 따분하게 만들 것이다. 이 만족스러운 따분함, 정말로 고마워할 만한 무통의 미적지근한 공기 속에서는 지루하게 고개를 끄덕이는 그저 그런 신과 희끗희끗한 머리로 시를 노래하는 그저 그런 인간이 쌍둥이처럼 닮았다.

만족이란, 고통이 없는 상태란, 고통도 즐거움도 감히 소리치지 못해서 모든 것이 속살대고 까치발로 살금살금 걷기만 하는 이렇게 납작 엎드린 참을 만한 날이란, 멋지다. 다만 안타깝게도 나는 바로 이런 만족을 잘 참지 못해서 조금만 지나도 못 견디게 증오하고 혐오하며, 가능하다면 쾌감을 느끼는 방법을 쓰지만 어쩔 수 없다면 고통을 느껴서라도 다른 온도로 달아나려고 절망의 몸부림을 친다. 한동안 즐거움도 고통도 없이 흔히 말하는 좋은 날들의 미적지근하고 김빠진 공기를 들이마시고 나면 어린애 같은 내 영혼은 너무도 거세게 아프고 비참하다. 그리하여 꾸벅꾸벅 조는 만족의 신의 흡족한 낯짝에 녹슨 감사의 칠현금을 집어 던지고는, 몸에 좋은 이 방 안 온도보다는 차라리 내 안에서 지독한 악마 같은 고통이 불타기를 바라게 된다. 그럼 내 마음에서는 강렬한 감정, 센세이션을 바라는 야성적인 욕망이, 이 단조롭고 천박하며 규격화된 불모의 삶을 향한 분노가, 백화점이나 대성당, 안 되면 나 자신이라도 깨부수고 싶은 미칠 듯한 욕망이 들끓는다. 또 무모하게 어리석은 짓을 저지르고, 사람들이 받들어 모시는 몇몇 우상의 가발을 벗겨버리고, 반항적인 어린 남학생 몇 명에게 고대하던 함부르크행 기차표를 사주고, 어린 여자아이를 꼬드기거나 시민적 세계 질서의 몇몇 대표자들의 모가지를 꺾어버리고 싶다. 내가 무엇보다도 이런 것을 가장 치열하게 증오하고 혐오하고 저주하기 때문이다. 이런 만족과 건강과 안락을, 이렇게 잘 가꾸어온 시민 계급의 낙관주의를, 잘 자라 뒤룩뒤룩 살찌는 평범하고 평균적인 보통 사람들의 이런 새끼들을.

그래서 어둠이 내릴 무렵 나는 이 그저 그런 날을 그런 기분으로 마무리했다. 그러나 몸이 아픈 남자가 흔히 그러하듯 평범하고 건강한 방식으로 마무리한 것은 아니었다. 나는 잘 채비를 끝내고 미끼로 보온 주머니까지 마련된 침대로 들어가기는커녕, 내가 낮에 한 약간의 일에 불만과 혐오감이 들어 불쾌한 마음으로 신발을 신고 외투를 걸치고는 술집 '슈탈헬름'에서 술꾼 남자들이 통상 '포도주 한 잔'이라 부르는 것을 마시려고 어둠과 안개를 뚫고 시내로 걸어갔다.

그렇게 나는 내가 사는 다락방의 계단을 내려왔다. 오르내리기 힘든 남의 집 계단, 세 가구가 사는 아주 단아한 임대주택의 쓸고 닦아 깨끗한 시민적인 계단을 내려왔다. 이 집 다락방이 나의 동굴이다. 어쩌다 이렇게 되었는지는 나도 모른다. 하지만 고향을 잃은 황야의 이리, 소시민 세계를 증오하는 고독한 인간인 나는 늘 진짜 시민 계급의 집에서 살았다. 이건 내 오래된 감상주의 탓이다. 내가 사는 곳은 궁전도, 가난한 노동자의 집도 아니다. 언제나 하필이면 아주 단아하고 아주 심하게 따분하며 흠잡을 데 하나 없이 잘 관리되는 소시민의 집이다. 송진 냄새와 비누 냄새가 은은하게 풍기고 현관문을 꽝 닫거나 더러운 신발을 신고 들어가면 깜짝 놀라는 그런 곳 말이다. 분명 나는 어릴 적부터 이런 분위기를 좋아했다. 그리고 고향 비슷한 것을 향한 나의 남모를 그리움은 언제고 다시 나를, 어쩔 도리가 없이, 이 어리석은 옛길로 끌고 간다. 하기야 나는 내 인생, 고독하고 애정 결핍이며 이리저리 쫓기는, 정말로 무질서한 내 삶이 이런 가정적이고 시민적인 환경과 이루는 대조도 좋아한다. 계단에서 이 고요와 질서, 청결과 예의, 절제의 냄새를 들이켤 때가 나는 좋다. 시민 계급을 증오하지만, 그 냄새를 맡으면 뭉클 감동이 인다. 그런 후 내 방 문턱을 넘어서 방으로 들어갈 때가 좋다. 모든 것이 멈춘 곳, 책 더미 사이로 담배꽁초가 굴러다니고 포도주병이 널브러져 있는 곳, 모든 것이 뒤죽박죽이고 편치 않으며 아무렇게나 내던져놓은 그곳으로 들어갈 때가 좋다. 그곳의 모든 것에는 책에도 원고에도 생각에도 고독한 자의 고난과 인간 존재의 문제가 적혀 있고, 의미가 사라진 인생에 새로운 의미를 부여하고픈 갈망이 흠뻑 스며들어 있다.

그리하여 나는 아라우카리아 곁을 지나갔다. 계단을 오르내리다 보면 이 건물 2층 앞의 작은 자리를 지나가게 되기 때문이다. 분명 그 집은 건물의 다른 집들보다 훨씬 더 쓸고 닦아 흠잡을 데 없이 깨끗할 것이다. 이 작은 자리부터가 이미 초인적인 보살핌을 받아 반짝반짝 빛을 내니 말이다. 그곳은 빛나는 작은 질서의 성전이다. 감히 발 디딜 엄두도 나지 않는 쪽매널마루에는 귀여운 받침대 두 개가 있고 그 위에 큰 화분이 하나씩 놓여 있다. 한쪽 화분에는 진달래가, 다른 쪽 화분에는 제법 의젓한 아라우카리아가 자라고 있다. 이보다 더는 완벽할 수 없을 것같이 건강하고 튼튼

한 어린이 나무로, 마지막 가지의 마지막 바늘잎까지도 조금 전에 닦은 듯 반짝거렸다. 이따금 아무도 보는 사람이 없으면 나는 이 장소를 성전으로 이용하여 아라우카리아가 내려다보이는 위쪽 계단에 앉아서 잠시 숨을 돌리고 양손을 맞잡고서 경건하게 이 질서의 작은 정원을 내려다본다. 감동적일 만큼 조화롭지만, 너무 하찮아 아무도 찾지 않는 그곳이 내 영혼을 사로잡는다. 아라우카리아의 신성한 그림자에 살짝 가려진 이 작은 빈터 너머에는 빛나는 마호가니로 가득 찬 집이 있을 것이다. 예의와 건강이 넘치는 삶, 아침에 일찍 일어나고 의무를 다하며 적당히 유쾌한 파티도 열고 일요일마다 교회에 가고 일찍 잠자리에 드는 삶이 말이다.

나는 짐짓 즐거운 척하며 젖은 아스팔트 골목길을 걸었다. 가로등 불빛이 베일에 싸여 눈물을 흘리며 차고 눅눅한 뿌연 대기를 바라봤고 젖은 땅에 비친 굼뜬 불빛을 빨아들였다. 잊었던 나의 어린 시절이 떠올랐다. 그 시절 나는 늦가을과 겨울의 그런 음산하고 울적한 저녁을 얼마나 사랑했는지 모른다. 폭풍우가 몰아치는 밤에 외투로 몸을 꽁꽁 싸매고서 잎을 다 떨군 적대적인 자연을 내달리며 그 고독과 우수의 분위기를 탐욕적으로 도취하여 빨아들였다. 그때부터도 나는 고독했지만 그래도 그 고독을 마음 깊이 즐겼고, 온갖 시구절을 지었다가 나중에 방에 가서 촛불을 켜고 침대 끝에 앉아서 종이에 적었다. 지금은 다 지난 일이다. 그 술잔은 다 마셨고 더는 채우지 않았다. 그래서 아쉬운가? 아쉽지 않았다. 지나간 것은 하나도 아쉽지 않다. 아쉬운 것은 지금과 오늘이다. 고통만 안길 뿐, 선물도 감동도 주지 않은 그 잃어버린 수많은 시간과 나날이 모두 아쉽다. 그러나 다행히 예외도 있었다. 가끔, 드물지만 다른 시간도 있었다. 감동을 안겨주고 선물을 가져다주며 벽을 허물고 길 잃은 나를 다시 활기찬 세상의 심장으로 데려다주는 다른 시간이 있었다. 슬프지만 심하게 흥분하여 나는 이런 종류의 마지막 기억들을 떠올리려 애썼다. 한 음악회였다. 멋진 고전 음악이 울려 퍼졌다. 목관 악기 연주자들이 연주한 피아노곡의 두 소절 사이에 갑자기 다시 저세상으로 가는 문이 벌컥 열렸다. 나는 하늘로 날아올라 일하시는 신을 봤고, 황홀한 고통을 맛봤으며, 이 세상 그 무엇에도 더는 저항하지 않았고, 그 무엇도 더는 두렵지 않았으며, 모든 것을 긍정하고 모든 것에 내 마음을 바쳤다. 그 시간이 오래가지는 않았다. 대략 15분쯤이었으나, 그 시간은 그날 밤 꿈에 다시 돌아왔고 그날 이후 그 황량한 시절 내내 가끔 몰래 찾아와 내게 빛을 던졌다. 나는 이따금 몇 분 동안 그런 순간이 신의 황금빛 발자취처럼 또렷하게 내 삶을 관통하는 모습을 목격했다. 거의 언제나 오물과 먼지를 잔뜩 뒤집어썼지만, 그러다 다시 황금빛 불꽃을 뿜으며 더는 사라지지 않을 것처럼 빛났고, 이내 다시 깊은 곳으로 사라져버렸다. 한번은 밤에 그런 일이 일어났다. 자려고 누웠다가 갑자기 내 입에서 시가 튀어나왔다. 그 시가 너무도 아름답고 너무도 놀라워 미처 적어두자는 생각도 하지 못했다. 이튿날 아침에는 기억이 나지 않았지만, 그 시는 낡아 금이 간 껍데기에 들어 있는 묵직한 호두처럼 내 마음에 간직되어 있었다. 어떤 시인의 시를 읽다가, 데카르트나 파스칼의 사상을 생각하다가 그런 적도 있었다. 또 한번은 애인과 같이 있을 때였는데 그것이 다시 빛을 뿜다가 황금빛 자취를 남기며 하늘로 올라갔다. 아, 이 삶에서 이런 신의 자취를 찾기란 힘이 든다. 이런 건축, 이런 상점, 이런 정치, 이런 인간들을 보면서 너무도 만족하고 너무도 시민적이며 너무도 천박한 이 시대 한가운데에서 우리가 꾸려가는 이 삶에서는 힘이 든다. 목표도 기쁨도 함께 나누지 못하는 세상 한복판에서 내가 어떻게 황야의 이리이자 본데없는 은둔자가 되지 않을 수 있단 말인가! 나는 극장에도 영화관에도 오래 있을 수 없고 신문도 신간 서적도 거의 읽지 못한다. 사람으로 미어터지는 열차와 호텔에서, 느끼하고 부담스러운 음악이 흐르는 붐비는 카페에서, 우아하고 화려한 도시의 술집과 버라이어티쇼, 만국박람회장과 경마장에서, 교양에 목마른 사람들을 위한 강연장과 대형 경기장에서 사람들이 찾아 헤매는 쾌락과 기쁨이 대체 어떤 것인지를 알 수가 없다. 나도 닿을 수 있을 것이고, 수천의 다른 사람들이 가지려 애쓰며 가지기를 원하는 그 모든 기쁨을 나는 이해할 수도, 나눌 수도 없다. 반대로 드물게 찾아오는 기쁜 순간에 일어나는 일, 내가 환희와 경험, 황홀과 고양감이라 느끼는 것을, 이 세상 사람들은 기껏해야 문학에서나 알고 찾고 사랑할 뿐 삶에서는 미친 짓이라고 생각한다. 그들의 생각이 실제로 옳다면, 카페의 음악이나 이런 대중오락, 그렇게 별것 아닌 것에 만족하는 이런 미국식 인간들이 옳다면 나는 정말로 내가 날 부르듯 황야의 이리일 것이다. 낯설고 이해할 수 없는 세상에서 길 잃은 짐승, 고향도 숨 쉴 공기도 먹을 양식도 더는 찾지 못하는 짐승일 것이다.

늘 하던 대로 이런 생각에 빠진 채 나는 이 도시에서 가장 조용하고 가장 오래된 구역의 비에 젖은 거리를 계속해서 걸었다. 길 건너 맞은편으로 내가 좋아하는 잿빛 옛 돌담이 보였다. 작은 교회와 오래된 병원 사이에 늘 그렇게 옛 모습 그대로 무심하게 서 있어서, 낮에 그곳을 지날 때면 나는 그 거친 표면을 자주 바라보곤 했다. 반 제곱미터를 채 못 가 상점과 변호사, 발명가, 의사, 이발사, 티눈 빼는 기술자가 번갈아가며 자기 이름을 외쳐대는 도심에서 이렇게 조용하고 편하고 적막한 곳은 얼마 되지 않았다. 그래서 지금도 나는 또 그 옛 돌담이 평화롭게 조용히 서 있는 모습을 바라보고 있었다. 그런데 뭔가가 좀 달랐다. 돌담 한가운데에 붙은 뾰족아치 모양의 작고 예쁜 정문을 보고는 당혹감마저 들었다. 저 문이 원래 거기 있었는지 아니면 새로 갖다 붙였는지를 정말로 알 수가 없었기 때문이다. 분명 오래된 문이었다. 아주 오래되었다. 어두운색 나무 문짝을 꼭 닫아둔 이 작은 문은 아마도 수백 년 전에는 어느 고즈넉한 수도원 안마당으로 통했을 것이고, 수도원은 없어졌지만 지금도 그곳으로 이어질 것이다. 어쩌면 그 문을 수백 번 보고도 내가 미처 알아차리지 못했을 수도 있고, 어쩌면 새로 칠을 해서 눈에 띄었을 수도 있다. 어쨌든 나는 걸음을 멈추고서 주의 깊게 건너편을 쳐다봤다. 하지만 길이 너무 질퍽거리고 비에 젖어 있어서 건너가지는 않고 인도에 서서 건너편을 바라보기만 했다. 벌써 사방이 아주 깜깜했고, 문에는 화환이나 알록달록한 뭔가를 엮어놓은 것 같았다. 하지만 자세히 보려고 애를 썼더니 문 위의 환한 간판이 눈에 들어왔고, 거기에 뭔가 글자가 적혀 있는 것 같았다. 나는 눈에 잔뜩 힘을 주다가 결국 오물과 물웅덩이를 무릅쓰고 길을 건넜다. 예스러운 정취가 묻어나는 회녹색 담의 문 위에 희미한 얼룩이 반짝였다. 그 얼룩에서 색색의 철자가 까불거리며 달려왔다가 금방 다시 사라졌고 다시 왔다가는 증발해버렸다. 이제는 이런 멋진 옛날 담벼락마저도 네온광고판으로 이용해먹는구나! 나는 그렇게 생각했고, 그 와중에 잽싸게 왔다 사라지는 글자 몇 개를 해독했다. 읽기가 힘들어서 절반은 어림짐작으로 메웠다. 글자는 불규칙한 간격을 두고 왔고 너무 흐리고 희미했으며 금방 사라져버렸다. 이런 것으로 장사를 하겠다니 수완이 좋은 사람은 아니었다. 그 역시 황야의 이리, 불쌍한 놈이었다. 그는 왜 여기, 구도심에서도 가장 어두운 골목에 있는 여기 이 담벼락에다 글자를 비추는 걸까? 이런 시각에, 오가는 사람 하나 없는 비 오는 날에? 또 글자는 왜 저렇게 잽싸고 저렇게 흩날리며 저렇게 변덕스럽고 읽기가 힘든 걸까? 아니, 잠깐만! 지금 연달아 단어 몇 개를 낚아챘다. 이런 내용이었다.

마술 극장

아무나 입장할 수는 없습니다.

아무나 …… 할 수는 없습니다.

문을 열어보려고 했지만 낡고 무거운 손잡이는 아무리 힘을 줘도 꼼짝도 하지 않았다. 글자 놀이가 끝났다. 놀이의 무상함을 깨닫고 슬퍼져서 갑자기 멈춰버렸다. 나는 몇 걸음 뒷걸음질 치다가 그만 더러운 웅덩이에 푹 빠지고 말았다. 더는 글자가 뜨지 않았고 놀이는 끝이 났지만 나는 오랫동안 웅덩이에 발을 담그고 기다렸다. 헛수고였다.

그런데 내가 마음을 접고 건너편 인도로 돌아가자 색색의 빛을 내는 글자 몇 개가 내 앞 아스팔트 위로 떨어져 비쳤다.

나는 글자를 읽었다.

미친 …… 사람 …… 만 …… 입장할 수 있습니다!

발이 젖어 으슬으슬 추웠지만 나는 한참 동안 거기 서서 기다렸다. 아무 일도 일어나지 않았다. 거기 서서 저 은은한 색색의 글자들이 비에 젖은 담과 검게 빛나는 아스팔트 위에서 도깨비불처럼 참 예쁘게 어른거린다고 생각하고 있으려니 문득 다시 예전 생각 한 조각이 떠올랐다. 이것이 갑자기 멀어져서 찾을 수 없는 그 빛나는 황금빛 자취의 비유라는 생각 말이다.

그 자취를 꿈꾸면서 나는 추위에 떨었고 다시 걸음을 옮겼다. 미친 사람들만 들어간다는 마술 극장의 문을 마음 가득 그리면서. 어느덧 시장터였다. 밤의 유흥이 빠지지 않는 곳답게 몇 걸음 떼기가 무섭도록 포스터가 걸려 있었고, 광고판들이 여성 악단, 버라이어티쇼, 영화, 무도회의 밤을 선전했다. 하지만 이 모두는 나와 상관없었다. '아무나'를 위한 것, 사방에서 밀쳐대고 떼를 지어 우르르 출입문으로 몰려가는 저 정상인들을 위한 것이다. 그래도 내 슬픔은 조금 밝아졌다. 다른 세계가 건넨 인사가 내게 와닿았고 몇몇 색색의 글자가 내 영혼에서 춤추고 뛰어놀면서 감추어진 내 마음의 화음을 건드렸기에 황금빛 자취의 희미한 빛이 다시 모습을 드러냈다.

나는 예스러운 작은 술집을 찾아갔다. 이 도시에서 처음 살게 되었을 때부터, 그러니까 족히 25년 전부터 자주 들르는 술집으로, 그때와 달라진 것이 하나도 없었다. 여주인도 그때 그 사람이고, 오늘 온 손님 상당수도 그때부터 이 술집의 같은 자리에서 같은 술을 마셨다. 나는 이 소박한 술집으로 들어섰다. 이곳은 나의 안식처였다. 물론 아라우카리아가 내려다보이는 계단처럼 잠시 숨을 돌리는 피난처에 불과해서 이곳에서도 고향이나 진정한 관계를 찾지는 못했다. 그저 낯선 사람들이 공연하는 낯선 연극을 조용히 관람할 객석 하나를 찾은 데 불과했지만, 그래도 이런 조용한 장소가 있다는 것만으로 소중했다. 우글대는 사람들도 없고 고함이나 음악 소리도 없었다. (대리석도, 에나멜 판도, 우단도, 황동도 깔지 않은) 맨 나무 식탁에 조용히 몇 사람이 앉아 있었고, 다들 저녁 반주로 품질 좋은 묵직한 포도주를 마시고 있었다. 자주 보아 얼굴을 아는 이 단골 몇 사람은 어쩌면 진짜 속물일지도 몰랐다. 속물다운 집 안에다 뻔한 제단을 만들어놓고 멍청한 만족의 신을 모실지도 몰랐다. 아니면 그들도 나처럼 궤도를 이탈한 외로운 사내일지 몰랐다. 꿈꾸던 이상이 망해버려서 고민에 빠져 조용히 술만 들이켜는 술꾼일지도, 황야의 이리이자 불쌍한 악마일지도 몰랐다. 나는 알 길이 없었다. 그들 모두가 향수와 실망과 보상 심리에 이끌려 이곳으로 왔다. 유부남은 여기서 독신이던 때의 분위기를 찾았고, 늙은 공무원은 대학 시절의 여운을 기대했다. 모두가 꽤 입이 무거웠고 모두가 술꾼이었으며 나와 마찬가지로 여성 악단보다는 알자스산 포도주 반 리터를 더 바랐다. 나는 이곳에다 닻을 던졌다. 여기서는 한 시간, 두 시간도 견딜 수 있었다. 알자스산 포도주를 한 모금 들이켜는 순간, 나는 오늘 아침에 먹은 빵 한 조각 말고는 종일 아무것도 먹은 게 없다는 깨달음이 들었다.

인간은 뭐든 다 삼킬 수 있으니, 참 놀라운 일이다. 나는 10여 분 동안 신문을 읽으며 내 안으로 흘러들어오는 무책임한 인간들의 정신을 눈으로 받아들였다. 남의 말을 질겅질겅 씹어 침 범벅으로 만들지만, 미처 소화도 되지 않은 채로 도로 뱉어내는 인간들이었다. 나는 신문 한 단을 전부 다 받아들였다. 그러고는 도살당한 송아지의 간에서 잘라낸 큰 간 조각 하나를 먹어치웠다. 놀랍게도 맛이 좋았다! 물론 최고는 알자스산 포도주였다. 나는 거칠고 강한 맛의 포도주를 좋아하지 않는다. 강한 향을 풍기고 특별한 맛으로 유명한 포도주는, 적어도 일상에서는 선호하지 않는다. 내가 제일 아끼는 포도주는 아주 순하고 가벼우며 소박한 이름 없는 시골 포도주다. 그런 포도주는 많이 마셔도 탈이 없고, 너무도 훌륭하고 정겹게 땅과 흙, 하늘과 나무의 맛을 풍긴다. 알자스산 포도주 한 잔과 맛난 빵 한 조각이면 최고의 식사다. 그런데 오늘은 간 한 조각까지 먹었으니, 고기를 잘 안 먹는 나한테는 별미였다. 포도주도 두 잔째였다. 푸르른 계곡 어딘가에서 건강하고 착실한 사람들이 포도를 키워 그 열매를 짠 덕분에 그곳에서 멀리 떨어진 세계 곳곳에서 낙담하여 조용히 술을 마시는 몇몇 시민과 어찌할 바를 모르는 황야의 이리들이 그 술을 마시고 약간의 용기와 의욕을 들이켤 수 있다는 사실도 놀라웠다.

하긴 놀랍건 아니건 무슨 상관이겠는가! 포도주는 좋았고 덕분에 나는 기운이 났다. 뒤엉켜 곤죽이 된 신문 기사의 말들을 떠올리자 뒤늦게 안도의 웃음이 솟구쳤고, 난데없이 잊었던 그 목관악기 피아노곡의 멜로디가 다시 떠올랐다. 그 멜로디가 반짝이는 작은 비누 거품처럼 내 마음에서 솟아올라 빛을 내며 온 세상을 색색으로, 자그마하게 비추다가 다시 살며시 흩어졌다. 이 천상의 작은 멜로디가 남몰래 내 영혼에 뿌리내렸다가 어느 날 내 마음에 다시금 온갖 어여쁜 색깔로 꽃을 피울 수 있다면 내가 완전히 망했다고 말할 수 있을까? 내 비록 주변을 이해하지 못하는 길 잃은 짐승이라 해도 어리석은 내 인생에도 의미는 있었다. 저 높은 먼 세상에서 부르는 외침을 내 안의 무언가가 듣고서 대답했으며, 내 머리에는 수천 가지 이미지가 차곡차곡 쌓였다.

파도바 성당의 작고 파란 아치 천장에는 조토가 그린 천사 무리가 있었고, 그 옆에서는 이 세상의 모든 슬픔과 모든 오해를 아름답게 비유한 햄릿과 화환을 쓴 오필리아가 걷고 있었다. 조종사 지아노초*는 열기구 안에 서서 호른을 불었고 아틸라 슈멜츨레** 는 손에 새 모자를 들고 있었으며, 보로부두르 사원***에는 산더미

---

* 장 파울이 1801년에 발표한 소설《비행선 조종사 지아노초의 운항 일지》의 주인공이다.

** 장 파울이 1809년에 발표한 소설《근목 슈멜츨레의 플레츠 기행》에 나오는 등장인물이다.

*** 인도네시아 자바섬에 있는 불교 사원이다.

같은 조각상들이 하늘을 찌를 듯 쌓여 있었다. 수없이 많은 다른 사람들의 가슴에도 이 아름다운 인물들이 모두 살고 있겠지만, 이름 모를 수만 가지 다른 이미지와 소리가 아직 더 있고 그것들의 고향, 그것들을 보는 눈과 듣는 귀는 오직 내 안에만 살아 있었다. 오래된 병원 돌담은 낡고 비바람에 상하고 얼룩이 져서 회녹색을 띠었고, 갈라진 틈과 비바람에 뜯겨나간 자리는 수천 점의 프레스코화를 상상케 했다. 누가 저 돌담에 대답을 던졌으며, 누가 자기 영혼에 저 돌담을 받아들였던가? 누가 저 돌담을 사랑했고, 누가 잔잔히 흐려져가는 색깔의 마법을 느꼈던가? 은은하게 빛나는 세밀화를 담은 수도사들의 낡은 책, 독일 민족이 잊어버린 200년 전 또는 100년 전 독일 시인의 책, 닳고 곰팡내 나는 그 모든 책 그리고 옛 음악가들의 인쇄물과 필사본, 그들이 꾸던 소리의 꿈이 굳어 딱딱해지고 누렇게 변한 악보, 재기 발랄하고 장난기 넘치며 동경에 젖은 그들의 목소리에 누가 귀 기울였던가? 그들의 정신과 마법이 넘쳐나는 심장을 가슴에 품고서 그들은 몰랐던 다른 시간대를 지나가는 자는 누구였던가? 낙석에 꺾이고 갈라지지만 끝내 생명을 붙들어 빈약하나 새로운 우듬지를 싹틔우는 저 구비오 언덕의 작고 강인한 실측백나무는 누가 떠올렸던가? 부지런한 2층 집 안주인과 그녀가 반짝이게 가꾸는 아라우카리아의 진가를 알아본 이는 누구였던가? 밤이면 라인강으로 밀려오는 자욱한 안개에서 글자를 읽어내는 이는 누구였던가? 바로 황야의 이리였다. 인생의 폐허 너머로 흩어지는 의미를 찾아 헤매며, 무의미해 보이는 것을 견뎌내고, 미친 것 같은 삶을 살아내며, 마지막 혼돈 속에서도 신의 계시와 임재(臨在)를 남몰래 바라는 이는 누구였단 말인가?

술집 여주인이 다시 잔을 채우려는 걸 마다하고 나는 자리에서 일어났다. 술은 더 필요치 않았다. 황금빛 자취가 반짝였고 나는 영원을, 모차르트와 별을 기억했다. 다시 한 시간은 숨 쉴 수 있고 살 수 있으며 존재할 수 있었다. 고통스러워하거나 겁내거나 부끄러워할 필요도 없었다.

조용해진 거리로 나오자 차가운 바람에 흩날린 이슬비가 가로등에 걸려 달각거렸고 유리처럼 깜빡이며 반짝였다. 이제 어디로 가야 하나? 이 순간 마법을 부릴 수 있다면 루이 16세 스타일의 아담하고 어여쁜 홀로 이동하고 싶었다. 실력 좋은 음악가 몇몇이 나를 위해 헨델과 모차르트의 작품을 두서너 곡 연주하고, 나는 분위기에 흠뻑 젖어 신들이 넥타르를 마시듯 그 시원하고 고상한 음악을 들이켤 것이다. 아, 지금 내게 친구가 있다면, 다락방에 촛불을 켜고 바이올린을 곁에 놓아둔 채로 골똘히 생각에 잠긴 친구가 있다면! 조용히 밤을 보내는 그에게로 몰래 가서 모퉁이 계단을 소리 없이 오른 다음 그를 깜짝 놀라게 할 것이고, 우리는 대화와 음악을 나누며 몇 시간 동안 천상의 밤을 보낼 것이다. 지난 시절 한때는 나도 자주 그런 행운을 누렸다. 하지만 시간이 흐르면서 그마저 멀어지고 사라져, 이곳과 그곳 사이에는 시들어버린 세월만 남아 있었다.

나는 망설이다 집으로 발길을 돌렸다. 외투 깃을 세우고 지팡이로 젖은 포장도로를 짚으며 걸었다. 아무리 천천히 걸어도 금방 내 다락방으로 돌아가겠지. 좋아하지는 않지만 없어서도 안 될 내 작은 가짜 고향으로. 비 내리는 겨울밤을 밖에서 걸으며 지새울 수 있던 시절은 지나갔으니까. 어쨌거나 나는 오늘 저녁 좋았던 기분을 망치고 싶지 않았다. 비도, 관절염도, 아라우카리아도 망칠 수 없었다. 실내악단이 없어도, 바이올린을 곁에 둔 외로운 친구가 없어도 그 따스한 멜로디는 내 마음에 울렸고, 나는 리드미컬한 호흡에 맞추어 나지막하게 흥얼거리면서 그 멜로디를 대충이나마 혼자 연주할 수도 있었다. 그런 생각을 하며 계속 걸었다. 아니, 실내악이 없어도, 친구가 없어도 괜찮다. 무기력하게 따스함을 갈망하느라 진을 빼는 짓은 우습다. 고독은 독립이다. 나는 독립을 원했고 오랜 시간 끝에 그 고독을 얻었다. 물론 고독은 차갑다. 맞다. 그러나 고요하기도 하다. 별들이 돌고 있는 그 차갑고 고요한 공간만큼이나 대단히 고요하고 광대하다.

댄스홀을 지나려니 격한 재즈 음악이 흘러나왔다. 날고기에서 나는 김만큼이나 뜨겁고 날것인 음악이었다. 나는 잠시 걸음을 멈췄다. 이런 종류의 음악은 늘 혐오감을 주면서도 은밀한 매력을 풍겼다. 나는 재즈를 싫어하지만, 요즘의 관념적인 음악에 비하면 재즈가 10배는 더 좋았다. 재즈는 그 유쾌한 날것의 야성으로 나 같은 사람에게서도 본능의 세계로 깊숙이 파고들며, 순박하고 정직한 관능을 뿜어냈다.

나는 잠시 코를 킁킁대며 피비린내 나는 그 시끄러운 음악의 냄새를 맡았고, 심술과 욕정을 느끼며 이 댄스홀의 분위기를 탐지했다. 서정적인 전반부는 느끼하고 너무 달콤했으며 감성을 자극했고 나머지 절반은 야성적이고 변덕스럽고 힘이 넘쳤지만 그 둘이 천진하고 평화롭게 합쳐져 하나의 전체가 되었다. 그것은 몰락의 음악이었다. 로마의 마지막 황제 시절에도 아마 비슷한 음악을 들었을 것이다. 물론 바흐와 모차르트, 진짜 음악에 비한다면 쓰레기겠지만, 사실 진짜 문화와 비교한다면 우리의 예술, 사상, 우리의 가짜 문화 전부가 다 그럴 것이다. 게다가 이 음악은 대단한 정직함, 사랑스럽고 가식 없는 흑인의 심성, 아이같이 명랑 쾌활한 분위기가 장점이었다. 재즈에는 흑인의 무언가가, 미국인의 무언가가 숨어 있었다. 우리 유럽 사람들 눈에는 미국인들이 제아무리 힘이 세다 해도 소년같이 발랄하고 유치해 보인다. 유럽도 그렇게 될까? 이미 그 길로 접어들었을까? 과거의 유럽, 지난날의 진짜 음악과 옛날의 진짜 문학을 잘 알고 존경하는 우리는, 내일이면 잊히고 비웃음당할 어리석은 소수의 까탈스러운 신경증 환자들에 불과한 걸까? 우리가 '문화'라 부르던 것은, 우리가 정신이나 영혼이라고, 아름답다거나 성스럽다고 부르던 것은 이미 오래전에 죽어 유령이 되었는데 우리 바보 몇몇만 그게 진짜이고 살아 있다고 생각하는 걸까? 어쩌면 한 번도 진짜였던 적이 없고 살아 있었던 적도 없었던 걸까? 우리 바보들이 애써 찾던 것은 애당초 한낱 유령에 불과했을까?

나는 구시가지로 들어섰다. 불 꺼진 작은 교회가 비현실적인 모습으로 음울하게 서 있었다. 문득 저녁의 일이 떠올랐다. 수수께끼 같던 아치문과 그 위에 걸려 있던 이상한 광고판, 놀리듯 춤추던 빛 글자들. 뭐라고 적혀 있었던가? '아무나 입장할 수는 없습니다.' 그리고 '미친 사람만 입장할 수 있습니다.' 마법이 다시 시작되어 그 글자가 나 같은 미친 사람을 초대하고 그 작은 문으로 들여 보내주기를 은근히 바라면서 나는 그 길 건너 옛 돌담을 이리저리 살폈다. 어쩌면 그곳에 내가 갈망하던 게 있지 않을까? 어쩌면 그곳에서 내 음악을 연주하고 있지는 않을까?

짙은 황혼에 젖어 몸을 숨긴 채 자기 꿈에 푹 빠진 어두운 돌담이 의연하게 나를 쳐다봤다. 아무리 살펴도 구멍 하나 없는 어둡고 고요한 돌담뿐, 문도 아치도 보이지 않았다. 나는 미소를 띠며 걸어가 돌담에게 다정한 고개인사를 건넸다. '돌담아, 잘 자. 깨우지 않을게. 언젠가 때가 되면 사람들이 너를 허물거나 욕심 많은 회사 광고로 도배를 할 테지만 아직 너는 여기 있고 아직은 아름답고 고요하며, 내 눈에는 사랑스럽기가 그지없단다.'

컴컴한 골목에서 누가 뱉어내기라도 한 듯 내 코앞으로 사람이 툭 튀어나오는 바람에 나는 깜짝 놀랐다. 지친 걸음으로 혼자서 늦게 귀가하는 남자였다. 머리에는 모자를 눌러 썼고 파란 셔츠를 입었으며 어깨에는 플래카드가 달린 막대기를 메고 있었다. 앞쪽으로는 대목장 상인처럼 좌판을 끈에 묶어 매달고 있었다. 그는 내 쪽으로는 돌아보지도 않고서 피곤한 모습으로 내 앞에서 걸어갔다. 나를 돌아봤다면 인사를 건네며 시가라도 하나 내밀었을 텐데 말이다. 그가 다음번 가로등 아래로 들어가자 나는 그 불빛에 의지하여 그의 깃발을, 막대에 매달린 붉은 플래카드를 읽어보려 애썼다. 그러나 플래카드가 이리저리 흔들리는 바람에 뜻을 알 수 없었다. 나는 그를 불러 세우고는 플래카드를 보여달라고 부탁했다. 그가 걸음을 멈추고 막대를 조금 더 똑바로 세웠고, 덕분에 나는 춤추듯 흔들리는 글자를 읽을 수 있었다.

무정부주의 야간 행사!

마술 극장!

아무나 …… 입장할 수는 없습니다.

"당신을 찾고 있었어요."

나는 기뻐서 소리 질렀다.

"당신네 저녁 행사라는 게 대체 뭔가요? 어디서 하죠? 언제 해요?"

그가 다시 걸음을 옮겼다.

"아무나 입장할 수는 없습니다."

그가 졸린 목소리로 무심하게 대답하고는 계속 걸어갔다. 그는 지쳤다. 집에 가고 싶은 것이다.

"잠깐만요."

나는 소리치며 그를 쫓아갔다.

"그 상자엔 뭐가 들었어요? 내가 사겠습니다."

그는 걸음을 멈추지 않고 상자에 손을 집어넣어 기계적으로 작은 책자를 꺼내 건넸다. 나는 그 책자를 얼른 받아 주머니에 집어넣었다. 내가 돈을 꺼내려고 외투 단추를 푸는 사이 그는 옆의 성문 길로 접어들더니 성문을 닫고는 사라져버렸다. 안쪽 마당에서 무거운 그의 발걸음 소리가 울렸다. 처음에는 포장 돌을 밟는 소리였다가 잠시 후 나무 계단을 오르는 소리가 났고, 그러고는 아무 소리도 들리지 않았다. 나도 갑자기 피곤이 몰려온 데다 시간도 너무 늦었고 해서 이만 집으로 돌아가는 것이 좋겠다는 기분이 들었다. 나는 걸음을 재촉했고, 이내 잠에 빠진 시 외곽 골목길을 지나 성벽 사이에 자리한 우리 동네에 도착했다. 잔디가 깔리고 담쟁이덩굴이 휘감은 작고 깨끗한 셋집에 공무원과 돈 없는 은퇴자들이 모여 사는 곳이다. 담쟁이덩굴과 잔디, 키 작은 전나무를 지나 나는 대문에 도착했고 열쇠 구멍과 전등 스위치를 무사히 찾은 후 유리문과 광택이 나는 장롱, 화분을 지나쳐서 내 방문을 열었다. 다른 사람들 같으면, 제대로 된 사람들 같으면 어머니나 아내, 아이들과 하녀, 개와 고양이가 집에서 기다릴 테지만, 나는 안락의자와 난로, 잉크병과 물감 상자, 노발리스와 도스토옙스키가 기다리는 내 작은 가짜 고향의 문을 열었다.

젖은 외투를 벗으려니 작은 책자가 손에 잡혔다. 나는 그것을 꺼냈다. '정월 태생이 명심할 사항'이니 '8일 만에 20년 젊어지는 비결' 같은, 질 나쁜 종이에다 형편없이 인쇄한 대목장 소책자였다.

그러나 막상 안락의자에 들어앉아서 돋보기를 끼고서 소책자 표지에 찍힌 제목을 읽었을 때, 나는 깜짝 놀라는 한편으로 갑자기 쩍 입을 벌리게 될 운명을 예감했다.

소책자의 내용은 다음과 같았다. 나는 끝까지 긴장을 늦추지 못한 채 그 글을 단숨에 읽어 내려갔다.

황야의 이리에 관한 논문

미친 사람만 읽을 것

옛날에 이름은 하리이고, 황야의 이리라 불리던 남자가 살았다. 두 다리로 걷고 옷을 입고 인간이었으나, 사실은 황야의 이리였다. 머리 좋은 인간이 배울 수 있는 많은 것을 배웠고 상당히 똑똑한 사람이었다. 그러나 그가 배우지 못한 것이 있었으니 바로 자신과 자기 삶에 만족하는 것이었다. 그는 그럴 수가 없어서 늘 불만 가득한 인간이었다. 그렇게 된 이유는 아마도 늘 가슴 저 밑바닥에서 자신이 원래 인간이 아니라 황야에서 온 이리라는 사실을 알고 있었기(혹은 안다고 믿었기) 때문일 것이다. 똑똑한 사람들이라면 그가 정말로 이리인지, 이리였던 그가 태어나기도 전인 옛날에 마법에 걸려 인간이 된 건지, 아니면 인간으로 태어났으나 황야의 이리의 영혼을 받아서 그 영혼에 사로잡힌 건지, 그도 아니면 그가 원래 이리라는 이런 믿음은 그의 상상이나 질병에 불과한 건지를 두고 말다툼할 수도 있을 것이다. 가령 이 사람이 어린 시절에 사납고 제멋대로이고 지저분해서 선생님들이 그의 야수성을 죽이려 했고, 그 바람에 그가 교육과 인간성의 얇은 껍데기를 둘렀을 뿐 사실 원래는 야수였다는 상상과 믿음이 생겨난 건지 모른다. 이 문제를 두고는 오래오래 재미나게 이야기를 나눌 수도, 심지어 책을 여러 권 쓸 수도 있을 것이다. 그러나 황야의 이리는 그러거나 말거나 아랑곳하지 않을 것이다. 그에게 이리를 집어넣은 것이 마법이건 폭력이건, 혹은 그의 영혼이 지어낸 상상에 불과하건 황야의 이리에게는 아무 상관이 없기 때문이다. 다른 사람이 뭐라고 생각하건, 자신이 뭐라고 생각하건, 그건 전혀 중요하지 않았다. 그것이 그에게서 이리를 끄집어내지는 못할 테니 말이다.

그러니까 황야의 이리는 인간의 본성과 이리의 본성, 두 가지 본성을 갖고 있었다. 그것이 그의 운명이었지만 어쩌면 그리 특별하거나 드문 운명은 아닐지 모른다. 개나 여우, 물고기나 뱀을 마음에 담고 살면서도 특별히 어려움을 겪지 않는 사람들이 많이 목격되었다고 하니 말이다. 그 사람들의 마음에서는 인간과 여우, 인간과 물고기가 나란히 살면서 서로를 해치지 않고 오히려 서로를 돕는다. 출세하여 남들의 부러움을 사는 많은 남성에게 운을 안겨준 것은 인간이 아니라 여우나 원숭이였다. 하지만 하리는 달랐다. 그에게서는 인간과 이리가 나란히 걷지 못하고 서로 돕기는커녕 늘 서로를 철천지원수로 생각하며 괴롭히기만 했다. 하나의 피와 하나의 영혼에서 둘이 서로 죽일 듯 싸운다면 그것은 가혹한 인생이다. 그러나 각자에게는 각자의 운명이 있는 법이고, 어느 운명도 수월하지는 않다.

모든 잡종이 그렇듯 우리 황야의 이리도 때로는 이리, 때로는 인간이라 느끼며 살았다. 그러나 이리일 때는 늘 마음속 인간이 숨어 감시하고 비판하고 심판했고, 인간일 때는 이리가 똑같이 그렇게 했다. 가령 하리가 인간으로 멋진 생각을 하고 섬세하고 고상한 감정을 느끼거나 흔히 말하는 착한 짓을 할 때면 이리가 이빨을 드러내면서 비웃었다. 황야의 짐승 주제에, 홀로 황야를 누비며 가끔 피나 빨아먹고 암컷이나 쫓아다닐 때가 훨씬 더 편하다는 것을 속으로는 아주 정확히 아는 이리 주제에 이 온갖 고상한 연극이 가당키나 하냐며 신랄하게 조롱했다. 그 이리의 눈으로 보면 인간의 모든 행동은 배꼽이 떨어질 정도로 웃기고 황당하며 멍청하고 실속이 없었다. 하지만 하리가 이리라고 느끼며 행동할 때도, 다른 이에게 이빨을 드러낼 때도, 모든 인간과 가식적이고 타락한 그들의 예절과 관습을 증오하고 적대할 때도 아주 똑같았다. 그럴 때면 마음속 인간이 잠복근무를 시작해서 이리를 감시하고 짐승이나 야수라 불렀으며, 단순하고 건강하며 야성적인 이리의 본성이 선사하는 기쁨을 망치고 망가뜨렸다.

황야의 이리는 이런 사람이었기에, 하리가 편안하고 행복한 삶을 살지는 못했을 거라고 상상할 수도 있겠다. 하지만 그가 아주 특별히 불행했다고 말할 수는 없다. (물론 모든 인간은 자기가 당하는 고통이 제일 크다고 생각하는 법이므로 하리도 자기가 특별히 불행하다고 생각했다.) 그런 말은 누구에게도 해서는 안 된다. 마음에 이리가 살지 않는다고 해서 꼭 행복한 것은 아니다. 제아무리 불행한 삶에도 해가 나는 순간이 있고 모래와 자갈 틈에서도 작은 행복의 꽃은 핀다. 황야의 이리 역시 그랬다. 그가 대체로 아주 불행했다는 사실은 부인할 수 없다. 또 그가 다른 사람을, 그가 사랑하는 이나 그를 사랑하는 이를 불행하게 만들 수도 있었다. 그를 사랑한 모든 이가 늘 그의 한 면만 봤기 때문이다. 많은 이가 기품 있고 똑똑하며 특별한 사람이라서 그를 사랑했기에 그에게서 갑자기 이리를 발견하면 깜짝 놀라고 실망했다. 그럴 수밖에 없었던 것이, 하리는 모든 존재가 그러하듯 상대가 자기 전부를 사랑하기를 원했으므로, 진정으로 사랑받고 싶은 사람 앞에서는 특히나 더 이리를 숨기고 거짓말할 수 없었다. 거꾸로 그 이리를, 자유롭고 야성적이며 길들일 수 없고 위험하며 강인한 이리의 바로 그 면을 사랑하는 사람도 있었지만, 그들 역시 야성적이고 사악한 이리가 아직도 인간이어서 자비와 친절을 바라고 모차르트를 들으며 시를 읽고 인도주의 이상을 품고자 한다는 사실을 어느 날 문득 알고 나면 너무나도 실망하고 슬퍼했다. 대부분 심하게 실망하고 화를 내는 쪽은 바로 이런 사람들이었다. 그렇게 하여 황야의 이리는 마주치는 모든 타인의 운명에도 자신의 이중성과 분열을 불어넣었다.

그러나 이것으로 황야의 이리를 잘 안다고, 갈기갈기 찢긴 그의 가엾은 운명을 상상할 수 있다고 생각한다면 착각이다. 아직 한참 멀었다. (예외 없는 규칙이란 없고, 상황에 따라서는 아흔아홉 명의 의인보다 한 사람의 죄인을 신이 더 아끼듯) 하리에게도 예외와 행운이란 게 있어서 때로는 이리를, 때로는 인간을 방해 없이 온전히 호흡하고 생각하고 느낄 수가 있었다. 그렇다. 아주 드물기는 했지만 가끔은 둘이 평화 조약을 맺고 서로를 위해 살았기에 하나가 자는 동안 다른 하나가 깨어 있는 수준을 넘어 서로의 힘을 북돋아 두 배로 키워주기도 했다. 세상 어디나 그렇듯 이 남자의 인생에서도 가끔은 익숙한 것, 일상적인 것, 잘 아는 것, 규칙적인 것이 모조리 아주 잠깐이나마 멈추고 중단되어 특별한 것, 기적, 은총에 자리를 내주었다. 이 드물고 짧은 행복의 순간이 황야의 이리의 고약한 운명을 보상하고 어루만져서 결국에는 행복과 고통이 균형을 이루었을 수도 있다. 거기서 한 걸음 더 나아가서 짧으나마 강렬한 행복이 모든 고통을 빨아들여 행복의 추가 더 기울었을 수도 있다. 이런 것은 한가한 사람들이나 하고 싶을 때 다시금 고민할 수 있는 문제다. 이리 또한 가끔 그런 고민을 했는데 한가하고 쓸데없는 날에 그랬다.

여기에 한 가지 더 덧붙일 말이 있다. 하리와 비슷한 부류의 인간이 상당히 많다는 점인데, 가령 많은 예술가가 이런 부류에 포함된다. 이 사람들은 모두가 자기 안에 두 가지 영혼, 두 가지 본성을 갖고 있다. 신적인 것과 악마적인 것, 어머니의 피와 아버지의 피, 행복의 능력과 고통의 능력이 하리 속에 있는 이리와 인간처럼 서로 으르렁대며 뒤엉켜 존재한다. 이들은 너무도 불안한 삶을 살아가지만, 가끔 드문 행복의 순간이 찾아오면 너무도 강렬한 것, 말할 수 없이 아름다운 것을 경험한다. 그 행복한 순간의 거품이 고통의 바다 너머로 드높이 찬란하게 용솟음치기에 이 빛나는 짧은 행복은 빛을 흩뿌리며 다른 이들에게 닿아 마법을 건다. 모든 예술 작품은, 고통의 바다 위로 일었다가 이내 사라지는 소중한 행복의 거품은 그렇게 탄생한다. 고통에 겨운 한 개인은 그 작품을 통해 잠시나마 자기 운명 너머로 높이높이 날아오르기에 그의 행복이 별처럼 빛나고, 모든 이가 그 작품을 영원한 것, 자신이 품은 행복의 꿈이라 느낀다. 그들의 행위와 작품을 무엇이라 부르건 사실 이 사람들에게는 삶이라는 게 없다. 다시 말해 그들의 삶은 실재가 아니고 형체도 없다. 그들은 다른 이들이 판사, 의사, 구두장이, 교사가 되듯 그런 식으로 영웅이나 예술가, 사상가가 되는 게 아니어서, 그들의 삶은 고통에 찬 영원한 운동이요, 물거품이며 불행하고 고통스럽게 찢어져 있다. 따라서 사람들이 그런 혼란스러운 삶을 환히 비추는 드문 경험과 행위와 생각과 작품에서 의미를 찾으려는 마음을 접는다면, 그들의 삶은 끔찍하고 무의미할 것이다. 가장 위험하고 무서운 생각도 이런 부류의 사람들에게서 탄생했다. 인간의 삶이란 어쩌면 전부 다 엄청난 착각이요, 태초의 어머니가 난산으로 잃고 만 태아이며, 참담하게 실패한 부실한 자연의 습작에 불과할지도 모른다는 생각 말이다. 하지만 인간은 살짝 이성적인 동물에 불과한 게 아니라 신의 자식이며 불멸의 운명을 타고났는지도 모른다는 다른 생각 역시도 그들에게서 생겨났다.

모든 부류의 인간에게는 각기 특징과 표식이 있고 각자의 미덕과 악덕, 각자의 죽을죄가 있다. 야행성은 황야의 이리가 가진 특징 중 하나다. 아침은 괴로운 시간이다. 두려운 시간, 한 번도 좋은 적이 없었던 시간이다. 평생에 걸쳐 아침에 진짜 기쁨을 맛본 적이 단 한 번도 없었고, 오전에 괜찮은 일을 하거나 멋진 아이디어를 떠올려 자신과 남들을 기쁘게 한 적도 없었다. 오후가 되어야 천천히 온기와 생기가 돌아왔고, 해 질 무렵이 되어야 그나마 일진이 좋은 날에는 생산력과 활기를 되찾았고, 가끔은 열정을 불태우며 기쁨에 넘치기도 했다. 그것은 고독과 자유를 향한 그의 욕망 때문이기도 했다. 자유의 욕망이 그보다 더 깊고 격한 사람은 없을 것이다. 아직 가난해서 먹고살기 위해 애쓰던 젊은 시절에도 그는 한 조각의 독립을 얻을 수만 있다면 차라리 굶고 해진 옷을 입는 쪽을 택했다. 그는 결단코 돈과 호사를 위해 여자나 권력자에게 자신을 판 적이 없었고, 자유를 지키기 위해 온 세상 사람들이 이익과 행복이라 생각하는 것을 수도 없이 집어던지고 내쫓았다. 어떤 직책을 맡아 하루 일정과 연간 일정을 지키고 남의 말에 복종해야 한다는 생각보다 더 싫고 끔찍한 게 없었다. 회사, 사무실, 관청은 죽음만큼이나 싫었고 병영에 갇히는 거야말로 가장 무서운 악몽이었다. 때로 큰 희생이 따랐지만 그래도 그는 이 모든 상황에서 벗어날 줄 알았다. 바로 그게 그의 장점이자 미덕이었고, 이 지점에서만큼은 어떤 일이 있어도 뜻을 굽히거나 마음을 돌리지 않았으며, 이 지점에서만큼은 그의 성격이 꼿꼿하고 곧았다. 그러나 이런 미덕은 다시금 그의 고통과 운명과도 밀접한 관련이 있었다. 누구에게나 일어나는 일이 그에게도 일어났다. 본성 저 깊은 곳에서 솟구친 충동을 좇아 끈질기게 찾고 노력하던 것을 결국 손에 넣었으나, 이미 유익한 한도를 초과한 후였다. 처음에는 그의 꿈이자 행복이었던 것이 나중에는 쓰디쓴 운명이 되어버렸다. 권력을 따르는 인간은 권력으로 망하고, 돈을 밝히는 인간은 돈으로 망하며, 굽실거리는 인간은 굽실거리다 망하고, 쾌락을 좇는 인간은 쾌락으로 망한다. 황야의 이리도 그 자유 탓에 망했다. 그는 목표를 이루었고 점점 더 자유로워졌으며 아무도 그에게 명령하지 않았고 그는 누구의 말도 듣지 않았다. 그는 자기 행동을 자유롭게 혼자서 결정했다. 강한 인간은 진짜 충동이 좇으라 명령한 것은 반드시 얻어내기 때문이다. 그러나 마침내 찾은 자유의 한가운데에서 하리는 문득 자신의 자유가 죽음이라는 사실을 깨달았다. 그가 혼자라는 것을, 세상이 무섭도록 그를 내버려둔다는 사실을 깨달았다. 사람들이 그를 상관하지 않았고, 그 자신도 그를 상관하지 않아서 날로 희박해져가는 무심과 고독의 공기 속에서 그가 천천히 질식해간다는 사실을 말이다. 이제 고독과 자유는 바람과 목표가 아니라 운명과 형벌이었다. 마법으로 이룬 소원은 되돌릴 수가 없었고, 이제 와 그리움과 선의로 팔을 뻗어 결합과 유대를 찾아본들 아무 소용이 없었다. 이제 사람들은 그를 홀로 두었다. 그렇다고 해서 그를 미워하거나 싫어한 것은 아니었다. 거꾸로 그는 친구가 아주 많았다. 많은 이가 그를 좋아했다. 그러나 그가 발견한 것은 그저 동정과 친절이었을 뿐이다. 사람들은 그를 초대하고 선물을 주고 다정한 편지를 써주었지만 아무도 그의 곁으로 다가오지 않았다. 어디서도 유대는 생기지 않았으며 아무도 그의 삶을 나누려 하지 않았고 또 그럴 수 있는 사람도 없었다. 이제 그는 고독한 사람의 공기와 적막한 분위기에 에워싸였고, 주변 세상과 동떨어져 살았으며 관계를 맺으려는 의지와 동경이 넘쳐도 결코 그릴 수 없었다. 이것이 그의 인생이 가진 중요한 특징 중 하나였다.

또 하나의 특징은 그가 자살자라는 사실이다. 여기서 짚고 넘어가야 할 점이 있다. 정말로 자기 목숨을 끊는 사람들만 자살자라 부른다는 생각은 틀렸다. 정말로 자살을 한 사람 중에는 본성은 꼭 자살자에 포함되지 않는데도 우연 탓에 자살자가 된 사람이 있고, 심지어 그 숫자가 적지 않다. 특별한 개성도, 강렬한 특징도, 강렬한 운명도 없는 사람들, 무리 지어 우르르 몰려다니는 사람 중에도 자살로 죽는 사람이 많은데, 그렇다고 해도 이들은 전체적인 특징이나 표식으로 보아 자살자 유형에 포함되지는 않는다. 반대로 본성상 자살자에 포함되는 사람 중 많은 수가, 어쩌면 대다수가 평생 단 한 번도 자기 몸에 손을 대지 않는다. '자살자'라고 해서 반드시 죽음과 특별히 끈끈한 관계를 맺으며 살 필요는 없다. 하리도 그중 하나였다. 그건 자살자가 아니어도 할 수 있다. 하지만 자살자는 옳건 그르건 자아를 특별히 위험하고 의심스러우며 위태로운 자연의 씨앗으로 생각하는 특징이 있다. 그래서 항상 자신은 과하게 노출되고 위험에 처해 있다고 느끼며, 백척간두에 서 있기에 누군가 툭 밀치거나 마음이 살짝 약해지기만 해도 허공으로 떨어질 것만 같은 심정이다. 이런 부류의 사람들은 손금의 운명선에 특징이 있는데, 자살이 적어도 머리로는 가장 가능성이 큰 죽음의 방식이라는 것이다. 이런 정서는 어릴 때부터 드러나서 평생을 따라다니는데 생활력이 특별히 약해서 생기는 게 아니다. 거꾸로 자살자 중에는 지나치게 강인하며 욕심이 많고 대담한 성격도 있다. 하지만 조금만 아파도 금방 열이 펄펄 끓는 사람이 있듯,

우리가 '자살자'라 부르는 이 사람들은 항상 아주 예민하고 민감해서 아주 작은 충격에도 심하게 자살 충동에 빠져든다. 생명 현상의 메커니즘에만 매달리지 않고 용기와 책임을 가지고 인간을 탐구하는 학문이 있다면, 가령 인류학이나 심리학 같은 학문이 있다면 아마 모두가 이런 사실을 알 것이다.

자살자에 대해 우리가 여기서 말한 내용은 당연히 전부 다 피상적인 것들뿐이다. 그것은 심리학, 그러니까 한 조각의 물리학이다. 형이상학적으로 보면 문제가 전혀 다르고 훨씬 명확하다. 형이상학적으로 볼 때 자살자는 자신의 고립에 죄책감을 느끼는 사람이다. 더는 자신의 완성과 발전을 인생 목표로 삼지 않고 오히려 이제는 자신의 해체나 어머니에게로, 신에게로, 우주로 회귀하는 것을 목표로 삼는 영혼이다. 이런 천성 탓에 아주 많은 이가 실제로는 절대 자살을 감행할 수가 없다. 자기 죄를 마음 깊이 깨닫고 있기 때문이다. 그렇다 해도 우리가 보기에 그들은 자살자다. 그들은 삶이 아니라 죽음에서 구원을 찾고, 자신을 내던지고 바치고 없어지게 하여 처음으로 돌아갈 마음의 준비가 되어 있기 때문이다.

모든 강점이 약점도 될 수 있듯(그렇다. 상황에 따라서는 약점이 될 수밖에 없다), 전형적인 자살자도 약해 보이는 겉모습을 버팀목 삼아 힘을 낼 수 있다. 아니, 사실은 그런 일이 매우 잦다. 황야의 이리 하리 역시 이런 경우다. 그와 같은 부류의 수많은 이가 그렇듯 그는 죽음으로 가는 길이 늘 열려 있다고 생각했다. 하지만 어린애 같은 울적한 상상으로 그치지 않고, 바로 그 생각을 위안과 버팀목으로 삼았다. 그와 같은 부류의 사람이 다 그렇듯 그 역시 조그만 충격이나 조그만 고통이 닥쳐도, 조금만 상황이 나빠져도 곧바로 죽음으로 그 상황을 모면하고픈 바람이 일어났다. 그러나 차츰 이런 성향을 바탕으로 삶에 유익한 철학을 만들어냈다. 탈출구가 항상 열려 있다는 생각과 친해지면서 힘이 생겼고, 고통과 힘든 상황을 끝까지 맛보자는 호기심이 일었다. 상황이 정말 안 좋을 때는 격한 기쁨, 그 불행을 고소해하는 마음까지도 들었다. '한 인간이 어디까지 견딜 수 있는지 궁금하다. 한계가 와서 더는 견딜 수 없다면 그냥 문을 열고 빠져나가면 그뿐이다.' 너무도 많은 자살자가 이런 생각으로 엄청난 힘을 얻는다.

그러나 모든 자살자는 자살의 유혹과도 늘 싸운다. 마음 한구석에서는 자살이 출구이기는 하지만 약간 지질한 불법 비상구라는 것, 자기 손보다는 삶 자체에 패해 죽는 것이 근본적으로 더 우아하고 아름답다는 점을 모두가 너무나 잘 안다. 이렇게 잘 알기에, 이렇게 양심의 가책을 느끼기에 대부분의 자살자는 계속해서 유혹에 맞선다. 그 가책의 뿌리는 자위하는 사람이 느끼는 가책과 같다. 그들은 도벽이 있는 사람이 도둑질하지 않으려 애쓰듯 유혹에 저항한다. 황야의 이리도 이런 싸움을 익히 아는 터라, 각종 무기를 동원해 유혹과 싸웠다. 그리고 마침내 마흔일곱 살이 되자 행복한 생각을 떠올리게 되었다. 익살맞은 면도 없지 않아서 자주 기쁨을 안겨준 생각이었다. 쉰 살 생일을 자살해도 괜찮은 날로 정한 것이다. 그날 기분에 따라 비상구를 이용할지 말지를 정하자고, 그는 자신과 약조했다. 이제는 무슨 일이 일어나도, 병이 들거나 가난해져도, 고통과 괴로움을 느껴도 괜찮았다. 모두가 기한이 정해져 있고, 모두가 기껏해야 몇 년, 몇 달, 며칠밖에 안 걸릴 테고, 그 숫자도 매일 줄어들 테니 말이다! 실제로 그는 예전 같으면 더 심하게 더 오래 괴로워했을 불행, 어쩌면 뿌리까지 흔들렸을 많은 불행을 훨씬 더 쉽게 견뎠다. 어떤 이유이건 특별히 힘들 때면, 안 그래도 황량하고 고독하며 고달픈 인생에 특별한 고통이나 상실이 더해질 때면 그 고통에 말할 수 있었다.

"2년만 기다려. 그럼 내가 너희들을 손아귀에 넣을 테니."

그러고 나면 그는 흐뭇한 심정으로 상상에 빠져들었다. 쉰 살 생일 아침에 편지와 축하 인사가 당도하고 그는 면도칼을 굳게 믿으며 모든 고통에 작별을 고하고 삶의 문을 닫는 것이다. 그러면 관절염도, 우울도, 두통과 위통도 아무렇지 않았다.

이제 남은 것은 황야의 이리라는 개별 현상을 설명하는 일이다. 다시 말해 그 현상의 기본 법칙을 추적하여 그가 시민 계급과 맺은 독특한 관계를 설명해볼 참이다. 당연한 순서로 먼저 '시민적인 것'에 대한 그의 관계부터 시작해보자.

황야의 이리는 나름의 견해에 따라 완전히 시민 세계 바깥에 있었다. 그가 가족을 꾸리지도, 사회적 야망을 품지도 않았기 때문이다. 그는 자신이 철저한 개인이라 생각했다. 때로는 괴짜이자 병들어 세상을 등진 사람이라 생각했고, 때로는 천재 기질을 타고나서 보통 사람의 자잘한 규범은 훌쩍 뛰어넘는 비범한 개인이라고도 생각했다. 그는 의도적으로 부르주아를 경멸했고, 부르주아가 아닌 자신이 자랑스러웠다. 그래도 많은 지점에서는 철저하게 시민적으로 살아서 은행에 돈을 예금하고 가난한 친척에게 경제적인 지원을 했으며 남의 눈을 의식하지는 않았어도 예의 바르고 눈에 띄지 않게 옷을 입었고 경찰서와 세무서, 그 비슷한 권력 기관과 다투지 않고 살려고 노력했다. 나아가 늘 남몰래 시민 계급의 작은 세계를 열렬히 동경했다. 정갈하게 가꾼 작은 정원과 윤나게 닦은 계단이 있고, 질서와 예절의 분위기가 소박하나마 온전히 풍겨 나오는 조용하고 단정한 가정집을 동경했다. 소소한 악행과 기행을 저지르며 자신을 시민 계급을 떠난 괴짜나 천재라 느끼는 것은 좋았지만, 그는 평생 단 한 번도 그 마음을 보여주기 위해 시민성이 남지 않은 고장에 둥지를 틀거나 기거한 적이 없었다. 폭력적인 인간과 열외의 인간들과 어울리거나 범죄자나 권리를 박탈당한 사람들 곁에 있을 때는 도무지 마음이 편치 않았기에 그는 늘 시민의 관할 구역에 머물렀다. 비록 대립과 반항의 관계였으나 항상 그들의 습관과 규범, 그들의 분위기와 관계를 맺었다. 더구나 그는 소시민적 교육을 받았고 거기서 배운 많은 양의 개념과 틀을 그대로 간직했다. 그래서 이론적으로는 매춘에 아무런 반감이 없었지만, 개인적으로는 매춘부를 진지하게 대하거나 실제로 자신과 같은 사람으로 취급할 수가 없었다. 또 국가와 사회가 배척하는 정치범, 혁명가, 정신적인 선동가를 형제로 사랑할 수는 있어도 도둑, 강도, 강간 살인범은 지극히 시민적인 방식으로 동정하는 것 말고는 달리 대할 방법을 몰랐다.

그는 늘 이런 식으로 본성과 행동의 절반이 싸우고 부정하는 것을 다른 절반이 인정하고 긍정하며 살았다. 교양 있는 시민 가정에서 엄격한 격식과 예법을 배우며 자랐기에 이미 오래전에 시민 계급에서 허락할 수 있는 수준 이상으로 개인화되었고, 시민적 이상과 믿음의 내용에서 벗어났으면서도 그의 영혼의 일부는 늘 이 세계의 질서에 집착했다.

'시민적인 것'은 언제나 존재하는 인간적 상태의 하나로, 균형을 잡으려는 노력, 인간 행동의 수많은 극단과 대립 쌍 사이에서 균형 있는 중도를 찾으려는 노력에 불과하다. 이 대립 쌍 중에서 성자와 탕아의 대립 쌍을 하나의 사례로 들어본다면 우리의 비유가 금방 이해될 것이다. 인간은 정신적인 것, 신에 다가가려는 노력, 성자의 이상에 온전히 자신을 바칠 수 있지만, 반대로 충동과 감각적 욕망에 온전히 자신을 던지고 순간의 쾌락을 얻기 위해 온 노력을 기울일 수도 있다. 한쪽은 성자의 길, 정신을 위해 목숨을 내놓는 순교자의 길, 신에게로 돌아가는 길이다. 다른 쪽은 탕자의 길, 충동에 목숨을 거는 길, 타락에 이르는 길이다. 이제 시민은 이 둘 사이에서 적당한 중도를 찾으려 노력한다. 도취에도, 금욕에도, 그는 절대 자신을 내던지거나 바치지 않으며, 순교자가 되는 일도, 자기 파멸에 응하는 일도 없다. 오히려 그의 이상은 자아의 헌신이 아니라 자아의 보존이며, 그의 목표는 신성도, 그 반대도 아니다. 그는 맹목을 견딜 수 없기에 신을 섬기되 환락도 추구하며, 도덕적인 인간이 되고는 싶으나 약간은 지상에서 편히 잘 살고 싶기도 하다. 한마디로 그는 양극단의 중간, 즉 태풍이 불지도 번개가 치지도 않는 온화하고 쾌적한 지대에서 정착하려 애쓰며, 그런 그의 노력은 성공을 거둔다. 물론 맹목과 극단을 향한 삶이 선사하는 치열한 삶과 감정을 희생하여 거둔 성공이기는 하지만 말이다. 치열하게 살 수 있으려면 자아를 희생해야 한다. 그런데 시민이 가장 높이 평가하는 것은 바로 (발육 부진이기는 하지만) 자아다. 따라서 그는 치열함을 희생하여 자아의 유지와 안전을 거머쥐고, 신에 빠지는 대신 가책 없는 양심을 택하며 쾌락 대신 편안함을, 자유 대신 안락함을, 치명적인 불길 대신 쾌적한 온도를 택한다. 그러기에 시민은 본성상 삶의 동력이 약한 존재이고, 불안이 심하고 자기희생을 겁내며 지배당하기 쉽다. 그런 이유로 시민은 권력의 자리에 다수를, 힘의 자리에 법을, 책임의 자리에 투표를 앉힌다.

아직 많은 수가 존재하기는 하지만 이 나약하고 불안한 존재가 오래갈 수 없다는 것은 자명한 이치다. 또 이들이 성격상 이 세상을 마음대로 휘젓고 다니는 이리들 틈새에 끼인 양 떼 역할밖에는 맡을 수 없다는 것도 자명하다. 그래서 기질이 매우 강한 사람들이 지배하는 시대가 되면 시민은 금방 수세에 몰리겠지만, 그래도 시민은 절대 멸종하지는 않고 심지어 가끔은 세상을 지배하는 것 같기도 하다. 어떻게 그럴 수 있을까? 무리의 엄청난 숫자도, 도덕도, 상식도, 조직도 그들의 멸종을 막아줄 만큼은 힘이 없다. 또 애당초 삶의 치열함이 너무도 약하기에 세상 어떤 명약도 그를 살릴 수는 없다. 그런데도 시민 계급은 살아 있고 강하고 번성한다. 왜 그럴까?

답은 황야의 이리 덕분이다. 실제로 시민 계급의 활기찬 힘은 정상적인 시민의 특성 덕분이 아니라 정말로 많은 아웃사이더의 특성 덕분이다. 시민 계급은 이상이 모호하고 무한히 확장될 수 있기에 이들 아웃사이더를 포용할 수 있다. 시민 계급 안에는 항상 강하고 야성적인 존재가 수없이 많이 살고 있다. 우리의 황야의 이리 하리가 대표적인 사례다. 시민이 허락할 수 있는 수준을 훨씬 뛰어넘어 개인으로 성장했고, 명상이 선사하는 희열 못지않게 증오와 자기 증오가 안겨주는 음울한 기쁨을 잘 알며, 법과 도덕과 상식을 멸시하지만, 그는 시민 계급이라는 감옥에 갇힌 죄수이며 그 감옥을 나올 수가 없다. 그리고 진짜 시민 계급의 원래 무리 주변에는 넓은 층의 사람들이, 수천의 삶과 지성이 진을 치고 있다. 이들 모두는 크게 성장하여 시민 계급을 박차고 나왔고 맹목적인 삶을 살라는 사명을 띠었으나 시민성의 유아적인 감정 탓에 시민성에 집착한다. 치열하게 살지 못하는 시민 계급의 나약함에 살짝 물들어 어떻게든 시민 계급에 머물고, 어떻게든 그들에게 복종하며 그들에게 고용되고 그들에게 봉사하려 한다. 시민 계급이 위인들의 법칙을 거꾸로 뒤집어버렸기 때문이다. 그리하여 이제는 '적이 아니면 친구'인 것이다!

이 법칙에 따라 황야의 이리 영혼을 검증해보면, 그가 고도의 개인화를 통해 비(非)시민으로 살도록 정해진 인간이라는 사실을 알 수 있다. 고도로 추진한 개인화는 모두가 자아에 등을 돌리게 하고 다시금 자아를 파괴하도록 만들기 때문이다. 그의 마음에는 성자도 탕자도 될 수 있는 강력한 에너지가 있지만, 나약하거나 게을러서 야성의 자유 공간으로 도약할 수 없었기에 묵직한 시민 계급의 어머니별에 붙들려 있다. 이것이 세계 공간에서 그가 차지하는 위상이며 그의 한계다. 대부분의 지식인과 대다수의 예술가가 같은 유형에 들어간다. 이들 중에서 가장 강한 자들만이 시민 계급의 지구를 덮은 대기를 뚫고 나아가 우주에 도달한다. 나머지는 체념하거나 타협하고 시민 계급을 경멸하면서도 그들의 편이 되고, 결국 살기 위해서는 시민 계급을 인정할 수밖에 없기에 그들을 지원하고 찬양한다. 그래서 이 수많은 존재는 비극까지는 아니라 해도 상당히 불행하고 불운하지만, 그 불행의 지옥에서 그들의 재능은 단련되고 풍성해진다. 물론 떨치고 일어난 소수는 맹목적인 삶을 찾아내 멋지게 몰락한다. 이들이야말로 진정 비극적인 사람들이며 그 숫자는 적다. 시민 계급에 매인 나머지 사람들은 재능을 발판으로 시민 계급의 큰 존경을 받는다. 그들에게는 제3의 왕국이 열려 있다. 상상이지만 멋진 세상, 바로 유머다. 불안에 떠는 황야의 이리들, 늘 끔찍한 고통 속에서 사는 이 사람들은 비극으로 나아가려면, 별의 우주로 뚫고 나아가려면 있어야 하는 힘이 부족하다. 맹목적인 삶을 살아야 한다는 사명감은 느끼지만 그럴 능력이 없다. 고통으로 정신이 강해지고 유연해질 때면 유머로 들어가는 화해의 출구가 등장한다. 진짜 시민은 유머를 이해할 수 없지만 유머는 항상 어쩐지 시민적이다. 모든 황야의 이리가 꿈꾸는 복잡다단한 이상은 유머의 상상 공간에서 실현된다. 그곳에서는 성자와 탕자를 동시에 긍정하고 이 양극단을 휘어 붙일 수 있을 뿐 아니라, 시민 계급마저도 긍정의 대열로 끌어들일 수 있다. 신에게 자신을 바친 사람은 범죄자를 긍정할 수 있고 거꾸로 범죄자도 그를 긍정할 수 있다. 하지만 그 둘이 그리고 다른 모든 맹목적인 사람들이 시민적인 것을 긍정할 수는 없다. 즉, 이도 저도 아닌 미적지근한 중도마저 긍정할 수는 없다. 유머는 위대한 일을 할 사명을 타고났으나 길이 막힌 사람들, 거의 비극적인 사람들, 최고의 재능을 가진 불행한 사람들이 만든 대단한 발명품이다. 이 유머만이, (어쩌면 인류가 이룩한 가장 진기하고 가장 천재적인 업적일지도 모를) 유머만이 이 불가능을 이루며 자신의 프리즘을 통과한 빛으로 인간 존재의 모든 영역을 뒤덮고 통합한다. 세상이 아닌 듯 세상에서 살고, 법을 존중하면서도 법 위에 군림하며, 소유하지 않는 듯 소유하고, 포기가 아닌 듯 포기하는 것, 드높은 삶의 지혜를 깨달으려면 필요하다고 자주 언급되는 이 인기 높은 요구 사항을 들어줄 수 있는 것은 유머뿐이다.

그 유머의 재능과 소질을 잘 갖춘 황야의 이리가 후텁지근한 지옥의 미로에서 이 마법의 음료를 다 끓여 졸일 수 있다면 그는 구원받을 것이다. 물론 그렇게 되기까지는 아직 부족한 점이 많다. 그러나 가능성과 희망은 있다. 그를 사랑하고 아끼는 사람이라면 이런 구원을 염원할 것이다. 이런 이유로 그는 영원히 시민적인 것에 붙들려 있을 테지만 고통은 참을 만하고 풍성한 열매도 맺을 것이다. 시민 세계와 맺은 애증 관계가 더는 감상적이지 않고 이 세계에 붙들려 있어도 수치심으로 괴로워하지 않을 것이다. 그렇게 되자면, 혹은 마침내 용기를 내 우주로 뛰어오르자면 한 번쯤 자신을 마주해야 하며 자기 영혼의 혼돈을 깊숙이 바라보고 자신을 온전히 인식해야 한다. 그럴 때 수상쩍은 그의 존재는 절대 불변의 모습을 드러낼 것이다. 나아가 충동의 지옥에서 거듭 감상적이고 철학적인 위안을 얻고 그 위안에서 다시 이리의 본능이 주는 맹목적 도취로 도망쳐 달아나는 짓을 더는 할 수 없게 될 것이다. 인간과 이리가 서로를 속여온 감정의 가면을 벗은 채 서로를 깨닫고 벌거숭이 몸으로 서로의 눈을 바라볼 수밖에 없을 것이다. 그렇게 되면 그 둘은 폭발해 영원히 흩어지고 그 결과 황야의 이리가 사라지거나 아니면 둘이서 타오르는 유머의 빛을 받으며 정략결혼을 할 것이다.

언젠가 하리도 이 마지막 가능성을 마주할 수 있을 것이다. 언젠가 우리의 작은 거울을 손에 넣거나 불멸의 존재를 만나거나 우리의 마술 극장에서 갈 곳 잃은 그의 영혼을 해방하는 데 필요한 것을 발견하여 자신을 깨달을 수 있을 것이다. 그런 수천 가지 가능성이 그를 기다리고, 그의 운명은 꼼짝없이 그 가능성을 끌어당긴다. 이 모든 시민 계급의 아웃사이더는 이런 마법 같은 가능성의 대기에서 살고 있다. 너무나 하찮은 것으로도 번개는 내리치는 법이다.

그의 마음의 이력을 적은 이 작은 책자를 읽어보지 않더라도 황야의 이리는 이 모든 사실을 너무나 잘 안다. 그는 세상이라는 건물에서 자신이 처한 위치를 예감하며, 불멸의 존재를 예감하고 알아보고, 자신을 만날 가능성을 예감하고 두려워한다. 쓰디쓴 마음으로 바라볼 수밖에 없지만 정작 보기가 너무도 두려운 그 거울의 존재를 알고 있다.

우리의 연구를 끝마치기 전에 아직 한 가지가 더 남았다. 마지막 허구, 근본적인 착각을 해소해야 한다. 모든 '설명', 모든 심리학,

모든 이해의 노력은 이론과 신화와 거짓이라는 도구가 필요하다. 그리고 바른 저자라면 설명을 마치면서 이런 거짓을 최대한 해소해야 마땅하다. '위'와 '아래'라는 나의 말은 설명이 필요한 주장이다. 위와 아래는 생각이나 추상에서나 존재할 뿐이기 때문이다. 세상 그 자체에는 위도 아래도 없다.

그러기에 한마디로 말해 '황야의 이리' 역시도 허구다. 하리가 자신을 이리 인간이라 느끼고 서로 으르렁대며 맞서는 두 존재로 이뤄졌다고 생각한다면 그건 문제를 단순화하는 신화에 불과하다. 하리는 절대 이리 인간이 아니며, 그가 혼자 지어내서 믿은 그 거짓을 우리가 아무 고민도 없이 받아들여 그를 정말로 이중적인 존재로, 황야의 이리로 생각하고 해석하려 했다면 그것은 이해를 도우려는 바람에서 착각을 이용한 것이다. 그러니 이제 바로잡으려 노력해야 한다.

이리와 인간, 본능과 이성의 이분법은 아주 조잡한 단순화로 하리가 자기 운명을 이해하려 이용한 방법이다. 그것은 그가 자기 안에서 발견했고 적지 않은 자기 고통의 원천이라 여기는 모순을 그럴싸하지만 틀리게 설명하기 위해 현실을 짓밟는 짓이다. 하리는 자기 안에서 하나의 '인간'을 발견한다. 즉, 생각과 감정, 문화, 길들고 순화된 본성의 세계를 발견한다. 그리고 그 곁에서 또 하나의 '이리', 즉 충동과 야성, 잔혹함의 어두운 세계를, 순화되지 않은 날것의 본성을 발견한다. 이렇듯 겉보기에는 그의 본성이 두 영역으로 또렷이 나누어져 서로 으르렁대는 것 같다. 하지만 이리와 인간이 잠시 행복한 순간에 사이좋게 지내는 경험도 이따금 있었다. 하리가 인생의 모든 순간, 모든 행동, 모든 감정마다 인간의 몫과 이리의 몫이 어디인지를 확인하려 애쓴다면 금방 궁지로 몰리고 그의 귀여운 이리 이론 전부가 무너지고 말 것이다. 어떤 인간도, 검은 피부의 원시인이라 해도 자기 본성을 단 두 가지 혹은 세 가지 주요 요인의 총합으로 설명할 정도로 그렇게 단순하지는 않기 때문이다. 그러니 더구나 하리처럼 너무도 복잡한 인간을 순진하게 이리와 인간으로 나누어 설명하려는 짓은 가망이 없을 정도로 유치한 노력이다. 하리는 두 존재가 아니라 수백, 수천의 존재다. 그의 삶은 (모든 인간의 삶이 그러하듯) 단순히 본능과 이성, 성자와 탕자의 양극단을 오가지 않는다. 그의 삶은 수천 가지, 헤아릴 수 없이 많은 극단을 오간다.

그러나 하리처럼 교양 있고 똑똑한 사람이 자신을 '황야의 이리'라 생각할 수 있다는 사실에, 그가 풍성하고 복잡한 자기 인생의 모양새를 그렇게 단순하고 야만적이며 원시적인 공식에 집어넣을 수 있다고 믿는다는 사실에 놀랄 필요는 없다. 인간은 고도의 사고 능력이 있는 존재가 아니어서 제아무리 지적이고 교양이 넘치는 인간이라도 세상과 자신을 늘 단순화하고 기만하는 아주 순진한 공식의 안경을 끼고 바라본다. 그중에서도 자기 자신을 바라볼 때가 가장 그러하다! 보시다시피 모두는 자신의 자아를 통일체로 상상하고 싶어 하고, 그것은 완전히 강박으로 작용하는 타고난 욕망이기 때문이다. 이런 착각은 너무도 자주, 또 너무도 심하게 흔들리지만 그랬다가도 늘 다시 말짱해진다. 판사는 살인자와 마주 앉아 그의 눈을 바라보며 잠깐 그 살인자의 입에서 흘러나오는 자신(판사)의 목소리를 듣고 살인자의 모든 흥분, 능력, 가능성을 자기 안에서도 발견한다. 하지만 다음 순간 다시 통일체, 즉 판사가 되어 자부심 강한 자아의 껍질 속으로 서둘러 되돌아가서는 의무를 다하여 살인자에게 사형을 선고한다. 설사 재능이 뛰어나고 섬세한 인간 영혼이 자신의 분열을 어렴풋이 예감하고, 모든 천재가 그러하듯 인격의 통일성이라는 착각을 깨부수고 자신을 여러 개의 조각으로, 수많은 자아의 꾸러미로 느낀다 해도, 그가 그 생각을 입에 올리자마자 다수가 그를 가두고 학문에 도움을 청하여 정신분열증*이라는 진단을 내려서 이 불행한 사람의 입에서 터져 나온 진실의 외침을 듣지 못하도록 인류의 귀를 틀어막는다. 생각이 있는 사람이라면 저절로 알 테지만 그 사실을 입에 올리는 짓이 도덕적이지 않다면 여기서 무엇을 위해 말하고 왜 그 일을 발설한단 말인가? 그러니까 이제 어떤 사람이 자아가 하나가 아니라 둘이라는 쪽으로 생각의 폭을 넓혀간다면, 그는 이미 천재에 가깝고 천재가 아니더라도 보기 드물게 흥미로운 예외일 것이다. 그러나 실제로 자아는 제아무리 순수한 자아라 해도 통일체가 아니라 극도로 다채로운 세계이며, 별들이 반짝이는 작은 하늘이며, 형태와 단계와 상태, 물려받은 유산과 가능성의 카오스다. 모든 개인이 이런 카오스를 통일체로 보려 애쓰고, 자아를 형태가 정해지고 윤곽이 뚜렷한 단순 현상인 양 이야기한다. 모든 사람이 (최고의 인간마저도) 익히 아는 이런 착각은 필연인 듯하다. 숨을 쉬고 밥을 먹

* 조현병의 이전 용어이지만 문맥의 의미를 위해 사용했다.

는 것처럼 생명의 요구인 듯하다.

착각의 원인은 단순한 유추다. 모든 인간은 몸은 하나지만 영혼은 절대 하나가 아니다. 문학 역시도, 가장 세련된 문학마저도 예로부터 늘 완전해 보이는 인물, 통일적인 것 같은 인물을 등장시켰다. 전문가들은 지금까지의 문학에서 드라마를 가장 높이 평가하는데, 그건 옳은 일이다. 드라마는 자아를 다수로 묘사할 가능성이 가장 크기 때문이다. 물론 드라마에 등장하는 모든 개인도 한 번밖에 못 살고, 통일적이며 격리된 몸에 깃들어 있기에 겉으로는 통일체인 듯 보이지만 말이다. 순진한 미학 역시도 흔히 말하는 성격극을 최고로 친다. 거기서는 모든 인물이 통일체로 정말로 알아보기가 쉽고 딱딱 분리되어서 등장한다. 어쩌면 그 모든 것은 싸구려 껍데기 미학일지 모른다. 또 어디서나 눈에 보이는 육체에서 출발하여 자아라는, 인물이라는 허구를 발명한 고대의 미 개념을 우리의 위대한 드라마 작가들에게 적용하는 짓은 잘못이다. 고대의 미 개념은 멋들어지지만 그 개념은 우리에게 타고난 게 아니라 그저 워낙 달콤해서 곧이듣게 된 것뿐이다. 그러나 개인들은 그 사실을 멀리 떨어져서야 그리고 천천히 예감하게 된다. 고대 인도 문학에는 그런 개념이 아예 없다. 인도 서사시의 영웅들은 개인이 아니라 개인의 무더기, 화신의 무리다. 우리 현대 사회에도 인물극과 성격극이라는 베일로 가리고서 작가도 거의 의식하지 못한 채로 다채로운 영혼을 묘사하려 애쓰는 문학이 있다. 이 사실을 깨닫고자 한다면, 한 번쯤은 그런 문학의 인물들을 개별 존재가 아니라 더 높은 통일체(가령 작가의 영혼)의 일부, 여러 면모와 측면으로 바라보자고 결심해야 한다. 예를 들어 파우스트를 이런 식으로 바라보면 파우스트, 메피스토, 바그너, 그 외의 다른 인물들이 모여 하나의 통일체, 초인이 된다. 그리고 개별 인물이 아니라 이 더 높은 통일체에서 비로소 진정한 영혼의 본성이 드러난다.

"아, 내 가슴에는 두 개의 영혼이 살고 있다!"

교사들 사이에서 유명하고 속물들이 몸을 떨며 감탄해 마지않는 이 대사를 내뱉는 순간, 파우스트는 그의 가슴에 함께 사는 메피스토와 수많은 다른 영혼을 잊어버렸다. 우리의 황야의 이리 역시 자기 가슴에 두 개의 영혼(이리와 인간)이 깃들었다고 믿으며, 그 둘만으로도 이미 자기 가슴은 심하게 비좁다고 생각한다. 가슴은, 몸은 항상 하나이지만 그 안에 깃든 영혼은 두 개나 다섯 개가 아니라 수없이 많다. 인간은 수백 겹의 껍질로 덮인 양파이고 수많은 실로 엮은 천이기 때문이다. 고대 동양인들은 이 사실을 깨달았고 정확히 알고 있었다. 불교 요가에서는 개성이라는 망상을 깨우쳐줄 수 있는 정확한 기술을 개발했다. 인류의 놀이는 참 재미있고 다채롭다. 인도 사람들이 수천 년 동안 깨닫기 위해 노력한 그 망상을, 서양인들은 똑같은 노력을 기울여 지탱하고 키워왔으니 말이다.

이런 관점에서 황야의 이리를 바라보면 그가 그 어리석은 흑백논리 때문에 왜 그토록 고통을 받았는지 그 이유를 알 수 있다. 그는 파우스트처럼 영혼이 두 개만 되어도 이미 하나의 가슴에는 너무 많아서 가슴이 찢어질 수밖에 없다고 믿는다. 그러나 오히려 두 개는 너무 적다. 하리는 그런 원시적인 이미지로 영혼을 이해하려 노력하면서 불쌍한 자기 영혼을 짓밟는다. 교양이 넘치는 인간이면서도 하리는 숫자를 2까지밖에 못 세는 무식꾼처럼 행동한다. 그는 자신의 한 조각은 인간으로, 남은 조각은 이리라 부르고 그것으로 끝났으니 할 일을 다 했다고 믿는다. '인간'에게는 자기 안에 있는 온갖 지성적인 것, 순화된 것 혹은 세련된 것을 다 집어넣고, 이리에게는 충동적이고 야만적이며 혼란스러운 것은 모조리 쑤셔 넣는다. 그러나 인생은 우리 생각처럼 그렇게 단순하지 않고 우리의 빈약한 바보 언어처럼 그렇게 상스럽지 않다. 이런 야만적인 이리의 방법을 사용하여 하리는 자신을 이중으로 속인다. 하리가 이미 오래전부터 인간의 것이 아닌 영혼의 장소를 여전히 '인간'으로 셈하고, 오래전에 이리를 넘어선 본성의 일부를 아직도 이리로 셈할까 봐 걱정스럽다.

모든 인간이 그러하듯 하리 역시 인간이 무엇인지 아주 잘 안다고 생각하지만, 사실 그는 아무것도 모른다. 물론 꿈이나 다른 통제하기 힘든 의식 상태에서는 드물지 않게 예감하지만 말이다. 부디 그가 이 예감을 잊지 않았으면 좋겠고 최대한 이 예감을 제 것으로 만들었으면 좋겠다. 인간은 고정불변의 실체가 아니다. (고대의 현인들은 그렇지 않다고 예감했으나 고대의 이상은 고정불변의 실체였다.) 인간은 한낱 시도이자 변화이며 자연과 정신을 잇는 좁다랗고 위태위태한 다리에 불과하다. 뜨거운 사명감은 그를 정신을 향해, 신을 향해 몰아대고 뜨거운 동경은 그를 자연에게로, 어머니에게로 다시 이끈다. 그의 삶은 불안에 떨면서 이 양대 세력 사이를 오간다. 사람들이 이해하는 '인간'이라는 개념은 시민 계급의 일시적인 합의에 불과하다. 이 관습은 날것 그대로의 거친 충동을 거부하고 터부시하며, 약간의 의식과 예의와 교화를 요구하며, 아주 조금의 정신을 허용하는 차원을 넘어 강요하기까지 한다. 이 관습이 말하는 '인간'은 모든 시민의 이상이 그렇듯 타협이며, 악독한 태초의 어머니인 자연과 성가신 태초의 아버지인 정신의 과격한 요구를 물리치고 그들 사이의 미적지근한 중도에서 살고자 하는 소심하고도 순진하며 교활한 노력이다. 그러므로 시민은 자기가 '개성'이라 부르는 그것을 허락하고 용인하지만, 동시에 뭐든 다 먹어치우는 괴물인 '국가'에 그 개성을 갖다 바치고 이 둘이 서로 미워하도록 부추긴다. 그러기에 시민은 오늘은 이단자로 몰아 화형에 처하고 범죄자로 몰아 교수형에 처하지만 모레에는 그 사람들을 위해 기념비를 세워준다.

'인간'은 이미 다 만들어진 존재가 아니라 정신의 요구이며, 저 멀리 있어 갈망하면서도 두려운 가능성이다. 또 그곳으로 가는 길은 무시무시한 고통과 환희를 맛보며 아주 조금씩만 걸어갈 수 있다. 그러기에 오늘은 단두대, 내일은 기념비가 기다리고 있는 극소수의 희귀한 개인이 걸어가는 길이다. 황야의 이리 역시 이를 예감한다. 그러나 그가 자신의 '이리'와 달리 '인간'이라 부르는 것은 대부분 시민의 관습이 말하는 그 평범한 '인간'에 불과하다. 물론 하리는 진짜 인간으로 가는 길, 불멸로 향하는 길을 예감할 수 있기에 가끔은 머뭇머뭇 아주 조금씩 걸어가면서 크나큰 고통과 가슴 아픈 외로움으로 값을 치른다. 그렇지만 최고의 값을 지닌, 정신이 추구하는 진짜 인간 되기를 긍정하고 추구하는 것, 불멸로 가는 유일한 좁은 길을 걸어가는 것이 마음 깊은 곳에서는 겁이 난다. 그 길이 더 큰 고통으로, 추방으로, 마지막 포기로, 어쩌면 단두대로 이어지리라는 사실을 분명히 느끼기 때문이다. 비록 그 길의 끝에서 불멸이 손짓하고는 있지만, 그는 이 모든 고통을 견디고 이 모든 죽음을 받아들일 뜻이 없다. 보통 시민들보다는 인간 되기의 목표를 훨씬 더 잘 알고 있으면서도 그는 눈을 질끈 감고, 절망적으로 자아에 집착하고 절망적으로 죽으려 하지 않는 것이 오히려 영원한 죽음으로 가는 가장 확실한 길이라는 사실을 알려고 하지 않는다. 죽을 수 있고 껍데기를 벗어던지며 변신을 위해 자아를 영원히 바쳐야만 불멸로 나아갈 수 있는 데도 말이다. 불멸의 인간 중에서도 모차르트처럼 그가 특히 아끼는 사람을 숭배할 때에도 그는 결국 그 사람을 여전히 시민의 눈으로 바라보며, 일개 교사처럼 모차르트의 완성을 그저 대단한 전문가 재능 덕분이라 설명하려 들 것이다. 그러나 모차르트를 완성한 것은 크나큰 헌신과 고통을 감수하겠다는 각오이자 시민의 이상에 대한 무관심이다. 고통받는 사람들, 인간이 되어가는 사람들을 에워싼 채로 모든 시민적인 대기를 엷게 하여 얼음처럼 차가운 에테르로 만드는 그 극도의 고독이다. 겟세마네 동산*의 그 고독 말이다.

어쨌든 우리의 황야의 이리는 적어도 파우스트의 이원성을 자

* 예루살렘의 동쪽 감람산 기슭에 있는 동산으로, 예수가 처형되기 전날 최후의 기도를 한 장소로 유명하다.

기 안에서 발견했다. 또 몸이라는 통일체에 영혼이라는 통일체가 깃든 것이 아니라, 자신은 기껏해야 이 조화의 이상으로 향하는 길, 그 기나긴 순롓길을 걷는 중일 뿐이라는 사실을 알게 되었다. 그는 자기 안의 이리를 극복하고 온전히 인간이 되거나 아예 인간을 포기하고 이리로 분열되지 않은 통일적인 삶을 살고 싶었다. 아마 그는 단 한 번도 진짜 이리를 정확히 관찰한 적이 없을 것이다. 관찰했다면 짐승들의 영혼도 통일적이지 않다는 사실을 알았을 것이다. 짐승들의 멋들어진 탱탱한 몸에도 다양한 성향과 상태가 살고 있고, 이리의 마음에도 심연이 있으며 이리도 고통당한다는 사실 말이다. 그렇다. "자연으로 돌아가라!"는 외침은 늘 인간을 고통과 절망이 가득한 그릇된 길로 데려간다. 하리는 두 번 다시 온전히 이리가 될 수 없으며, 설사 된다 해도 이리 역시 단순한 것이나 태초의 것이 아니라 이미 아주 다채롭고 복잡한 존재라는 사실을 깨닫게 될 것이다. 이리 역시 가슴에 둘, 아니 둘 이상의 영혼을 품고 있으며 이리가 되고 싶은 사람은 "아이라서 좋겠다"라고 노래하는 남자와 똑같이 자꾸만 까먹는 사람이다. 아이라서 좋겠다고 노래하는 남자, 호감은 가지만 감성에 젖은 그 남자 역시 자연으로, 철없던 시절로, 처음으로 돌아가고 싶은 마음에 아이들도 좋기만 하지는 않다는 사실을 까맣게 잊어버렸다. 아이들도 온갖 갈등과 알력을 겪을 수 있고 온갖 고통을 느낄 수 있는데 말이다.

도대체가 되돌아가는 길이란 없다. 이리에게로, 어린아이로 돌아갈 길은 없다. 만물의 처음은 순진무구함과 단순함이 아니다. 창조된 모든 것은 아무리 단순해 보인다 해도 이미 죄로 물들었고, 갈등에 얽혀들었으며 변화의 더러운 강물에 던져졌기에 더는 절대로 강을 거슬러 오를 수 없다. 길은 무죄로, 창조 이전으로, 신으로 되돌아가지 않는다. 길은 앞으로 나아가고, 이리나 아이가 아니라 항상 더 멀리 죄를 향하며, 더 깊이 인간 되기로 빠져들어 간다. 그러니 가엾은 황야의 이리여, 자살도 진짜 도움은 못 될 것이다. 그대는 더 멀고 더 고단하며 더 힘겨운 인간 되기의 길을 걸을 것이며, 두 개의 영혼은 더욱 숫자를 늘려 수없이 많아질 것이고, 복잡한 영혼은 더욱더 복잡해질 것이다. 세상의 폭을 좁히고 영혼을 단순화하기는커녕 그대는 고통스럽게 넓혀진 영혼으로 점점 더 많은 세상을, 결국 마지막에는 온 세상을 받아들여야 할 것이다. 그러면 언젠가는 끝에 이르러 쉴 수 있을지도 모른다. 그 길을 붓다가 걸었다. 그 도전이 성공한 만큼 모든 위대한 인간이 걸었다. 어떤 이는 알고서, 또 어떤 이는 모른 채로. 모든 탄생은 우주와의 이별을 뜻한다. 울타리를 두르는 것이며, 신에게서 떨어져 나오는 것이고, 고통스러운 시작이며, 우주로 돌아가는 것이고, 고통스러운 개인화를 멈추는 것이다. 신이 된다는 것은 자신의 영혼을 크게 넓혀서 다시 우주를 품을 수 있다는 뜻이다.

여기서 말하는 인간은 학교, 국민경제학, 통계학에서 다루는 인간이 아니다. 길거리를 돌아다니는 수백만 인간이 아니고, 바닷가 모래나 부서지는 파도의 거품과 다를 바 없는 사람들이 아니다. 수백만이란 수는 그리 중요하지 않다. 이들은 물질일 뿐이다. 그것이 아니다. 여기서 우리가 말하는 인간은 높은 의미의 인간이다. 인간 되기의 머나먼 길이라는 목표에 대해, 위엄이 있는 인간에 대해, 불멸의 인간에 대해 말하고 있다. 천재는 보기보다 드물지 않지만, 그렇다고 문학이나 세계사, 신문에서 떠드는 것만큼 흔하지도 않다. 우리가 보기에 황야의 이리 하리는 인간 되기의 모험에 도전해도 충분할 만큼 천재다. 그러니 어려운 일이 닥칠 때마다 엄살을 떨면서 자신의 어리석은 황야의 이리를 핑계로 둘러대지 말아야 한다.

그 정도의 잠재력을 갖춘 인간이 시민적인 것에 그런 비겁한 애정을 느끼는 것으로도 모자라, 황야의 이리나 '아, 두 개의 영혼'이란 말을 임시방편으로 삼다니 놀랍고도 슬프다. 붓다를 이해할 수 있는 인간, 인류의 천상과 심연을 예감하는 인간은 상식과 민주주의, 시민 교양이 지배하는 세상에 살아서는 안 된다. 그가 그 세상에 사는 것은 오직 비겁하기 때문이다. 그의 넓이가 그를 압박할 때, 비좁은 시민의 방이 너무 답답해질 때면 그는 '이리' 탓을 하면서 이리가 때로는 자신의 제일 좋은 부분이라는 사실을 알려고 하지 않는다. 자기 안의 야만적인 것을 전부 이리라 부르며, 이리를 나쁘고 위험하다고, 질서를 어지럽히는 선동가라고 생각한다. 자신이 예술가이고 예민한 감각을 갖췄다고 믿으면서도 그는 이리 바깥에, 이리 너머에 아직 수많은 다른 것이 살고 있다는 사실을 깨닫지 못한다. 물어뜯는다고 다 이리는 아니며, 그의 내면에는 여우, 용, 호랑이, 원숭이, 극락조도 살고 있다는 사실도 깨닫지 못한다. 또 그의 내면에 사는 진짜 인간을 가짜 인간, 즉 시민이 옥죄고 가두듯 이런 온 세상을, 귀여운 것과 끔찍한 것, 큰 것과 작은 것,

강한 것과 연약한 것이 어우러진 이런 온 낙원을 이리 동화가 숨막히게 옥죄고 가둔다는 사실도 보지 못한다.

수백 그루의 나무와 수백 송이의 꽃, 수백 종의 과일과 수백 종의 약초가 가득한 정원을 상상해보자. 이 정원을 가꾸는 정원사가 '식용'과 '잡초'라는 식물 분류법밖에 모른다면 정원의 9/10는 어떻게 가꿔야 할지 모를 것이다. 너무도 매력적인 꽃을 뽑아내고 기품이 넘치는 나무를 자르거나 그것들을 미워하며 업신여길 것이다. 황야의 이리도 자기 영혼에 피어난 수천 송이의 꽃을 그렇게 대한다. '인간'이나 '이리' 칸에 들어가지 않는 것은 아예 보지도 않는다. 그가 '인간'의 칸에 집어넣는 것이 과연 무엇이란 말인가! 정확히 이리 같지가 않다는 이유만으로 비겁하고 원숭이 같은 것, 어리석고 자잘한 모든 것을 '인간'에게로 집어넣고, 마찬가지로 그가 아직 마음대로 다루지 못한다는 이유만으로 강인하고 기품 있는 모든 것을 이리에게 집어넣는다.

이제 그만 하리에게 작별을 고하고 그가 혼자서 자기 길을 걸어가게 내버려두자. 불멸의 존재에게 당도한다면, 힘겨운 여정의 목표인 듯 보이는 곳에 가닿는다면 그는 이런 방황을, 마음을 정하지 못해 미친 듯 오가던 이 갈지자의 여정을 얼마나 놀라운 표정으로 바라볼 것인가! 격려도 하고 야단도 치고 동정도 하고 즐거워도 하면서 이 황야의 이리에게 어떤 미소를 지을 것인가!

논문을 다 읽고 나자 몇 주 전 어느 밤에 내가 약간 이상한 시를 적었던 기억이 났다. 역시나 황야의 이리가 주제였다. 나는 발 디딜 틈 하나 없는 책상의 종이 무더기를 뒤져서 그 시를 찾아내 읽었다.

나는 황야의 이리, 달리고 또 달린다.
세상은 온통 눈에 묻혔고
자작나무에서는 까마귀가 날지만
어디에도 토끼와 노루는 없구나!
노루에게 푹 빠진 나,
한 마리만 찾으면 좋으련만!
녀석을 이빨로 물고 손으로 움켜쥐면

그보다 좋은 일은 없을 것이다.
그 귀여운 것에게 정말로 잘해줄 텐데.
부드러운 뒷다리 깊이 이빨을 박고서
연붉은 피를 실컷 들이켠 후에
온밤을 홀로 울부짖으리라.
토끼라도 괜찮다.
한밤중에 따스한 토끼 살은 참으로 맛이 좋다.
아, 내 삶을 조금이나마 기쁘게 해주는 것들은
모조리 나를 떠났단 말인가?
나의 꼬리털은 어느덧 희끗희끗하고
예전과 달리 눈도 침침하며
사랑하는 아내를 떠나보낸 지도 벌써 몇 년.
이제 나는 달리며 노루를 꿈꾼다.
달리며 토끼를 꿈꾼다.
겨울밤 바람이 불고
나는 눈으로 타는 목을 축이며
내 불쌍한 영혼을 악마에게로 데려가는구나.

그러니까 내 손에는 나를 그린 두 점의 초상화가 있었다. 하나는 크니텔* 시행으로 지은 자화상으로 나 자신이 그러하듯 슬픔

* 15세기에서 17세기까지 독일에서 서정시, 서사시, 희극에 사용하던 운문 형식으로, 이어지는 두 행의 운율이 맞아야 한다는 규칙이 있다.

과 불안이 넘쳐났다. 나머지 하나는 냉철하고 매우 객관적인 듯 보이는 그림으로 외부인, 그러니까 나 자신보다 나를 더 많이 알면서도 또 꼭 그렇지는 않은 어떤 사람이 바깥에서 그리고 위에서 보고 적은 거였다. 이 두 점의 그림은, 다시 말해 우울하게 웅얼거리는 나의 시와 모르는 사람이 쓴 똑똑한 논문은 모두가 내 마음을 아프게 했다. 둘 다 옳았으며, 둘 다 내 가망 없는 존재의 민낯을 담았고, 둘 다 견딜 수 없고 지탱할 수 없는 내 상태를 보여주었다. 이 황야의 이리는 죽어야 했다. 자기 손으로 미운 자신의 존재를 끝내야 했다. 아니면 다시 시작한 자기 성찰의 치명적 불길에 녹아서 스스로 달라져야 했고 가면을 찢고 새로운 자아가 되어야 했다. 아, 내게는 새롭거나 모르는 과정이 아니었다. 나는 그 과정을 잘 알았고, 극도의 절망이 밀어닥친 시간마다 이미 여러 번 그 과정을 겪었다. 그때마다 살을 에는 듯한 이 경험이 나의 자아를 산산조각 냈고, 그때마다 심연의 힘들이 내 자아를 뒤흔들어 부수었으며, 그때마다 아끼고 특별히 사랑했던 내 인생의 일부가 나를 배신하고 떠났다. 한번은 재산과 함께 시민 계급의 명성을 잃었고 지금껏 내 앞에서 예를 갖추던 사람들의 존경을 포기해야만 했다. 또 한번은 하룻밤 사이에 가정이 풍비박산 났다. 정신병에 걸린 아내가 나를 안락한 집에서 쫓아냈고 사랑과 신뢰는 순식간에 증오와 치명적인 싸움으로 변질됐으며 이웃은 그런 내 뒷모습을 동정과 경멸의 시선으로 바라봤다. 나의 고독은 그때 시작되었다. 그리고 다시 몇 년 후, 힘들고 혹독했던 그 몇 년 동안 나는 철저한 고독과 힘겨운 극기로 금욕적이고 정신적인 새 삶과 이상을 쌓았다. 그리고 추상적인 사고 훈련과 엄격한 규칙의 명상에 전념하여 다시금 약간의 안정과 삶의 단맛을 맛봤으나 이 모양의 삶 역시 다시 무너져 내려 그 고귀하고 드높은 의미를 단번에 잃고 말았다. 삶은 다시금 나를 낚아채 온 세상을 떠도는 거칠고 힘겨운 여정으로 데려갔고 새로운 고통과 새로운 죄가 쌓여갔다. 가면이 찢어지고 이상이 무너질 때는 매번 그에 앞서 이런 끔찍한 공허와 적막이 밀려왔다. 이런 치명적인 압박감과 고독과 외로움이, 사랑이라고는 없는 이 텅 빈 황량한 지옥과 절망이 밀려왔다. 지금도 나는 다시 이 모두를 겪어야 했다.

그런 인생의 충격을 겪을 때마다 결국에는 얻는 것도 있었다. 그걸 아니라고 할 수는 없다. 나는 자유와 정신, 깊이를 얻었고 고독과 몰이해, 냉대도 당했다. 시민의 편에서 보면 내 인생은 그런 충격을 겪을 때마다 계속 내리막길을 걸었고 정상적인 것, 허락된 것, 건강한 것에서 점점 멀어졌다. 세월이 흐르는 동안 나는 직업을 잃고 가족을 잃었으며 고향을 잃었다. 모든 사회 집단에서 밀려나 혼자가 되었으며 누구에게도 사랑받지 못했고 많은 이에게 의심을 샀으며 여론이나 도덕과 늘 심하게 갈등했다. 나는 여전히 시민의 틀 안에서 살고 있었으나 이 세계의 한가운데에서 나의 온 느낌과 생각은 이방인이었다. 종교와 조국, 가족, 국가는 가치를 잃었고 나는 그 무엇에도 더는 관심을 두지 않았다. 학문과 기술, 예술의 잘난 척을 보면 구역질이 치밀었다. 나의 세계관, 나의 취향, 나의 완벽한 사고가 한때는 나를 재능 있고 인기 많은 남자로 빛내주었으나 지금은 방치되고 쇠락하여 사람들의 눈총을 받았다. 너무나도 고통스러웠던 내 모든 변화는 눈에 보이지 않는 것, 헤아릴 수 없는 것을 안겨다 주었을 수 있지만, 그를 위해 나는 비싼 대가를 치러야 했고 갈수록 내 인생은 혹독하고 힘겹고 외롭고 위태로워졌다. 정말이지 이 길이 계속되기를 바랄 이유가 없었다. 이 길이 가을을 노래한 니체의 시에 나오는 그 연기처럼 점점 더 옅어지는 공기 속으로 나를 이끌어갔으니 말이다.

아, 그렇다. 나는 이런 경험을 잘 알았다. 운명이 근심덩어리 자식에게, 제일 까다로운 자식에게 정해준 이런 변화를 너무나 잘 알았다. 꿈은 원대하나 소득은 없는 사냥꾼이 사냥놀이의 단계를 알듯, 늙은 주식 투기꾼이 투기를 하고 돈을 벌고 확신을 잃고 오락가락하다가 파산하고 마는 투기의 단계를 알듯, 나 역시 그 변화를 잘 알았다. 이 모든 것을 또다시 겪어야 한단 말인가? 이 모든 고통을, 이 미친 괴로움을, 저급하고 하찮은 자신을 인정하는 이 모든 깨달음을, 패배할지 모른다는 이 무서운 불안을, 이 모든 죽음의 공포를? 그 많은 고통의 되풀이를 막고 달아나는 것이 더 현명하고 간단하지 않을까? 분명 그편이 더 간단하고 현명했다. 황야의 이리 소책자에서 '자살자'에 대해 주장한 내용이 어떠하건, 그 누구도 내게서 행복을 빼앗을 수는 없었다. 내게 정말이지 자주, 또 너무도 깊숙이 쓰디쓴 고통을 안겨주었던 그 과정의 반복을 연탄가스나 면도날, 권총을 이용해 막는 그 행복 말이다. 아니, 또 한 번 죽음의 공포를 느끼며 자신을 마주하고, 또 한 번 새롭게 시작하며, 새롭게 변신하라고 내게 요구할 수 있는 권력은 이 세상에 없다. 어차피 그 변신의 목표와 종착지는 평화와 휴식이 아니라 늘 새로운 자기 파괴, 늘 새로운 자기 형성일 뿐이었다. 자살이 한심하고 비겁하며 초라하다 해도, 명예롭지 못하고 수치스러운 비상구라 해도, 이 고통의 맷돌에서 빠져나갈 수만 있다면 나는 어떤 출구라도, 제아무리 굴욕적인 출구라 해도 진심으로 바랄 것이다. 여기서는 의협심이나 영웅심의 연극이 끼어들 여지가 없었다. 여기서 나는 자잘한 일시적 통증과 상상할 수 없을 정도로 쓰라린 무한의 고통 사이에서 단순한 선택을 강요받았다. 너무도 힘들고 너무도 미친 내 인생에서 나는 고귀한 돈키호테였던 적이, 안락함보다 명예를, 이성보다 영웅심을 택했던 적이 넘치도록 많았다. 그만하면 되었다. 이제는 끝이다!

어느새 아침이 유리창을 가로지르며 길게 하품을 했다. 마침내 잠자리에 들었을 때는 비 내리는 겨울날의 납처럼 무겁고 지랄 맞은 아침이었다. 나는 잠자리에 결심도 데리고 들어갔다. 그러나 가장 끝자락에서, 막 잠이 드는 순간 의식의 마지막 경계에서 황야의 이리 소책자에서 읽었던 그 야릇한 구절이 퍼뜩 떠올랐다. '불멸의 존재'를 다룬 부분이었는데, 뒤이어 기억 하나가 뇌리를 스치고 지나갔다. 고전 음악의 한 소절에서 냉철하고 밝으며 준엄한 미소를 던지는 불멸의 지혜를 같이 맛볼 수 있을 정도로 내가 불멸의 존재와 아주 가깝다고 느꼈던 적이 여러 번이었고, 최근에도 그랬다는 기억 말이다. 그 기억이 떠올라 반짝이다가 사라졌고 잠이 산처럼 무거운 몸을 내 이마에 뉘었다.

정오 무렵 잠이 깬 나는 이내 상황을 파악했다. 소책자와 내가 쓴 시는 침대 옆 작은 탁자에 놓여 있었다. 최근의 혼란스럽던 삶에서 탄생했고 밤사이 잠을 자는 동안 완성되어 확고해진 나의 결심이 다정하면서도 차가운 눈빛으로 나를 쳐다봤다. 서두를 필요는 없었다. 죽겠다는 결심은 순간의 변덕이 아니라 잘 익어 오래 갈 열매였다. 천천히 자라 무거워졌고, 운명의 바람에 살짝 흔들리다가 다음번 바람에 떨어지고야 말 과일이었다.

내 여행용 약통에는 통증을 가라앉히는 기가 막힌 약이 들어 있었다. 매우 강한 아편으로, 아주 가끔만 먹어서 몇 달씩 건너뛸 때도 많았다. 나는 몸이 견딜 수 없을 만큼 아플 때만 그 독한 마취약을 먹었다. 하지만 아쉽게도 그 약은 자살에는 적당치 못했다. 몇 년 전에 한번 시도를 해봤다. 또다시 절망에 휘감겼던 시기에 여섯 사람을 죽일 만큼 많은 양의 약을 삼켰지만 나는 죽지 않았다. 다만 잠은 들어 몇 시간 동안 완전히 의식이 없는 상태로 누워 있었지만 정말 실망스럽게도 격심한 위경련이 일어나서 반쯤 깨어났고, 의식이 완전히 돌아오지 않은 상태로 그 독약을 전부 다 토하고는 다시 잠에 빠져들었다. 다음 날 점심 무렵 완전히 잠에서 깼을 때 정신은 너무도 말짱했으나 혼이 나간 듯 머리가 텅 비었고 거의 기억이 나지 않았다. 한동안 잠이 오지 않고 위통으로 성가셨던 것만 빼면 독약의 부작용도 없었다.

그러니 그 약은 고민할 필요도 없었다. 대신 나는 이런 식으로 나의 결심을 구체화했다. 즉, 또다시 그 아편을 먹지 않을 수 없는 지경이 된다면 이런 단기간의 구원을 멈추고 크나큰 구원을, 죽음을 허락하자고 말이다. 총이나 면도날로 믿을 수 있는 확실한 죽음을 택하자고. 이렇게 하여 상황은 정리되었다. 황야의 이리 소책자가 권한 재미난 처방을 따라 쉰 살 생일까지 기다리기에는 시간이 너무 오래 남은 것 같았다. 그때까지 아직 2년이나 남았으니 말이다. 그러나 결심의 실행은 1년 후일 수도 있고 한 달 후일 수도 있으며 당장 내일일 수도 있다. 문은 열려 있었다.

그 '결심'으로 내 인생이 크게 바뀌었다고는 말할 수 없다. 고통에 약간 무뎌졌고 아편과 술을 조금 더 걱정 없이 마셨으며 참을 수 있는 한계가 어디까지인지 조금 더 호기심이 생긴 정도가 전부였다. 더 여운을 남긴 것은 그날 밤에 겪은 다른 경험이었다. 나는 황야의 이리 소책자를 여러 번 더 읽어봤다. 보이지 않은 마법이 내 운명을 올바른 길로 인도하리라는 것을 알기라도 하듯 감사의 마음으로 푹 빠져 읽을 때도 있었고, 내 삶의 특수한 정서와 긴장을 전혀 이해하지 못하는 것 같은 책자의 냉정함을 비웃고 경멸할 때도 있었다. 거기서 황야의 이리와 자살자에 대해 적은 내용은 매우 정확하고 훌륭했다. 인간 범주나 유형에 잘 들어맞았고, 재치 있는 추상화였다. 그래도 나라는 인간은, 나의 진짜 영혼, 세상에 단 하나밖에 없는 내 개인의 운명은 그렇게 엉성한 그물로는 절대 잡을 수 없을 것 같았다.

그 무엇보다도 깊이 내 마음을 사로잡은 것은 교회 담벼락에서 본 그 환각이거나 환상이었다. 소책자의 암시와 일치하는 그 춤추는 빛 글자의 희망찬 광고였다. 그것이 많은 것을 약속했기에, 나는 그 낯선 세계의 목소리에 큰 호기심이 일었고 가끔은 몇 시간씩 그 생각에 완전히 푹 빠졌다. 그러자 내게 보낸 그 글자의 경고가 점점 더 분명해졌다. "아무나 입장할 수는 없습니다!", "미친 사람만 입장할 수 있습니다!" 그러니까 그 목소리가 내게 닿으려면, 그 세계가 내게 말을 걸려면, 내가 '아무나'에게서 멀리 떨어져 미쳐야 하는 것이다. 세상에! 나는 이미 오래전에 '아무나'의 삶에서 충분히 멀어지지 않았던가? 이미 오래전에 평범한 인간의 존재와 사고를 다 버리고 미치지 않았던가? 그런데도 마음 깊은 곳에서 나는 그 부름의 의미를 잘 알고 있었다. 미치라는, 이성과 억압과 시민성을 버리라는, 도도히 흐르는 무법의 세상과 환상과 영혼의 세상에 귀의하라는 요구를 잘 알고 있었다.

어느 날이었다. 그날도 플래카드 막대기를 들고 가던 그 남자를 찾아 거리와 광장을 쏘다녔지만 소득이 없었다. 투명 문이 붙은 그 돌담을 몇 번이나 살피며 지나쳤다. 그러다가 성 마틴 외곽 마을에서 장례 행렬을 만났다. 운구차 뒤를 터벅터벅 걸어가는 유족의 얼굴을 바라보며 나는 생각했다. 이 도시 어디에, 이 세상 어디에 나의 죽음을 상실로 느낄 사람이 있을까? 나의 죽음에 마음 아파할 사람이 어디 있을까? 하긴 여자 친구 에리카가 있기는 하다. 하지만 우리 관계는 오래전부터 아주 느슨해져서 얼굴만 봤다 하면 싸웠고 지금은 그녀가 어디 사는지조차 몰랐다. 그녀가 가끔 나를 찾아오거나 내가 그녀한테로 가기도 하고, 우리 둘 다 고독하고 까다로운 인간이어서 영혼과 마음의 병이 어딘가 닮기는 했기에 그럭저럭 관계가 유지되고는 있었다. 그러나 내가 죽었다는 소식을 들으면 그녀가 안도의 한숨을 내쉬며 마음 편해할지도 모르겠다. 그건 모를 일이었다. 내 기분이 믿을 수 있는 물건인지도 나는 도무지 알지 못했다. 그런 일에 대해 잘 알려면 정상적이고 가능한 범주 안에서 살아야 한다.

어쨌거나 나는 기분이 내켜서 장례 행렬에 합류했고 유족의 뒤를 따라 공동묘지로 걸어갔다. 화장터와 온갖 편의 시설을 갖춘 현대식 시멘트 묘지였다. 돌아가신 분은 화장은 하지 않아서 자그마한 구덩이 앞에 관을 내려놓았다. 나는 장례를 치르는 목사와 제 잇속 챙기기에 바쁜 나머지 사람들, 상조 회사 직원들을 구경했다. 다들 심히 엄숙하고 슬픈 겉모습을 연출하려 열심이다 보니 요란한 연극과 당혹감, 거짓을 숨기려고 너무 애쓴 나머지 되레 우스꽝스러운 꼴이 되고 말았다. 그들은 검은 유니폼을 펄럭이며 조문객들을 슬픈 분위기로 몰아 죽음의 장엄함 앞에 무릎 꿇리려 애를 썼다. 그러나 노력은 헛되어서 아무도 울지 않았다. 보아하니 망자의 죽음을 안타까워하는 사람은 하나도 없었다. 경건한 분위기로 가고픈 사람도 없었다. 목사가 계속해서 "사랑하는 우리 성도님들" 하며 불러댔지만, 이 상인들과 제빵사와 그 부인들은 엄숙한 척하려고 안간힘을 쓰면서 사무적인 표정으로 말없이 발치만 내려다봤고, 어쩔 줄 몰라 가식을 떨며 그저 이 불편한 의식이 어서 끝나기만 바라고 있었다. 마침내 장례식이 끝났고, 제일 앞줄의 두 성도가 목사와 악수를 나누고는 하관할 때 신발에 묻은 젖은 진흙을 바로 옆 잔디의 가장자리에다 비벼 닦았다. 그 즉시 그들의 표정이 다시 평소처럼 인간적으로 바뀌었고, 문득 그중 한 사람의 얼굴이 눈에 익다는 생각이 들었다. 그때 플래카드를 들고 가다가 내 손에 그 책자를 쥐어준 그 남자 같았다.

그를 알아봤다고 믿은 순간, 그가 돌아서 허리를 굽히더니 구두 위로 꼼꼼하게 접어 올린 검은 바짓단을 내리고는 겨드랑이에 우산을 끼고 서둘러 자리를 떠났다. 나는 그를 쫓아가 따라잡았고 까딱 고개 숙여 인사했지만, 그는 나를 못 알아보는 것 같았다.

"오늘 밤에는 공연이 없습니까?"

나는 이렇게 물으며 그에게 비밀을 아는 사람끼리 하듯 눈을 찡긋하려고 했다. 하지만 그런 표정 연기가 유창하던 시절은 너무 오래전이었다. 지금과 같은 생활 방식 탓에 나는 말하는 것도 거의 잊어버렸으니 말이다. 내가 느끼기에 나는 그저 바보같이 얼굴을 찌푸렸을 뿐이다.

"공연요?"

그가 퉁명스레 묻더니 별 이상한 사람 다 보겠다는 표정으로 나를 빤히 쳐다봤다.

"검은 독수리로 가봐요. 별사람이 다 있네. 생각 있으면 가보던가요."

이제는 그가 그 사람이라는 확신이 들지 않았다. 실망한 나는 걸음을 옮겼지만 어디로 가야 할지 몰랐다. 목표도, 이루고 싶은 것도, 해야 할 의무도 없었다. 인생은 지독히도 쓰디썼고, 오래전부터 커져만 가던 혐오감이 꼭대기에 도달한 기분, 삶이 나를 내쫓고 집어던졌다는 기분이 들었다. 나는 분노에 사로잡혀 회색 도시를 걸었다. 온 사방에서 젖은 흙과 무덤 냄새가 풍기는 것 같았다. 안 된다. 내 무덤가에는 이런 죽음의 새들이 서 있어서는 안 된다. 예복을 갖추어 입고서 성도니 뭐니 감상적인 아첨을 늘어놓는 인간들은 절대 안 된다. 아, 어디를 봐도, 무엇을 생각해도 기쁠 일이 없고, 나를 부르는 이도, 매력을 느낄 일도 없었다. 온 세상에 진부함의 썩은 내가, 얼치기 만족의 썩은 내가 진동했고, 세상만사가 늙고 시들고 칙칙하고 기진맥진하여 축 늘어졌다. 어떻게 이럴 수 있단 말인가? 내가, 날아갈 듯 희망차던 젊은이, 시인, 뮤즈의 친구, 세상을 떠도는 방랑자, 불타는 이상주의자였던 내가 어쩌다 여기까지 왔단 말인가? 이렇듯 몸과 마음이 굳고, 나와 만인이 미우며, 모든 감정이 꽉 틀어막히고, 이렇듯 심하게 짜증이 나고 생지옥이 따로 없을 만큼 마음이 공허하고 절망감이 밀려오다니, 어쨌기에 이런 상태가 그처럼 서서히 살금살금 나를 덮쳤단 말인가?

도서관을 지나가다가 젊은 교수 한 사람을 만났다. 예전에 가끔 대화를 나눈 적이 있고, 마지막으로 이 도시에서 머물던 몇 년 전에는 몇 번 그의 집에 가서 동양 신화를 주제로 대화를 나누기도 했다. 그때 내가 한창 그 분야에 푹 빠져 있었다. 교수는 뻣뻣한 자세로 내 쪽으로 걸어왔는데, 약간 근시인지라 내가 그를 지나쳐 가려던 찰나에야 나를 알아봤다. 그가 정말로 반갑게 내게로 달려왔고, 비참한 상태였던 나는 그런 그에게 거의 고마운 마음이 들려고 했다. 그는 무척 기뻐하며 생기를 찾았고, 예전에 우리가 나눴던 대화를 조목조목 기억해내면서 나의 자극이 무척 고마웠고 자주 내 생각을 했노라고 말했다. 그날 이후 그처럼 활기차고 생산적인 토론을 동료하고 해본 적이 드물었노라고 말이다. 그는 언제 여기 왔느냐(나는 며칠 안 되었다고 거짓말을 했다), 왜 자기를 안 찾아왔느냐고 물었다. 나는 이 점잖은 남자의 지적이고 선량한 얼굴을 보다가 이 장면이 참 우습다고 생각했다. 하지만 한 조각의 온정, 한 모금의 사랑, 한 입의 칭찬을 굶주린 개처럼 먹어치웠다. 황야의 이리 하리가 감동에 겨워 씩 웃음을 지었고, 마른 목구멍에는 침이 고였으며, 그의 의지와 달리 감상에 굴복하고 말았다. 그랬다. 나는 연구를 하느라 잠시 여기 있을 뿐이며 몸이 좀 안 좋았다고, 안 그랬다면 당연히 그를 찾아갔을 거라고 열심히 거짓말을 늘어놓았다. 그리고 그가 진심으로 오늘 저녁을 자기 집에서 함께하자고 초대하자 감사하다며 응했고, 부인에게 안부 인사를 전해달라는 말도 잊지 않았다. 어찌나 열심히 말하고 웃었는지 이런 노력이 오랜만인 턱이 아플 지경이었다. 내가, 하리 할러가 기습을 당한 후 아부의 말을 들으며 거기 길에 서서 다정한 남자의 선량하고 근시인 얼굴을 향해 정중하고 성실하게 미소를 짓는 동안 다른 하리도 그 옆에 서서 역시나 히죽히죽 웃었다. 그리고 그렇게 히죽이며 서서는 내가 참으로 특이하고 괴팍하고 거짓말을 밥 먹듯 하는 형제로구나, 라고 생각했다. 2분 전만 해도 저주받은 온 세상을 원망하며 이빨을 드러내더니 이제 존경받는 속물 하나가 이름 한번 불러주고, 천진하게 인사 한마디 건네자 곧바로 감동에 겨워서 열과 성을 다해 "네"와 "아멘"을 읊어대며 돼지 새끼처럼 그 쥐꼬리만 한 호의와 존경과 친절을 즐기며 뒹굴고 있으니 말이다. 그렇게 두 명의 하리가, 너무도 비호감인 두 인물이 점잖은 교수와 마주 서서 서로를 비웃고 관찰하며 서로에게 침을 뱉었다. 그리고 그런 상황에서는 늘 그렇듯 또다시 이런 질문을 던졌다. 이것이 단순히 인간의 어리석음이나 약점이며, 보편적인 인간의 숙명인가? 아니면 이런 감성적인 이기심, 이런 비겁한 행동, 이처럼 불결하고 분열된 감정이 황야의 이리만이 가진 개인적인 특징인가? 이 더러운 짓거리가 인간의 보편적인 특징이라면 세상을 향한 나의 경멸은 새삼 힘을 얻어 달려나갈 것이다. 그러나 내 개인의 약점이라면 자기 경멸의 난잡한 축제를 향해 달려갈 이유로 삼을 것이다.

두 하리가 다투는 바람에 교수를 잊다시피 했다. 갑자기 그가 다시 성가시게 느껴져서 나는 서둘러 그와 작별을 고했다. 이상주의자, 믿음이 깊은 인간의 선량하면서도 살짝 우스꽝스러운 걸음걸이로 앙상한 가로수 아래를 걸어가는 그의 뒷모습을 나는 오래도록 지켜봤다. 마음에서는 격투가 벌어졌고, 나는 몰래 파고드는 관절염과 싸우며 뻣뻣한 손가락을 기계적으로 구부렸다 다시 펴면서 내가 내 꾀에 넘어갔다는 사실을 인정할 수밖에 없었다. 7시 반 저녁 식사 초대에 응했으니 예의를 갖춰 학문적인 수다를 떨어야 할 테고 남의 행복한 가정도 구경해야 했다. 나는 화가 나서 집으로 돌아와 코냑과 물을 섞어 관절염 약을 먹었고 안락의자에 누워 책을 읽으려 애를 썼다. 한동안 매력적인 18세기 소설《메멜을 떠나 작센으로 향한 소피의 여행》을 읽다가 문득 저녁 식사 초대가 떠올랐고, 아직 면도도 하지 않았으며 옷도 입어야 한다는 생각이 들었다. 아이고, 어쩌자고 그런 짓을 했단 말인가! 하리, 어서 일어나 책 따위 치우고 비누 거품을 발라서 피날 때까지 깨끗하게 면도를 해! 옷 입고 사람들을 만나 즐겨보는 거야! 비누칠을 하는 동안 오늘 그 모르는 망자의 관을 밧줄에 묶어 내렸던 공동묘지의 더러운 진흙 구덩이와 지루한 성도들의 찌푸린 얼굴이 떠올랐지만 웃을 수가 없었다. 그곳에서, 그 더러운 진흙 구덩이에서, 갈피를 못 잡던 목사의 한심한 말들, 조문객들의 어찌할 바를 모르는 멍청한 표정, 양철과 대리석으로 만든 그 모든 십자가와 묘판의 끔찍한 모습, 전선과 유리로 만든 가짜 꽃, 그런 것들이 있는 그런 곳에서 삶을 마감하는 사람이 그 모르는 망자만이 아닌 것 같았다. 나 역시 내일이나 모레에 끝을 맞이하여 당황하고 가식 떠는 참석자들이 지켜보는 가운데 더러운 진흙에 묻힐 것이다. 아니, 나만이 아니다. 모든 것이 그렇게 끝이 났다. 우리의 모든 노력, 모든 문화, 모든 믿음과 삶의 기쁨과 즐거움이 너무도 깊은 병이 들어 곧 그곳에 묻힐 것이다. 우리의 문화는 공동묘지이고, 이곳에서는 예수 그리스도와 소크라테스가, 모차르트와 하이든이, 단테와 괴테가 녹슬어가는 양철 묘판에 적힌 흐릿한 이름에 지나지 않는다. 그들을 에워싸고서 당황하여 가식을 떠는 문상객들은 한때 신성하다 여기던 양철 묘판을 지금도 믿을 수만 있다면 그 대가로 많은 것을 내줄 것이다. 어찌할 바를 모르고 히죽대면서 무덤가에 멀거니 서 있는 대신, 이 몰락한 세상에서 느끼는 슬픔과 절망을 진지하고도 솔직하게 토로할 단 한마디 말이라도 할 수 있다면 정말로 많은 것을 내줄 것이다. 화를 내는 바람에 면도를 하다가 늘 베이던 턱의 그 자리를 다시 베고 말았다. 잠시 상처를 소독했지만 방금 갈아 끼운 셔츠 칼라를 다시 갈 수밖에 없었다. 초대에 응하는 것이 조금도 즐겁지 않으면서 왜 이런 일을 하고 있는지 도통 알 수가 없었다. 그러나 하리의 한 조각이 다시 연극을 하면서 교수를 호감 가는 녀석이라 부르고 약간의 사람 냄새와 수다와 사교를 그리워했고 교수의 예쁜 아내를 기억해냈으며 친절한 사람과 하룻밤 어울리겠다는 생각이 근본적으로는 썩 고무적이라 주장하면서 나를 도와 턱에 반창고를 붙이고 옷을 입고 점잖은 넥타이를 매주었으며, 내 진짜 바람인 그냥 집에 있으려는 마음을 부드럽게 쫓아주었다. 동시에 나는 이런 생각이 들었다. 지금 내가 진심과 달리 억지로 옷을 차려입고 집을 나서 교수를 찾아가 가식적으로 듣기 좋은 말을 주고받듯, 대부분의 사람들이 매일, 매시간 원치도 않으면서 억지로 그런 일을 하고 그렇게 살며 그런 행동을 하고, 사람을 만나고 대화를 나누고 관공서나 사무실에서 퇴근 시간까지 앉아 있다. 그 모든 일을 억지로, 기계적으로, 마지못해서 하기에, 기계가 해도 그만큼은 할 수 있을 테고 아예 안 해도 그만이다. 그리고 이 영원히 계속되는 기계 운동은 그들이 나처럼 자기 삶을 비판하지 못하게 가로막는다. 또한 그 삶이 얼마나 어리석고 천박한지, 얼마나 잔인하게 이죽거리며 수상쩍은지, 얼마나 가망 없이 슬프고 황량한지를 깨닫고 느끼지 못하게 방해한다. 아, 그들이 옳다. 저렇게 사는 사람들, 나같이 선로를 이탈한 사람들이 하듯 마음을 어지럽히는 기계 운동에 저항하다 절망하여 허공을 응시하는 대신 자신의 놀이를 하고 자신이 중요하다 여기는 일을 좇는 사람들이 한없이 옳다. 이 글에서 내가 가끔 그들을 경멸하고 조롱도 하지만, 내가 그들에게 죄를 덮어씌우거나 그들을 비난하거나 내 개인의 불행을 남들 탓으로 돌리려 한다고 생각하지는 말았으면 한다. 그러나 이미 갈 데까지 가서 언제라도 바닥 모를 암흑으로 굴러떨어질 삶의 가장자리에 서 있는 내가 나한테서도 저 기계가 여전히 돌아가고 있고, 나 역시 여전히 저 영원한 놀이의 신성하고 유치한 세상에 속한 척하며 나와 다른 이들을 속이려 애쓴다면, 그건 잘못이고 거짓이다!

그러니 그날 밤도 그만큼 놀라웠다. 나는 그 집 앞에서 잠깐 걸음을 멈추고 창문을 올려다봤다. 그리고 저기에 그 남자가 사는구나, 라고 생각했다. 그는 저곳에 살면서 해마다 자기 일을 계속해 나가고 글을 읽고 해석을 달고 서아시아 신화와 인도 신화의 연관성을 찾으며 만족한다. 자기 일의 가치를 믿고, 자신이 받드는 학문을 믿으며, 진보와 발전을 믿기에 단순한 지식과 지식 축적의 가치를 믿는다. 그는 전쟁을 겪은 적이 없고, 아인슈타인이 등장해도 지금까지의 사고 기반이 흔들리지 않았으며(그런 것은 수학자에게나 해당한다고 그는 생각한다), 그의 주변에서 다음 전쟁을 준비하고 있다는 사실을 전혀 알아차리지 못하고 유대인과 공산주의자는 증오해도 된다고 생각한다. 선량하지만 아무 생각 없이 만족하며 살고 자신을 대단하다고 여기는 어린아이, 그는 정말이지 부러운 사람이다. 나는 마음을 다잡고 안으로 들어갔고, 하얀 앞치마를 두른 하녀가 나를 맞이했다. 나는 뭔지 모를 예감 탓에 하녀가 내 모자와 외투를 갖다 두는 장소를 유심히 봐두었다. 하녀는 나를 따뜻하고 환한 방으로 안내하고는 잠깐 기다려달라고 부탁했다. 나는 기도문을 외거나 깜빡 조는 대신 놀이 충동을 좇아 제일 가까운 곳에 있는 물건을 집어 들었다. 액자에 넣은 작은 그림이었는데, 둥근 탁자 위에 빳빳한 마분지 판으로 받쳐서 비스듬히 세워놓았다. 시인 괴테의 동판화였다. 성격이 강하고 헤어스타일이 독창적인 노인 괴테의 얼굴을 보기 좋게 다듬었고, 그 유명한 이글이글 타는 눈과 살짝 궁정풍으로 덧칠한 고독과 비극의 표정도 빼놓지 않았는데, 화가는 특히 이 표정에 큰 노력을 기울인 것 같았다. 또 화가는 심오함을 훼손시키지 않으면서도 이 마성의 노인에게 교수나 배우 같은 절제와 우직함의 분위기를 선사했고, 전체적으로 그를 모든 시민 가정에서 장식품으로 쓸 수 있을 만큼 정말로 멋진 노인으로 만들어냈다. 그래도 이 그림이 이런 종류의 다른 모든 그림보다 더 한심하지는 않을 것이다. 부지런한 화가가 제작한 이런 고귀한 예수와 사도, 영웅과 영적 지도자, 정치가의 초상화들보다 더 한심하지는 않을 것이다. 그러니 내가 이 그림에 이토록 자극적인 반응을 보인 이유는 아마도 그저 약간의 뛰어난 기술 때문이었을 것이다. 어쨌든 노년의 괴테를 천박하고 거만한 인간으로 그려낸 이 그림은 이미 충분히 화나고 분노한 내게 치명적인 불협화음을 날렸고, 여기가 내가 있을 곳이 아니라고 알려주었다. 이곳은 멋지게 그려낸 대가와 민족의 위인이 있을 곳이지 황야의 이리가 있을 곳이 아니었다.

그 집 가장이 들어왔더라면 그럴싸한 핑계를 대며 돌아갈 수 있었을지도 모르겠다. 하지만 그의 아내가 들어왔고 나는 불길한 예감이 들었지만 운명에 나를 맡겼다. 우리는 인사를 주고받았고, 처음의 불협화음에 이어 새로운 불협화음이 잇달았다. 부인은 내게 여전히 외모가 출중하다며 칭찬했지만, 나는 우리가 마지막으로 만난 이후 그 몇 년 동안 내가 얼마나 늙었는지 너무도 잘 알고 있었다. 그녀와 악수를 할 때부터 관절염 걸린 손가락에 느껴지던 통증이 불행하게도 그 사실을 떠올려주었다. 그랬다. 이어 그녀가 나의 아내가 잘 있는지 물었고, 나는 아내가 나를 떠났으며 아내와 이혼했다는 말을 할 수밖에 없었다. 다행히 교수가 방으로 들어왔다. 그 역시 내게 반갑게 인사를 건넸고, 안 그래도 어긋나기 시작한 우스운 상황은 이내 최고봉에 이르렀다. 그의 손에 신문이 들려 있었다. 그가 정기 구독하는 신문으로, 군국주의자와 전쟁광의 정당이 발행하는 신문이었다. 그는 나와 악수를 마친 후 신문을 가리키며 여기에 나와 이름이 같은 어떤 평론가에 관한 글이 실렸는데 조국도 모르는 아주 몹쓸 놈이 틀림없다고 말했다. 그가 황제를 조롱하고 전쟁 발발의 책임이 적국 못지않게 조국에도 있다는 의견을 피력했다고 말이다. 무슨 그런 놈이 다 있단 말인가? 어쨌거나 그놈은 말의 대가를 치렀다고 했다. 편집부가 이 해충을 곧바로 처리했고 공개적으로 모욕을 주었다니 말이다. 그러나 그는 내가 그 주제에 관심이 없는 것을 눈치채고는 다른 주제로 넘어갔다. 이 두 사람은 그 흉악한 놈이 자기 앞에 앉아 있을 수 있다는 생각을 털끝만큼도 하지 못했지만 그게 사실이었다. 그 흉악한 놈이 바로 나였다. 하지만 굳이 소란을 피워 이들을 불안하게 만들 이유가 뭐란 말인가. 나는 속으로 웃었지만, 오늘 밤이 조금이나마 기분 좋은 시간이 될 거라는 희망을 이제는 완전히 접고 말았다. 그 순간을 또렷하게 기억한다. 교수가 조국을 배신한 인간 할러라고 말하던 그 순간, 장례식 장면 이후 내 마음에 차곡차곡 쌓이며 점점 더 강렬해지던 우울과 절망의 나쁜 감정이 더욱 짙어져 심한 압박감으로 변했다. 몸으로 (아랫배에서) 느낄 수 있는 고통으로, 목이 졸리듯 불안한 운명의 느낌으로 말이다. 무언가가 나를 노렸고, 뒤에서 위험이 살금살금 다가왔다. 다행히 그때 식사 준비가 끝났다는 기별이 와서 우리는 식당으로 갔다. 쉬지 않고 뭔가 하나 마나 한 소리를 지껄이고 질문을 던지려 애쓰느라 나는 평소보다 과식했으며, 시간이 갈수록 기분은 점점 더 비참해졌다. 나는 연신 생각했다. 세상에나, 왜 우리는 이렇게 애를 쓰고 있을까? 내가 너무 얼어 있는 듯 보였거나 집에 다른 안 좋은 일이 있었는지, 집주인들도 마음이 통 편치 않아서 억지로 쾌활한 척하는 기색이 역력했다. 그들은 내가 솔직하게 대답할 수 없는 질문만 던졌고, 나는 제대로 거짓말을 늘어놓으면서 입을 뗄 때마다 밀려드는 구역질을 억지로 참았다. 결국 나는 화제를 돌려 오늘 본 장례식 이야기를 시작했다. 하지만 그 역시 적절한 주제가 아니었고, 이번에는 농담을 던져봤으나 기분만 잡쳐서 우리는 점점 더 엇나갔다. 내 안에서 황야의 이리가 히죽 이빨을 드러내며 웃었고, 후식을 먹을 때는 우리 셋 다 정말로 말이 없었다.

우리는 커피와 브랜디를 마시러 처음에 있던 방으로 돌아왔다. 방을 옮겼으니 분위기가 살짝 나아질지도 모를 일이었다. 그러나 그 순간 서랍장 위로 치워놓은 괴테가 다시 눈에 들어왔다. 괴테에게서 눈을 뗄 수가 없었던 나는 마음에서 울리는 경고의 목소리를 무시하고 그 초상화를 다시 집어 들어 품평을 시작했다. 나는 이 상황이 참을 수가 없었으므로, 이제 집주인들의 흥미를 끌고 마음을 사로잡아 내 편으로 만들거나 아니면 완전히 폭발하는 수밖에 없다는 기분에 사로잡혔다.

"괴테가 실제로는 이렇게 생기지 않았기를 바랍니다. 이 허영심과 고상 떠는 포즈, 함께 있는 사람들에게 추파를 던지는 이 위엄, 남성의 겉모습 밑에 숨긴 너무도 사랑스러운 이 감상의 세계라니! 다들 그에게 싫어하는 점이 많을 테고 저 역시 이 잘난 척하는 노인에게 자주 반감이 들지만, 그래도 그를 이런 식으로 표현하는 것은 아니죠. 너무 심합니다."

부인이 무척 괴로운 표정으로 커피잔을 다 채우더니 서둘러 방을 나갔다. 그러자 남편이 당황과 비난이 섞인 말투로 그 괴테 그림은 아내 것이고 아내가 특별히 아끼는 작품이라고 털어놓았다.

"객관적으로 당신 말이 옳더라도, 물론 나는 그렇게 생각하지 않습니다만, 그래도 그렇게 극단적으로 표현하지는 마셔야지요."

"지당하신 말씀입니다. 죄송하게도 늘 최대한 극단적인 표현을 택하는 것이 제 습관, 제 잘못입니다. 괴테도 한창때는 그랬다지요. 물론 이런 앙증맞고 속물적인 살롱 괴테한테까지 극단적이고 솔직하고 직접적인 표현을 쓸 필요는 없었을 테지만요. 교수님과 부인께 진심으로 사과드립니다. 부인께 제가 정신병자라고 말씀하세요. 그리고 저는 이만 물러갈까 합니다."

나는 인정했다.

당황한 교수가 몇 마디 반박의 말을 던졌고 다시금 예전에 우리 대화가 얼마나 멋지고 고무적이었는지로 주제가 옮겨갔다.

그리고 미트라스*와 크리슈나**에 대한 나의 추측이 당시 그에게 정말로 깊은 인상을 남겼기에 오늘도 다시 그러기를 바란다…… 등의 이야기를 이어갔다. 나는 그에게 말씀을 그리 해주시니 정말로 고맙지만 아쉽게도 나는 이제 더는 크리슈나와 학문적인 대화에 관심이 없다고 대답했다. 그리고 오늘 그를 여러 번 속였다고, 가령 이 도시에는 며칠 전이 아니라 몇 달 전에 왔지만 그동안 아무도 만나지 않았으며, 더는 상류층과 교제할 수가 없다고 털어놓았다. 첫째는 내가 항상 기분이 너무 안 좋고 관절염을 달고 살아서고, 둘째는 대부분 술에 취해 있어서라고 말이다. 나아가 오늘의 만남을 깨끗하게 마무리를 짓고 적어도 거짓말쟁이로 그 집을 떠나고 싶지는 않았기에 나는 존경하는 교수님께 그가 나를 오늘 정말로 심하게 모욕했다는 사실도 털어놓았다. 그는 할러를 바라보는 반동 신문의 그 어리석은 고집불통적인 입장에 동조했는데, 그건 실직한 장교라면 몰라도 학자라면 적절치 못한 처사다. 그놈, 조국도 모르는 그놈 할러가 바로 나다. 정신이 나가서 맹목적으로 또 전쟁을 하자고 달려갈 게 아니라 적어도 생각이란 게 있는 몇몇 사람이 이성과 평화주의를 고백하는 편이 이 나라와 세계를 위해 훨씬 더 낫다. 그러니 이만, 안녕히 계시라고, 나는 말했다.

그리고 일어나서 괴테와 교수에게 작별 인사를 건넸고, 방 밖으로 나와 옷걸이에서 내 옷을 꺼내서 달려나갔다. 내 영혼 안에

---

* 고대 인도 문화권에서 숭배하던 태양신이다.

** 인도 신화에 등장하는 신이자 힌두교에서 추앙하는 중요한 신 중 하나로 사랑의 신이다.

서 고소해 어쩔 줄 모르는 이리가 크게 울부짖었고, 두 하리가 난투극을 벌였다. 이 불쾌한 저녁 시간이 모욕당한 교수보다는 내게 훨씬 큰 의미가 있었다는 사실을 내가 즉시 깨달았기 때문이다. 그에게 오늘 밤은 실망이요, 짜증 나는 작은 사건이겠으나 내게는 마지막 실패요, 도주였다. 시민 세계, 도덕 세계, 학문 세계와의 작별이었으며 황야의 이리에게로 돌아간 완승이었다. 그것은 도망자이자 패배자로서의 작별이었고, 나 자신이 내린 파산선고였으며 위로도, 우월감도, 유머도 없는 작별이었다. 위장병 환자가 돼지고기 구이와 작별하듯 나는 과거의 세상, 고향, 시민성, 도덕, 학문과 작별했다. 나는 치미는 화를 주체하지 못하고 가로등 불빛을 받으며 달려갔다. 화가 났고 죽도록 슬펐다. 비참하고 부끄럽고 일진이 사나운 날이었다. 아침부터 저녁까지, 공동묘지부터 교수 집에서 벌어진 장면까지. 무엇을 위해? 왜? 무슨 의미가 있어서 계속 그런 날들을 감수할 것이며, 그런 수프를 마셔대겠는가? 싫다! 이 코미디를 오늘 밤에 끝낼 것이다. 집으로 가자, 하리. 가서 목을 따자! 충분히 기다렸다.

나는 낙담하여 거리를 배회했다. 착한 사람들의 살롱 장식품에 침을 뱉은 건 당연히 어리석은 짓이었다. 한심하고 점잖지 못한 짓이었다. 하지만 달리 어쩔 수가 없었다. 그 공손하고 가식적이며 예의 바른 삶을 더는 참을 수가 없었다. 그러나 보이는 것처럼 고독도 더는 참을 수가 없고, 나만의 세상도 견딜 수 없이 증오스럽고 구역질이 났으며, 공기가 사라진 내 지옥의 방에서 질식해가며 발버둥 치고 있으니, 무슨 출구가 남아 있단 말인가? 출구는 없다.

아, 아버지, 어머니, 아, 아득한 내 젊은 시절의 신성한 불꽃이여! 아, 내 인생의 온갖 기쁨과 직업과 목표들이여! 그 무엇도, 후회조차도 남아 있지 않았다. 남은 것은 구역질과 고통뿐. 그냥 살아야 한다는 것이 이 시간보다 더 고통스러웠던 적은 없었다.

나는 삭막하기 이를 데 없는 외곽 술집에 들어가 잠시 쉬며 물과 코냑을 마셨고, 악마에게 쫓기기라도 하듯 다시 나와 가파르고 구불구불한 구도심을 오르내렸으며, 가로수 길을 지나 역 광장으로 갔다. 다시 떠나는 거야! 나는 그렇게 생각하며 역으로 들어가서 벽에 붙은 기차 시간표를 노려봤고 포도주를 조금 마시며 생각하려고 애썼다. 내가 무서워하는 유령이 점점 더 가까이 다가오고, 점점 더 또렷이 보이기 시작했다. 그 유령은 귀가였다. 내 방으로 돌아가서 묵묵히 절망을 견뎌야 하는 것! 아무리 오래 쏘다녀도 그 유령에게서 벗어날 수는 없었다. 내 방문으로, 책 쌓인 탁자로, 애인의 사진 아래에 놓은 안락의자로, 면도칼을 꺼내 내 목을 딸 수밖에 없는 그 순간으로 돌아가지 않을 수 없었다. 그 장면이 점점 더 또렷하게 눈앞에 나타났고, 나는 빠르게 뛰는 심장을 부여안고서 점점 더 또렷하게 공포 중의 공포, 죽음의 공포를 느꼈다. 그렇다. 나는 죽음이 소름 끼치도록 무섭다. 다른 출구가 보이지 않아도, 나를 빙 둘러 온 사방에서 구역질과 고통, 절망이 쌓여만 가도, 그 무엇도 더는 내 마음을 유혹하지 못했다. 기쁨과 희망을 줄 수 없었어도, 처형은, 마지막 순간은, 내 살을 가를 그 칼자국은 말할 수 없이 무서웠다. 그 무서운 장면에서 벗어날 길이 안 보였다. 절망과 비겁함의 싸움에서 오늘도 어쩌면 비겁함이 이길지 몰라도 내일이면, 매일매일, 자기 경멸로 더욱 커진 절망이 새로이 내 앞에 서 있을 것이다. 마침내 칼을 그을 때까지 나는 오래도록 칼을 쥐었다 던지기를 계속할 것이다. 그럴 거면 차라리 오늘 해치우자! 나는 겁에 질린 아이에게 하듯 나 자신에게 이성적으로 이야기했지만 아이는 듣지 않고 달아나버렸고 살고 싶어 했다. 나는 움칠 정신을 차리고서 다시 도시를 걸어 다녔다. 계속 집으로 돌아가자고 생각은 하면서도 계속 망설이면서 우리 집을 멀리 돌았다. 가끔 술집에 들러 술 한 잔이나 두 잔을 마시고는 다시 길을 나섰고 멀찍이서 목표를, 면도날을, 죽음을 빙빙 돌았다. 죽을 만큼 피곤해지면 벤치나 분수대 가장자리, 연석에 잠시 걸터앉아서 심장이 뛰는 소리를 들었고 이마에 흐르는 땀을 훔치고 다시 길을 나섰다. 무서운 공포, 삶을 향해 깜박거리는 그리움에 가득 차서.

그렇게 나는 밤늦게 잘 모르는 외딴 시 외곽의 한 술집으로 들어갔다. 안에서 격한 댄스 음악이 흘러나왔다. 들어가면서 문 위쪽에 걸린 낡은 간판을 읽었다. '검은 독수리'였다. 술집 안은 난장판이었다. 시끄러운 사람 소리, 담배 연기, 포도주 냄새, 고함이 가득했다. 뒤쪽 홀에서는 춤을 추고 있었고 댄스 음악이 귀를 찢었다. 나는 앞쪽에 서 있었다. 거기에는 수수한 차림의 사람들만 있었는데, 일부는 차림새가 남루했다. 뒤쪽 댄스홀에는 우아한 차림의 멋쟁이들도 보였다. 사람에게 떠밀려 나는 배식대 근처의 식탁으로 밀려갔다. 벽에 붙은 긴 의자에 얼굴이 창백하고 예쁘게 생긴 아가씨가 앉아 있었다. 많이 파인 얇은 무도복을 입고 머리에는 시든 꽃을 꽂고 있었다. 아가씨는 다가오는 나를 다정한 눈으로 빤히 바라보다가 미소를 지으며 살짝 옆으로 비켜 앉으며 자리를 마련해주었다.

"앉아도 될까요?"

내가 물으며 그녀 옆에 앉았다.

"그럼. 되지."

그녀가 대답했다.

"그런데 당신은 누구야?"

"감사합니다. 도저히 집에 갈 수가 없어서요. 그럴 수가 없어요, 그럴 수 없어요. 허락하신다면 여기 있고 싶습니다. 당신 곁에. 못 가요. 집에 갈 수가 없어요."

나는 말했다.

그녀는 나를 이해한다는 듯 고개를 끄덕였다. 그녀가 고개를 끄덕이는 동안 나는 이마에서 귓가로 흘러내린 그녀의 곱슬머리를 봤다. 머리에 꽂은 꽃은 동백이었다. 저 뒤에서 음악이 쿵쾅거렸고 배식대에서는 여종업원들이 서둘러 주문을 외쳤다.

"여기 있어. 그런데 왜 집에 갈 수가 없어?"

그녀가 듣기 좋은 목소리로 말했다.

"갈 수가 없어요. 집에서 뭐가 날 기다려요. 안 돼. 못 가. 너무 무서워."

"그럼 그것더러 기다리라고 하고 여기에 있어. 일단 안경부터 닦아. 하나도 안 보이겠네. 손수건 줘봐. 우리 뭘 마실까? 부르고뉴산 포도주?"

그녀가 내 안경을 닦았다. 그제야 그녀가 또렷하게 보였다. 창백하고 옹골진 얼굴, 빨갛게 칠한 입술, 밝은 회색 눈동자, 매끈하고 시원한 이마, 귀를 덮은 탄력 있는 짧은 곱슬머리. 그녀는 친절하지만 약간 놀리듯 내 시중을 들었고 포도주를 주문하고 나와 건배를 하면서 내 신발을 내려다봤다.

"어머, 도대체 어디서 온 거야? 걸어서 파리에서 온 것 같아. 이 차림으로 무도회에 오는 사람이 어디 있어."

나는 대충 얼버무리며 살짝 웃었고 말없이 그녀의 이야기를 들었다. 그녀가 무척 마음에 들었다. 그리고 마음에 든다는 사실에 깜짝 놀랐다. 여태 나는 이런 젊은 아가씨는 피했고 불신의 눈으로 바라봤기 때문이다. 그녀는 이 순간 내게 유익한 바로 그런 태도로 나를 대했다. 아, 그날 이후에도 그녀는 매 순간 나를 그렇게 대했다. 그녀는 필요한 만큼 나를 보호했고 필요한 만큼 조롱했다. 그녀가 샌드위치를 주문하더니 내게 먹으라고 명령했다. 포도주를 따라주고는 한 모금 마시라고, 너무 급하게 마시지는 말라고 명령했다. 그러더니 말을 잘 듣는다고 칭찬했다.

"착해. 애먹이지 않고. 우리 내기할까? 누구 말 들은 지 오래됐지?"

그녀가 토닥였다.

"당신이 이겼어요. 근데 그건 어떻게 알았어요?"

"이 정도는 껌이지. 남의 말 듣는 건 먹고 마시는 일 같아서 오래 안 하면 그게 제일 하고 싶어지거든. 지금 내 말 잘 듣고 싶잖아, 안 그래?"

"듣고 싶어요. 모르는 게 없네요."

"애먹이지 않고 착해. 친구, 아마 난 집에서 당신을 기다리는 게 뭔지도 말할 수 있을 것 같아. 당신이 뭐를 그렇게 무서워하는지도. 하지만 당신도 알 테니 굳이 말할 필요는 없겠지? 안 그래? 한심한 짓이야. 누군가 스스로 목을 매면, 그래, 그럼 목을 매는 거고 그럴 이유가 있겠지. 그게 아니어서 아직 살아 있으면 그냥 살아갈 걱정만 하면 되고. 이보다 더 간단한 게 어디 있겠어."

"아, 그렇게 간단하면 좋겠어요. 살아갈 걱정이라면 나도 충분히 했지만 아무 소용이 없었어요. 아마 목을 매기는 힘들겠죠. 잘 모르겠어요. 하지만 사는 건 훨씬, 훨씬 더 힘들어요. 얼마나 힘든지, 신은 아실 겁니다."

"이제 그게 얼마나 애들 장난처럼 쉬운지 보게 될 거야. 출발은 이미 했어. 안경 닦았고 밥 먹었고 술 마셨고. 이제 나가서 바지랑 구두 좀 털자. 그래야겠어. 그러고 나서 나랑 시미*를 출 거야."

"봐요. 내 말이 맞잖아요. 당신 명령을 따를 수 없는 게 제일 마음 아프네요. 그런데 난 그 명령은 따를 수가 없어요. 나는 시미를 출 줄 몰라요. 왈츠도, 폴카도, 뭐가 되었든 춤이라면 평생 배워본 적이 없어요. 이제 알겠죠? 세상만사가 당신 생각처럼 그렇게 간단하지는 않다는 걸요."

나는 열을 올려 외쳤다.

어여쁜 아가씨는 붉은 입술로 미소를 지으며 사내아이 같은 헤

* 1900년 이전에 미국 흑인 사이에 유행한 재즈 춤으로, 어깨나 온몸을 흔들면서 춤을 춘다. 1919, 1922년 브로드웨이 뮤지컬에 등장한 뒤 열광적인 인기를 끌었다.

어스타일의 단단한 머리를 가로저었다. 그녀를 보고 있으려니 어릴 적에 좋아했던 내 첫사랑 로자 크라이슬러와 닮은 것 같았다. 하지만 로자는 까무잡잡한 피부에 검은 머리였다. 아니, 이 낯선 아가씨가 누구를 닮았는지는 잘 모르겠다. 그저 아주 어릴 적 소년 시절에 만난 누군가를 닮았다는 것만 알겠다.

"천천히! 천천히 해! 그러니까 춤을 못 춘다는 거지? 아예 못 춰? 원스텝도? 아이고, 그래놓고 살아보려고 무진 애썼다고 주장하는 거야? 그거 허풍이야. 당신 나이에 아직도 허풍 떨면 안 되지. 춤 한번 안 추려고 하면서 살려고 애썼다고 어떻게 말할 수가 있어?"

그녀가 소리쳤다.

"못 추는 걸 어떻게 해요. 한 번도 배운 적이 없어요."

그녀가 크게 웃었다.

"글 읽고 쓰는 건 배웠겠지. 산수도 배웠을 거고, 아마 라틴어와 프랑스어, 그런 온갖 것도 배웠겠지? 그렇지? 당신은 10년, 아니 12년 학교에 다녔을 거고, 대학도 졸업했을 거고, 어쩌면 박사 학위까지 땄을 테고, 중국어나 스페인어도 할 줄 알 거야. 아냐? 그런데 몇 시간 춤출 시간과 돈은 없었다는 거잖아."

"부모님 때문이었어요. 부모님이 라틴어와 그리스어, 그 모든 걸 배우라고 하셨어요. 하지만 춤은 가르쳐주지 않으셨죠. 우리 집안 분위기가 그렇지 않았어요. 부모님도 평생 춤을 추신 적이 없었고요."

나는 변명을 늘어놓았다.

그녀가 경멸 가득한 표정으로 나를 아주 차갑게 쳐다봤다. 다시금 내 어린 시절을 떠올리는 뭔가가 그녀의 얼굴에 떠올랐다.

"그래, 그러니까 부모님 탓이다! 오늘 밤에 검은 독수리로 가도 되냐고, 그것도 부모님께 여쭤봤어? 여쭤본 거야? 부모님은 한참 전에 돌아가셨다고 하지 않았어? 부모님 말씀을 거역할 수 없어서 젊을 때 춤을 안 배웠다면, 그건 뭐 그렇다고 쳐. 당신이 그렇게 모범생이었을 거 같지도 않지만 말이야. 어쨌거나 그 후에는, 그 긴 세월 동안 뭐 했어?"

"아, 나도 잘 모르겠어요. 대학 졸업하고 악기 연주하고 책 읽고 책 쓰고 여행하고……."

나는 고백했다.

"참 희한한 인생관이네! 그러니까 늘 어렵고 복잡한 것만 하고 쉬운 건 하나도 안 배웠다? 시간이 없어서? 흥미가 없어서? 흠, 어쨌거나 내가 당신 엄마가 아니라서 다행이야. 그래놓고 안 해본 짓 없이 다 해봤는데 건진 게 하나도 없다는 듯 행동하다니, 그럼 안 되지, 안 되고말고."

"야단치지 말아요. 내가 미친놈인 건 나도 진즉 알았어요."

나는 애걸했다.

"뭐? 농담하지 마. 당신은 하나도 안 미쳤어요, 교수님. 오히려 너무 적게 미쳐서 탈이지. 내 보기에는 멍청할 정도로 너무 이성적이야. 교수님처럼. 빵 하나 더 먹어! 먹고 나서 이야기해."

그녀는 빵을 하나 더 시켜서 거기에 소금을 살짝 뿌리고 겨자도 약간 발랐고 자기 몫으로 한 조각을 자르더니 나머지를 내게 내

밀며 먹으라고 명령했다. 나는 시키는 대로 먹었다. 춤만 빼면 그녀가 시키는 것은 무엇이든 했을 것이다. 이것저것 캐묻고 시키고 야단치는 사람 옆에 앉아서 그의 말을 고분고분 따르자니 마음이 너무 편했다. 교수나 그의 아내가 몇 시간 전에 그랬더라면 그 많은 일이 일어나지 않았을 것이다. 아니다. 그게 다행이었다. 그들이 그랬다면 많은 것을 놓쳤을 테니까!

"이름이 뭐야?"

문득 그녀가 물었다.

"하리."

"하리? 어린애 이름 같네! 하긴 어린애지. 하리, 머리는 희끗희끗해도 애야. 챙겨줄 사람이 있어야겠어. 춤추자는 말은 안 할게. 하지만 머리 꼴이 그게 뭐야? 부인 없어? 애인도 없어?"

"없어요. 이혼했어요. 애인은 있는데 여기 안 살아서 잘 못 봐요. 사이가 아주 좋지는 않죠."

그녀가 잇새로 나지막하게 휘익 휘파람을 불었다.

"아무도 곁에 남지를 않으니 정말 까다로운 사람인가 봐. 이제 말해봐. 오늘 저녁에 무슨 별일이 있었기에 그렇게 넋 놓고 걸어다녔어? 싸웠어? 돈 잃었어?"

설명하기가 쉽지 않았다.

"글쎄, 따지고 보면 작은 일이었죠. 어떤 교수 집에 초대를 받았어요. 하지만 나는 교수가 아니에요. 사실 가지 말았어야 했어요. 그런 사람들하고 앉아서 수다 떠는 일이 이제는 익숙하지가 않아요. 다 잊어버렸거든요. 그 집에 들어갈 때부터 일이 꼬일 거 같다는 느낌이 들었어요. 모자를 걸 때도 아무래도 저 모자를 금방 다시 쓸 거 같다는 생각이 들었죠. 그래요. 그러니까 그 교수 집 탁자에 그림이 놓여 있었어요. 그 한심한 그림을 보니까 짜증이 확 나서…….”

나는 입을 열었다.

“무슨 그림인데? 왜 짜증이 났지?”

그녀가 내 말을 잘랐다.

“괴테를 그린 그림이었어요. 시인 괴테 말이에요. 그런데 그림이 실제 모습하고 완전히 달랐어요. 물론 괴테는 죽은 지 100년이나 되었으니 어떻게 생겼는지 아무도 정확히는 모르겠죠. 그래서 어떤 현대 화가가 괴테를 자기 상상대로 멋지게 다듬어놨는데, 그걸 보니 짜증이 확 치밀고 너무 불쾌했죠. 이해가 돼요?”

“너무 이해가 되니 걱정하지 말고 계속해!”

“그 전부터도 교수하고 안 좋았어요. 교수들이 거의 다 그렇듯 그는 열렬한 애국자라서 전쟁 중에도 적극 협력하여 국민을 속였거든요. 물론 확고한 신념이 있어서 그랬겠죠. 하지만 나는 반전주의자입니다. 어떤 전쟁도 반대해요. 그림 이야기로 돌아가서, 사실 아예 볼 필요도 없는 그림이었어요.”

“당연히 그럴 필요가 없었겠지.”

“그렇지만 일단은 내가 너무너무 아끼는 작가인지라 괴테가 불쌍했어요. 그리고 이런 생각이 들었죠. 생각인지, 느낌인지가 들었어요. 지금 내가 찾은 이 사람들을 나는 나와 비슷한 사람이라고 생각했다. 그들도 나와 비슷하게 괴테를 사랑하고 나와 비슷한 이미지로 괴테를 그린다고 생각했다. 그런데 이들이 이 입맛 떨어지는 사탕발림 가짜 그림을 떡하니 세워놓고는 멋지다고 자랑하고, 이 그림의 정신이 괴테의 정신과 정반대라는 사실을 알아차리지도 못하는구나! 그들이 그림을 대단하게 여기는 건, 뭐 그럴 수도 있어요. 하지만 나로서는 그들에 대한 신뢰, 우정, 친밀감과 소속감을 한순간에 잃어버린 거죠. 하긴 우정이라고 해봤자 대단할 것도 없지만요. 그래서 화가 났고 슬펐으며, 내가 온전히 혼자라는 사실을, 아무도 나를 이해하지 못한다는 사실을 깨달은 거죠. 무슨 말인지 알겠어요?"

"그럼 알지, 하리, 그래서? 그림으로 그 사람들 대가리를 후려갈겼어?"

"아니요. 욕하고 나왔습니다. 집에 가고 싶었는데……."

"가봐도 멍청이 아들을 위로해주거나 야단칠 엄마가 없었겠지. 아이고, 하리. 불쌍해지려고 하네. 당신 진짜 애구나."

맞다. 그러고 보니 그런 것 같았다. 그녀는 내게 포도주 한 잔을 따라주었다. 그녀는 정말로 엄마처럼 나를 다루었다. 그러나 틈틈이 나는 그녀가 아름답고 젊다는 생각을 순간순간 했다.

그녀가 다시 말을 시작했다.

"그러니까, 그러니까 괴테는 100년 전에 죽었고 하리는 괴테를 너무 좋아하고, 괴테의 생김새를 멋지게 상상하고, 또 그럴 권리도 있다는 거지. 안 그래? 하지만 괴테를 역시나 좋아해 그림을 그린 화가는 그럴 권리가 없고 교수도, 세상 그 누구도 그럴 권리가 없어. 다 하리 마음에 안 드니까. 하리는 그걸 견딜 수가 없어서 욕하고 뛰쳐나올 수밖에 없는 거지. 하리가 지혜롭다면 화가와 교수를 보고도 그냥 웃고 말 거야. 하리가 미쳤다면 그들의 얼굴에 괴테를 집어 던지겠지. 하지만 하리는 그냥 어린애라서 집으로 달려가서 목을 매려는 거야. 당신 이야기 잘 이해했어, 하리. 재미난 이야기네. 웃기기도 하고. 너무 급하게 마시지 마! 부르고뉴산 포도주는 천천히 마시는 거야. 안 그러면 너무 취해. 당신한테는 일일이 다 말을 해줘야 하는군. 어린애 같으니라고."

그녀의 눈빛이 환갑 먹은 가정교사처럼 엄했고 경고를 담고 있었다.

"아, 그래요. 다 말해줘요."

나는 흡족해서 부탁했다.

"뭘 말해줘야 할까?"

"하고 싶은 말은 전부 다."

"좋아. 말해주지. 한 시간 전부터 나는 당신한테 말을 놨는데 당신은 여전히 나한테 말을 높이고 있어. 여전히 라틴어와 그리스어를 쓰고 여전히 최대한 복잡하게 말을 하지. 아가씨가 당신한테 말을 놓는데 그 아가씨가 싫지 않다면 당신도 아가씨한테 말을 놔야지. 그러니까 하나 배운 거야. 둘째, 30분 전부터 나는 당신 이름이 하리라는 걸 알고 있어. 내가 당신한테 물었거든. 그런데도 당신은 내 이름이 궁금하지 않아."

"아닙니다. 정말 궁금해요."

"너무 늦었어. 우리가 다시 만난다면 그때 다시 물어봐. 오늘은 말 안 해줄 거야. 나는 이제 춤출 거야."

그녀가 일어서려는 기색을 보이자 갑자기 내 기분이 아래로 푹 가라앉았다. 그녀가 가버려 혼자가 될까 봐, 그래서 모든 것이 다시 이전으로 돌아갈까 봐 나는 겁이 났다. 잠시 사라졌던 치통이 갑자기 다시 나타나서 이가 욱신거리듯, 한순간 사라졌던 불안과 공포가 다시 밀려왔다. 아, 나를 기다리는 것이 무엇인지 잊을 수 있단 말인가? 대체 뭐가 달라지기라도 했단 말인가?

"잠깐만요. 가지 말아요. 가지 마! 물론 춤은 추고 싶은 만큼 춰도 돼. 하지만 너무 오래 있지는 말고, 다시 와. 돌아와!"

나는 애원하며 외쳤다.

그녀는 웃으며 일어났다. 선 키가 클 거라고 생각했다. 하지만 날씬하기는 해도 키가 크지는 않았다. 이번에도 누군가가 떠올랐다. 누구지? 아무리 애를 써도 생각이 나지 않았다.

"올 거지?"

"올 거야. 하지만 좀 걸릴 거야. 30분이나 한 시간 정도. 당신은 눈 감고 한숨 자는 게 좋겠어. 지금 당신한테는 그게 필요해."

나는 자리를 비켜주었고 그녀는 춤을 추러 갔다. 그녀의 치마가 내 무릎을 스쳤다. 그녀는 걸어가면서 아주 작고 둥근 손거울을 보며 눈썹을 치켜뜨고 작은 분첩으로 턱을 두드리더니 댄스홀로 사라졌다. 주위를 둘러봤다. 난생처음 보는 얼굴들, 담배 피우는 남자들, 대리석 식탁에 쏟아진 맥주, 여기저기서 비명과 고함이 들렸고 옆에서는 댄스 음악이 울렸다. 그녀는 나더러 자라고 했다. 아, 착한 꼬마 아가씨, 나의 잠은 족제비보다 경계심이 많은 것을, 그대는 알까? 이런 대목장 같은 난리통에서 잠을 자다니, 그것도 식탁에 앉아서, 부딪치는 맥주잔 틈에서 말이다. 나는 포도주를 홀짝였고 주머니에서 담배 한 개비를 꺼내 성냥을 찾았지만 사실 담배가 피우고 싶은 마음은 전혀 없었기에 담배를 앞쪽 식탁에 내려놓았다. "눈 감아"라고 그녀는 말했다. 아가씨가 대체 어디서 그런 목소리가 나오는 걸까? 그 깊고 선한 목소리, 엄마 같은 목소리가 말이다. 이런 목소리는 시키는 대로 하는 것이 좋다. 경험으로 나는 안다. 나는 시키는 대로 눈을 감고 머리를 벽에 기대었고 주변에서 미쳐 날뛰는 수백 가지 격한 소음을 들으며 이런 곳에서 잠을 잔다는 생각이 웃겨서 미소를 지었고, 홀 문으로 가서 댄스홀 안을 훔쳐보자고 마음먹었다. 아름다운 나의 아가씨가 춤추는 모습을 꼭 보고 싶었다. 하지만 의자 밑에서 발을 움직여보다가, 내가 몇 시간이나 헤매고 다니느라 너무 피곤하다는 느낌이 들어 그냥 자리에 앉아 있었다. 그리고 그 순간 나는 이미 엄마의 지시에 따라 잠이 들어버렸다. 나는 고마운 마음으로 푹 잠을 잤고, 오랜 세월 꾸어온 어떤 꿈보다도 선명하고 기분 좋은 꿈을 꾸었다. 이런 꿈이었다.

내가 예스러운 응접실에 앉아서 기다리고 있었다. 처음에는 귀하신 분에게 알현을 신청해놓았다는 사실만 알고 있었는데, 그러다 내가 만나뵐 분이 괴테라는 생각이 났다. 아쉽게도 내가 개인 자격이 아니라 잡지사 기자 신분으로 이곳에 있다는 사실이 나는 무척 불쾌했다. 어떤 악마가 나를 이런 상황으로 몰아넣었는지 알 수가 없었다. 더구나 방금 눈에 띈 전갈 한 마리 때문에 불안했다. 전갈이 내 다리를 기어오르려고 했다. 그 작고 검은 파충류가 기어오르지 못하게 막고 털어냈지만, 녀석이 어디로 숨었는지 알 수가 없어서 손을 내밀 엄두를 내지 못하고 있었다.

그뿐 아니라 실수로 괴테가 아니라 마티손*에게 알현 신청을 한 것이 아닌가 불안하기도 했다. 그런데 꿈에서는 마티손을 뷔르거** 랑 헷갈렸다. 뷔르거가 몰리에게 바친 시들을 마티손의 작품으로 생각했으니 말이다. 더구나 나는 몰리를 정말 만나보고 싶었다. 내 생각에 그녀는 굉장히 멋지고 부드러우며 음악을 잘 알고 밤에 어울리는 사람이었다. 저 빌어먹을 편집부의 부탁으로 여기 온 것이 아니라면 얼마나 좋을까! 불만이 자꾸만 치솟다가 차츰 괴테에게까지 뻗어나갔고, 이제 나는 갑자기 그에게 온갖 의심과 비난의 화살을 돌렸다. 이런 기분이니 참 멋진 알현이 될 수 있을 것이다! 오히려 전갈은 위험하고 또 아주 가까이 숨어 있다고 해도 그렇게 나쁘지 않을지 모른다. 어쩌면 좋은 의미일 수도 있고, 몰리하고 관계가 있을 가능성도 매우 커 보였다. 그녀가 보낸 심부름꾼이거나 그녀의 문장에 그려진 동물, 즉 여성성과 죄를 상징하는 아름답고 위험한 동물일 가능성 말이다. 혹시 그 동물 이름이 불피우스***가 아니었던가? 그런 생각을 하는 순간 마침 하인이 문을 벌컥 열었고, 나는 벌떡 일어나서 안으로 들어갔다.

---

* Friedrich von Matthisson, 1761~1831. 독일 고전주의 시인이다.

** Gottrried August Burger, 1747~1794. 질풍노도 시기의 시인이다. 〈몰리를 위한 헌시〉를 처제 아우구스트에게 바쳤고, 아내가 죽은 후 처제와 결혼했다.

*** Christiane Vulpius, 1765~1816. 괴테의 아내다. 크리스티아네는 평민에다가 사교적인 성격도, 교양 있는 사람도 아니어서 괴테 주변 사람들은 두 사람의 관계를 곱지 않게 봤다. 그러나 괴테의 감수성과 예술성, 자유분방함을 이해했고 작가로서 문학적 성과를 남기는 데 힘이 되어주었다.

안에는 늙은 괴테가 서 있었다. 키가 작고 자세가 몹시 뻣뻣했으며, 가슴에는 두꺼운 별 모양 훈장 하나가 똑바로 달려 있었다. 그는 여전히 정치를 하는 것 같았고, 여전히 사람들의 알현을 받는 것 같았으며, 여전히 바이마르의 박물관에서 세상을 통제하는 것 같았다. 나를 보자마자 그가 늙은 까마귀처럼 까닥까닥 고개를 끄덕이며 근엄한 목소리로 이렇게 말했다.

"그래, 젊은이, 우리가, 우리 노력이 못마땅하다고?"

"그렇습니다."

재상다운 그의 눈빛에 잔뜩 주눅이 든 채로 내가 대답했다.

"우리 젊은 사람들은 정말로 동감하지 못하겠습니다. 각하, 우리가 보기에 각하는 격식을 너무 차리시고, 허영심이 너무 많으시며, 거드름을 너무 피우고, 또 너무 정직하지 못합니다. 이게 핵심일 겁니다. 정직하지 못합니다."

키 작은 노인이 엄한 표정의 얼굴을 살짝 앞으로 내밀었다. 근엄하게 꽉 다문 굳은 입이 풀어지면서 살짝 미소가 떠올랐고 얼굴이 황홀할 만큼 생기를 띠자 갑자기 내 심장이 두근거렸다. 시 〈땅거미가 내려앉았다〉*가 문득 떠오르면서 이 남자와 저 입에서 그 시의 단어들이 튀어나왔다는 생각이 들었다. 그 순간 사실 나는 완전히 무장 해제되었고 제압당했기에 그의 앞에 무릎이라도 꿇고 싶었다. 하지만 나는 꼿꼿한 자세를 흩뜨리지 않았다. 미소

* 노년의 괴테가 1827년에 쓴 〈중국-독일 절기와 일기〉 연작시 중 여덟 번째 시의 첫 행이다.

짓는 그의 입에서는 이런 말이 흘러나왔다.

“이런, 그러니까 내가 정직하지 않다고 야단을 치는 건가? 그게 무슨 말인지 좀 더 자세히 설명해주지 않을 텐가?”

기꺼이 설명하고 싶었다. 아주 기꺼운 마음으로.

“괴테 선생님, 위대한 분들은 다 그러겠지만 선생님도 인생이 미심쩍고 가망 없다는 사실을 분명히 깨닫고 느끼셨을 겁니다. 찬란한 순간은 초라하게 시들고, 아름답게 솟구치는 감정은 감옥 같은 일상으로 그 값을 치를 수밖에 없으며, 정신의 왕국을 향한 뜨거운 그리움은 잃어버린 자연의 천진함을 향한 뜨겁고도 신성한 사랑과 영원히 사투를 벌이며, 모든 것은 이렇듯 평생 불확실한 허공을 지독히도 떠다니고, 덧없고 결코 충분하지 못하며 영원히 시도만 하다가 어중간하게 끝날 운명이라는 사실을 말입니다. 한마디로 가망이라고는 없고 터무니없이 절망에 허덕이는 인간 존재 말입니다. 당신은 이 모든 진실을 알았고, 때로 고백도 했지만, 그래놓고는 평생 정반대되는 설교를 하고 신념과 낙관주의를 설파했으며, 정신적 노력이 영원하고 의미가 있다는 듯 자신과 남들을 속였습니다. 마음의 심연을 고백하는 사람과 절망적인 진실의 목소리를 거부하고 억압했습니다. 당신 마음의 목소리뿐 아니라 클라이스트*와 베토벤의 마음속 목소리까지도 그리했지요. 당신

* Bernd Heinrich Wilhelm von Kleist, 1777~1811. 독일 고전주의가 낭만주의로 넘어가던 시기에 활동한 개성 있는 천재 극작가이자 시인이다. 흔히 낭만주의 작가로 꼽히지만 객관적이고 사실적인 작풍 탓에 근대 사실주의의 선구자라는 평을 듣기도 한다.

은 수십 년 동안 지식의 축적과 수집이, 편지를 쓰고 모으는 일이, 바이마르에서 보낸 노년의 삶이 전부 다 실제로 순간을 영원하게 만들고 자연을 정신화할 방법이라는 듯 행동하셨지요. 그러나 그저 순간을 미라로 만들고 가면을 씌워 자연을 미화한 것, 그게 당신이 할 수 있는 전부입니다. 그래서 우리는 당신을 정직하지 못하다고 비난하는 겁니다."

늙은 추밀고문관이 생각에 잠긴 표정으로 내 눈을 바라봤다. 입가에는 여전히 미소가 떠나지 않았다.

하지만 뜻밖에도 그는 이렇게 물었다.

"그럼 자네는 모차르트의 〈마술피리〉도 진심으로 싫어하나?"

내가 미처 반박하기도 전에 그가 말을 이었다.

"〈마술피리〉도 삶을 달콤한 노래로 그리고 있지 않나. 덧없는 우리의 감정을 영원하고 신성하다 찬양하고, 클라이스트 씨는 물론이고 베토벤 씨에게도 동조하지 않으며 낙관주의와 신념을 설파하니 말이야."

"압니다. 저도 알아요."

나는 화가 나서 고함을 질렀다.

"어떻게 하필이면 제가 세상에서 제일 좋아하는 〈마술피리〉가 생각나셨는지 모르겠네요. 하지만 모차르트는 당신처럼 여든두 살까지 살지 않았고 개인적인 삶에서 이렇듯 영원과 질서, 뻿뻿한 위신을 요구하지도 않았습니다. 잘난 척하지 않았단 말입니다! 모차르트는 신의 선율을 노래했고 가난하게 살았으며 일찍 죽었습니다. 가난하게, 인정받지도 못한 채로……."

숨이 가빴다. 수천 가지 일을 10개의 단어로 설명해야 할 판이니 이마에서 땀이 흐르기 시작했다.

그러나 괴테는 아주 다정하게 말했다.

"어쨌거나 내가 여든두 살까지 산 것은 용서받기가 힘들겠지. 하지만 자네가 생각하는 것만큼 오래 살아서 좋지는 않았네. 자네 말이 맞아. 나는 항상 영원을 갈망했고 죽음이 무서워 죽음과 싸웠네. 죽음에 맞서 싸우고, 고집스레 반드시 살겠다는 의지는 비범한 모든 인간을 행동하고 살게 하는 동력이라고 나는 믿네. 젊은 친구, 그렇다 해도 인간은 결국 죽을 수밖에 없고, 내가 여든두 해를 살았건 어릴 적에 죽었건, 나는 똑같이 그 사실을 간단히 입증했을 걸세. 변명 같겠지만 한마디만 더 하겠네. 나는 천성적으로 어린아이 같은 면이 많았어. 호기심도, 놀고픈 충동도 많았고 빈둥거리며 시간을 죽이는 것도 좋아했지. 다만 놀이도 언젠가는 끝마쳐야 한다는 사실을 깨닫기까지 시간이 조금 오래 필요했던 거야."

이 말을 하는 동안 그는 아주 간사한, 정말이지 장난기 가득한 미소를 지었다. 그의 몸집이 더 커졌고 뻣뻣하던 자세와 경직된 위엄이 얼굴에서 사라졌다. 그리고 우리를 에워싼 대기가 이제 온통 멜로디로, 괴테의 시로 만든 노래로 가득 찼고, 그 와중에 나는 모차르트의 〈제비꽃〉과 슈베르트의 〈너 또다시 숲과 골짜기를 채우고〉를 또렷하게 구분해냈다. 이제 괴테는 얼굴에 발그레 혈색이 돌아 젊어졌고 크게 웃었는데, 어떨 때는 모차르트와, 어떨 때는 슈베르트와 형제처럼 닮아 있었다. 가슴에 달린 별 훈장은 모조리

들꽃으로 만들어졌는데 그 한가운데에서 노란 앵초 한 송이가 오동통 활짝 피어났다.

노인이 내 질문과 비판을 이렇게 장난하듯 빠져나가려 해서 나는 무척 기분이 나빴다. 나는 비난의 눈빛으로 그를 쳐다봤다. 그러자 그가 앞으로 몸을 숙이더니 그사이 완전히 아이 같아진 입을 내 귀에 바짝 갖다 대고는 소리 죽여 속삭였다.

"젊은이, 늙은 괴테를 너무 진지하게 대하고 있어. 이미 죽은 노인들은 진지하게 대할 필요가 없거든. 잘하는 짓이 아니야. 우리 같은 불멸의 인간들은 진지한 걸 안 좋아해. 재미를 좋아하지. 진지한 건 시간의 일이거든. 이 말을 해주고 싶은데, 진지함은 시간을 과대평가해서 생긴다네. 나도 한때는 시간의 가치를 과대평가했고 그래서 백 살까지 살고 싶었어. 하지만 자네도 알다시피 영원에서는 시간이 존재하지 않아. 영원은 한순간에 불과해. 재미난 일 한 가지를 할 딱 그만큼의 시간이지."

정말이지 이 남자와는 진지한 말을 더는 나눌 수가 없었다. 그는 흡족한 표정을 지으며 춤추듯 가벼운 걸음으로 유연하게 왔다 갔다 했고, 별 훈장의 앵초를 로켓처럼 쏘았다. 튀어나온 앵초는 이내 작아져 사라졌다. 그가 댄스 스텝과 유연한 동작을 뽐내는 동안 이 남자는 적어도 춤은 열심히 배웠겠구나 하는 생각이 들었다. 그는 춤을 멋지게 출 줄 알았다. 문득 다시 전갈 생각이, 아니 몰리 생각이 나서 나는 괴테에게 크게 외쳤다.

"여기 몰리는 없나요?"

괴테가 크게 웃었다. 그는 탁자로 가서 서랍을 열더니 가죽인지 비단인지 비싸 보이는 통을 하나 꺼내 열고는 내 눈앞으로 들이밀었다. 거기에 작디작은 여자 다리 하나가 어두운색 벨벳 비단 위에 놓여 있었다. 작고, 완벽하며, 빛이 나는 매력적인 다리였다. 무릎을 살짝 구부리고 발을 아래로 쭉 뻗었으며 앙증맞기 그지없는 발가락까지 다 달려 있었다. 나는 다리에 홀딱 반해서 손을 뻗어 그것을 집으려고 했다. 하지만 손가락 두 개로 집으려는 찰나 그 장난감이 약간 움칠하는 것 같았고, 문득 저게 전갈일지 모른다는 의심이 들었다. 괴테는 내 마음을 알아차린 것 같았다. 아마도 바로 이것을, 이런 깊은 당혹감을, 이 움칠거리는 욕망과 불안의 분열을 바라고 겨냥한 것 같았다. 그는 그 매력적인 작은 전갈을 내 코앞으로 들이밀었고, 갖고 싶지만 겁이 ㅋ나서 뒤로 물러나는 나를 바라보며 무척 재미있어 하는 것 같았다. 그 귀엽지만 위험한 물건으로 나를 놀리는 동안 그는 다시 완전히 할아버지가 되었다. 눈처럼 하얀 흰머리의 천 살 호호 할아버지가 되어버렸다. 주름진 그의 늙은 얼굴이 소리 없이 잔잔히 웃었다. 노인 특유의 깊디깊은 유머를 담고서 속으로 혼자 격하게 웃었다.

잠이 깼을 때는 꿈이 생각나지 않다가 나중에 떠올랐다. 한 시간 정도 잔 것 같았다. 음악이 울리고 왁자지껄한 가운데 술집 탁자에 앉아서 잠을 자다니, 그럴 수 있다고는 한 번도 생각해본 적 없었다. 사랑스러운 아가씨가 내 어깨에 한 손을 얹은 채 서 있었다.

"2마르크나 3마르크나 있으면 줘. 저기서 뭐 좀 먹었거든."

그녀가 말했다.

나는 그녀에게 지갑을 주었고, 그녀는 지갑을 들고 갔다가 금방 돌아왔다.

"자, 이제 잠깐 당신 옆에 앉아 있을 수 있겠어. 좀 있다가 가야 해. 약속이 있어서."

나는 화들짝 놀랐다.

"누구랑?"

나는 황급히 물었다.

"꼬마 하리. 나는 어떤 신사하고 약속을 했어. 그 사람이 나를 오데온 바로 초대했거든."

"아, 날 혼자 두지 않을 거라고 생각했는데."

"그랬으면 날 초대했어야지. 당신이 선수를 빼앗겼어. 덕분에 돈은 굳었잖아. 오데온이 어딘지 알아? 자정 지나면 샴페인만 파는 곳이야. 안락의자도 있고 흑인 악단도 있고, 아주 고급이야."

예상하지 못한 전개였다. 나는 애원했다.

"아, 나랑 가. 나는 당연하다고 생각했지. 우리는 이제 친구가 되었으니까. 어디 가건 나랑 같이 가. 부탁할게."

"말은 고맙지만 약속은 약속이야. 초대에 응했으니까 나는 그리로 갈 거야. 안달복달은 이제 그만! 자, 한 모금 더 마셔. 아직 병에 포도주가 남아 있어. 다 마시고 얌전히 집에 가서 자는 거야. 그러겠다고 나랑 약속해!"

"아니, 집에는 못 가."

"아, 또 그 이야기! 아직도 괴테하고 끝을 못 본 거야? (그 순간 괴테 꿈이 떠올랐다.) 정말 집에 못 가겠다면 이 집에 있어. 여기 손님방이 있거든. 방 하나 잡아줄까?"

나는 그러라고 하고, 그녀를 어디서 다시 만날 수 있을지 물었다. 어디에 사는지도. 그녀는 알려주지 않았다. 조금만 찾아보면 알아낼 거라며 말이다.

"나도 당신 초대하면 안 될까?"

"어디로?"

"당신 가고 싶은 데로. 당신 좋은 시간에."

"좋아. 그럼 화요일 저녁에 '알텐 프란치스카너' 2층에서 만나. 그럼 안녕."

그녀가 악수를 청했다. 그제야 나는 그 손이 눈에 들어왔다. 그녀의 목소리와 너무 잘 어울리는 손, 예쁘고 통통하며 총명하고 선한 손이었다. 내가 그 손에 입을 맞추자 그녀가 비웃었다.

떠나려던 찰나, 그녀가 다시 한번 돌아보며 말했다.

"이 말은 해주고 싶어서. 괴테 말이야. 당신이 괴테에게서 느끼는 감정, 괴테 그림을 보며 느끼는 참을 수 없는 그 감정을 나도 가끔은 성인(聖人)들한테서 느껴."

"성인? 그 정도로 독실해?"

"아니, 유감이지만 나는 독실한 사람은 아냐. 물론 예전에는 그랬고 또 언젠가는 다시 그렇게 되겠지. 하지만 지금은 신앙심에 들일 시간이 없어."

"시간이 없어? 신앙에도 시간이 필요해?"

"그럼. 신앙에도 시간이 필요하지. 시간 말고도 필요한 게 더 있어. 시간에 얽매이지 말아야 해. 현실에서 살고, 한술 더 떠 그 현실을 중요하게 생각하면서 동시에 진실로 독실할 수는 없어. 시간과 돈과 오데온 바, 그 모든 것을 중요하게 생각하면서 동시에 진실로 독실할 수는 없는 거야."

"무슨 말인지 알겠어. 하지만 그게 성인하고 무슨 상관이야?"

"내가 특별히 좋아하는 성인들이 있어. 성 스테파노, 성 프란체스코 같은 분들. 그분들 초상화를 자주 보지. 예수와 성모의 초상화도 마찬가지고. 그런 한심한 날조 가짜 그림들 말이야. 당신이 괴테 그림을 보고 견딜 수 없듯이 나도 그런 걸 보면 똑같이 견디기가 힘들어. 예수나 성 프란체스코를 그렇게 가식적으로 멍청하게 그려놓은 그림을 보고 있으면, 또 그런 그림이 멋지다거나 신앙심을 북돋운다고 칭찬하는 사람들 말을 듣고 있으면 진짜 예수를 모욕하는 것처럼 느껴져서 이런 생각을 해. 아, 사람들은 저런 한심한 초상화로도 만족하는데 예수께서는 무엇을 위해 살았고, 무엇 하러 그런 끔찍한 고통을 견디셨을까? 하긴 나도 알아. 내가 떠올리는 예수나 성 프란체스코의 모습 역시 인간의 모습에 불과하고, 원래의 모습을 따라가려면 턱없이 모자라니까. 만일 예수께서 내 마음속 예수의 모습을 보신다면 내가 그 가짜 그림들을 볼 때처럼 한심하고 부족하다고 느끼실 거야. 그렇다고 당신이 괴테 그림을 보고 기분이 나빠져서 화를 내는 것이 옳다는 말은 아냐. 그렇지 않아. 그건 잘못이야. 난 그저 내가 당신의 마음을 이해할 수 있다는 말을 하고 싶은 거야. 당신네 학자와 예술가들은 머리에 온갖 별난 것을 담고 다니지만, 당신도 우리처럼 사람이고, 우리 머리에도 꿈과 놀이가 있어. 학자 씨, 당신이 괴테 이야기를 들려줄 때 약간 당혹스러워한다는 걸 나는 느꼈어. 당신의 관념적인 주제를 나같이 단순한 아가씨가 이해할 수 있도록 애를 썼을 거야. 그래서 하는 말인데, 그렇게 애쓸 필요 없어. 나는 당신 말 잘 알아들으니까. 자, 그럼 여기까지 하기로 하고, 당신은 얼른 가서 자."

그녀가 떠나자 백발의 하인이 나를 3층으로 데려갔다. 아니, 그랬다기보다는 일단 나한테 짐이 있느냐고 묻고 없다는 대답을 듣더니 '숙박비'를 선불로 달라고 했다. 그러고는 낡고 어두침침한 계단을 지나 나를 작은 방으로 데려다 놓고 가버렸다. 방에는 엉성한 나무 침대가 놓여 있었다. 길이가 아주 짧고 딱딱했다. 벽에는 양검(洋劍)*과 가리발디**를 그린 채색화가 걸려 있었고, 어떤 단체가 파티에서 썼는지 시든 화관도 하나 걸려 있었다. 잠옷을 구할 수만 있다면 돈이 아깝지 않았을 것이다. 그래도 물과 작은 수건이 있어서 씻을 수는 있었다. 나는 옷을 입은 채로 침대에 누웠고 불을 켜둔 채로 생각에 빠져들었다. 그러니까 이제 괴테하고는 문제가 잘 해결되었다. 그가 꿈에 내게로 오다니, 정말 놀라운 일이었다. 그리고 이 멋진 아가씨. 이름이라도 알았으면 좋을 텐데. 한 사람이, 살아 있는 한 인간이 갑자기 나타나서 죽어버린 내 인생의 혼탁한 유리종을 깨부수고 그 안으로 손을 내밀었다.

---

* 군인이나 경관이 허리에 차던 서양식 칼로 '사벌'이라고도 한다.

** Giuseppe Garibaldi, 1807~1882. 이탈리아의 장군이자 정치가다. 공화파의 혁명운동에 적극적으로 가담했고 이탈리아 통일의 삼대 영웅 중 한 사람이다.

착하고 아름답고 따스한 손을! 그리고 갑자기 나와 관련된 일이, 내가 기뻐하거나 걱정하거나 긴장하며 생각할 수 있는 일이 다시 생겼다. 갑자기 문이 열리고 그 문으로 삶이 들어왔다. 어쩌면 나는 다시 살 수 있을 것이다. 어쩌면 다시 인간이 될 수 있을 것이다. 추위에 떨며 잠이 들었다가 얼어 죽을 뻔한 내 영혼이 다시 숨을 쉬었고 졸린 눈으로 작고 연약한 날개를 퍼덕였다. 괴테가 나를 찾아왔다. 어떤 아가씨가 내게 먹으라고, 마시라고, 자라고 명령했고, 친절을 베풀었으며, 나를 비웃으며 철부지 소년이라 불렀다. 그 멋진 여자 친구는 성인들의 이야기도 들려주었고, 심지어 내가 아무리 괴상망측한 짓을 해도 절대 혼자가 아니고 이해받지 못할 것도 아니며 병든 예외적인 인간이 아니라는 사실, 내게도 형제자매가 있고, 모두가 나를 이해한다는 사실을 가르쳐주었다. 그녀를 다시 만날까? 분명 그럴 것이다. 그녀는 믿을 수 있는 사람이다. '약속은 약속이다.'

나는 어느새 다시 잠들었고 너덧 시간을 내리 잤다. 눈을 떴을 때는 10시가 지나 있었다. 옷은 구겨지고 지치고 피곤한 데다 지난밤의 무서웠던 기억이 남아 있었지만, 생기가 솟고 희망이 넘쳤으며 좋은 생각이 머리에 가득했다. 집으로 돌아오는 길에도 어제 느꼈던 공포가 깡그리 사라져버렸다.

아라우카리아가 내려다보이는 계단에서 집주인 '아주머니'를 만났다. 얼굴 보기는 힘들어도 워낙 친절해서 나는 그녀를 아주 좋아했다. 물론 그날의 만남이 썩 유쾌하지는 않았다. 어쨌거나 외박을 한 터라 몰골이 말이 아니었는데 머리도 빗지 않았고 면도도 못 했으니 말이다. 나는 인사만 하고 지나가려고 했다. 평소 혼자 있고 싶어 하고 시선 끌지 않으려는 내 마음을 그녀도 항상 존중했는데 오늘은 정말이지 나와 주변 사람들을 가리던 베일이 찢어지고 장벽이 무너진 것 같았다. 그녀가 웃으며 걸음을 멈추었다.

"할러 씨, 밤새 돌아다니셨군요. 어젯밤에 아예 잠자리에 들지도 않으셨어요. 많이 피곤하겠어요."

"네."

그렇게 대답하는데 나도 모르게 웃음이 삐져나왔다.

"어젯밤에는 좀 재미가 있었답니다. 이 집안 가풍을 어기고 싶지 않아서 호텔에서 잤습니다. 저는 조용하고 기품 있는 이 집의 가풍을 매우 존중하거든요. 그래서 여기서는 제가 이물질 같을 때가 자주 있지요."

"할러 씨, 놀리지 마세요."

"저는 저만 놀립니다."

"그거야말로 하지 말아야죠. 할러 씨가 우리 집에서 이물질이라니요. 마음 편히 사시고, 하고 싶은 대로 하세요. 그동안 여기 사신 분 중에는 정말 정말 존경할 만한 분이 많으셨어요. 가장 존경할 만한 분들이었죠. 하지만 할러 씨보다 더 조용하고 주변에 민폐 끼치지 않는 분은 없었답니다. 차 한잔하시겠어요?"

나는 마다하지 않았다. 우리는 멋들어진 그녀의 조상님들 사진과 가구가 가득한 응접실에서 차를 마시며 수다를 좀 떨었다. 덕분에 그 친절한 여자는 묻지 않고도 내 인생과 생각에 대해 이런

저런 사실을 알게 되었다. 현명한 여성들이 남자의 괴팍한 짓거리를 볼 때면 그러하듯 상대를 존중하면서도 아들을 대하는 엄마처럼 내 이야기를 대충 흘려들었다. 그녀의 조카 이야기도 나와서, 그녀는 옆방으로 나를 데려가더니 조카가 얼마 전부터 집에만 오면 달라붙어 있다는 라디오를 보여주었다. 그러니까 그 부지런한 젊은이는 무선이라는 아이디어에 푹 빠져서 경건하게 무릎을 꿇고서 기술의 신을 숭배하며 저녁마다 그 방에 앉아 있었던 것이다. 그러나 기술의 신이 한 일이라고는 무릇 사상가라면 모두가 알고 있을 뿐만 아니라 훨씬 더 현명하게 사용해온 것을 수천 년이 지난 후에 다시 발견하여 너무도 불완전한 모습으로 재현했을 뿐이었다. 우리는 그런 이야기를 나눴다. 아주머니가 살짝 신앙심이 깊었던 터라 종교 이야기를 싫어하지 않았기 때문이다. 나는 그녀에게 말했다. 고대 인도인들은 모든 힘과 행위가 우주 어디에나 있다는 사실을 너무도 잘 알았는데, 기술이 일반 사람들에게 전달한 것은 그 사실의 작은 조각에 불과하다. 그렇게 전달하기 위해, 즉 전파를 위해 송신기와 수신기를 조립했지만 우선 아직은 그 수준이 굉장히 불완전하다. 고대인들이 얻은 깨달음의 핵심은 시간이란 실제로는 존재하지 않는다는 거였는데, 지금까지도 기술은 그 사실을 알아차리지 못하고 있다. 물론 그 깨달음도 결국에는 '발견'되어 부지런한 기술자들의 손으로 들어가게 될 테지만 말이다. 지금 파리나 베를린에서 연주하는 곡을 프랑크푸르트나 취리히에서 들을 수 있듯이, 아마도 매우 가까운 장래에는 현재의 순간적인 영상과 사건이 쉬지 않고 사방에서 밀려들고 나아가 일어난 모든 일을 기록하고 저장할 수 있을 것이다. 또한 언젠가는 무선이건 유선이건, 잡음이 있건 없건 솔로몬 왕과 발터 폰데어포겔바이데*의 말을 직접 들을 수 있을 것이다. 그리고 지금 라디오의 시작이 그러하듯 이 모든 것은 그저 인간이 자신과 목표에서 멀리 달아나 점점 더 촘촘해지는 오락과 무익한 분주함의 그물망으로 자신을 가두는 데에나 쓰일 것이다. 물론 나는 익히 아는 이 모든 내용을 평소처럼 시간과 기술을 비웃고 증오하는 말투로 전하지는 않았다. 농담 내지 놀이처럼 말했고 아주머니는 미소를 지으며 들었다. 우리는 한 시간가량 함께 앉아 차를 마시며 즐겁게 지냈다.

'검은 독수리'에서 만난 그 아름답고 이상한 아가씨는 화요일 밤에 다시 만나기로 했으니, 그때까지 시간을 보내기가 여간 고되지 않았다. 마침내 화요일이 되었을 때 나는 잘 알지도 못하는 아가씨와의 관계가 내게 얼마나 중요한지를 깨닫고 소스라치게 놀랐다. 그녀를 사랑하게 된 것도 아니건만 나는 그녀만 생각했고 그녀에게 모든 것을 기대했으며 그녀를 위해서라면 무엇이든 희생하고 바칠 각오가 되어 있었다. 그녀가 우리 약속을 깨거나 잊어버릴 수 있다는 상상만 해도 내가 어떻게 될지 눈앞에 또렷이 보였다. 세상은 다시 텅 비고 하루하루가 너무도 암담하고 무가치할 것이다. 그리고 사방은 다시 무시무시한 고요와 무감각으로 뒤덮이고 이 적막한 지옥에서 빠져나올 길은 면도칼밖에 없을 것이

* Walther von der Vogelweide, 1170(?)~1230(?). 중세 독일을 대표하는 시인이다.

다. 이 며칠 동안 조금도 면도칼이 더 좋아지지 않았고, 덜 끔찍해지지도 않았다. 바로 이 사실이 나는 싫었다. 내 목을 칼로 그을 생각을 하면 가슴이 답답할 만큼 너무나 무서웠다. 내가 세상에서 제일 건강한 사람이고 내 인생이 낙원인 양 나는 거칠고 끈질기게 저항하고 반항하며 죽음을 두려워했다. 나는 내 상태를 더할 수 없이 분명히 알았다. 그 미지의 여자, '검은 독수리'의 그 작고 어여쁜 아가씨가 이토록 중요해진 이유가 살 수도, 죽을 수도 없는 이 참을 수 없는 긴장 탓이라는 것도 잘 알았다. 그녀는 어두운 불안의 동굴에 난 작은 창이요, 빛이 들어오는 작은 구멍이었다. 그녀는 구원이요, 자유로 가는 길이었다. 그녀는 내게 사는 법이건 죽는 법이건 가르쳐줘야 했고, 단단하고 귀여운 손으로 굳은 나의 심장을 어루만져줘야 했다. 그리하여 심장이 삶과 접촉하여 피어나거나 재가 되어 부서지도록. 그녀가 어디서 힘을 길어내는지, 어디서 마법이 생기는지, 어떤 신비한 이유로 내게 이토록 절실하게 소중한 사람이 되었는지, 나는 깊이 고민할 수 없었다. 아무래도 좋았고, 중요하지도 않았다. 지식이나 분별이라면 더는 필요하지 않았다. 그거야말로 너무 많아서 탈이었다. 내가 내 상태를 이렇듯 또렷이 파악하고 잘 안다는 사실이야말로 가장 쓰라리고 모욕적인 고통이자 수치였다. 나는 이 녀석을, 황야의 이리라는 이 짐승을 거미줄에 걸린 파리처럼 바라봤다. 그의 운명이 결단을 향해 달려가는 모습을, 거미줄에 휘감겨 어찌할 바를 모른 채 매달려 있는 그를, 그를 잡아먹으려는 거미를, 역시나 가까이 나타난 구원의 손길을 바라봤다. 나는 내 고통, 내 영혼의 병, 내게 내린 저주,

신경증의 관계와 원인에 대해 가장 똑똑하고 총명한 이야기를 할 수 있었고 그 원리를 꿰뚫어 봤다. 하지만 내게 필요한 것은, 내가 절망적으로 그리워하는 것은 지식과 이해가 아니라 경험이요, 결정이자 돌격이며 도약이었다.

기다리는 그 며칠 동안 나는 한 번도 여자 친구가 약속을 어길지도 모른다는 의심을 한 적이 없었지만, 막상 그날이 되자 너무 흥분되고 불안했다. 평생 그렇게 초조하게 밤이 오기를 기다린 적이 없었다. 긴장과 초조는 견디기 힘들었지만 동시에 유쾌하기도 했다. 오랜 시간 아무것도 기다린 적 없고, 무엇에도 기뻐한 적 없는 나같이 냉정한 사람에게는 상상할 수 없을 정도로 멋지고 새로운 경험이었다. 온종일 불안과 걱정, 벅찬 기대에 사로잡혀 이리 갔다 저리 갔다 하고, 저녁의 만남과 대화와 결과를 미리 상상하고, 면도를 하고 특별히 신경 써서 새 셔츠와 새 넥타이, 새 구두끈을 꺼내 차려입는 것이 정말 좋았다. 이 똑똑하고 신비한 작은 아가씨가 누구였든, 어쩌다 이런저런 방식으로 나와 이런 관계를 맺게 되었든 상관없었다. 그녀가 거기 있어 기적이 일어났고 나는 다시 한번 한 인간과 삶에 대한 새로운 관심을 찾은 것이다! 중요한 것은 이것이 계속된다는 것, 내가 이 유혹에 나를 맡기고 이 별을 따라간다는 것뿐이다.

그녀를 다시 만난 순간은 잊을 수가 없다! 나는 역사를 자랑하는 편안한 식당의 작은 식탁에 앉아 있었다. 굳이 그럴 필요가 없었는데도 미리 전화를 걸어 자리를 예약했다. 나는 메뉴판을 열심히 읽었고, 물잔에는 여자 친구에게 주려고 산 아름다운 난초 두

송이를 꽂아두었다. 한참을 기다렸지만 그녀가 오리라는 확신이 있었으므로 더는 흥분되지 않았다. 그리고 드디어 그녀가 들어와서 옷 거는 곳에 서서 밝은 회색 눈으로 신중하게, 약간 살피는 듯한 눈빛으로 내게 인사를 건넸다. 나는 웨이터가 그녀를 어떻게 대할지 미심쩍어 눈을 떼지 않았다. 다행히 웨이터는 너무 살갑게 굴지도, 그렇다고 너무 거리를 두지도 않았다. 그는 흠잡을 데 없이 정중했다. 하지만 두 사람은 아는 사이였다. 그녀가 그를 에밀이라고 불렀다.

그녀에게 난초를 건네자 그녀가 기뻐하며 웃었다.

"고마워, 하리. 나한테 선물을 주고 싶었구나, 그렇지? 하지만 뭘 골라야 할지 도통 모르겠고, 또 당신이 나한테 선물을 할 자격은 있는 건지, 내가 선물을 받고 기분이 상하지나 않을지 알 수가 없었을 거야. 그래서 난초를 샀겠지. 그냥 꽃이지만 정말로 비싸니까. 그런데 이 말은 지금 하고 싶어. 당신한테는 선물 받고 싶지 않아. 내가 남자들 돈으로 사는 사람이지만 당신 돈은 안 받을 거야. 그건 그렇고 당신 정말로 많이 변했어! 못 알아보겠어. 얼마 전에 봤을 때는 방금 올가미를 잘라 구한 짐승 같더니 지금은 사람이 다 되었네. 내가 시키는 대로 했어?"

"뭘 시켰는데?"

"벌써 까먹었어? 당신 이제 폭스트롯* 출 줄 아느냐고? 당신 입으로 말했잖아. 제일 바라는 게 나한테 명령받는 거고, 제일 좋은

---

* 1910년대 초 미국에서 시작한 비교적 빠른 템포의 사교 춤곡이다.

일이 내가 시키는 대로 하는 거라고. 기억나?"

"그럼, 그래야지. 그 말은 진심이었어."

"그런데도 춤을 안 배웠다고?"

"이렇게 빨리, 단 며칠 만에 배울 수가 있어?"

"물론이지. 폭스트롯은 한 시간, 보스턴*은 이틀이면 배울 수 있어. 탱고는 좀 더 걸리겠지만 당신한테는 필요 없을 테고."

"난 지금 당신 이름을 꼭 알아야겠어."

그녀가 입을 꾹 다물고 잠시 나를 쳐다봤다.

"아마 알아맞힐 수 있을 거야. 당신이 알아맞히면 좋겠어. 정신 바짝 차리고 나를 잘 봐! 내 얼굴이 가끔 남자아이 얼굴이 되는데 몰랐어? 지금도 그런데."

그랬다. 그녀의 얼굴을 가만히 들여다보다 보니 그녀의 말이 옳다고 인정할 수밖에 없었다. 그것은 사내아이의 얼굴이었다. 1분쯤 바라보고 있으려니 그 얼굴이 내게 말을 걸기 시작했고 내 어린 시절과 당시의 내 친구가 떠올랐다. 친구의 이름은 헤르만이었다. 한순간 그녀가 완전히 그 헤르만으로 변한 것 같았다.

"당신이 소년이라면 이름이 헤르만일 거야."

나는 놀라 말했다.

"내가 소년인데 변장을 한 건지 누가 알겠어."

그녀가 장난처럼 말했다.

---

* 미국의 사교춤으로 1870년에 시작해 1920년대에 유럽에 보급되었다. 느린 템포의 왈츠다.

"당신 이름이 헤르미네야?"

내 추측이 맞아서 기분이 좋아진 그녀가 환하게 웃으며 고개를 끄덕였다. 그 순간 수프가 나와서 우리는 식사를 시작했고 그녀는 아이처럼 좋아했다. 그녀는 엄청 진지하다가도 순식간에 익살을 떨며 유쾌해졌고 그러다가도 금방 다시 심각해졌다. 그렇다고 해서 사람이 달라지거나 거짓으로 꾸미는 것은 아니었다. 마치 그런 재능을 타고난 아이 같았다. 그 점이 바로 내가 좋아하고 매력을 느끼는 그녀의 여러 특징 중에서도 가장 귀엽고 독특한 부분이었다. 이제 그녀는 한동안 유쾌해져서 폭스트롯으로 나를 놀렸고 심지어 발로 나를 툭툭 쳤으며 음식이 맛있다고 침이 마르도록 칭찬했고 내가 옷차림에 신경을 많이 썼지만 내 외모에는 아직 지적할 점이 많다고 말했다.

문득 내가 물었다.

"어떻게 했기에 당신이 갑자기 사내아이처럼 보이고, 내가 당신 이름을 알아맞힐 수 있었던 거지?"

"아, 그건 전부 당신이 한 거야. 학자님, 모르겠어? 당신이 나를 마음에 들어 하고 소중하게 생각하는 것은 내가 당신한테 거울 같은 존재여서야. 내 마음에 있는 뭔가가 당신한테 대답하고 당신을 이해한 거지. 사실 모든 인간은 서로에게 그런 거울이어야 하고 그렇게 서로 대답해주고 호응해줘야 할 테지만, 당신 같은 괴짜들은 유별난 데다가 쉽게 현혹당해서 다른 사람 눈에서 아무것도 보지도, 읽지도 못하고 아무것에도 관심이 없는 거야. 그러다 그런 괴짜가 갑자기 자신을 진실로 바라보는 얼굴, 자신에게 대답하는 비슷한 얼굴을 발견하면 당연히 기뻐하겠지."

"헤르미네, 당신은 정말 모르는 게 없네. 당신 말이 딱 맞아. 하지만 당신은 나와는 완전 딴판이야. 나하고 정반대지. 나한테 없는 걸 전부 갖고 있어."

나는 놀라서 외쳤다.

"그래 보이겠지. 그것도 좋아."

그녀가 잘라 말했다.

그 순간 정말로 마법의 거울 같던 그녀의 얼굴 위로 다시 무거운 심각함의 먹구름이 몰려왔다. 갑자기 그녀의 온 얼굴이 뻥 뚫린 가면의 눈처럼 바닥 모를 진지함만을, 비극만을 이야기했다. 그녀는 마지못해 내뱉는다는 듯 천천히, 또박또박 말했다.

"당신, 당신이 한 말 잊으면 안 돼! 나더러 당신한테 명령하라고 했고 내 모든 명령을 따르는 게 기쁨이라고 했어. 그 말 잊지 마! 꼬마 하리, 당신은 알아야 해. 당신이 나한테 느끼듯이 내 얼굴이 당신한테 대답을 건네고, 내 마음의 뭔가가 당신한테 호응하며 믿음을 주듯이 나 역시 당신한테 같은 느낌을 받아. 얼마 전 '검은 독수리'로 들어오던 당신은 너무도 지치고 넋이 나가서 이미 이 세상 사람 같지가 않았어. 그 모습을 보는 순간 바로 느꼈지. 저 남자는 내가 시키는 대로 따를 것이다. 저 남자는 내가 명령해주기를 갈망하는구나. 나는 그렇게 할 것이다. 그래서 당신한테 말을 걸었고 친구가 된 거야."

그녀가 무겁게 짓누르는 영혼의 무게를 견디며 너무도 진지하게 말했으므로 나는 그 말뜻을 다 이해하지 못했고, 그저 그녀의 마음을 달래고 기분을 띄워주려 애썼다. 그러나 그녀는 눈썹을 한 번 움칠하는 것으로 나의 노력을 뿌리쳤고, 나를 옴짝달싹하지 못하게 빤히 쳐다보며 아주 차가운 목소리로 말을 이어나갔다.

"약속 지켜야 해, 꼬마 아저씨. 안 그러면 후회할 거야. 나는 많은 명령을 내릴 거고 당신은 그 명령을 따를 거야. 기분 좋은 명령, 즐거운 명령. 시키는 대로 하면 즐거울 거야. 그리고 결국에는 내 마지막 명령도 따르게 될 거야, 하리."

"그럴게."

나도 모르게 대답이 튀어나왔다.

"마지막 명령이 뭘까?"

말은 그렇게 하면서도 나는 이미 예상이 되었다. 왜 예상이 되는지 이유는 몰랐지만 말이다.

그녀는 약간 한기가 드는 듯 몸을 떨었고 푹 빠져 있던 상태에서 서서히 깨어나는 것 같았다. 두 눈은 내게서 떠나지 않았다. 그녀가 갑자기 더 침울해졌다.

"이 말을 안 하는 게 현명하겠지만 난 현명하고 싶지 않아, 하리. 적어도 이번만큼은. 나는 전혀 다른 것을 원해. 정신 차리고 잘 들어! 당신은 그 말을 들을 거고 다시 잊어버릴 거고 그 말 때문에 웃기도 하고 울기도 할 거야. 정신 차려, 꼬마 아저씨! 나는 당신과 생사를 걸고 도박을 할 거야. 그리고 도박을 시작하기 전에 내 패를 다 보여줄 거야."

그 말을 할 때 그녀의 얼굴이 얼마나 아름다웠는지 모른다. 얼마나 신성했는지 모른다. 눈동자에는 세상을 다 아는 슬픔이 차갑고 환하게 떠 있었다. 이 눈은 상상할 수 있는 온갖 고통을 이미 다 겪은 것 같았고 그 고통을 승낙한 것 같았다. 입은 너무 추워 얼굴이 얼어버린 사람이 말을 하듯 힘겹고 어눌하게 말을 했다. 하지만 눈빛이나 목소리와는 반대로 입술 사이, 입꼬리, 아주 가끔만 보이는 혀끝의 동작에서는 오직 놀이같이 달콤한 관능이, 은밀한 쾌락의 욕망이 흘러나왔다. 얌전하고 매끈한 이마로 짧은 곱슬머리 한 가닥이 흘러내렸고 거기서, 즉 곱슬머리가 걸려 있는 그 이마 구석에서 이따금 소년을 닮은 그 모습, 그 양성적인 마법의 물결이 활발한 호흡처럼 밀려왔다. 나는 그녀의 말을 들으면서 겁에 질렸지만 마취가 덜 깬 듯 반은 제정신이 아닌 것 같기도 했다.

"당신은 날 좋아해."

그녀가 말을 이어나갔다.

"이유는 아까 내가 말했어. 나는 당신의 고독을 깨부쉈고, 당신을 바로 지옥의 문 앞에서 붙들어 다시 깨웠지. 하지만 당신한테 더 많은 것을 원해. 훨씬 더 많은 것을 원해. 나는 당신이 나를 사랑하게 만들 거야. 아니, 반박하지 말고 내 말을 끝까지 들어! 당신이 나를 정말로 좋아하는 건 나도 느끼겠어. 당신은 나한테 고마워하고 있어. 하지만 나를 사랑하지는 않지. 나는 당신이 나를 사랑하게 만들 거야. 그게 내 직업이거든. 나는 남자들이 나를 사랑하게 만들 수 있고 그걸로 먹고살아. 하지만 정신 바짝 차려. 내가 그렇게 하는 건 당신을 너무 매력적으로 생각해서가 아냐. 난 당신을 사랑하지 않아, 하리. 당신이 나를 사랑하지 않듯이 나도 그래. 하지만 당신이 내가 필요한 만큼 나도 당신이 필요해. 당신은 지금 이 순간 내가 필요해. 당신은 절망에 빠져 있어서 당신을 확 떠밀어 물로 던져 다시 살게 해줄 손길이 필요하거든. 당신은 내가 필요해. 춤을 배우고 웃음을 배우고 삶을 배우기 위해 내가 필요해. 하지만 난 지금은 당신이 필요하지 않아. 나중에, 아주 중요하고 멋진 일을 위해 당신이 필요해. 당신이 나를 사랑하게 되었을 때 나는 당신에게 내 마지막 명령을 전할 거고 당신은 그 명령을 따르겠지. 그리고 그게 당신에게도, 내게도 좋을 거야."

그녀는 브라운 바이올렛 색깔의 녹색 줄무늬 난초 하나를 유리잔에서 살짝 들어 올리더니 잠시 고개 숙여 꽃을 노려봤다.

"쉽지는 않을 거야. 하지만 당신은 그렇게 할 거야. 당신은 내 명령에 따라 나를 죽일 거야. 그게 다야. 더는 묻지 마!"

시선은 여전히 난초에 둔 채로 그녀가 입을 다물었고, 그와 함께 그녀의 얼굴은 피어나는 꽃봉오리처럼 압박과 긴장에서 풀려났다. 눈은 여전히 한동안 마법에 걸린 듯 같은 곳을 응시했으나 입술에는 갑자기 매혹적인 미소가 떠올랐다. 그리고 이제 그녀는 사내아이 같은 곱슬머리를 흔들며 고개를 저었고 물을 한 모금 마시더니 우리가 식사 중이었다는 사실을 문득 깨닫고는 입맛을 다시며 음식을 향해 달려들었다.

나는 그녀의 섬뜩한 연설을 한 마디 한 마디 다 또렷하게 들었다. 심지어 그녀가 말하기도 전에 그녀의 '마지막 명령'을 짐작했으며 "당신이 나를 죽일 거야"라는 말에도 놀라지 않았다. 그녀의 모든 말이 확신에 차고 운명처럼 들려서 나는 저항하지 않고 그 말에 수긍했다. 그렇지만 그녀의 모든 말은 무서우리만치 진지했는데도 온전히 현실적이거나 심각하게 느껴지지 않았다. 내 영혼의 일부는 그녀의 말을 받아들이고 믿었지만, 다른 일부는 너무도 똑똑하고 건강하며 확신이 넘치는 이 헤르미네도 환상에 젖고 몽롱한 상태에 빠진다는 사실을 깨닫고 안도하며 고개를 끄덕였다. 그녀의 마지막 말이 떨어지자마자 비현실성과 무익함의 막이 장면 전체를 덮었다.

어쨌든 나는 헤르미네와 달리 줄 타는 광대처럼 가볍게 가능성과 현실성으로 깡충 뛰어 돌아갈 수 없었다.

"그러니까 내가 언젠가 당신을 죽일 거라고?"

나는 여전히 꿈에서 깨지 못한 채로 목소리를 낮추어 물었지만, 그녀는 이미 다시 깔깔 웃으며 열심히 오리고기를 썰었다.

"그렇다니까."

그녀가 듣는 둥 마는 둥 고개를 끄덕였다.

"이제 그 이야기는 그만해. 식사 시간이잖아, 하리. 나 먹게 야채 샐러드 조금만 더 시켜줘. 근데 배 안 고파? 내 생각에 당신은 먼저 다른 사람들이 당연하다고 생각하는 것들부터 배워야 할 거 같아. 심지어 먹는 즐거움도 모르잖아. 그러니까 꼬마 아저씨, 봐. 여기 이건 오리 다리야. 이 허여멀건 예쁜 고기를 뼈에서 발라내면 그게 축제인 거야. 그럴 때는 사랑에 빠진 남자가 사랑하는 여인의 외투를 처음으로 받아줄 때처럼 그렇게 기대되고 긴장되고 마음으로 감사할 줄 알아야 하는 거지. 알아들었어? 모르겠다고? 당신은 바보야. 정신 차려. 내가 이 멋진 오리 다리를 한 조각 줄 테니까 잘 봐. 어서 입 벌려! 아, 당신은 정말 나쁜 놈이야. 내 포크로

한 입 받아먹으면서 혹시라도 다른 사람들이 볼까 봐 흘깃대잖아. 이런 탕자 같으니. 걱정하지 마. 당신 명예를 더럽히지는 않을 테니까. 하지만 남들의 허락이 있어야만 즐길 수 있다면 당신은 정말로 불쌍한 바보야."

조금 전의 장면이 점점 더 비현실적으로 느껴졌고, 몇 분 전만 해도 이 눈이 그처럼 심각하고 무섭게 노려봤다는 사실이 점점 더 믿기지 않았다. 오, 그런 점에서 헤르미네는 삶 그 자체와 같았다. 늘 순간만 있을 뿐, 결코 미리 계산할 수 없었다.

이제 그녀는 음식을 먹었고 오리 다리와 샐러드, 케이크와 리큐어*가 심각한 문제가 되었으며 기쁨과 판단, 대화와 환상의 대상이 되었다. 웨이터가 접시를 가져가자 새 장이 열렸다. 나를 완전히 꿰뚫어 본 이 여자, 모든 현자보다 삶에 대해 더 많이 아는 것 같은 이 여자가 어린아이처럼 굴었고, 기술을 한껏 부려 순간순간을 작은 인생 놀이로 삼아 나를 간단히 자기 제자로 만들어버렸다. 그것이 드높은 지혜인지 아니면 아주 단순한 순진함인지는 몰라도 그렇게 순간을 사는 법을 아는 자, 그렇게 현재를 살고 그렇게 다정하게 걱정하며 길가에 핀 모든 작은 꽃과 작은 놀이 같은 모든 순간의 가치를 중히 여길 줄 아는 자에게 삶은 나쁜 짓을 할 수가 없다. 식욕이 왕성하고 미각이 뛰어난 이 즐거운 아이가 죽음을 바라는 몽상가이자 신경증 환자일 수도 있을까? 혹은 철저히 계산하여 의도적이고 냉정한 마음으로 나를 사랑에 빠뜨려 자신

* 알코올에 설탕과 식물성 향료를 섞은 알코올성 음료다.

의 노예로 만들려 할 수 있을까? 그럴 수는 없었다. 아니, 그녀는 그저 온전히 순간에 자신을 내던지기에, 모든 재미난 아이디어에도 그러하듯, 저 깊고 먼 영혼에서 흘러와 잠시 머물렀다 떠나는 모든 어두운 두려움에도 자신을 열고 그것을 한껏 즐겼다.

이 헤르미네는 오늘 두 번째로 만났는데도 나에 대해 모르는 것이 없어서 그녀 앞에서는 비밀을 간직할 수 없을 것 같았다. 물론 아무리 그녀라 해도 나의 정신적인 삶은 온전히 이해 못할지도 모른다. 내가 음악, 괴테, 노발리스, 보들레르와 맺고 있는 관계는 아마 그녀도 이해하지 못할 것이다. 하지만 이 역시 장담할 수는 없는 일이어서, 아마 그녀는 이것 역시도 별문제가 없을 것이다. 하기는 설사 그렇다고 해도 내 정신적 삶에서 아직 남은 것이 무엇이란 말인가? 전부 다 산산조각 부서지고 의미를 잃어버리지 않았던가? 그러나 그녀는 나의 다른 문제, 지극히 개인적인 문제와 관심사는 다 이해할 것이다. 그 점은 의심의 여지가 없었다. 나는 곧 그녀에게 황야의 이리에 대해, 그 소책자에 대해, 지금껏 누구에게도 말하지 않고 나 혼자 간직하던 모든 일에 대해 이야기할 것이다. 그런데 나는 그 이야기를 당장 시작하고픈 유혹을 뿌리칠 수가 없었다.

나는 결국 입을 열고 말았다.

"헤르미네, 최근에 이상한 일이 있었어. 모르는 남자가 내게 작은 인쇄 책자를 주었는데, 대목장에서 흔히 보는 팸플릿 같은 책이었어. 거기에 내 이야기가 전부 다, 나와 관련된 모든 것이 정확히 적혀 있었어. 이상하지 않아?"

"그 책자 제목이 뭐야?"

그녀가 건성으로 물었다.

"황야의 이리에 관한 논문."

"아, 황야의 이리, 멋진데! 당신이 황야의 이리야? 당신이 그거라고?"

"응. 나야. 나는 절반은 인간이고 절반은 이리야. 아니면 그럴 거라고 상상하는 인간이지."

그녀는 아무 말도 하지 않았다. 내 눈을 탐색하듯 가만히 들여다보더니 내 손으로 시선을 옮겼고 한순간 그녀의 눈빛과 얼굴에 다시 조금 전과 같은 아주 진지한 표정과 어두운 열정이 떠올랐다. 그녀의 생각을 짐작할 수 있었다. 그녀는 내가 그녀의 '마지막 명령'을 실천할 수 있을 만큼 충분히 이리인지 가늠했다.

"당연히 당신 상상이지."

그녀가 다시 명랑한 표정으로 돌아오며 말했다.

"아니면 한 편의 시라고 해도 좋겠고. 하지만 영 가짜는 아냐. 오늘 당신은 이리가 아냐. 하지만 얼마 전에 달에서 떨어진 사람처럼 홀로 들어올 때, 그때는 살짝 야수였지. 바로 그 점이 내 마음에 들었고."

그녀가 갑자기 무슨 생각이 났는지 말을 멈추더니 당황한 표정으로 말했다.

"'야수'니 '맹수'니 하는 말은 너무 바보 같아. 동물을 그런 식으로 부르면 안 되지. 동물은 무서울 때도 있지만 인간보다 훨씬 진실하니까."

"'진실하다'고? 그게 무슨 말이야?"

"동물을 한번 봐. 고양이나 개, 새도 좋고 표범이나 기린같이 동물원에 갇힌 멋지고 큰 동물도 좋아. 모두가 진실해서 당황하거나 뭘 해야 좋을지, 어떻게 행동해야 할지 모르는 동물이 한 마리도 없어. 아첨을 떨거나 으쓱대지도 않아. 연기하지 않지. 동물은 있는 그대로야. 돌과 꽃, 하늘의 별처럼. 알아들었어?"

나는 알아들었다.

"대체로 동물은 슬프지. 인간이 정말 슬프면, 이가 아프거나 돈이 떨어져서가 아니라 이 모든 것이, 인생 전부가 어떤지를 한 시간 동안 느껴서 슬프다면 진실로 슬픈 거야. 그럴 때는 늘 동물과 약간 비슷하게 보여. 슬퍼 보이지만 평소보다 더 진실하고 아름답게 보이는 거야. 그래서야. 황야의 이리. 처음 봤을 때 당신이 그래 보였어."

그녀가 말을 이어나갔다.

"그런데 헤르미네, 당신은 나를 기록한 그 책에 대해 어떻게 생각해?"

"내가 언제나 생각을 즐기는 사람은 아니거든. 그 이야기는 다른 날 하기로 해. 한번 읽어보게 책자를 갖다주던지. 아냐. 내가 다시 뭔가 읽고 싶은 기분이 들거든 당신이 쓴 책 중에서 한 권을 갖다줘."

그녀는 커피를 시켰고, 잠시 생각 없이 멍한 것 같더니 갑자기 고민의 목표에 도달한 듯 환한 표정을 지었다.

그녀가 신이 나서 외쳤다.

"있잖아, 이제 생각났어."

"뭐가?"

"폭스트롯 말이야. 내내 그 생각을 했어. 혹시 우리 둘이서 한 시간 정도 춤출 수 있는 방이 있을까? 작아도 괜찮아. 아래층에 사람이 살아서 천장이 좀 흔들린다고 바로 올라와 난리를 피우지만 않으면 돼. 그거면 충분해. 아주 좋아. 그럼 당신 집에서 춤을 배울 수 있을 거야."

"그래. 그럼 더 좋지. 하지만 춤에 어울리는 음악도 필요할 거 같아."

나는 수줍어서 말했다.

"당연히 필요하지. 그러니까 내 말 잘 들어. 음악은 당신이 살 거야. 비싸봤자 춤 교습 한 번 받을 돈이니까. 대신 교습비는 굳었잖아. 내가 직접 가르칠 거니까. 그럼 틀고 싶을 때마다 음악을 틀 수 있고, 덤으로 축음기도 남고."

"축음기?"

"당연하지. 그러니까 당신이 소형 축음기와 춤곡 음반 몇 장을 사고……."

"멋진걸! 당신이 진짜로 나한테 춤을 가르친다면 교습비로 축음기를 줄게. 오케이?"

내가 소리쳤다.

나는 아주 야무지게 말했지만 사실 진심이 아니었다. 책이 넘쳐나는 내 서재에 전혀 내키지도 않는 그런 기계라니 상상할 수 없었다. 춤에 대해서도 반대할 이유가 수없이 많았다. 물론 가끔 한

번 시도는 해볼 수 있겠다고 생각했다. 비록 내 나이가 너무 많고 몸도 뻣뻣해서 더는 배우지 못할 거라는 확신이 들기는 했지만 말이다. 그러나 이렇듯 연달아 일을 치는 건 너무 성급하고 격하다고 생각했다. 늙고 까탈스러운 음악 전문가인 내가 축음기와 재즈, 현대 댄스 음악에 품은 모든 반감이 내 마음에서 반항하며 버둥거렸다. 지금 내 방에서, 나의 도피처이자 사상의 방에서 노발리스와 장 파울과 나란히 미국 유행가가 울리고 그에 맞춰 내가 춤을 춘다니. 그건 사실상 어떤 한 인간이 내게 요구할 수 있는 정도를 넘어섰다. 그러나 그것을 요구한 사람은 '어떤 인간'이 아니었다. 그 사람은 헤르미네였고 명령을 내려야 하는 사람이었다. 나는 명령을 따랐다. 당연히 따랐다.

다음 날 오후 우리는 카페에서 만났다. 내가 도착했을 때 헤르미네는 벌써 와서 차를 마시고 있다가 나를 보고 미소를 지으며 내 이름을 발견했다고 신문을 가리켰다. 그 신문은 이따금 돌아가면서 나를 두고 신랄한 비방 기사를 써대는 우리 고향의 반동 선동지 중 하나였다. 전쟁 중에 나는 반전주의자였고, 전쟁이 끝난 후에도 가끔 평화와 인내, 인간성과 자아비판을 독려하고, 날로 심해지고 어리석어지며 거칠어지는 국수주의자들의 선동에 저항했다. 그 신문에 다시 그런 공격 기사가 났는데, 절반은 편집부가 자체적으로 썼고 나머지 절반은 비슷비슷한 언론의 비슷비슷한 온갖 논문을 표절해 짜깁기한 형편없는 글이었다. 알다시피 낡아가는 이념을 지키려는 자들보다 글을 더 형편없이 쓰는 사람은 없고, 그들보다 더 더럽고 안이하게 일하는 사람들도 없다. 그 기사를 읽었으니 헤르미네는 이제 하리 할러는 해충이요, 조국도 모르는 놈이며, 그런 인간과 사상을 참아주고, 젊은이에게 전쟁을 하여 철천지원수에게 복수하라고 가르치기는커녕 감상적인 인간성 사상을 교육하는 짓은 당연히 조국에 해가 될 수밖에 없다는 사실을 알았을 것이다.

"이 사람이 당신이야?"

그녀가 물으며 내 이름을 가리켰다.

"그러니까 아주 제대로 적을 만들었구나, 하리. 화나?"

나는 몇 줄을 읽었다. 익숙한 내용이었다. 이 상투적인 비난 하나하나는 전부 지난 몇 년 동안 물리도록 읽었다.

"아니. 화나지 않아. 익숙해진 지 오래야. 내가 몇 번 내 의견을 말했거든. 모든 민족, 나아가 모든 개인은 거짓된 정치적 '책임 문제'나 따지며 잠에 빠져 있을 게 아니라 자신이 얼마나 실수, 태만, 나쁜 습관 때문에 전쟁과 다른 온갖 세상의 비극에 책임이 있는지 스스로 따져봐야 하고, 그것만이 다음 전쟁을 막을 유일한 방법이라고 말이야. 그들은 나를 용서하지 않아. 당연히 자기들은 아무 책임이 없으니까. 황제도, 장군도, 대기업가도, 신문도, 그 누구도 잘못했다고 생각하지 않으며, 자신에게 책임이 있다고 생각하지 않아. 1,000만 명 정도가 살육당해 땅에 묻혔을 뿐, 그것만 빼면 세상만사가 멋지다고 생각할 수 있겠지. 헤르미네, 이제는 그런 비방 기사를 읽어도 화가 나지 않아. 하지만 가끔은 슬퍼. 우리나라 사람 셋 중 둘은 이런 종류의 신문을 읽어. 매일 아침과 저녁에 이런 신문을, 이런 논조를 읽고 매일매일 설득당하고 훈계를 받고 선동

당해서 불만과 나쁜 마음을 품게 되지. 이 모든 것의 목표와 끝은 다시 전쟁이야. 아마 이번 전쟁보다 더 끔찍할 다음 전쟁, 다가올 전쟁이지. 모든 것이 간단명료해서 모두가 파악할 수 있고, 한 시간만 깊이 생각하면 누구나 같은 결론을 내리게 될 거야. 그런데 아무도 그러려고 하지 않아. 아무도 다음 전쟁을 막으려 하지 않고, 이보다 더 값싼 방법이 없는데도 자신과 자기 아이들을 위해 또다시 수백만이 학살되지 않도록 막으려고 하지 않아. 한 시간만 고민하고 잠시만 자기 마음으로 들어가서 자신이 얼마나 이 세상의 무질서와 악행의 동참자이자 공범인지 물어보면 될 것을. 봐, 아무도 그러려고 하지 않잖아. 그러니 앞으로도 계속 그럴 거고 수많은 사람이 매일매일 열심히 다음 전쟁을 준비할 거야. 그 사실을 알고부터 나는 꼼짝도 할 수 없고 절망에서 헤어날 수가 없어. 이제 내겐 조국도, 이상도 없어. 그건 다 다음 전투를 준비하는 높으신 분들을 꾸며줄 장식품에 불과하니까. 뭔가 인간적인 걸 생각하고 말하고 써봤자 아무 의미가 없어. 머리에 좋은 생각을 떠올리는 것도 아무 의미가 없어. 그렇게 하는 사람이 두서넛이면, 매일 그들과 정반대의 목표를 추구하고 또 달성하기도 하는 신문, 잡지, 연설, 공개회의와 비밀회의는 천 가지나 되니까."

나는 말했다.

헤르미네는 관심을 보이며 귀 기울여 들었다.

드디어 그녀가 입을 열었다.

"맞아. 당신 말이 옳아. 당연히 전쟁은 다시 일어날 거야. 신문을 안 읽어도 알 수 있어. 당연히 그것 때문에 슬플 수는 있겠지만 그럴 가치는 없어. 무슨 짓을 해도 어쩔 수 없이 언젠가는 죽어야 한다는 사실에 슬퍼하는 것과 같으니까. 사랑하는 하리, 죽음과 맞서는 싸움은 언제나 아름답고 숭고하며 멋지고 존경할 만한 일이야. 전쟁과 맞서는 싸움도 마찬가지고. 하지만 그 역시 항상 희망이라고는 없는 돈키호테의 모험이지."

"그 말이 맞을지도 모르지. 하지만 우리 모두가 곧 죽을 수밖에 없으니까 세상만사 어찌 되든 상관없다는 그런 식의 논리로는 우리의 삶 전부가 천박하고 한심해져. 그럼 우리는 전부 다 팽개치고 모든 정신, 모든 노력, 모든 인간성을 포기한 채로 야망과 돈이 계속 판치게 내버려두고 맥주나 한잔하면서 다음 동원령을 기다려야 한다는 거야?"

나는 사납게 소리 질렀다.

헤르미네가 나를 바라보는 눈빛이 이상했다. 재미와 조롱, 장난기, 이해심 어린 동지애가 가득하면서도 동시에 무게와 지식, 심오한 진지함이 넘치는 눈빛이었다.

"그럼 안 되지."

그녀는 정말로 엄마같이 말했다.

"당신의 싸움이 실패할 걸 안다고 해서 당신의 삶이 천박하고 어리석지는 않아. 하리, 당신이 선과 이상을 위해 싸우면서 반드시 그 목표를 달성해야 한다고 생각한다면 그게 훨씬 더 천박해. 이상을 꼭 이뤄야 할까? 우리 인간은 죽음을 없애려고 사는 걸까? 그렇지 않아. 우리는 죽음을 두려워하고 그러다 다시 사랑하기 위해 사는 거야. 그리고 바로 그거 때문에 짧은 생이 때로 한 시간 동안 그렇게 아름답게 불타는 거지. 당신은 애야, 하리. 이제 내 말대로 나랑 같이 가. 오늘 할 일이 너무 많아. 오늘은 전쟁이나 신문 따위에 신경 쓸 겨를이 없어. 당신은 어때?"

아, 물론이었다. 나도 준비를 마쳤다.

우리는 함께 축음기 가게에 가서 축음기를 구경했다. 그게 우리의 첫 시내 나들이였다. 열어도 보고 닫아도 봤고 주인에게 틀어 달라고 해서 듣기도 했다. 그중 한 대가 아주 적당해서 모양도 좋고 가격도 괜찮았다. 나는 그것을 사려고 했지만 헤르미네는 축음기 구매를 그렇게 빨리 끝내지 않았다. 나를 말리더니 일단 두 번째 가게로 데려갔고 거기서 제일 비싼 것부터 제일 싼 것까지 모든 시스템과 크기를 살펴보고 들어본 다음 그제야 첫 번째 가게로 돌아와 거기서 봤던 그 기계를 사는 데 동의했다.

"거봐, 그냥 사면 더 간단할 것을."

내가 말했다.

"그렇게 생각해? 그랬으면 아마 내일 똑같은 축음기가 다른 가게 쇼윈도에 20프랑 더 싼 가격으로 전시되어 있을걸. 그게 아니더라도 쇼핑은 재미있잖아. 재미있는 건 실컷 즐겨야지. 당신은 아직 배워야 할 게 많아."

우리는 배달꾼을 데리고 구입한 축음기를 집으로 가져갔다.

헤르미네는 내 거실을 꼼꼼히 살폈고 난로와 안락의자를 칭찬했으며 의자에 앉아봤고 책을 집어 보다가 내 애인 사진 앞에 오래 서 있었다. 축음기는 책 무더기 틈새에 끼인 서랍장에 올려놓았다. 그리고 수업이 시작되었다. 그녀는 폭스트롯을 틀었고 첫 스텝을 시범 삼아 보여주고는 내 손을 잡고 나를 리드하기 시작했다. 나는 고분고분 걸음을 옮겼지만 의자에 부딪쳤고 그녀의 명령을 듣고도 못 알아들었으며 그녀의 발을 밟았고 서툴지만 의무감에 불탔다. 두 번 추고 나서 그녀가 안락의자에 몸을 던지더니 아이처럼 웃었다.

"당신 정말 뻣뻣해! 그냥 산책할 때처럼 앞으로 걸어가. 긴장할 필요가 전혀 없다니까. 당신 벌써 더운 거야? 그럼 5분만 쉬었다 해. 봐, 춤은 출 수만 있게 되면 생각하는 것만큼 간단해. 배우기는 훨씬 더 쉽고. 이제는 사람들이 생각하는 습관을 들이려 하지 않고, 할러 씨를 매국노라 부르며 다음 전쟁을 조용히 방관한다고 해도 예전처럼 안달복달하지 않을 거야."

한 시간 후, 다음번에는 훨씬 좋아질 거라고 장담하며 그녀가 갔다. 하지만 내 생각은 달랐다. 나는 내가 너무 멍청하고 둔해서 매우 실망했다. 그녀와 함께 있던 그 시간 동안 배운 게 도통 없는 것 같았고, 다음에는 더 나아질 거라는 믿음도 들지 않았다. 아니다. 춤을 추려면 능력이 있어야 하는데, 명랑하고 순수하며 경쾌하고 활기차야 하는데, 나는 눈 씻고 찾아도 그런 능력이 없었다. 오래전부터 든 생각이었다.

그러나 정말로 다음번에는 실력이 늘었고 심지어 재미도 느꼈다. 수업이 끝나자 헤르미네는 내가 이제는 폭스트롯을 출 줄 안다고 주장했다. 그녀는 내일 그녀와 함께 레스토랑에 가서 춤을 춰야 한다고 말했고, 나는 소스라치게 놀라서 안 된다고 펄펄 뛰었다. 그러자 그녀는 차갑게 복종의 맹세를 상기시켰고 내일 발랑스 호텔로 차를 마시러 오라고 약속을 정했다.

그날 밤 집에 앉아서 책을 읽으려고 했지만 글자가 눈에 들어오지 않았다. 내일이 무서웠다. 나같이 숫기 없고 예민한 늙은 괴짜가 재즈가 흘러나오는 그런 삭막한 현대식 찻집이나 무도장에 가는 것도 무엇한데, 거기서 모르는 사람들 틈에 끼어 잘 추지도 못하는 춤을 춰야 한다니, 생각만 해도 끔찍했다. 그러니까 나는 조용한 내 서재에서 혼자 축음기를 열어 틀어놓고는 양말을 신고서 살금살금 폭스트롯 스텝을 되풀이하는 자신이 우습고 창피했다고 고백하는 것이다.

이튿날 발랑스 호텔에서는 작은 악단이 연주하고 있었다. 우리는 차와 위스키를 주문했고, 나는 헤르미네를 꼬드기려고 케이크를 시켜주고 고급 포도주도 한 병 마시자고 했지만 그녀는 냉정했다.

"오늘은 즐기자고 여기 온 게 아냐. 춤 수업 시간이야."

나는 두세 번 그녀와 춤을 췄고 그사이에 그녀가 내게 색소폰 연주자를 소개해주었다. 스페인 아니면 남미 출신의 피부가 검고 잘생긴 젊은이였는데, 그녀의 말대로라면 그는 못 다루는 악기가 없고 못하는 언어가 없었다. 그 남자는 헤르미네와 아주 잘 알고 친한 사이 같았다. 크기가 다른 색소폰 두 대를 앞에 두고서 번갈아가며 불었는데, 반짝이는 검은 눈으로 세심하게 흡족한 듯 춤추는 사람들을 열심히 지켜봤다. 내가 이 순진하고 잘생긴 음악가에게 질투 비슷한 감정을 느끼는 통에 나 스스로도 깜짝 놀랐다. 물론 사랑의 질투는 아니었다. 나와 헤르미네 사이에 사랑을 이야기할 수는 없었다. 사랑보다는 더 정신적인 우정의 질투였다. 그녀가 그에게 보이는 관심 내지 숭배라 부를 정도로 두드러지는 칭찬이 그에게 썩 어울리지 않는 것 같았기 때문이다. 별 시답지 않은 사람들까지 알게 되는군. 나는 언짢은 기분이 들었다.

다른 남자들이 헤르미네에게 춤을 청했다. 나는 혼자 차를 마시며 음악을 들었다. 지금까지는 듣기가 괴로웠던 종류의 음악이었다. 세상에! 그러니까 이제 여기로 발을 들여 익숙해져야 하는구나. 너무나도 낯설고 못마땅한 이 세계로, 지금까지 어떻게든 피해 다녔고 너무도 경멸했던 백수건달과 한량의 세계로! 대리석 식탁, 재즈 음악, 고급 매춘부와 세일즈맨의 이 매끈하고 진부한 세계로!

나는 울적해져서 차를 마시며 그리 우아하지 못한 떼거리를 쳐다봤다. 예쁜 아가씨 둘이 내 시선을 끌었다. 둘 다 춤을 잘도 춰서 나는 유연하고 아름답고 신나고 자신감 있는 그들의 춤을 감탄과 부러움이 담긴 눈으로 좇았다.

헤르미네가 다시 오더니 못마땅해하며 야단을 쳤다. 그런 표정으로 꼼짝도 안 하고 앉아 있으려고 여기 온 게 아니니 마음을 다잡고 춤을 추라고 말이다. 뭐? 아는 사람이 하나도 없다고? 몰라도 괜찮아. 마음에 드는 아가씨가 하나도 없어?

나는 조금 전의 그 두 아가씨 중에서 더 예쁜 쪽을 가리켰다. 마침 그녀가 우리 옆에 서 있었다. 그녀는 예쁜 벨벳 치마를 입었고 짧게 자른 탄력 있는 금발에 통통하고 여성스러운 팔이 무척 매력적이었다. 헤르미네는 나더러 당장 가서 춤을 청하라고 우겼지만 나는 필사적으로 저항했다.

"못해. 잘생긴 청년이라면 몰라도 늙고 뻣뻣해서 춤도 못 추는 멍청이가 어떻게 그래. 저 여자가 날 비웃을 거야."

나는 풀이 죽어 말했다.

헤르미네가 경멸의 시선으로 나를 쳐다봤다.

"내가 비웃는 건 괜찮다 이거지. 겁쟁이. 아가씨에게 접근할 때는 비웃음 정도는 감수해야지. 그게 베팅이야. 그러니까 하리, 베팅해. 최악의 경우 비웃음당하면 되잖아. 안 그러면 복종하겠다던 당신의 맹세를 믿을 수가 없어."

그녀는 뜻을 굽히지 않았다. 음악이 다시 시작되자 나는 불안한 마음으로 일어나서 그 예쁜 아가씨한테로 다가갔다.

"사실 선약이 있기는 한데요. 상대가 저쪽 바에서 안 오려나 봐요. 그래요. 같이 춰요."

그녀가 그 크고 맑은 눈에 호기심을 담고서 나를 쳐다봤다.

나는 그녀를 감싸안았고, 그녀가 나를 거절하지 않았다는 사실이 여전히 어리둥절한 채로 첫 스텝을 떼었다. 이미 내 상태를 눈치챈 그녀가 리드를 했다. 그녀는 감탄할 정도로 춤을 잘 췄고, 그 춤에 나를 끌어들였다. 한순간 나는 춤을 춰야 한다는 의무와 규칙을 까맣게 잊어버리고 그냥 함께 춤을 췄다. 그녀의 탱탱한 엉덩이와 재빠르고 유연한 무릎을 느끼며 젊은 그녀의 빛나는 얼굴을 봤고, 오늘 난생처음 춤을 추는 거라고 고백했다. 그녀는 미소를 지으며 나를 격려했고 홀딱 반한 내 눈빛과 아부하는 말들에도 놀랄 정도로 유연하게 응했다. 말로도 그러했고 조용하면서도 매력적인 동작으로도 그러했는데, 그녀의 동작은 우리를 더 가깝고 더 편안하게 만들었다. 나는 오른손으로 그녀의 허리 위쪽을 꽉 잡고서 행복에 젖어 그녀의 다리와 팔과 어깨의 동작을 열심히 쫓았고 놀랍게도 한 번도 그녀의 발을 밟지 않았다. 음악이 끝나자 우리는 그 자리에 서서 손뼉을 쳤고, 다시 곡이 연주되자 또 한 번 열심히 사랑에 빠져 경건하게 의식을 치렀다.

춤이 너무도 일찍 끝났다. 아름다운 벨벳 아가씨는 물러갔고 우리를 지켜보던 헤르미네가 갑자기 내 옆에 나타났다.

"이제 좀 감이 왔어?"

그녀가 칭찬하며 웃었다.

"여자의 다리가 식탁 다리가 아니라는 걸 깨달았어? 브라보! 다행히 이제 폭스트롯은 출 줄 아니까 내일부터는 보스턴을 시작해 보자. 3주 후에 글로부스홀에서 가장무도회가 열리거든."

휴식 시간이 되어 자리에 앉았다. 그 색소폰 연주자, 잘생기고 젊은 파블로가 우리 자리로 와서 고개를 끄덕하고 인사를 하더니 헤르미네 옆으로 가 앉았다. 그는 그녀와 정말 친한 친구 같았다. 하지만 고백하자면, 나는 처음 만난 그 순간 그가 하나도 마음에 들지 않았다. 물론 잘생기기는 했다. 그건 부인할 수 없었다. 체격도 보기 좋았고 얼굴도 훤했다. 그러나 그 이상의 장점은 발견할 수 없었다. 온갖 언어를 할 줄 안다지만 그리 대단해 보이지 않았다. 그가 도무지 말을 하지 않았으니까 말이다. 여러 나라 언어로 할 수 있다는 말도 고작 "고마워요. 네, 그럼요. 안녕하세요" 같은 말뿐이었다. 그랬다. 이 잘생긴 신사 파블로는 도통 말이 없었고 생각도 그리 많아 보이지 않았다. 그는 재즈 악단에서 색소폰을 부는 일을 했는데, 그 직업에는 애정과 열정을 다하는 것 같았다. 가끔은 연주를 하면서 느닷없이 손뼉을 치기도 했고 "오오오, 하하, 헬로!" 같은 말을 크게 내지르며 신바람을 분출하기도 했다. 그러나 그것만 빼면 잘생겨서 여자들 마음에 들고, 최신 유행 셔츠 칼라와 넥타이를 매며, 손가락에 반지를 수두룩하게 끼는 것 말고는 딱히 하는 일이 없었다. 그는 우리 자리에 앉아서 우리를 향해 미소를 짓고 손목시계를 쳐다봤고 솜씨 좋게 담배를 말았다. 크리올* 답게 검고 아름다운 눈과 검은 곱슬머리에는 낭만도, 문제도, 생각도 담겨 있지 않았다. 가까이에서 보니 이 잘생긴 이국적 미남도 그저 예의 바르고 쾌활하지만 조금 버릇이 없는 젊은이에 불과했다. 나는 그의 악기와 재즈 음악의 음색에 대해 그와 이야기를 나눴다. 분명 그는 내가 나이는 많지만 음악을 잘 알고 즐길 줄도 아는 사람이라고 생각했을 터였다. 하지만 그는 별말이 없었고, 내가 그에게, 아니 사실은 헤르미네에게 예의를 차리느라 음악 이론적으로 재즈를 변호하려 애쓰는 동안에도 대수롭지 않은 듯 미소만 지으며 나의 노력에 관심을 보이지 않았다. 아마도 그는 재즈 이전에도 재즈 말고 다른 음악이 몇 종류 더 있었다는 사실을 까마득히 모르는 것 같았다. 그는 다정했다. 상냥하고 점잖았고 공허한 큰 눈으로 매력적인 미소를 지었다. 그러나 그와 나 사이에

---

* 본래 아메리카 식민지 지역에서 태어난 유럽인의 자손들을 부르는 말이었으나, 오늘날에는 보통 유럽계와 현지인의 혼혈을 부르는 말로 쓰인다.

는 공통점이 전혀 없어 보였다. 그가 중요하고 신성하게 생각하는 것 중에서 내게도 그런 것은 하나도 없었다. 우리는 지구의 정반대 편에서 태어났고 우리가 쓰는 언어에도 같은 단어가 하나도 없었다. (그러나 나중에 헤르미네가 이상한 말을 했다. 파블로가 그날 대화를 나눈 후에 그녀에게 나에 대해 말했는데, 그녀더러 나를 정말로 조심히 대하라고, 내가 너무나 불행한 사람이라고 했다는 것이다. 그녀가 그에게 무엇을 보고 그렇게 생각하느냐고 물었더니 그는 이렇게 대답했다고 한다. "불쌍한 사람이야. 그 사람 눈을 봐. 웃을 줄을 모르잖아!")

검은 눈의 그 젊은이가 가고 음악이 다시 시작되자 헤르미네가 일어났다.

"이제는 나하고 다시 춤출 수 있겠지, 하리. 그만 추고 싶어?"

물론 조금 전에 같이 춘 그 사람만큼 홀가분한 마음으로 춤에 푹 빠지지는 못했지만, 이번에는 헤르미네와도 더 가볍고 자유로우며 경쾌하게 춤을 췄다. 헤르미네는 내게 리드를 맡겼고 꽃잎처럼 부드럽고 가볍게 내게 맞춰주었기에, 나는 때로는 다가오고 때로는 멀리 달아나는 그 모든 아름다움을 이제는 그녀에게서도 찾아내고 느꼈다. 그녀에게서도 여성과 사랑의 향기가 풍겼고, 그녀의 춤도 매혹적이고 사랑스러운 관능의 노래를 부드럽게, 곱게 불렀다. 그러나 나는 이 모든 것에 밝은 마음으로 편하게 응할 수 없었고 나를 완전히 잊고 빠져들 수가 없었다. 헤르미네가 너무 가까이에 있었다. 그녀는 나의 동지요, 자매였으며 나와 같은 부류였다. 나와 닮았으며, 몽상가이자 시인이었고, 내 정신 수련과 방황의 열렬한 동지였던 어릴 적 친구 헤르만을 닮았다.

"나도 알아."

나중에 그 이야기를 했을 때 그녀는 이렇게 말했다.

"나도 알고 있어. 나는 당신이 나를 사랑하게 만들 테지만 급할 건 없어. 그 전에 우리는 동지니까. 우리는 서로를 잘 알기 때문에 친구가 되기를 바라는 사람들이야. 이제 우리 둘은 서로에게 배우고 함께 놀 거야. 나는 당신한테 내 작은 연극을 보여주고 춤을 가르칠 거고, 좀 즐기며 멍청해지는 법을 알려줄 거야. 당신은 나한테 당신의 생각과 약간의 지식을 알려주는 거지."

"아, 헤르미네, 나는 알려줄 게 그리 많지 않아. 당신이 나보다 훨씬 많이 알아. 당신은 희한한 사람이야. 이봐요, 아가씨, 당신은 나를 다 이해하고 나보다 앞서가. 내가 당신한테 뭔가 의미가 있을까? 내가 따분하지 않아?"

그녀는 어두워진 눈빛으로 바닥을 내려다봤다.

"아, 그런 말 듣기 싫어. 당신이 망가지고 절망하여 고통과 고독을 벗어나 내게로 달려왔던 그 밤, 내 동지가 된 그 밤을 생각해봐. 그때 내가 당신을 어떻게 알아보고 이해할 수 있었다고 생각해?"

"이유가 뭐야? 헤르미네? 말해줘."

"내가 당신 같으니까. 내가 당신같이 오롯이 혼자이고, 당신처럼 삶과 사람과 나 자신을 사랑할 수도, 진지하게 생각할 수도 없으니까. 삶에 최고를 요구하고, 자신의 어리석음과 거친 면모에 만족할 수 없는 사람들이 늘 몇은 있기 마련이거든."

"당신, 당신이!"

나는 너무 놀라 소리쳤다.

"난 당신을 이해해, 동지. 아무도 나만큼 당신을 이해하지 못할 거야. 하지만 당신은 수수께끼야. 당신은 삶을 놀이하듯 마음대로 다루는 사람이야. 당신은 하찮은 것과 작은 즐거움도 놀랄 만큼 존중하지. 당신은 삶의 예술가야. 그런 당신이 어떻게 삶이 고통스러울 수 있을까? 어떻게 절망할 수 있을까?"

"하리, 난 절망하지 않아. 하지만 삶이 고통스러운 건, 그래, 그건 경험해봤어. 당신은 내가 춤도 출 줄 알고 삶의 겉모습을 훤히 아는데도 행복하지 않다고 해서 놀라고 있어. 친구, 나는 당신이 가장 아름답고 심오한 것, 정신이나 예술, 사상에 아주 훤하면서 삶에 그리 실망하다니, 그게 놀라워. 그래서 우리가 서로에게 끌렸고, 그래서 우리는 형제야. 나는 당신한테 춤과 놀이와 웃음을 가르칠 테지만 만족은 가르치지 않을 거야. 그리고 당신한테 생각과 지식을 배울 테지만 만족은 배우지 않을 거야. 당신 알아? 우리는 둘 다 악마의 자식이야."

"맞아. 우리는 그래. 악마는 정신이고 그 정신의 불행한 자식이 우리야. 우리는 자연에서 떨어져 나와 허공에 매달려 있어. 지금 생각이 났어. 당신한테 말한 그 황야의 이리 논문에 말이야, 하리에게 한 개나 두 개의 영혼이 있고 하리가 한 개나 두 개의 인성으로 만들어졌다고 믿는다면 그건 하리의 상상에 불과하다고 적혀 있어. 모든 인간은 10개, 100개, 1,000개의 영혼으로 만들어진다고 말이야."

"그거 아주 마음에 드는데."

헤르미네가 큰 소리로 말했다.

"가령 당신은 정신은 고도로 발달했지만 대신 사는 데 필요한 자잘한 능력은 아주 많이 뒤처져 있지. 사상가 하리는 백 살이지만 춤꾼 하리는 태어난 지 반나절도 안 지났어. 그 하리를 이제부터 우리가 키울 거야. 하리만큼 작고 어리석고 성숙하지 못한 그의 어린 동생들까지 다 키울 거야."

그녀는 미소를 띠고 나를 쳐다봤다. 그러더니 목소리를 바꿔 소리 죽여 물었다.

"마리아가 마음에 들었어?"

"마리아? 그게 누구야?"

"당신하고 춤춘 여자. 그 예쁜 아가씨 말이야. 정말 예쁘지. 내가 보니 당신 그 아가씨한테 살짝 반했던걸."

"그녀를 알아?"

"그럼 우리 잘 알아. 마음에 들었나 봐?"

"마음에 들지. 그녀가 내 춤 솜씨를 너그럽게 넘어가줘서 얼마나 기뻤는지 몰라."

"그래? 그게 다야? 하리, 그녀한테 작업을 좀 걸어봐. 정말 예쁘고 춤도 잘 춰. 당신도 벌써 반했잖아. 작업하면 먹힐 거야."

"아, 그럴 패기는 없어."

"거짓말. 그래, 나도 알아. 이 세상 어딘가에 당신 애인이 있고 반년에 한 번씩 그녀와 만나는데 만났다 하면 싸우지. 그 이상한 여자 친구한테 충실하겠다면 그것도 정말 멋지지만 나는 그 사랑을 아주 진지하게 생각하지는 않아. 당신이 그 사랑을 무서우리만큼 진지하게 생각하는 게 아닐까 의심이 들어. 물론 그럴 수 있지.

당신이 원한다면 당신의 이상적인 방식으로 사랑할 수 있어. 그건 당신 일이니 내 알 바 아니야. 내 관심은 당신이 삶의 소소하고 가벼운 기술과 놀이를 조금 더 잘 배웠으면 좋겠다는 거야. 그 분야라면 내가 당신의 스승이니까. 당신의 이상적인 애인보다 훨씬 나은 스승이 될 거야. 날 믿어! 황야의 이리 씨! 당신한테 정말 필요해. 다시 한번 예쁜 아가씨랑 자보는 거야."

"헤르미네. 나를 좀 봐. 늙은이라고."

나는 괴로워 소리쳤다.

"당신은 꼬마야. 자칫 때를 놓칠 뻔할 정도로 춤 배우기를 게을리했듯이 사랑 배우기에도 게을렀던 거지. 아, 친구! 이상적이고 비극적인 사랑이라면 분명 당신은 남부러울 것 없이 잘할 거야. 추호도 의심하지 않고 정말 존경해. 하지만 이제부터는 평범하고 인간적인 사랑도 조금 배워보자. 시작은 이미 했어. 이제 곧 무도회에도 갈 수 있을 거고. 그러자면 먼저 보스턴을 배워야겠지. 내일부터 시작해. 내가 3시에 갈 거야. 그런데 여기 음악은 어때?"

"정말 좋아."

"봐, 그것도 발전이야. 하나 더 배웠잖아. 지금까지는 이런 춤과 재즈 음악을 전부 다 싫어했잖아. 진지하지 않고 깊이가 없다고 생각했지. 그런데 이제는 음악이 굳이 진지할 필요가 없다는 걸 깨달았잖아. 진지하지 않아도 아주 멋지고 매력적일 수 있다는 걸 말이야. 아, 참. 파블로가 없으면 이 악단도 없는 거나 마찬가지야. 악단을 리드하고 분위기를 띄우는 것도 다 파블로 몫이거든."

축음기가 내 서재의 금욕적이고 지적인 분위기를 망가뜨리듯, 미국 춤이 낯설게, 잘 가꾸어놓은 내 음악 세계를 휘저으며, 아니 무너뜨리면서 그 세계로 밀고 들어오듯, 여태껏 깔끔하게 선을 긋고 단단히 문을 닫아걸었던 내 삶으로 새로운 것, 겁내던 것, 풀어헤치는 것이 사방에서 밀려 들어왔다. 영혼이 1,000개라는 황야의 이리 논문과 헤르미네의 논리는 옳아서, 내 마음에서는 매일 해묵은 온갖 영혼 곁으로 새로운 영혼이 몇 개씩 나타나 요구를 하고 소란을 피웠고, 지금껏 인성이라 여기던 것이 망상이었음을 눈앞의 그림처럼 또렷이 봤다. 나는 우연히도 내가 자질을 보였던 몇몇 능력과 활동만 가치가 있다고 인정하면서 하리의 초상화를 그렸고 하리의 삶을 살았을 뿐, 나라는 인간의 나머지 전부는, 남은 능력과 충동과 노력의 그 모든 혼란은 성가시다고 여기며 황야의 이리라는 이름을 갖다 붙였다. 그러나 사실 하리의 삶은 아주 섬세하게 육성한 문학과 음악과 철학의 전문가에 불과했다.

물론 이렇듯 망상을 돌이키고 내 인성을 해체하기가 그저 편안하고 즐거운 모험이었던 것만은 아니다. 반대로 아주 고통스럽고 참기 힘들 때가 많았다. 모든 것이 너무도 다른 음색에 맞추어진 이런 환경에서 축음기는 정말로 흉측한 소리를 낼 때가 많았다. 그리고 현대식 레스토랑에서 우아한 플레이보이와 사기꾼들 틈에 끼어 원스텝을 출 때면 이따금 내가 지금껏 살면서 존경하고 신성시한 모든 것을 배반한 듯한 기분이 들었다. 헤르미네가 나를 여드레만 혼자 두었더라도 나는 이 고단하고 우스꽝스러운 플레이보이 실험을 당장 멈추고 달아났을 것이다. 그러나 헤르미네는 늘 곁에 있었다. 매일 얼굴을 보지는 않았어도 나는 그녀가 늘 나를 지켜보며 지도하고 감시하고 평가하고 있다고 느꼈다. 내가 화가 나서 조금이라도 거부하거나 도망갈 생각을 하면 바로 그녀가 미소를 지으며 내 얼굴에서 그 생각을 읽어냈다.

예전에 내가 나의 인성이라고 부르던 것이 점차 무너져 내리면서 나는 왜 내가 절망에 몸부림치면서도 죽음을 그토록 무서워할 수밖에 없었는지 이해하기 시작했다. 그리고 이런 끔찍하고도 부끄러운 죽음의 공포 역시 낡고 시민적이며 기만적인 내 실존의 한 조각이었다는 사실을 깨닫기 시작했다. 지금까지의 이 할러 씨는, 재능 있는 작가이자 모차르트와 괴테 전문가이며, 예술의 형이상학과 천재, 비극, 인간성을 주제로 읽을 만한 글을 쓴 저자였다. 책으로 가득 찬 방에 틀어박힌 우울한 은둔자인 그는 서서히 자기비판에 빠져들었고, 그 어디에서도 자신의 능력을 보여주지 못했다. 유능하고 재미있는 이 할러 씨는 이성과 인간성을 설파하고 야만적인 전쟁을 반대했기에 그의 사상대로라면 벽에 세워져 총살을 당해야 마땅할 테지만, 막상 전쟁이 터지자 그러기는커녕 어떻게든 적응했다. 물론 극도로 품위 있고 우아한 적응이었겠으나 어쨌든 그건 타협이었다. 더 나아가 그는 권력과 착취를 반대하면서도 상당한 기업 유가 증권을 은행에 예치해두고서 양심의 가책도 없이 그 이자를 받아먹고 살았다. 만사가 다 그런 식이었다. 하리 할러는 세상을 경멸하는 이상주의자, 우울한 은둔자, 불평꾼 예언가로 멋지게 변장했지만, 근본적으로는 부르주아였고 헤르미네 같은 삶을 비난하고 레스토랑에서 허비한 밤과 거기서 없앤 돈이 짜증스러웠고 양심의 가책을 느끼면서도 결코 해방과 완성을 꿈꾸지 않았다. 오히려 그는 자신의 정신적 놀이가 아직 재미와 명성을 안겨준 그 편안하던 시절로 돌아가기를 격렬히 꿈꿨다. 그가 경멸하고 조롱했던 신문의 구독자들 역시도 전쟁 이전의 이상적인 시대로 돌아가고 싶어 했다. 고통을 겪고 배움을 얻기보다는 그편이 더 편했기 때문이다. 우웩! 이 할러 씨, 그는 구역질 나는 인간이었다! 그런데도 나는 그에게, 이미 녹아내리는 그의 가면에 매달렸다. 정신적인 것을 앞세우는 그의 태도, 무질서와 우연(여기에는 죽음도 포함된다)을 두려워하는 그의 소시민적 공포에 매달렸다. 아직 완성되지 않은 새로운 하리, 약간 수줍어하는 댄스홀의 그 아마추어를 조롱과 질투의 심정으로 과거의 그 가짜 이상적인 하리 이미지와 비교했다. 그새 그는 그 교수의 괴테 동판화를 보며 거슬렸던 모든 치명적인 특성들을 과거의 그 하리 이미지에서 발견했다. 그 자신, 늙은 하리는 그렇게 시민적으로 이상화한 바로 그 괴테였다. 너무도 고상한 눈빛을 자랑하는 정신의 영웅, 고결함과 정신과 인간성을 포마드처럼 반짝이면서, 귀족 같은 자신의 영혼에 감동한 정신의 영웅이었다. 에잇! 그러나 이제 그 고상한 모습에 심술궂은 구멍이 생겼고, 이상적인 할러 씨는 불쌍하게도 해체되었다. 높은 자리의 벼슬아치가 길에서 강도를 만나 바지가 갈기갈기 찢긴 꼴이었다. 그렇다면 이제는 가난뱅이 역할을 배우는 편이 현명할 테지만 무슨 훈장이라도 달려 있는 것처럼 그 누더기를 걸치고서 울먹이며 계속해서 잃어버린 품위를 요구한다.

나는 악사 파블로를 연신 마주쳤다. 그리고 헤르미네가 그를 무척 좋아하고 열심히 그를 옆으로 불러댄다는 이유만으로도 그에 대한 나의 평가를 수정할 수밖에 없었다. 내 기억 속 파블로는 잘생긴 무능력자, 별 볼 일 없고 실속 없는 한량, 대목장에서 산 장난감 트럼펫을 신이 나서 불어대며 칭찬과 초콜릿에 금방 넘어가는 걱정 없는 행복한 아이였다. 하지만 파블로는 나의 평가를 물어보지 않았고, 내 음악 이론과 마찬가지로 별 관심을 보이지 않았다. 그는 늘 입가에 미소를 머금은 채로 정중하고 다정하게 내 말을 귀 기울여 들었지만 한 번도 진짜 대답을 해주지 않았다. 그런데도 내가 그의 관심을 일깨우기는 했는지, 그는 내 마음에 들려고 또 내게 호의를 베풀려고 눈에 띄게 노력했다. 한번은 이런 소득 없는 대화를 나누다가 내가 흥분해서 난폭해지려고 하자 그가 당황하고 슬픈 표정으로 내 얼굴을 쳐다봤고 내 왼손을 잡아 쓰다듬으면서 작은 금박 깡통에서 뭔가를 꺼내 이걸 들이마시면 기분이 좋아질 거라며 내게 권했다. 나는 헤르미네에게 눈빛으로 물었고 그녀가 고개를 끄덕이자 그것을 받아 들이마셨다. 정말 금방 기분이 상쾌하고 즐거워졌다. 아마 가루에 코카인이 든 모양이었다. 헤르미네는 파블로에게 그런 약이 정말 많다고 이야기해주었다. 남몰래 구해서 가끔 친구들한테 나눠주는데, 파블로는 그 가루를 섞고 짓는 기술자이며, 그 약은 통증을 완화하고, 잠을 잘 자게 하고, 좋은 꿈을 꾸게 하며 기분을 띄워주고 사랑에 빠지게 만든다고 말이다.

하루는 그를 부둣가 길에서 만났다. 그는 스스럼없이 다가왔고, 이번에는 마침내 입을 열었다.

"파블로 씨, 당신은 헤르미네의 친구잖아요. 내가 당신에게 관심이 있는 이유도 그 때문이고요. 그런데 솔직히 말해 당신하고는 대화하기가 쉽지 않네요. 내가 여러 번 당신과 음악 이야기를 하려고 했어요. 당신의 의견, 반박, 판단을 듣고 싶거든요. 그런데 당신은 도통 대답을 안 하더군요."

검은색과 은색이 섞인 얇은 지팡이를 갖고 노는 그에게 내가 말을 걸었다.

그는 다정히 웃었지만, 이번만큼은 대답을 거부하지 않고 침착하게 말했다.

"저는 음악 이야기는 아무 가치가 없다고 생각합니다. 그래서 음악에 대해서는 아무 이야기도 하지 않습니다. 게다가 너무 현명하고 옳은 말씀을 하시는데 제가 무슨 대답을 하겠습니까? 말씀마다 정말 다 옳습니다. 하지만 저는 학자가 아니라 연주자이고 음악에서 옳고 그름은 아무 가치가 없다고 생각합니다. 음악에서는 옳고 그름이 중요하지 않아요. 취향이니 교양이니 하는 것들도 다 중요하지 않습니다."

"그래요? 그럼 뭐가 중요하죠?"

"연주하는 거죠, 할러 씨. 최대한 잘, 많이, 치열하게 연주하는 것! 그거죠. 바흐나 하이든의 전곡이 제 머리에 들어 있고 제가 그 작품들에 대해 제아무리 똑똑한 말을 늘어놓을 수 있다 해도 아직은 그 누구에게도 도움이 안 됩니다. 하지만 제가 관악기를 꺼내서 빠른 시미를 연주하면 그 연주가 좋건 나쁘건 사람들에게 기쁨을 안기고, 사람들의 다리와 피로 흘러 들어가지요. 중요한 것은 그뿐입니다. 댄스홀에서 잠시 쉬었다가 음악이 다시 시작되는 순간 사람들의 표정을 한번 살펴보세요. 눈은 반짝거리고 다리는 움칠거리며 얼굴은 웃기 시작합니다. 그게 음악을 하는 이유지요."

"아주 좋은 말씀입니다, 파블로 씨. 하지만 감각적인 음악만 있는 건 아니죠. 정신적인 음악도 있답니다. 지금 이 순간에 연주하는 음악도 있지만, 지금 연주하지 않아도 계속 살아 있는 불멸의 음악도 있거든요. 누군가 침대에 혼자 누워 머리로 〈마술피리〉나 〈마태수난곡〉의 한 멜로디를 떠올리면 플루트를 불거나 바이올린을 켜는 사람이 없어도 음악이 있는 겁니다."

"맞습니다, 할러 씨, 〈여닝〉과 〈발렌시아〉도 매일 수없이 많은 외로운 몽상가들이 소리 없이 재생해낼 겁니다. 불쌍한 타이피스트 아가씨도 사무실에서 지난번 춘 원스텝을 생각하며 그 박자에 맞추어 자판을 두드립니다. 당신 말씀이 옳습니다. 그 외로운 사람들 모두에게 나는 그들의 소리 없는 음악을 허락합니다. 〈여닝〉이건 〈마술피리〉건 〈발렌시아〉건 말입니다. 그렇지만 이 사람들은 그 소리 없는 외로운 음악을 어디서 구할까요? 우리한테서, 우리 연주자들한테서 구합니다. 누군가 자기 방에서 그 음악을 생각하고 꿈꿀 수 있으려면 먼저 연주를 하고 그 연주를 들어 핏속으로 흘려 넣어야 하는 겁니다."

"그 말은 맞아요. 하지만 모차르트와 최신 폭스트롯을 같은 수준에 올리는 건 안 됩니다. 당신이 사람들에게 신성하고 영원한 악곡을 연주해주는 것과 싸구려 하루살이 음악을 연주해주는 것은 같지 않아요."

나는 차갑게 말했다.

내 목소리에 실린 흥분을 감지하자 파블로는 이내 더없이 온순한 표정을 지으며 내 팔을 다정히 쓰다듬었고 놀랄 만큼 부드러운 목소리로 이렇게 말했다.

"아, 할러 씨. 수준 이야기는 당신 말이 전적으로 옳습니다. 당신이 모차르트와 하이든과 〈발렌시아〉의 순위를 마음대로 매기셔도 저는 전혀 반대하지 않습니다. 그런 건 아무래도 좋아요. 제가 순위를 결정해야 하는 것도 아니고요. 누가 저더러 부탁하지도 않을 겁니다. 아마 모차르트는 앞으로도 100년은 더 연주될 거고 〈발렌시아〉는 2년만 지나도 아무도 연주하지 않을지도 몰라요. 그런 건 가만히 신께 맡겨도 될 거 같아요. 신은 공정하시고 우리의 생사를 손에 쥐고 계시지요. 모든 왈츠와 폭스트롯의 수명도 그분의 손에 있지요. 분명 옳은 결정을 내리실 겁니다. 하지만 우리 연주자들은 우리가 할 일을, 우리 의무이자 숙제인 그 일을 해야 합니다. 이 순간 사람들이 바라는 곡을 연주해야 합니다. 최대한 잘, 멋지게, 감동적으로 연주해야 합니다."

나는 한숨을 쉬며 말을 멈췄다. 이 사람은 어쩔 도리가 없었다.

낡은 것과 새로운 것, 고통과 쾌락, 불안과 기쁨이 아주 희한하게 뒤섞이는 순간이 많았다. 금방 천국이었다가 금방 지옥이었고, 대부분은 동시에 둘 다였다. 예전의 하리와 새로운 하리는 금방 치열하게 싸우다가도 또 금방 사이가 좋아졌다. 때로는 예전의 하리가 완전히 죽은 것 같았다. 숨이 끊어져 땅에 묻힌 것 같았다. 그러다가도 갑자기 다시 살아나 명령을 내리고 횡포를 부렸고, 작고 젊은 새 하리는 부끄러워 입을 다물고 바짝 엎드렸다. 다른 때는 젊은 하리가 늙은 하리의 목을 잡아 힘껏 짓눌렀고, 수없이 신음이 터져 나오고 수없이 사투가 벌어졌으며, 수없이 면도칼을 떠올렸다.

하지만 고통과 행복이 같은 파도를 타고 한꺼번에 나를 덮칠 때도 있었다. 처음으로 사람들 앞에서 춤을 추고 며칠이 지난 어느 날 밤에 침실로 들어갔더니 아름다운 마리아가 내 침대에 누워 있었다. 나는 뭐라고 불러야 할지 모를 놀라움과 당혹, 경악과 황홀에 휩싸였다.

헤르미네가 지금껏 나를 많이도 놀라게 했지만, 이번이 가장 심하게 놀라웠다. 나는 그날 저녁 평소와 달리 헤르미네와 함께 있지 않고 뮌스터에 가서 훌륭한 고전 교회 음악 공연을 봤다. 그것은 예전의 삶으로, 내 청춘의 들판으로, 이상적인 하리의 영토로 떠난 아름답지만 서러운 소풍이었다. 높은 고딕식 교회의 둥근 천장은 예쁜 그물 모양이었는데, 얼마 되지 않는 불빛과 노닐면서 유령처럼 이리저리 흔들렸다. 나는 북스테후데, 파헬벨, 바흐, 하이든의 곡을 들으며 사랑하던 과거의 길을 다시 걸었고, 한때 친구로 지내면서 수없이 많은 멋진 공연을 함께한 바흐 전문 여가수의 아름다운 음성을 다시 들었다. 고전 음악의 음성과 끝없이 치솟던 그 시절의 기운, 환희, 열정이 깨어났다. 나는 슬픔에 젖어 음악에 푹 빠진 채로 높은 곳에 있는 교회 합창석에 앉아서 한 시간 동안 한때 내 고향이던 이 고결하고 신성한 세상의 손님 노릇을 했다. 하이든의 이중주가 울려 퍼지자 갑자기 울컥 눈물이 솟구쳤다. 나는 공연이 끝나기를 기다리지 못하고 여가수와 재회도 포기하고서(아, 예전에는 그런 공연이 끝나면 예술가들과 정말로 멋진 밤을 보냈는데!) 뮌스터를 빠져나와 지친 몸을 이끌고 밤거리를 걸었다. 여기저기 레스토랑에서 재즈 악단이 지금 내 삶의 멜로디를 연주했다. 아, 내 인생은 어쩌다 이렇듯 암울한 방황이 되어버렸을까!

그렇게 오래오래 밤거리를 걸으며 나는 음악과 맺은 나의 특이한 관계에 대해서도 깊이 생각했다. 그러다 이렇듯 감동적이면서도 치명적인 음악과의 관계는 독일 지성 전체의 운명이라는 사실을 다시금 깨달았다. 독일의 정신에서는 다른 민족과 달리 모권(母權)이, 자연과의 유대가 음악의 헤게모니라는 형태로 지배한다. 우리 지성인들은 남자답게 그에 저항하며 정신과 로고스, 말에 복종하고 경청하면 될 것을, 굳이 말할 수 없는 것을 말하고 형체를 만들 수 없는 것을 표현하는 말 없는 언어를 꿈꾼다. 자신의 도구를 최대한 충직하고 성실하게 쓰면 될 것을, 늘 말과 이성에 반대하고 음악에 추파를 던진다. 그리고 그 음악을, 그 놀랍고도 황홀한 음의 창작물을, 굳이 억지로 실현할 필요가 없는 멋지고 사랑스러운 그 감정과 분위기를 만끽하느라 현실의 의무는 대다수 소홀했다. 우리 지성인들은 모두 현실에 살지 않았다. 현실이 낯설고 원수 같기에 우리 독일의 현실, 우리의 역사, 정치, 여론에서도 정신의 역할은 너무도 보잘것없다. 그랬다. 나는 이런 생각을 자주 했었고, 가끔은 늘 미학과 정신 공예만 해댈 게 아니라 한 번쯤은 현실을 함께 만들어나가고, 한 번쯤은 진지하고도 책임감 있게 활동하고 싶다는 뜨거운 열망을 느끼기도 했다. 하지만 끝은 늘 체념이었고 운명에 순응했다. 장군들과 기업가들의 생각이 전적으로 옳았다. 우리 같은 '먹물들'은 아무짝에도 소용이 없다. 똑똑한 척 수다는 떨어대지만 현실도 모르고 쓸모도 없고 책임감도 없는 무리다. 우웩, 면도칼!

그렇게 생각과 음악의 여운으로 가득 차서 나는 집으로 돌아왔다. 나의 심장은 삶과 현실, 의미, 잃어버려서 돌이킬 수 없는 것을 향한 그리움과 슬픔으로 무거웠다. 나는 계단을 올라 거실에 불을 켜고 책을 좀 읽어볼까 했으나 마음대로 되지 않았다. 내일 저녁 세실 바에서 위스키를 마시며 춤을 추기로 한 약속이 떠올라 나 자신은 물론이고 헤르미네에게도 원망과 노여움이 일었다. 그녀는 선의였고 진심이었을지 모른다. 그녀는 멋진 사람일 것이다. 하지만 그날 그녀는 나를 혼란스럽고 흔들리는 이 낯선 놀이의 세상으로 끌어들이지 말고 그냥 무너지게 내버려둬야 했다. 이 놀이의 세상에서 나는 언제고 이방인이며 내 최고의 것들은 쇠락하여 고난을 겪을 것이다.

그렇게 나는 슬픈 마음으로 불을 껐고 슬픈 마음으로 침실로 들어갔으며 슬픈 마음으로 옷을 벗기 시작했다. 그런데 평소와 다른 냄새가 나서 깜짝 놀랐다. 살짝 향수 냄새가 나서 나는 둘레둘레 살피다가 침대에 누워 있는 아름다운 마리아를 발견했다. 그녀가 미소를 머금은 채 약간 불안한 표정을 지으며 그 커다란 파란 눈으로 나를 바라보고 있었다.

"마리아!"

내가 말했다. 제일 먼저, 이 사실을 알면 집주인이 나를 내쫓을 거라는 생각이 들었다.

"제가 왔어요. 기분 나쁘세요?"

그녀가 소리 죽여 말했다.

"아니, 그건 아니에요. 헤르미네가 열쇠를 주었군요, 글쎄."

"그래서 기분이 나쁘시군요. 저 갈게요."

"아니에요. 아름다운 마리아, 여기 있어요. 그냥 하필 오늘 밤에 내가 너무 슬퍼서 그래요. 오늘은 명랑할 수가 없을 것 같아요. 내일이 되면 다시 괜찮을 거예요."

내가 그녀 쪽으로 살짝 몸을 굽히자 그녀는 크고 단단한 양손으로 내 머리통을 붙잡고는 자기 쪽으로 끌어당겨 오래 입을 맞췄다. 나는 침대에 걸터앉아서 그녀의 손을 붙잡고 혹시 밖에 들릴지 모르니까 작게 말하라고 부탁했고, 통통하고 아름다운 그녀의 얼굴을 내려다봤다. 그녀의 얼굴은 내 베개에 놓인 커다란 한 송이 꽃처럼 낯설고도 아름다웠다. 그녀는 천천히 내 손을 자기 입으로 가져갔고 이불 밑으로 당겨 가만히 숨 쉬는 자신의 따뜻한 가슴에 올려놓았다.

"명랑하지 않아도 괜찮아. 헤르미네가 그랬어. 당신은 걱정이 많다고. 그걸 이해 못할 사람이 누가 있겠어. 당신, 아직도 내가 마음에 들어? 얼마 전에 춤출 때 당신 나한테 홀딱 반했잖아."

그녀가 말했다.

나는 그녀의 눈에, 입에, 목과 가슴에 키스했다. 조금 전까지만 해도 씁쓸한 마음으로 헤르미네를 비난했다. 그런데 이제는 그녀의 선물을 받아들고 고마워한다. 마리아의 애무는 오늘 들었던 그 멋진 음악을 조금도 다치게 하지 않았다. 나는 천천히 이불을 들추며 발까지 그녀의 온몸에 키스했다. 그녀 옆에 몸을 누이자 꽃 같은 그녀의 얼굴이 다 안다는 듯 선하게 웃었다. 그 웃음이 음악과 잘 어울렸다. 그 웃음은 음악의 완성이었다.

그날 밤 마리아 옆에 누운 나는 오래는 아니지만 아이처럼 깊게 푹 잤다. 자다 깨면 그녀의 아름답고 발랄한 젊음을 들이마셨고, 소리 죽여 수다를 떨면서 그녀와 헤르미네의 인생에 대해 알아둘 만한 사실을 전해 들었다. 절반은 예술가이고 절반은 사교계 인사인 이런 부류의 사람들과 그들의 인생에 대해서는 별로 아는 것이 없었다. 예전에 가끔 비슷한 남녀를 만난 적이 있지만 극장에서 본 것이 다였다. 이제야 나는 이 희한한 삶을, 이 이상하게 천진하면서도 이상하게 타락한 삶을 조금이나마 들여다볼 수 있었다. 이런 여자들은 대부분 가난한 집안에서 태어났지만, 보수도 형편없고 재미도 없는 밥벌이에 평생 매달리기에는 너무 똑똑하고 예쁘다. 그래서 어떨 때는 임시 일자리로 먹고살지만 기회가 되면 자신의 매력과 사랑스러움을 팔아먹었다. 어떨 때는 몇 달씩 타자기 앞에 앉아 있기도 하지만, 또 어떨 때는 잘사는 한량의 애인 노릇을 하면서 용돈과 선물을 받기도 하고, 어떨 때는 모피코트를 걸치고 자가용을 타고 그랜드 호텔에서 묵기도 하지만, 또 어떨 때는 다락방에서 살기도 하며, 조건이 아주 좋으면 청혼을 받아들이기도 하지만, 전체적으로는 결혼에는 뜻이 없다. 욕망 없는 애정을 이어가며 최고의 보상을 받고서 마지못해 마음을 내어주는 이들도 많지만, 마리아처럼 사랑의 재능과 욕망이 남다른 이들도 있다.

대부분 남녀 모두와 사랑을 나누며, 오직 사랑 때문에 살고, 돈을 주는 공식적인 친구 옆에서 늘 다른 애정 관계를 꽃피운다. 부나방 같은 이 여인들은 천진하면서도 세련된 삶을 부지런하고 바쁘게, 신중하면서도 경박하게, 똑똑하면서도 아무 생각 없이 살아간다. 누구에게도 얽매이지 않고 아무한테나 몸을 팔지 않으며, 행운과 좋은 시절을 고대하며 삶을 사랑한다. 하지만 시민들보다는 삶에 집착하지 않고, 언제라도 동화 속 왕자님을 따라 성으로 갈 준비를 마쳤지만, 삶의 끝이 힘들고 슬프리라는 것을 늘 어렴풋하게나마 알고 있다.

마리아는 그 이상하던 첫날밤과 뒤이은 며칠 동안 내게 많은 것을 가르쳐주었다. 사랑스럽고 새로운 감각의 놀이와 즐거움은 물론이고 새로운 이해와 깨달음, 새로운 사랑을 가르쳐주었다. 세상을 등지고 미를 추구하는 내게는 춤과 유흥업소, 영화관과 술집, 호텔 찻집의 세계가 여전히 열등한 것, 금지된 것, 품격이 떨어지는 것이었다. 그렇지만 마리아와 헤르미네, 그녀들의 동무들에게는 그 세계가 세상 그 자체였다. 좋지도 나쁘지도 않고, 탐할 일도 증오할 일도 없는, 그냥 세상이었다. 이 세상에서 그리움으로 가득한 그들의 짧은 삶이 피어나고, 이 세상에서 그들은 편안하고 노련했다. 우리가 작곡가나 시인을 사랑하듯 그들은 샴페인이나 그릴룸의 특별 메뉴를 사랑했다. 우리가 니체나 함순*을 읽으며 열광하고 감동하고 감격하듯 그들은 새 댄스 유행가나 감상적이고 끈적이는 재즈 가수의 노래를 들으며 똑같이 감격했다. 마리아는 그 잘생긴 색소폰 연주자 파블로와 그가 자주 불러줬다는 미국 노래 이야기를 해줬는데, 어찌나 푹 빠져서 탄복과 사랑을 뿜어내던지 나는 교양 철철 넘치는 어떤 이가 고르고 고른 고상한 예술을 즐기며 느끼는 열정보다도 훨씬 더 감동했고 마음을 빼앗겼다. 나는 무슨 노래건 함께 열광할 준비가 되었다. 마리아의 사랑스러운 말들, 그리움에 불타는 그녀의 눈빛이 내 미학을 넓게 찢어 틈을 냈다. 물론 몇 곡 안 되지만 아름다운 작품은 있었다. 모차르트를 선두로 일체의 논란과 의심을 뛰어넘을 것 같은, 소수의 골라 뽑은 아름다운 작품 몇 곡은 있었다. 하지만 어디가 경계인가? 우리 전문가와 비평가들도 어릴 적에 뜨겁게 사랑했던 작품과 예술가를 지금 보면 수상쩍고 불길하지 않은가? 리스트와 바그너가 그렇지 않았는가? 심지어 베토벤마저 그랬던 사람도 적지 않을 것이다. 미국 노래를 들으며 마리아가 느낀 아이 같은 터무니없는 감동은 어떤 교사가 〈트리스탄과 이졸데〉를 보며 느낀 감동이나 어떤 지휘자가 베토벤 〈9번 교향곡〉을 연주하며 느끼는 감동과 똑같이 순수하고 아름다우며 일체의 의심을 뛰어넘는 예술 체험이 아닐까? 그리고 그것은 파블로 씨의 의견과 이상하리만치 같아서 그가 옳다는 증거가 아닐까?

마리아도 그 미남 파블로를 무척 사랑하는 것 같았다.

"멋진 사람이지. 나도 그가 참 마음에 들어. 하지만 마리아, 그런

---

* Knut Hamsun, 1859~1952. 노르웨이의 소설가다. 반사회적이고 도시 문명을 혐오하는 극단적인 개인주의자와 방랑자를 주인공으로 한 소설을 발표했다. 1920년에 노벨 문학상을 받았다.

사람을 좋아하면서 어떻게 나도 좋아할 수가 있지? 나같이 따분한 늙은이를? 잘생기지도 않고 벌써 흰머리가 희끗희끗한 데다 색소폰을 불 줄도, 영어 사랑 노래도 부를 줄 모르는데?"

내가 말했다.

"그런 나쁜 말은 하지 마."

그녀가 야단을 쳤다.

"그건 아주 자연스러운 거야. 당신도 내 마음에 들어. 당신도 예쁘고 사랑스럽고 특별한 점이 있거든. 지금과 달라질 필요가 전혀 없어. 이런 문제는 말로 하거나 설명을 요구해서는 안 되는 거야. 당신이 내 목과 귀에 입을 맞추면 나는 당신이 나를 좋아한다고, 내가 당신 마음에 든다고 느껴. 당신은 그런 식으로, 살짝 수줍어하며 입 맞출 줄 알고, 그 입맞춤이 내게 말해주지. 당신이 나를 좋아한다고, 내가 예뻐서 당신이 고마워한다고. 그게 나는 정말 정말 좋아. 그렇지만 당신과 반대여서 내가 좋아하는 남자도 있어. 그는 나를 대수롭지 않게 여기는 것 같고, 자기가 무슨 은혜라도 베푼다는 듯 키스하거든."

우리는 다시 잠들었다. 다시 눈을 떴을 때도 나는 여전히 그녀를 팔에 안고 있었다. 아름다운 나의 꽃을.

그런데도 희한했다! 그 아름다운 꽃은 여전히 헤르미네가 내게 준 선물이었다. 여전히 그 꽃 뒤편에 그녀가 서 있었고 가면을 쓰고서 그녀를 움켜쥐고 있었다. 가끔 문득 에리카 생각이 났다. 먼 곳에 있는 나의 심술궂은 애인, 불쌍한 내 여자 친구가. 마리아만큼 활짝 피어나고 자유로운 미모는 아니었고 자잘한 사랑의 기술도 그녀만큼 천재적이지는 않았지만, 에리카 역시 마리아 못지않게 예뻤다. 잠시 그녀의 모습이 눈앞에 나타났다. 사랑했고 내 운명과 깊게 얽혀버린 그녀의 모습이 또렷하고 가슴 아프게 떠올랐다가 다시 잠으로, 망각으로, 조금은 슬픈 저 먼 곳으로 가라앉았다.

그렇게 수많은 내 인생의 이미지들이 이 아름답고 온화한 밤에 내 앞에 나타났다. 너무나 오랫동안 아무런 이미지도 떠오르지 않던 텅 비고 가난한 내 인생에 말이다. 이제 와 에로스가 마법의 손길로 열어젖히자 이미지의 샘물이 깊고도 풍성하게 솟구쳤다. 내 인생의 이미지 창고가 이렇게나 풍성했다는 사실이, 가난한 황야의 이리의 영혼에 드높고 영원한 별과 별자리가 이렇듯 가득했다는 사실이 황홀하고도 슬퍼서 내 심장은 한순간 가만히 멈췄다. 부드럽게, 끝없이 푸르르게 멀어지는 먼 산자락처럼 어린 시절과 어머니가 신성하게 내 쪽을 바라봤고, 헤르미네와 영혼을 나눈 전설의 형제 헤르만의 선창으로 내 우정의 합창이 쇳소리를 내며 맑게 울려 퍼졌다. 내가 사랑했고 욕망했고 찬미했던 수많은 여인의 모습이 물에서 피어나는 호수의 꽃들처럼 물기를 머금은 채 이 세상 것이 아닌 모습으로 향기를 품으며 밀려왔다. 그러나 그 여인 중에서 마음을 얻었거나 내 것으로 만들려 애썼던 이는 몇 되지 않았다. 오랜 세월 함께 살며 내게 동지애와 갈등과 체념을 가르쳐준 아내의 모습도 나타났다. 사는 동안 불만이 적지 않았지만, 그녀가 몸과 마음에 병이 들어 갑자기 욕을 퍼붓고 거칠게 반항하며 나를 떠나버린 그날까지도 그녀를 향한 깊은 신뢰는 살아 있었다. 그 깨진 신뢰가 나를 너무도 힘들게 하고 내 인생에 큰 타격을 입혔기에, 나는 내가 그녀를 얼마나 사랑했고 얼마나 깊이 신뢰했는지 새삼 깨달았다. 이 모습들, 이름이 있기도 하고 없기도 한 이 수백 가지 모습이 모조리 다시 나타났고, 이 사랑의 밤의 샘물에서 젊은 모습으로 새롭게 솟아올랐다. 나는 오랜 세월 고통에 빠져 사느라 내가 무엇을 잊고 지냈는지 새삼 알게 되었다. 그것들은 내 인생의 재산이자 가치였고, 부서지지 않고 계속 살아남아 별이 된 경험이었다. 잊을 수는 있어도 없앨 수는 없는 그 경험을 줄줄이 이어 붙이면 내 인생의 전설이 될 터였다. 별처럼 빛나는 그 경험의 광채는 부서뜨릴 수 없는 내 존재의 가치였다. 내 인생은 고달팠고 헤맸고 불행했으며 포기와 부정을 향해 나아갔고, 전 인류의 소금 같은 운명에 절여져 쓰라렸다. 그러나 풍요롭고 자랑스럽고 풍성했으며, 고통스러웠으나 왕의 삶이었다. 그 길이 너무도 잘못되어 완전히 몰락할 수도 있겠지만, 내 인생의 핵심은 고귀했고 체면과 혈통을 지켜냈으며 돈 몇 푼이 아니라 별을 향해 나아갔다.

하긴 이것도 벌써 한참 전의 일이다. 그사이 많은 일이 일어났고 많은 것이 변했다. 그날 밤의 일 중 내가 기억하는 것은 얼마 되지 않는다. 우리가 나눈 말들, 부드러운 사랑의 몸짓과 행위들, 사랑에 지쳐 빠져든 무거운 잠에서 깨어나던 별처럼 환한 순간들밖에는 기억나지 않는다. 그러나 실패의 시간을 보낸 이후로 나 자신의 삶이 다시금 무자비하게 빛을 뿜는 눈으로 나를 쳐다본 것은 그날 밤이 처음이었다. 나는 다시금 우연이 운명이며, 내 존재의 폐허는 신의 미완성 작품이라는 사실을 깨달았다. 내 영혼은 다시 숨을 쉬었고 내 눈은 다시 봤다. 흩어진 이미지의 세계를 주워 모으기만 하면, 그래서 하리 할러의 황야의 이리의 삶을 전체 이미지로 드높이기만 하면 나는 이미지의 세계로 직접 들어가서 불멸의 존재가 될 수 있다는 사실을 한순간 뜨겁게 예감했다. 모든 인간의 삶이 추구하고 노력하는 목표가 바로 이것이지 않은가?

날이 밝자 아침 식사를 나눠 먹은 후 나는 마리아를 집 밖으로 무사히 빼돌렸다. 그리고 그날 바로 근처에 작은 방 하나를 얻었다. 우리가 만날 때만 쓸 방이었다.

나의 춤 선생 헤르미네는 의무에 충실한 사람 같았다. 나는 그녀의 말대로 보스턴을 배울 수밖에 없었다. 그녀는 인정사정 두지 않는 엄한 선생님이라서 한 시간도 봐주지 않았다. 다음 가장무도회에 나를 함께 데려가기로 마음먹었기 때문이다. 그녀는 내게 의상비를 달라고 했지만 어떤 의상인지는 한마디도 말해주지 않았다. 그녀의 집을 찾아가는 것은 물론이고 어디 사는지 묻는 것조차도 여전히 금기였다.

가장무도회가 열리기 전까지 약 3주 동안은 너무도 아름다웠다. 마리아야말로 내가 사귄 진짜 첫 번째 애인이 아닐까 생각될 정도였다. 나는 늘 사랑하는 여인에게 지성과 교양을 요구했지만 아무리 총명하고 상대적으로 교육을 많이 받은 여성도 내 안의 이성에게는 호응하지 못했다는 사실, 아니 늘 그 이성에 맞섰다는 사실을 전혀 깨닫지 못했다. 나는 여인들에게 내 문제와 생각을 가져갔고 책을 안 읽는 여자를, 독서가 무엇인지 모르고 차이콥스

키와 베토벤을 구분할 줄 모르는 여자를 한 시간 이상 사랑하는 것은 절대 불가능하다고 생각했다. 그러나 마리아는 교육받은 적이 없었고 이런 에움길과 대안의 세상이 필요치 않았으며 그녀의 문제는 전부 다 감각에서 직접 생겨났다. 타고난 감각, 특별한 몸매와 피부색과 머릿결과 목소리, 피부와 기질을 이용해 최대한 많은 감각의 행복, 사랑의 행복을 얻어내는 것, 자신이 가진 모든 능력, 늘씬한 몸매, 너무도 부드러운 몸의 움직임에 사랑하는 상대가 화답하고 이해하고 행복해하며 적극 호응하도록 만드는 것, 그것이 그녀의 기술이자 숙제였다. 처음 그녀와 수줍게 춤을 추던 그 때부터 나는 그 사실을 느꼈다. 황홀하리만치 세련된 천재적인 관능의 향기를 맡았으며 그 관능에 매혹당했다. 모르는 것이 없는 헤르미네가 이런 마리아를 내게 보낸 것은 분명 우연이 아니었다. 그녀의 향기가 가진 전체적인 특징은 여름이자 장미였다.

나는 마리아의 유일한 애인이나 제일 아끼는 애인이 되는 행운을 누리지는 못했다. 그저 여러 애인 중 하나였다. 그녀가 나와 보낼 시간이 없을 때도 많아서 가끔은 오후에 한 시간밖에 같이 있을 수 없었으며 하룻밤을 온전히 같이 지낸 적은 많지 않았다. 그녀는 내가 주는 돈을 받지 않았다. 헤르미네의 지시였을 것이다. 하지만 선물은 마다하지 않았고, 내가 빨간색의 작은 새 가죽 지갑을 선물했을 때는 그 안에 금붙이 두세 개를 넣어두었어도 그냥 받았다. 그런데 그 빨간 지갑은 그녀의 큰 비웃음을 샀다. 예뻤지만 유행이 지나서 안 팔리는 물건이었기 때문이다. 내가 지금껏 에스키모의 말보다 더 몰랐고 이해하지도 못했던 이런 것을 나는 마리아에게서 많이 배웠다. 무엇보다 이런 작은 장난감이나 유행품, 사치품이 단순히 시시하고 유치한 물건이거나 돈에 눈이 먼 공장주와 상인들의 발명품이 아니라는 사실을 배웠다. 가루분과 향수에서부터 무도화에 이르기까지, 반지에서부터 담배통에 이르기까지, 버클에서부터 핸드백에 이르기까지 이 물건 모두의 목적은 단 하나, 사랑의 시중을 들고 감각을 갈고닦으며 죽은 세상에 숨을 불어넣고 마법처럼 새로운 사랑의 기관을 선사하는 것이었다. 이 핸드백은 핸드백이 아니었고 이 지갑은 지갑이 아니었으며 꽃은 꽃이 아니고 부채는 부채가 아니었다. 그 모두가 사랑과 마법, 유혹의 구체적인 물질이었고 심부름꾼이자 밀수꾼, 무기이자 돌격 구호였다.

마리아가 진짜로 사랑하는 사람이 누군지, 나는 자주 고민했다. 색소폰 연주자 파블로를 제일 많이 사랑하는 것 같았다. 먼 곳을 바라보는 것 같은 검은 눈동자, 우아하면서도 우울한 느낌을 풍기는 길고 창백한 손의 젊은 남자 파블로 말이다. 나는 그가 사랑을 나눌 때 약간 게으르고 제멋대로이며 소극적일 거라고 생각했다. 하지만 마리아의 말을 들어보면 그는 늦게 불붙기는 하지만 권투 선수나 기수보다 더 긴장하고 거칠며 남자답고 저돌적이라고 했다. 그렇게 나는 이 사람 저 사람의 비밀을 들어 알게 되었다. 재즈 음악가, 배우, 우리 주변의 온갖 여자와 남자의 갖은 비밀을 알게 되었고, 친분과 적대 관계의 표면 아래를 봤으며, (그 세계에서 끈 떨어진 이물질이던 내가) 서서히 그곳과 친해지고 섞여들었다. 헤르미네에 관해서도 많이 들었다. 하지만 무엇보다도 이제는 마리아가 매우 사랑하는 파블로 씨와 자주 만났다. 가끔 그녀가 그의 비밀 약을 원했고 나한테도 그 약을 가져다주었기 때문이다. 그럴 때마다 파블로는 누구보다 열심히 내 시중을 들어주었다. 한번은 그가 에두르지 않고 말했다.

"당신은 너무 불행해요. 그건 안 좋아요. 그러면 안 돼요. 보기 딱해요. 약하게 아편을 피워보세요."

명랑하고 똑똑하며 애 같지만 속을 알 수 없는 이 남자에 대한 나의 평가는 계속해서 달라졌고 우리는 친구가 되었으며 나는 가끔 그의 약을 먹었다. 그는 마리아에게 홀딱 빠진 나를 약간 재미있어 하면서 바라봤다. 한번은 그가 자기 방에서 '파티'를 열었다. 시 외곽에 있는 호텔의 다락방이었다. 의자가 하나밖에 없어서 마리아와 나는 침대에 앉을 수밖에 없었다. 그가 술을 내왔다. 작은 병 세 개를 한데 들이부어 만든 놀라운 신비의 리큐어였다. 내가 기분이 아주 좋아지자 그는 눈을 반짝이며 셋이서 난잡하게 사랑을 즐겨보자고 제안했다. 그런 짓이 불가능했기에 나는 단호하게 거절했지만, 연신 곁눈질로 마리아의 태도가 어떤지 살폈다. 마리아는 나의 거절에 곧바로 동의했지만 나는 그녀의 눈에서 희미한 불빛을 봤다. 내가 포기해서 그녀가 아쉬워한다는 느낌을 받았다. 파블로는 내 거절에 실망했지만 마음 상해 하지는 않았다.

"안타깝군요. 하리 씨는 너무 도덕적으로 생각해요. 뭐 괜찮아요. 너무 좋았겠지만, 너무 좋았을 거예요. 하지만 대용품이 있죠."

우리는 각자 몇 모금씩 아편 파이프를 빨았고, 꼼짝도 하지 않고 앉아 눈을 뜨고서 파블로가 주문처럼 말해준 장면을 경험했다.

마리아는 너무 황홀해서 몸을 떨었다. 잠시 후 내가 몸이 안 좋다고 하자 파블로는 나를 침대에 뉘었고 약을 몇 방울 주었다. 몇 분 동안 눈을 감고 있으려니 양쪽 눈꺼풀에 아주 살짝 입김처럼 키스의 감촉이 느껴졌다. 나는 마리아라 생각하는 척하며 가만히 있었다. 하지만 파블로였다는 사실을 나는 알고 있었다.

어느 날 밤에는 파블로 때문에 더 놀란 일도 있었다. 그가 우리 집에 찾아와서 20프랑이 필요하다며 나한테 그 돈을 달라고 했다. 대신 그날 밤에 마리아와 같이 보내도 좋다고 했다.

나는 깜짝 놀라 말했다.

"파블로, 지금 무슨 말을 하는 거예요. 돈을 받고 자기 애인을 다른 남자한테 넘기다니요. 가장 창피한 짓입니다. 그 말은 못 들은 거로 하겠어요, 파블로."

그가 나를 딱하다는 표정으로 쳐다봤다.

"싫으시군요, 하리 씨. 좋아요. 당신은 늘 자신을 괴롭혀요. 그게 더 낫다면 그럼 오늘 밤에는 마리아랑 자지 마시고 돈 좀 주세요. 갚을게요. 꼭 필요해서 그래요."

"어디다 쓰려고요?"

"아고스티노 때문에요. 제2바이올린 연주하는 꼬마 아시죠? 벌써 아흐레째 아파서 누워 있는데 돌봐줄 사람도 없고 돈도 땡전 한 푼 없어요. 그런데 지금은 나도 돈이 하나도 없어요."

호기심이 동했고 또 약간 자책감도 들어서 나는 파블로를 따라갔다. 우리는 우유와 약을 사 들고서 아고스티노의 다락방으로 갔다. 정말로 형편없는 다락방이었는데, 파블로는 도착하자마자 침대를 털고 방을 환기했고 열이 끓는 환자의 머리에 제대로 된 멋진 습포를 둘러주었다. 이 모든 일을 그는 실력 좋은 간호사처럼 빠르고도 부드럽게 전문가처럼 척척 해냈다. 그날 밤 나는 동이 틀 때까지 시티 바에서 연주하는 그를 봤다.

나는 헤르미네하고 자주 오랜 시간, 사무적으로 마리아에 대해 이야기를 나눴다. 그녀의 손과 어깨, 엉덩이에 대해, 웃고 입 맞추고 춤추는 그녀의 방식에 대해서.

"마리아가 보여줬어?"

한번은 헤르미네가 이렇게 물으며 키스할 때 혀를 놀리는 특별한 방식을 설명했다. 나는 그녀에게 직접 보여달라고 부탁했지만 그녀는 진지하게 거절했다.

"나중에. 나는 당신 애인이 아냐."

나는 마리아의 키스 기술과 사랑하는 남자만이 알 수 있을 그녀 인생의 수많은 특이한 비밀을 어떻게 그녀가 아는지 물었다.

헤르미네가 탄식을 뱉었다.

"아! 우리는 친구잖아. 우리 사이에 비밀이 있을 거라고 생각해? 마리아하고는 잠도 자주 자고 놀기도 많이 놀았어. 어쨌거나 당신은 멋진 아가씨를 낚아챈 거야. 다른 애들보다 훨씬 재주가 많거든."

"헤르미네, 아무리 그래도 너희 둘 사이에도 비밀은 있을 거 같은데. 아니면 내 이야기도 전부 다 마리아한테 털어놓은 거야?"

"아니, 그건 다른 문제지. 마리아는 이해하지 못할 거야. 마리아는 멋진 애고 당신은 행운아지만 당신하고 나 사이에는 마리아가

짐작하지 못하는 것들이 있지. 물론 당신 이야기를 많이 해줬어. 그 당시에 당신이 들었으면 싫어했을 수도 있을 만큼 아주 많이. 마리아가 당신한테 마음을 열도록 꼬드겨야 했거든. 하지만 친구! 내가 당신을 이해하는 것처럼 마리아가 당신을 이해하지는 못할 거야. 그 누구도 그럴 수 없어. 물론 나도 마리아한테 배운 것이 몇 가지 있지. 마리아가 당신에 대해 아는 것은 나도 다 알아. 거의 자주 같이 잠을 자는 사람만큼 잘 알지."

마리아와 다시 만났을 때, 그녀가 헤르미네를 나처럼 끌어안고서 그녀의 팔다리와 머리카락, 피부를 내 것과 똑같이 만지고 입맞추고 맛보고 살폈다는 생각이 들어 이상하고 신비로웠다. 간접적이고 복잡한 새로운 관계와 결합이, 새로운 사랑과 삶의 가능성이 눈앞에 떠올랐고 나는 황야의 이리 논문에서 읽은 1,000가지 영혼을 떠올렸다.

마리아를 알고 나서 가면무도회가 열리기까지 그 짧은 시간 동안 나는 정말로 행복했다. 하지만 구원이라는, 마침내 행복에 이르렀다는 느낌은 전혀 아니었다. 오히려 이 모든 것은 서곡이자 준비이며, 만사가 세차게 앞으로 나아갈 테니 이제 곧 진짜가 올 거라는 느낌이 아주 또렷하게 들었다.

춤은 실력이 많이 늘어서 이제는 무도회에 참석해도 괜찮을 것 같았다. 날이 갈수록 무도회 이야기가 더 자주 화제에 올랐다. 헤르미네는 비밀을 지켰다. 어떤 의상을 입고 나타날지 내게 절대 알려주지 않겠다는 고집을 끝까지 꺾지 않았다. 내가 보자마자 그녀를 알아볼 수 있고, 혹시 못 알아보면 그때 도와줄 테지만 그 전에는 절대 알려주지 않겠노라고 말이다.

그녀는 나의 가장 계획에도 아무런 호기심을 보이지 않았으므로, 나는 아예 가장을 전혀 하지 않기로 마음먹었다. 마리아에게 같이 가자고 했더니 그 파티는 이미 같이 가기로 한 신사가 있다고 대답했고, 정말로 벌써 입장권도 가지고 있었다. 나는 혼자 갈 수밖에 없다는 사실에 약간 실망했다. 예술가 단체가 해마다 글로부스홀에서 여는 이 무도회는 이 도시에서 가장 격조 높은 가장무도회였다.

그 며칠 동안 헤르미네는 잘 보이지 않았지만, 무도회 전날에 잠시 우리 집에 들렀다. 내가 사둔 입장권을 가지러 온 길이었다. 그녀는 내 방에 들어와 조용히 내 옆에 앉았다. 그러고는 나와 이야기를 나눴는데, 그날의 대화는 참 특별했고 깊은 인상을 남겼다.

"당신, 요즘 정말 좋아 보여. 춤이 몸에 좋은가 봐. 지난 한 달 당신을 못 본 사람이 당신을 보면 못 알아볼 거야."

그녀가 말했다.

"맞아. 지난 몇 년간 이렇게 좋았던 적이 없어. 다 당신 덕분이야, 헤르미네."

나는 인정했다.

"아하, 아름다운 마리아 덕분은 아니고?"

"아니야. 마리아도 당신이 선물했잖아. 마리아는 정말 대단해."

"마리아는 당신한테 꼭 필요한 애인이지, 황야의 이리 씨. 예쁘고 젊고 명랑하고 사랑도 잘하고 매일 가질 수는 없고. 다른 사람과 나눌 필요가 없다면, 늘 그저 지나가는 손님이 아니라면 이렇게 좋지는 않을 거야."

맞다. 그 말도 나는 인정하지 않을 수 없었다.

"그러니까 당신은 이제 필요한 건 전부 다 가진 거지?"

"아니, 헤르미네. 그렇지 않아. 나는 정말 아름답고 매혹적인 것을, 큰 기쁨과 사랑스러운 위안을 가졌지. 그래서 정말 행복한데……."

"그런데! 뭘 더 원해?"

"나는 더 원해. 행복으로 만족하지 않아. 나는 행복하려고 태어난 게 아냐. 그게 내 운명은 아냐. 내 운명은 그 반대야."

"그러니까 불행이 운명이란 말이야? 불행이라면 충분히 가졌잖아. 그때 면도칼 때문에 집에도 못 가던 그때에."

"그렇지 않아, 헤르미네. 그건 달라. 물론 그때 나는 정말 불행했지. 그건 인정해. 하지만 그건 어리석은 불행이었어. 열매 맺지 못하는 불행이었지."

"왜?"

"안 그랬다면 내가 원하던 죽음을 그렇게 무서워할 필요가 없었을 테니까! 내가 필요로 하고 갈망하는 불행은 달라. 나를 욕망으로 괴롭히고 쾌락으로 죽게 만드는 불행이지. 그게 내가 기다리는 불행이나 행복이야."

"이해해. 그 점에서는 우리가 형제거든. 하지만 지금 마리아와 함께 찾은 행복을 왜 싫어하는 거야? 왜 만족하지 않아?"

"이 행복을 절대 싫어하는 게 아냐. 그렇지 않아. 난 이 행복을 사랑해. 감사하고. 여름 장마철에 반짝 해가 나는 날처럼 아름다운 행복이지. 하지만 오래 갈 수 없다는 걸 느낌으로 알아. 이 행복 역시 열매를 맺을 수 없지. 만족을 주지만 만족은 내가 먹을 양식이 아니야. 황야의 이리를 잠재우고 배는 채워주겠지만 목숨을 걸 만한 행복은 아니거든."

"그러니까 꼭 죽어야 한다는 거야? 황야의 이리는?"

"내 생각에는 그래. 나는 내 행복에 너무나 만족하고 아직 한동안은 그 행복을 견딜 수 있어. 하지만 행복이 한 시간만 여유를 줘도, 깨어나서 그리워할 시간을 한 시간만 줘도 내 모든 그리움은 행복을 항상 간직하는 쪽이 아니라 다시 고통받는 쪽으로 향할 거야. 다만 예전보다 더 아름답고 덜 가련하게 고통받는 쪽이겠지. 나는 죽을 각오와 의지를 심어주는 고통을 그리워해."

헤르미네는 내 눈을 부드럽게 쳐다봤다. 그녀에게서 아주 갑자기 나타날 수 있는 어두운 눈빛이었다. 아름답지만 무서운 눈동자! 단어 하나하나를 찾아서 나란히 세우듯 천천히 그녀가 입을 열었다. 너무 목소리가 낮아서 알아들으려면 무진 애를 써야 했다.

"오늘 당신한테 내가 오래전부터 알고 있는 사실을, 당신도 이미 알고 있지만 아마 아직 자신에게는 말하지 않았을 사실을 말하려고 해. 나와 당신에 대해, 우리의 운명에 대해 아는 것을 지금 당신에게 말할 거야. 하리, 당신은 예술가이자 사상가가 되었고 기쁨과 믿음이 넘치는 인간이 되었지. 항상 위대하고 영원한 것을 추구하고 예쁘고 작은 것에는 절대 만족하지 못했어. 하지만 삶이 당신을 깨워 자신에게로 데려갈수록 고난은 더 커졌고, 당신은 고통과 불안과 절망으로 더 깊이 빠져들어 옴짝달싹 못하게 된 거야. 한때 당신이 아름답고 신성하게 생각하여 사랑하고 존경하던 모든 것도, 인간과 우리의 고귀한 운명에 대해 한때 당신이 품었던 모든 믿음도 아무 도움이 되지 않았고 아무 가치도 없었으며 산산이 부서져버렸지. 당신의 믿음은 더는 숨 쉴 공기가 없어. 질식사는 가혹한 죽음이야. 그렇지? 하리? 그게 당신 운명이지?"

나는 고개를 끄덕이고, 끄덕이고, 또 끄덕였다.

"당신의 마음에는 삶의 이미지가 있었어. 믿음과 요구가 있었어. 당신은 행동하고 고통을 감수하고 희생할 준비가 되어 있었어. 그러다 천천히 깨달았지. 세상은 행동이나 희생 같은 걸 당신에게 전혀 요구하지 않는다는 사실을. 삶은 영웅의 역할 같은 게 있는 영웅 문학이 아니라 음식과 술과 커피, 뜨개질, 카드 게임, 라디오 음악만으로 완전히 만족하는 시민의 쾌적한 방이라는 사실을. 그리고 다른 것을, 이를테면 영웅적인 것과 아름다운 것, 위대한 시인이나 성인에 대한 존경을 바라거나 마음에 품은 사람은 바보고 기사 돈키호테인 거지. 좋아, 친구, 나도 그랬어. 나는 재주가 뛰어난 소녀였고 고귀한 이상을 좇으면서 자신에게 대단한 요구를 하고 중요한 임무를 다할 운명이었어. 위대한 운명을 떠안아 왕비가 되거나 혁명가의 애인, 천재의 누이, 순교자의 어머니가 될 수도 있었지. 그러나 삶은 내게 그럭저럭 취향이 괜찮은 고급 매춘부만을 허락했고 그마저 되기가 쉽지 않았어. 나는 그렇게 살았어. 한동안은 절망했고 오랜 시간 자책했지. 결국에는 삶이 항상 옳을 수밖에 없다고 생각했거든. 삶이 내 아름다운 꿈을 비웃는다면 내 꿈이 한심하고 부당했다고 생각했어. 하지만 그래봤자 아무 소용없었어. 나는 보는 눈도, 듣는 귀도 뛰어나고 약간 호기심도 있는 사람이라 삶이라는 것을 아주 정확하게 관찰해봤어. 아는 사람들과 이웃, 쉰 명이 넘는 사람들과 그들의 운명을 살펴봤지. 하리, 그러자 보였어. 내 꿈이 옳았던 거야. 당신 꿈처럼 수천 번 옳았어. 그러나 삶은, 현실은 옳지 않았어. 나 같은 부류의 여자는 자산가에게 고용되어 타자기 앞에서 초라하고 보잘것없이 늙어가거나 돈만 보고 그런 자산가와 결혼하거나 매춘부가 되는 것 말고는 다른 선택권이 없어. 그건 당신 같은 인간이 외롭고 사람을 꺼리며 절망한 채 면도날을 움켜쥘 수밖에 없는 것만큼이나 옳지 않아. 나의 고난은 아마 더 물질적이고 도덕적이었을 거야. 당신은 더 정신적이었을 테고. 그래도 길은 같아. 폭스트롯을 겁내고 바와 춤추는 술집을 마뜩잖아 하며 재즈 음악과 온갖 잡동사니를 꺼리는 당신을 내가 이해 못할 거 같아? 너무나 이해해. 정치에 대한 당신의 혐오, 정당과 언론의 헛소리와 무책임한 행동에 대한 당신의 슬픔, 지나간 전쟁과 앞으로 닥칠 전쟁에 대한 당신의 절망, 오늘날 사람들이 생각하고 읽고 건물을 짓고 음악을 만들고 파티를 열고 교양을 쌓는 방식에 대한 당신의 절망 역시 너무나 잘 이해해. 황야의 이리, 당신이 옳아. 천 번 만 번 옳아. 하지만 당신은 몰락할 수밖에 없어. 당신은 이 단순하고 안락하며, 너무도 적은 것에 만족하는 오늘날의 세상이 보기에는 너무나 까다롭고 굶주린 사람이거든. 세상은 당신을 뱉어낼 거야. 당신이 이 세상보다 한 차원 더 높은 사람이니까. 오늘을 살고 인생을 즐기려 한다면 당신이나 나 같은 사람이 되면 안 돼. 엉터리 가락이 아니라 음악을, 오락이 아니라 기쁨을, 돈이 아니라 영혼을, 장사가 아니라 진짜 일을, 장난질이 아니라 진정한 열정을 원하는 사람에게는 여기 이 예쁜 세상이 고향이 아니니……."

그녀는 바닥을 내려다보며 생각에 잠겼다.

나는 부드럽게 외쳤다.

"헤르미네, 나의 자매. 당신은 세상을 꿰뚫어 보는구나! 당신이 내게 폭스트롯을 가르쳤어! 하지만 왜 그런 말을 하는 거야? 우리 같은 인간, 한 차원 높은 인간은 여기서 살 수 없다니. 이유가 뭐야? 요즘 시대만 그래? 아니면 늘 그래왔던 거야?"

"나도 몰라. 세상의 명예를 위해서 우리 시대만 그렇다고, 그냥 병이고 잠깐의 불행이라고 생각하고 싶어. 지도자들이 꿋꿋하게, 성공적으로 다음 전쟁을 준비하고 있는데도 우리는 폭스트롯을 추고 돈을 벌고 프랄린*을 먹지. 그런 시대에 세상은 정말이지 보잘것없어 보여. 다른 시대는 더 나았다고, 다시 더 나아질 거라고, 더 풍요롭고 넓고 깊어질 거라고 기대해보자. 그래봤자 별 도움은 안 될 테지만. 아마 늘 그래왔을 테니 말이야……."

"늘 지금 같았다고? 늘 정치가, 사기꾼, 웨이터, 백수의 세상이었을 뿐 인간이 숨 쉴 공기는 없었다고?"

"글쎄, 나도 몰라. 아무도 모를 거야. 그래도 상관없어. 하지만

---

* 설탕에 졸인 견과류다. 또는 견과류와 술, 버터 등으로 속을 채운 벨기에식 초콜릿이다.

친구, 나는 지금 당신이 좋아하는 그 사람을 생각해. 당신이 가끔 이야기해주고 편지도 읽어주던 그 사람, 모차르트 말이야. 그는 어땠을까? 그가 살던 시대에는 누가 세상을 지배하고 누가 제일 이득을 봤으며 누가 주도권을 쥐었고 누가 인정을 받았을까? 모차르트일까, 아니면 사업가들일까? 모차르트일까, 아니면 천박하고 평범한 사람들일까? 그는 어떻게 죽고 땅에 묻혔을까? 아마 늘 이랬을 거고 앞으로도 늘 이럴 거야. 학교에서 '세계사'라 부르면서 교양을 위해 달달 외우라고 시키지. 그 온갖 영웅과 천재, 위대한 행동과 감정은 교육을 목적으로 그냥 교사들이 지어낸 사기야. 정해진 시간 동안 아이들이 뭔가 할 일이 있어야 하니까. 늘 그래왔고 앞으로도 그럴 거야. 시간과 세상, 돈과 권력은 하찮고 천박한 사람들 거야. 다른 이들, 진짜 인간들에겐 아무것도 돌아가지 않아. 죽음 말고는 아무것도."

"정말 죽음 말고는 아무것도 없을까?"

"아니, 영원이 있지."

"후세에 이름을 남기고 명성을 얻는다고?"

"아니, 명성이 아냐. 그게 대체 무슨 가치가 있겠어? 정말로 진정한 인간, 완전한 인간이 모두 유명해져서 후세에 이름을 남긴다고 생각해?"

"아니, 당연히 아니지."

"그러니까 명성은 아니야. 명성은 교육을 위해서만 존재해. 교사들의 일이지. 명성은 아냐. 아, 그건 아니야. 내가 영원이라고 부르는 거야. 신앙심이 깊은 사람들은 그걸 신의 왕국이라고 부르지. 우리 같은 인간은, 까다롭고 그리움이 많고 한 차원 높은 인간들은 모두가 이 세상 공기 말고 다른 숨 쉴 공기가 없다면, 시간 바깥에 영원히 존재하지 않는다면 살 수가 없어. 그게 진짜 인간의 왕국이야. 모차르트의 음악, 당신의 위대한 시인이 남긴 시가 거기 거야. 기적을 행하고 순교하여 인간에게 위대한 선례를 보여주신 성인들도 그 왕국의 것이고, 아무도 모르고 못 보기에 기록으로 남겨 후대를 위해 보관하지 않는다고 해도 모든 진정한 행동의 이미지, 모든 진정한 감정의 힘도 영원의 것이야. 영원에는 후세가 없어. 같은 시대의 사람들뿐이지."

"당신 말이 옳아."

내가 말했다.

그녀는 신중하게 말을 이어갔다.

"신앙심이 깊은 사람들이 그 왕국을 제일 많이 알아. 그래서 성인을 추대하고 '모든 성인의 통공'*이라는 교리를 만들었지. 성인이야말로 진짜 인간이요, 구세주의 동생이야. 우리는 평생 선행과 대담한 생각, 사랑을 바쳐 그들에게로 가는 중이고. 모든 성인의 통공은 예전에 화가들이 황금빛 하늘을 배경으로 많이들 그렸지. 찬란하게 빛나는 아름답고 평화로운 하늘 말이야. 그게 바로 조금 전에 '영원'이라고 부른 거야. 시간과 가상 저 너머의 왕국이지. 우

* 교회 구성원들, 즉 살아 있는 신자들과 죽은 신자들 간의 영적 결합(spiritual union)을 의미한다. 지상과 천국, 연옥 등에 있는 모든 성도의 공로와 기도가 서로 통한다는 기독교의 믿음을 일컫는다.

리는 그곳의 사람들이야. 그곳이 우리의 고향이고 우리의 심장은 그곳을 향해 가고 있어. 황야의 이리, 그래서 우리가 죽음을 그리워하는 거야. 그곳에 가면 당신의 괴테도, 노발리스도, 모차르트도 다시 만날 거야. 나는 크리스토퍼*와 필리포 네리**와 온갖 성인을 만나겠지. 많은 성인이 처음에는 못된 죄인이었어. 죄도, 악덕도 신성함으로 가는 하나의 길일 수 있거든. 당신은 웃겠지만 나는 자주 그런 생각을 해. 내 친구 파블로도 남모르는 성인일지 모른다고 말이야. 아, 하리, 집에 가려면 우리는 너무도 많은 오물과 불합리를 지나야 해. 아무도 우리를 이끌어주지 않지. 우리의 유일한 지도자는 고향을 그리는 마음이야."

그 마지막 말을 할 때 그녀는 다시 목소리를 완전히 내리깔았다. 이제 방 안은 평화롭게 고요했고, 해가 저물어 황금빛 글씨가 내 서재의 책등에서 깜박거렸다. 나는 양손으로 헤르미네의 머리를 잡고 이마에 입을 맞추었고 형제처럼 그녀의 뺨에 내 뺨을 갖다 대고는 잠깐 그대로 있었다. 오늘은 밖에 나가지 않고 이대로 있고 싶었다. 하지만 오늘 밤은 무도회 전야였고 마리아와 약속이 잡혀 있었다.

마리아에게 가면서도 마리아가 아니라 헤르미네에게 들었던 말

---

* Saint Christopher, ?~251. 3세기 로마 시절 순교한 인물로 어린 예수를 안고 강을 건넌 일화로 유명하다.

** Filippo Neri, 1515~1595. 이탈리아의 가톨릭 사제로 성 베드로 이후 '로마의 제2사도'로 불렸다.

만 생각했다. 그 모든 것이 어쩌면 그녀의 생각이 아니라 내 생각일지도 몰랐다. 눈이 밝은 그녀가 내 생각을 읽고 빨아들였다가 내게 도로 내주는 바람에 내 생각이 형체를 띠고서 새롭게 내 앞에 서 있는 것 같았다. 그 시간에 그녀가 영원에 대한 생각을 말해주었다는 사실이 무엇보다 절절히 고마웠다. 나는 그 생각이 필요했다. 그 생각이 없으면 살 수도 죽을 수도 없었다. 신성한 저편, 시간이 없는 세상, 영원한 가치의 세상, 신의 실체가 있는 세상을 오늘 내 친구이자 춤 선생님이 다시 선물해주었다. 나도 모르게 괴테 꿈이 떠올랐다. 너무도 비인간적으로 웃었고 나와 불멸의 장난을 치던 그 늙은 현자의 모습이 생각났다. 이제야 괴테의 웃음이, 불멸의 존재들의 웃음이 이해되었다. 그 웃음은 대상이 없었다. 그저 빛이요 밝음이었으며, 진짜 인간이 고통과 악덕과 실수와 열정과 인간들의 오해를 다 겪고서 영원으로, 우주 공간으로 날아가버린 후 남은 것이었다. '영원'이란 시간의 구원과 다르지 않았다. 시간이 천진난만함으로 되돌아가서 다시 우주 공간으로 변하는 것이었다.

우리가 늘 저녁을 먹던 곳으로 갔지만 마리아는 아직 오지 않았다. 조용한 시 외곽의 술집에서 나는 세팅을 마친 식탁에 앉아 그녀를 기다렸지만 생각은 여전히 우리의 대화에 가 있었다. 헤르미네와 나 사이에서 떠올랐던 그 모든 생각이 너무도 친숙하게 느껴졌다. 나 자신의 신화와 상상 세계에서 길어낸 듯 아주 예전부터 알고 있었던 것 같았다! 불멸의 인간, 세상을 등지고서 시간을 초월한 공간에서 사는 사람들, 이미지가 되어버렸으며 에테르처럼 투명한 영원에 잠긴 사람들, 그리고 지상을 떠난 이 세계의 별처럼 반짝이는 차가운 밝음. 어째서 나는 이 모든 것이 이토록 친숙할까? 곰곰이 생각하다가 모차르트의 〈카사치온〉과 바흐의 〈평균율〉 몇 부분을 떠올렸다. 그 음악 어디에나 이런 별과 같은 차가운 밝음이 반짝이고 이런 에테르의 투명함이 울려 퍼지는 것 같았다. 그래, 그거였다. 그 음악은 공간으로 얼어붙은 시간과 같았고, 그 위로 초인적인 밝음과 영원하고 신적인 웃음이 끝없이 울려 퍼졌다. 아, 그랬다. 내 꿈에 나타난 그 늙은 괴테도 여기에 딱 들어맞았다. 갑자기 이유 모를 웃음이 사방에서 들려왔다. 불멸의 존재들이 웃는 소리였다. 나는 마법에 걸린 듯 앉아서 조끼 주머니에서 연필을 찾아 꺼냈고 종이를 찾다가 식탁에 놓인 포도주 메뉴판을 보고는 뒤집어 그 뒷면에 시를 적었다. 그 시를 이튿날 주머니에서 다시 발견했는데, 이렇게 적혀 있었다.

불멸의 존재들

지상의 골짜기에서 그침 없이
삶의 갈망이 솟구친다.
험난한 고난, 넘치는 도취,
수천 사형수의 마지막 식사에서 피어오르는 핏빛 김,
쾌락의 발작, 끝없는 탐욕,
살인자의 손, 고리대금업자의 손, 기도하는 손.
불안과 쾌락의 채찍질에 쫓긴 인간 무리,

후텁지근 썩어가는 날것의 뜨듯한 냄새를 풍긴다.
행복과 거친 욕정을 숨 쉬고,
제 살을 파먹었다 도로 뱉어내며,
전쟁과 고상한 예술을 부화하고,
불타는 유곽을 망상으로 장식하며,
어린 시절 대목장의 요란한 기쁨으로
서로를 휘감아 갉아먹고 간음하고는
각자 새롭게 파도에서 솟아오른다.
허나 언젠가는 모두 부서져 오물이 되리라.

그러나 우리는 별처럼 반짝이는 에테르의 얼음 안에서
자신을 찾았고,
날짜도 시간도 모르며,
남자도 여자도 아니고 젊지도 늙지도 않았다.
너희의 죄와 너희의 불안,
너희의 살인과 너희의 음탕한 희열은
돌고 도는 태양처럼 우리의 구경거리다.
모든 하루하루가 우리에게는 가장 긴 날이다.
너희의 발작 같은 삶에 조용히 고개 끄덕이며,
돌아가는 별들을 가만히 바라보고,
우리는 우주의 겨울을 들이마시고
하늘의 용과 친구가 된다.
우리의 영원한 존재는 차갑고 변치 않으며

우리의 영원한 웃음은 차갑고 별처럼 환하다.

이윽고 마리아가 왔고 즐겁게 식사를 마친 후 나는 그녀와 함께 우리의 방으로 갔다. 그날 밤 그녀는 평소보다 더 아름답고 따뜻하고 친밀했고 애무와 장난을 퍼부었다. 그녀가 내게 주는 마지막 헌신이라는 느낌이 들었다.

"마리아, 오늘 당신은 여신처럼 선심을 팍팍 쓰네. 이러다 둘 다 녹초가 되면 안 돼. 내일이 가장무도회잖아. 내일 당신을 만나는 신사는 어떤 사람일까? 사랑하는 나의 꽃, 그 남자가 동화 속 왕자라서 당신이 그를 따라가버리는 바람에 나한테 두 번 다시 안 올까 봐 겁나. 당신이 오늘 작별을 앞둔 연인들의 마지막 사랑처럼 나를 사랑하거든."

그녀는 입술을 내 귀에 바짝 붙이고 속삭였다.

"그런 말 하지 마, 하리. 언제든 마지막일 수 있어. 헤르미네가 당신을 가져가면 당신은 두 번 다시 내게 안 올 거야. 내일 뺏어갈지도 모르지."

그 시절의 독특한 느낌, 그 말할 수 없이 달콤 쌉싸름한 이중의 분위기를 무도회 전날 밤보다 더 강렬히 느낀 적이 없었다. 내가 느낀 감정은 행복이었다. 마리아의 아름다움과 헌신, 섬세하고 사랑스러운 관능을 즐기고 만지고 들이마시며 흔들리는 부드러운 향락의 파도에서 찰바당대는 이 행운을 나는 너무 늦게, 중년이 되어서야 알았다. 하지만 그것은 껍데기에 불과했고 속은 온통 의미와 긴장, 운명으로 가득 차 있었다. 달콤하고 감동적인 사랑의 작은 몸짓에 사랑을 실어 부드럽게 몰두하면서 아주 기분 좋은 행복에 빠져 있었지만, 마음으로는 운명이 불안과 그리움과 죽음을 향한 헌신으로 가득 차서 겁먹은 말처럼 심연을 향해, 추락을 향해 앞으로 내달리고 있다고 느꼈다. 얼마 전까지만 해도 관능적이기만 한 사랑의 쾌적한 경박함을 수줍어하고 겁내면서 저항했고, 웃으며 자신을 던져줄 준비가 된 마리아의 아름다움이 두려웠지만, 이제는 죽음이 두려웠다. 그러나 그것은 곧 헌신과 구원이 될 거라는 사실을 이미 알고 있는 두려움이었다.

말없이 사랑의 분주한 놀이에 빠져서 여느 때보다 더 서로에게 친밀하게 다가가는 동안 내 영혼은 마리아와 작별했다. 그녀가 의미한 모든 것과 작별을 나눴다. 그녀를 통해 나는 죽기 전에 한 번 더 아이처럼 피상적인 놀이와 친해졌고, 세상에서 가장 덧없는 기쁨을 추구했으며, 성(性)의 순수함 속에서 아이가 되고 짐승이 되는 법을 배웠다. 예전의 내 삶에서는 드문 예외로만 알던 상황이었다. 관능과 성은 거의 언제나 쓰디쓴 죄의 뒷맛을 남겼기 때문이다. 정신적인 인간이라면 조심해야 할, 달콤하지만 불안한 금단의 열매의 맛이었다. 이제 헤르미네와 마리아가 순수한 모습의 이 정원을 알려주었고, 나는 그곳의 손님이 된 데 감사했다. 그러나 곧 다시 떠날 시간이 올 것이다. 이 정원은 너무도 어여쁘고 따뜻했다. 삶의 왕관을 얻기 위해 더 노력하고 끝없는 삶의 죗값을 갚아나가는 것, 그것이 내 운명이었다. 가벼운 삶, 가벼운 사랑, 가벼운 죽음, 그것은 내 것이 아니었다.

아가씨들의 지나가는 말에서 나는 그들이 내일 무도회와 연관하여 아주 특별히 즐겁고 방탕한 일을 계획하고 있다는 사실을 알아차렸다. 아마 이것이 끝일 것이다. 마리아의 예감은 옳을지 모른다. 오늘 밤이 우리가 함께 보내는 마지막이고 내일이 되면 운명의 새로운 걸음이 시작될까? 나는 이글거리는 그리움과 숨 막히는 불안에 사로잡혀 마리아에게 마구 매달렸고, 떨며 굶주린 듯 그녀의 정원에 난 모든 오솔길과 덤불을 다시 한번 내달렸으며, 낙원의 나무에 달린 달콤한 열매를 또 한 번 베어 물었다.

이날 밤에 놓친 잠은 다음 날 낮에 보충했다. 나는 아침에 목욕탕에 갔다가 죽을 만큼 지쳐 집으로 갔다. 침실에 커튼을 치고 옷을 벗다가 주머니에 들어 있는 내 시를 발견했지만 금방 다시 잊어버렸고, 바로 자리에 누워 마리아도, 헤르미네도, 가장무도회도 다 잊고 온종일 잠을 잤다. 저녁에 일어나 면도를 하다가 그제야 한 시간 후면 가장무도회가 시작되므로 연미복 셔츠를 찾아야 한다는 생각이 들었다. 나는 기분 좋게 채비를 마치고 일단 식사를 하기 위해 밖으로 나갔다.

내가 처음으로 함께할 가장무도회였다. 예전에도 그런 파티에 가끔 갔고 때로는 파티가 근사하다고 생각했지만 춤을 추지는 않았다. 나는 늘 그냥 구경꾼이었다. 남들이 신이 나서 파티 이야기를 하거나 흥분해서 기대한다고 말할 때면 나는 늘 웃기다고 생각했다. 그런데 오늘은 내게도 무도회가 큰 사건이어서 나는 긴장과 불안을 느끼며 그 시간을 고대했다. 하지만 같이 갈 숙녀가 없었으므로 늦게 입장하자고 마음먹었고, 헤르미네도 그러는 게 좋겠다고 권했다.

한때 나의 피난처였던 '슈탈헬름', 실망한 남자들이 저녁이 되면 죽치고 앉아서 포도주를 마시며 총각 행세를 하던 그곳을 최근에는 거의 찾지 않았다. 요즘 내 생활 스타일이 그곳과 더는 맞지 않았기 때문이다. 그러나 오늘 밤에는 자연스레 다시 그곳으로 발길이 향했다. 지금 나를 지배하는 이 기분, 불안하면서도 신나는 운명과 이별의 분위기에서는 내 삶이 지나온 모든 정류장과 기념비적인 장소가 다시 한번 고통스러울 정도로 아름다운 과거의 광채를 띠었다. 담배 연기 자욱한 이 작은 술집도 그랬다. 이곳은 얼마 전까지만 해도 나의 단골 술집이었다. 얼마 전까지만 해도 나는 이곳에서 시골 포도주 한 병을 들이켜고 나면 그 원시적인 마취제 덕분에 다시 하룻밤은 외로운 나의 침대로 들어갈 수 있었고, 다시 하루 동안 삶을 견딜 수 있었다. 그러나 그 이후로 나는 다른 마취제를, 더 강한 자극을 맛봤고 달콤한 독을 들이켰다. 미소를 지으며 오래된 술집에 들어서자 여주인이 인사를 건넸고, 말 없는 단골들이 고개를 끄덕여 나를 맞아주었다. 주인이 권한 구운 닭고기가 나오자 나는 투박하고 두툼한 유리잔에 맑은 새 알자스산 포도주를 따랐다. 깨끗하고 흰 나무 식탁이, 오래되어 누런 널빤지가 나를 다정하게 바라봤다. 먹고 마시는 동안 내 마음에서는 이울고 있다는 기분이, 작별의 파티 같다는 기분이 일었다. 지금까지는 예전 삶의 모든 장소와 물건과 하나였는데, 지금은 완전히 떨어지지는 않았어도 곧 떨어질 때가 되었다는 달콤하면서도 고통스러운 내밀한 감정이 들었다. '현대'인은 이것을 감상이라 부른다. 현대인은 물건을 사랑하지 않는다. 가장 아끼는 자동차조차도 최대한 빨리 더 비싼 상표로 바꾸기를 바란다. 이런 현대인은 단호하고 유능하며 건강하고 냉정하며 엄격하고 우수한 유형이기에 다음 전쟁에서도 환상적으로 능력을 입증해 보일 것이다. 내게는 그런 게 하나도 중요하지 않았다. 나는 현대인이 아니고 그렇다고 구식 인간도 아니며, 시간에서 떨어져 나와 죽음의 의지를 품고서 죽음을 향해 나아간다. 물론 그렇다고 해서 감상을 반대하는 것은 아니다. 다 타버린 내 심장이 아직도 감정 같은 것을 느낀다는 사실만으로도 그저 기쁘고 고마웠다. 그렇게 나는 오래된 술집의 추억에 잠겼고, 낡고 투박한 의자에 애착을 느꼈으며, 담배 연기와 포도주의 냄새를 한껏 음미했고, 그 모든 것이 선사한 습관과 온기, 고향 비슷한 분위기에 젖어들었다. 이별은 아름답고 마음을 순하게 만든다. 나는 내가 앉은 딱딱한 의자가 좋았고 내가 마시는 투박한 술잔과 알자스산 포도주의 시원한 과일 맛이 좋았으며, 이 공간에 있는 모든 것이 친숙해서 좋았다. 실의에 젖어 꿈꾸는 표정으로 웅크린 술꾼들의 얼굴, 오랫동안 내 형제였던 그들의 얼굴이 좋았다. 내가 여기서 느낀 것은 시민의 감상이었다. 술집과 포도주, 담배가 아직 금기였고 낯설었지만 대단한 물건이었던 어린 시절에 구식 술집에서 풍기던 낭만의 향기로 살짝 양념을 친 시민의 감상 말이다. 그런데도 황야의 이리는 이빨을 드러내며 벌떡 일어나 나의 감상을 갈기갈기 찢어버리려 하지 않았다. 나는 과거의 열기로 달아올랐고, 어느덧 져버린 별의 희미한 잔광을 받으며 평화롭게 그곳에 앉아 있었다.

행상이 군밤을 팔러 들어왔기에 한 줌 사주었다. 꽃 파는 노파가 들어왔을 때는 카네이션 몇 송이를 사서 술집 여주인에게 선물했다. 셈을 치르려고 평소 입던 윗옷 주머니를 뒤지다가 내가 연미복 차림이라는 사실을 새삼 깨달았다. 가장무도회! 헤르미네!

그러나 아직 시간은 넉넉했고, 나는 벌써부터 글로부스홀로 가고픈 마음이 나지 않았다. 최근에 이런 쾌락을 즐길 때마다 그랬듯이 저항감과 망설임이 적지 않았다. 사람으로 미어터지고 시끄러운 큰 방에 들어가기가 싫었고 낯선 분위기가, 한량의 세상과 춤이 초등학생처럼 부끄러웠다.

나는 어슬렁어슬렁 영화관을 지나쳐 걸어갔다. 그런데 반짝이는 광고 등과 색색의 대형 포스터가 눈에 들어와서 몇 걸음 더 걷다가는 도로 돌아와 영화관 안으로 들어갔다. 여기라면 11시까지 어둠 속에서 조용히 앉아 있을 수 있었다. 나는 등을 든 소년을 따라 커튼을 젖히고 어두운 상영관 안으로 비틀대며 들어갔고, 자리를 찾아 앉자마자 갑자기 구약성서 한가운데로 빠져들었다. 단순 돈벌이가 아니라 더 숭고하고 신성한 목적을 위해 엄청난 비용과 정성을 쏟아부어 제작했다는 영화답게, 이날 오후에는 심지어 어린 학생들도 종교 선생님을 따라 관람을 와 있었다. 모세와 이스라엘 백성이 이집트에서 겪은 이야기였다. 엄청나게 많은 사람과 말과 낙타와 궁전이 등장하여 파라오의 영광과 뜨거운 모래사막에서 유대인들이 겪은 고초를 보여주었다. 영화에 등장한 모세는 헤어스타일이 약간 월트 휘트먼*을 따라 한 것같이 화려한 극장용 모세로, 긴 지팡이를 들고 오딘 신처럼 걸으면서 유대인들을 이끌고 열정적이면서도 울적한 표정으로 사막을 가로질렀다. 그가 홍해 가장자리에 서서 신께 기도를 드리자 홍해가 갈라졌고, 양쪽의 물의 산 틈으로 협곡 같은 길이 났다. (견진성사를 받고서 신부님을 따라 이 종교 영화를 보러 온 아이들은 영화 관계자들이 이 장면을 어떻게 재현했는지를 두고 아마 오래오래 논쟁을 벌였을 것이다). 선지자 모세와 겁에 질린 이스라엘 백성이 그 길로 지나갔고 그 뒤로 파라오의 전차가 나타났다. 바닷가에서 놀라 주춤거리던 이집트인들이 용기를 내 안으로 마차를 몰았지만 황금빛 갑옷을 입은 화려한 파라오와 그의 모든 전차와 병사들을 물의 산이 덮쳤다. 이 장면에서는 이 사건을 기백 있게 노래한 헨델의 그 멋진 〈두 명의 베이스를 위한 이중창〉이 절로 떠올랐다. 이어 모세가 시나이산으로 올랐다. 침울한 영웅이 황량한 바위산을 오른 것이다. 거기서 여호와가 그에게 폭풍과 천둥과 번개로 십계명을 전달하는 사이 산기슭에서는 한심한 그의 백성들이 금송아지를 세우고서 상당히 흥겹게 놀고 있었다. 이 모든 장면을 내 눈으로 보다니, 놀랍고 믿기지 않았다. 예전 어린 시절에 초인적인 다른 세상을 처음으로 어렴풋하게 예감하게 해주었던 성경의 이야기와 거기 등장하는 영웅과 기적이 입장료를 내고 들어와 조용히 집에서 가져온 빵을 먹으며 고마운 마음으로 관람하는 관객들 앞에서 상영되고 있다니 말이다. 이 시대의 거대한 싸구려 떨이 상품, 문화 재고 정리 할인 판매

---

* Walter Whitman, 1819~1892. 미국의 정신을 가장 잘 대변하며 미국이 낳은 가장 위대한 시인으로 인정받는 시인이자 수필가이며 기자다.

가 낳은 귀엽고 앙증맞은 필름 프레임이었다. 아, 이런 추잡한 짓거리를 막기 위해서라도 그 당시 이집트인들은 물론이고 유대인과 다른 모든 인간이 다 그 자리에서 죽어버렸어야 했다. 오늘날 우리처럼 이렇듯 끔찍하게, 산 것도 죽은 것도 아닌 가짜 죽음을 맞이하느니 차라리 품위 있는 비명횡사가 나았다. 여하튼!

말하지 못하고 숨겼던 가장무도회에 대한 주저와 두려움이 영화를 보며 흥분하는 통에 줄기는커녕 불쾌할 정도로 심해졌다. 그래도 나는 헤르미네를 생각해서 억지로 마음을 다잡았고 마침내 글로부스홀을 향해 달려가 그 안으로 들어갔다. 시간이 꽤 늦어서 무도회는 이미 오래전부터 한창이었다. 나는 미처 겉옷도 벗지 못한 채 말짱한 정신으로 수줍어하며 곧바로 극심한 인파 속으로 휩쓸려 들어갔다. 사람들이 격의 없이 서로를 툭툭 쳐댔고, 아가씨들이 샴페인 방으로 오라고 불러댔으며, 광대가 어깨를 치며 반말을 지껄였다. 나는 다 무시하고서 사람으로 꽉 찬 방들로 몸을 쑤셔 넣어가며 물품 보관소로 향했고, 보관증을 받고서는 아마 이 난리 통에 금방 질려서 다시 보관증을 찾을 것 같다는 생각에 그것을 정성껏 주머니에 집어넣었다.

큰 건물의 모든 방에서 파티가 벌어지고 있었고, 지하층까지 포함해 모든 홀에서 사람들이 춤을 추고 있었다. 모든 복도와 계단이 가면과 춤과 음악과 웃음, 쫓아다니는 사람들로 북새통을 이루었다. 나는 답답한 마음으로 이 혼잡한 사람들 틈을 비집고 다녔다. 흑인 악단에서 농부 악단으로, 휘황찬란한 대형 홀에서 복도로, 계단으로, 바로, 뷔페로, 샴페인 방으로 돌아다녔다. 벽에는 대부분 신세대 예술가들이 그린 요란하고 재미난 그림이 걸려 있었다. 예술가, 기자, 학자, 상인은 물론이고 이 도시의 모든 사교계 인사까지 안 온 사람이 없었다. 오케스트라 한 곳에서 파블로 씨가 앉아서 활 모양으로 휜 관악기를 열심히 불고 있었다. 그가 나를 알아보고는 인사로 악기를 아주 크게 불었다. 나는 인파에 떠밀려서 이 방 저 방을 떠돌았고 계단을 오르락내리락했다. 지하실의 한 통로를 예술가들이 지옥으로 꾸며놓았고 거기서 악마 악단이 미친 듯 북을 쳐댔다. 나는 슬슬 헤르미네나 마리아가 없나 살피기 시작하다가 아예 본격적으로 찾아 나섰다. 여러 번 큰 홀로 들어가려고 애써봤지만 그때마다 길을 잘못 들거나 인파에 막혀 들어가지 못했다. 자정 무렵까지 아무도 찾지 못했다. 아직 춤도 한 번 안 췄는데 벌써 덥고 어지러웠다. 나는 근처 의자에 털썩 주저앉았다. 생판 모르는 사람들 틈에서 포도주를 한 잔 달라고 했고, 나 같은 늙은이는 이런 시끄러운 파티에 오는 게 아니었다는 생각이 들었다. 체념한 나는 포도주 한 잔을 마시며 살을 드러낸 여자들의 팔과 등을 쳐다봤고 이상한 가면을 쓰고 나를 지나치는 사람들을 바라봤다. 누가 툭툭 쳐도 호응하지 않았고 내 무릎에 앉으려거나 같이 춤을 추자는 아가씨 몇도 말없이 보내버렸다. 한 아가씨가 "늙다리 투덜이"라고 소리쳤는데 그 말이 옳았다. 약간의 용기와 의욕을 내보려고 작정하고 술을 마셨건만 포도주마저 맛이 없어서 두 번째 잔은 거의 손도 대지 않았다. 황야의 이리가 내 뒤에서서 혀를 쭉 내미는 것 같은 기분이 차츰차츰 밀려들었다. 여기서는 내가 할 일이 없었다. 나는 여기 잘못 왔다. 정말 좋은 뜻으로 왔지만 여기서는 즐거울 수가 없었다. 떠나갈 듯 시끄러운 기쁨과 웃음, 사방의 이 모든 미친 짓거리가 한심하고 억지 같았다.

1시가 되자 결국 나는 실망하기도 하고 화도 나서 외투를 찾아 입고 나가려고 다시 물품 보관소로 다가갔다. 전투에 져서 황야의 이리로 되돌아가는 거라서 헤르미네가 봤다면 용서하지 않았을 것이다. 그러나 달리 방도가 없었다. 나는 힘들여 인파를 뚫고 물품 보관소까지 가면서 다시 한번 눈을 부릅뜨고 주변을 살피면서 혹시 내가 아는 여자가 있나 찾았다. 헛수고였다. 접수대 앞에 서자 곧바로 접수대 뒤편의 공손한 남자가 보관증을 달라고 손을 내밀었다. 나는 조끼 주머니에 손을 집어넣었다. 그런데 보관증이 없었다! 이런! 그게 꼭 필요하단 말이야.

"보관증을 잃어버렸어?"

내 옆에 있던 빨갛고 노랗게 분장한 키 작은 악마가 옆에서 새된 목소리로 물었다.

"그럼 친구, 내 것 가져."

그가 그렇게 말하며 보관증을 내게 내밀었다. 내가 기계적으로 받아서 손가락으로 뒤집어보는 사이 그 작고 잽싼 녀석은 어느새 사라지고 없었다.

그런데 그 작고 둥근 마분지를 눈 가까이로 들어서 번호를 찾았더니 번호는 없고 긁적여놓은 작은 글씨만 보였다. 나는 물품 보관소 직원에게 잠깐 기다리라고 하고는 근처 등 밑으로 가서 글자를 읽었다. 읽기 힘들 정도로 크기가 작고 갈겨쓴 글자는 이런 내용이었다.

오늘 새벽 4시부터 마술 극장 오픈.

미친 사람만 입장할 수 있습니다.

입장료는 이성.

누구나 입장할 수는 없습니다. 헤르미네는 지옥에 있습니다.

인형극의 인형을 조종하는 사람이 줄을 놓치는 바람에 잠깐 뻣뻣하게 멈추어 죽었다가 다시 살아나서 공연에 참여하여 춤을 추고 움직이는 인형처럼 나는 야단법석의 한가운데로 다시 달려 들어갔다. 조금 전만 해도 늙은이처럼 지치고 아무 의욕도 못 느껴서 달아났던 그곳으로 젊은이처럼 열정에 불타서 경쾌하게 도로 돌아갔다. 이보다 더 서둘러 지옥으로 달려간 죄인은 없었을 것이다. 조금 전까지만 해도 에나멜 구두에 발을 밟혔고 짙은 향수 냄새가 역겨웠으며 더위에 녹초가 되었다. 그런데 이제는 발에 날개라도 달린 듯 민첩하게 원스텝을 밟으며 지옥을 향해 모든 홀을 달려갔다. 공기가 마법으로 가득 찬 기분이었다. 나는 열기와 시끄러운 음악과 비틀대는 색깔과 여자들의 어깨에서 나는 냄새, 수백 명의 열광과 웃음, 춤 박자, 그 모든 황홀한 눈동자가 뿜어내는 빛에 실려 가며 흔들거렸다. 스페인 무희가 내 품으로 날아들었다.

"나랑 춤춰!"

나는 대답했다.

"안 돼. 난 지옥에 가야 해. 그래도 당신 키스는 받아주지."

가면 아래쪽의 빨간 입술이 다가왔고 나는 키스를 하고서야 그 여자가 마리아라는 것을 알아차렸다. 나는 그녀를 꼭 끌어안았다. 그녀의 풍만한 입술이 무르익은 여름 장미처럼 피어났다. 우리는 입술을 붙인 채로 춤을 추며 파블로 곁을 지나갔다. 파블로는 부드럽게 울부짖는 자기 악기에 홀딱 빠져 있었고 환한 표정으로, 또 반은 넋이 나간 채로 우리를 예의 그 아름다운 짐승의 눈빛으로 휘감았다. 하지만 미처 스무 스텝도 밟기 전에 음악이 끝났고 나는 마지못해 마리아를 놓아주었다.

나는 그녀의 온기에 취해 말했다.

"당신하고 한 번 더 추고 싶어. 몇 스텝만 같이 밟자, 마리아. 당신의 아름다운 팔에 홀딱 반했어. 잠시만 더 내게 당신의 팔을 맡겨줘. 아, 참, 그런데 헤르미네가 나를 불렀어. 지금 지옥에 있다고."

"나도 그럴 거라고 생각했어. 안녕, 하리, 사랑해."

그녀가 작별 인사를 건넸다. 여름 장미가 그토록 무르익어 진하게 뿜어내던 향기는 작별의 향이었고 가을의 향이었으며 운명의 향이었다.

나는 더 앞으로 달려갔다. 긴 복도는 부드럽게 밀고 당기는 사람들로 발 디딜 틈이 없었다. 나는 그 긴 복도를 지나고 계단을 내려가 지옥으로 들어갔다. 칠흑같이 새까만 벽에는 기분 나쁘게 눈부신 등불이 타고 있었고 악마 악단이 열정을 다해 연주를 하고 있었다. 바의 키 높은 의자에 잘생긴 젊은이가 가면도 쓰지 않은 채 연미복 차림으로 앉아 나를 조롱의 눈빛으로 잠시 쳐다봤다. 나는 춤추는 사람들에게 떠밀려 벽에 가서 붙었다. 스무 쌍 정도가 아주 좁은 방에서 춤을 추고 있었다. 나는 불안하여 거기 있는 모든 여자를 마구 살폈다. 대부분이 아직 가면을 쓰고 있었고 몇은 나를 보고 웃었지만 전부 헤르미네가 아니었다. 잘생긴 젊은이는 여전히 높은 바 의자에서 조롱하듯 나를 내려다봤다. 나는 음악이 멈추면 헤르미네가 와서 나를 부를 거라고 생각했다. 그러나 춤이 끝나도 아무도 오지 않았다.

나는 천장이 낮은 작은 공간의 한구석에 끼워 만들어놓은 바로 건너갔다. 그리고 젊은이의 의자 옆에 서서 위스키를 주문했다. 술을 마시면서 젊은이의 옆모습을 봤는데, 과거의 먼지를 조용히 뒤집어쓰고 있어 소중한, 아주 머나먼 시절의 이미지처럼 너무도 익숙하고 매혹적이었다. 아, 문득 생각이 났다. 저 청년은 헤르만이다. 내 어린 시절의 친구!

"헤르만!"

나는 망설이다 이름을 불렀다.

그가 미소를 지었다.

"하리? 날 찾아낸 거야?"

헤르미네였다. 헤어스타일을 약간 바꾸고 화장을 살짝 했을 뿐, 유행을 좇아 세운 셔츠 깃 위로 총기 있는 창백한 얼굴이 매력적인 시선을 던졌다. 통이 넓은 검은 연미복 소매와 흰 커프스에서 삐져나온 그녀의 손은 놀라울 만큼 작았고, 긴 검은 바지 아래로 남성용 검은 비단 양말을 신은 그녀의 발은 놀라울 만큼 귀여웠다.

"이 옷을 입고 내가 당신을 사랑하게끔 만들겠다는 거야?"

그녀가 고개를 끄덕이며 말했다.

"지금까지 일단 숙녀 몇 분이 나한테 반했지. 이제 당신 차례야. 샴페인부터 한 잔씩 마시자."

우리는 키 높은 바 의자에 웅크리고 앉아서 샴페인을 마셨다. 옆에서는 춤이 계속되었고 뜨겁고 격한 현악곡이 점점 소리를 키웠다. 헤르미네는 별로 애쓰지 않는 것 같았는데도 나는 금방 그녀에게 반하고 말았다. 그녀가 남자 옷을 입고 있었으므로 그녀와 춤을 출 수는 없었다. 그녀를 애무할 수도 그녀에게 달려들 수도 없었다. 남자 분장을 한 그녀는 멀게 느껴졌고 중성적으로 보였지만 시선과 말, 몸짓을 이용해 여성성의 모든 매력으로 나를 휘감았다. 그녀와 몸이 닿지 않았는데도 나는 그녀의 마법에 무릎을 꿇었다. 이 마법은 양성적 마법으로, 그녀의 역할 그 자체에서 나왔다. 그녀가 나와 헤르만에 대해, 나와 그녀의 어린 시절에 대해, 성징이 나타나기 전의 그 시기에 대해 이야기를 나눴기 때문이다. 그 시기 청소년의 사랑은 양성뿐 아니라 모든 것을, 육체적인 것과 정신적인 것 모두를 포용할 수 있다. 모든 것에 사랑의 마법과 동화 같은 변신의 힘을 선사할 수 있다. 그런 변신의 힘을 나중에 나이가 들어서 가끔 되찾는 사람들이 있는데 바로 선택받은 자들과 시인들뿐이다. 그녀는 철저하게 남자 행세를 했다. 담배를 피우며 가볍고 재치 있게 수다를 떨었고 가끔은 살짝 조롱도 했다. 하지만 그 모든 것은 에로스로 가득했고 그 모든 것은 내 감각으로 들어오는 동안 사랑스러운 유혹으로 바뀌었다.

나는 헤르미네를 정확히 잘 알고 있다고 생각했다. 하지만 그날 밤 그녀는 완전히 새로운 모습으로 나타났다. 갈망하던 그물을 부드럽게, 아무도 모르게 던져 나를 사로잡았고 요정처럼 놀이하듯 내게 달콤한 독을 들이켜라고 건네주었다.

우리는 자리에 앉아 수다를 떨며 샴페인을 마셨다. 그러다가도 모험을 즐기는 탐험가들처럼 주변을 살피며 홀을 이리저리 어슬렁거렸고 커플을 찾아 그들의 사랑놀이를 엿들었다. 그녀는 여자들을 가리키며 그녀와 춤을 추라고 내게 시켰고 이 여자나 저 여자에게 써먹을 수 있는 유혹의 기술을 일러주었다. 우리는 연적인 척 행동하면서 둘이서 한동안 같은 여자를 쫓아다녔고 번갈아가며 그녀와 춤을 췄으며 그녀를 차지하려 애썼다. 하지만 그 모두는 가면극, 우리 두 사람의 놀이일 뿐이었고 우리 둘을 더 가까이 엮어주었기에 우리는 서로에게 더욱 불타올랐다. 그 모든 것은 동화였고 한 차원 더 높았으며 더 의미가 깊었고 놀이이자 상징이었다. 마음이 괴롭고 불만스러운 듯 보이는 아주 예쁜 젊은 여인이 눈에 띄었다. 헤르만은 그녀와 춤을 춰 생기를 불어넣었고 그녀를 데리고 샴페인 방으로 사라졌다. 그러다가 나중에 나와서는 자기는 그녀를 남자가 아니라 여자로서, 레스보스의 마법으로 정복했다고 말했다. 내 눈에도 홀마다 춤의 열기로 가득한 이 시끄러운 건물 전체가, 가면을 쓴 이 흥분한 사람들이 점차 멋진 꿈의 낙원으로 보이기 시작했다. 꽃마다 향기로 구애했고 나는 열매마다 장난치듯 손가락으로 건드려보며 익은 열매를 찾아다녔다. 초록의 나뭇잎 그늘에서 뱀이 나를 쳐다보며 유혹했고 연꽃은 검은 늪을 떠다녔으며 마법의 새는 나뭇가지에 숨어 나를 유인했다. 그러나 그 모든 것은 갈망하던 하나의 목표로 나를 이끌었고 유일한 한 여자를 향한 그리움으로 나를 새로이 초대했다. 한번은 처음 보는 아가씨와 춤을 추었는데 나는 열정적으로 구애하며 그녀를 흥분과 도취로 이끌었다. 한창 비현실의 세상을 떠다니다가 그녀가 갑자기 웃음을 터뜨리며 말했다.

"못 알아봤네. 아까 저녁엔 그렇게 한심하고 시시하게 굴더니."

나도 그녀를 알아봤다. 몇 시간 전에 나한테 "늙다리 투덜이"라고 했던 그 아가씨였다. 이제 그녀는 나를 가졌다고 믿었겠지만, 다음 춤이 시작되자 나는 벌써 다른 아가씨에게 뜨거워져 열을 올렸다. 그렇게 두 시간 남짓 춤을 췄다. 춤마다, 배우지 않은 춤까지도 전부 다 췄다. 미소 짓는 청년 헤르만이 연신 근처로 다가와서는 고갯짓을 하고는 다시 사람들 틈으로 사라졌다.

애송이 아가씨도 대학생도 다 해본 경험을 나는 쉰이 되도록 몰랐는데, 이날 무도회 밤에 알게 되었다. 축제의 경험, 축제 공동체의 도취, 개인이 군중으로 들어가 스러지는 비밀, 환희의 신비로운 합일이었다. 그런 이야기는 자주 들었다. 하녀들도 다 아는 내용이었다. 그런 이야기를 하는 사람의 눈에서 반짝이는 빛을 본 적도 많았고 그럴 때면 나는 절반은 우월감에서, 절반은 질투심에서 미소를 지었다. 황홀한 사람, 자신에게서 해방된 사람의 취한 눈동자에서 반짝이던 그 빛은, 공동체에 취한 인간의 그 미소와 반쯤 미친 몰입의 사례는, 고상한 사례이건 천박한 사례이건 수없이 목격했다. 술에 취한 신병과 선원은 물론이고 열정을 다해 성대한 공연을 치르는 위대한 예술가, 전쟁터로 나가는 젊은 군인들에게서도 그 빛을 봤다. 최근에도 내 친구 파블로에게서 행복하게 도취한 사람의 그런 빛과 미소를 봤다. 그가 악단에서 연주에 취해 행복하게 색소폰을 불거나 신이 나서 지휘자나 드럼 연주자, 벤조 연주자를 황홀한 표정으로 쳐다볼 때면 나는 그 빛과 미소에 감탄하고 그것을 사랑하고 조롱하고 질투했다. 그런 미소, 그런 아이 같은 빛은 아주 젊은 사람들이나 개인의 개체화와 세분화가 심하지 않은 민족에서나 가능하다고 나는 종종 생각했다. 그런데 오늘 이 행복한 밤에 나 자신이, 황야의 이리 하리가 이런 미소를 지었다. 나 자신이 이런 깊고 천진하며 동화 같은 행복의 강에서 헤엄을 쳤으며, 나 자신이 공동체와 음악, 리듬과 포도주, 성적 쾌락이 주는 달콤한 꿈과 도취를 들이마셨다. 예전에 어떤 학생이 무도회에 다녀온 이야기를 하면서 그런 도취를 열렬히 칭송할 때면 나는 자주 조롱했고 알량한 우월감을 느끼며 그 이야기를 들었는데 말이다. 나는 더는 내가 아니었고 나의 인격은 물에 소금이 녹듯 축제의 도취에 녹아버렸다. 나는 이 여자 저 여자와 춤을 췄지만, 그네들만을 품에 안고 그네들의 스치는 머리카락만 느끼며 그네들의 향기만 들이마신 것이 아니었다. 모든 여자, 나와 같은 홀에서 같은 음악에 맞춰 같은 춤을 추는 모든 여자, 환상적인 큰 꽃처럼 환한 얼굴로 나를 스쳐간 다른 모든 여자를 품에 안았다. 모두가 내 것이었고 나는 모두의 것이었으며 우리 모두가 서로의 것이었다. 남자들도 마찬가지였다. 그들 안에도 내가 있었고 그들 역시 낯설지 않았으며 그들의 미소는 나의 미소였고 그들의 구애는 나의 구애였으며 나의 미소와 구애 역시 그들의 것이었다.

그해 겨울에는 새로운 춤인 폭스트롯이 〈여닝〉이라는 이름을 달고서 세계를 정복했다. 이 〈여닝〉 춤곡이 계속해서 연주되었고 사람들도 연신 〈여닝〉을 요청했다. 모두가 〈여닝〉에 푹 젖었고 취했으며 우리 모두 〈여닝〉의 멜로디를 함께 흥얼거렸다. 나는 쉬지 않고 마주치는 여자마다 붙들고 춤을 췄다. 아주 어린 아가씨, 한창 피어나는 젊은 여인, 여름처럼 농익은 여성, 우울하게 시들어가는 여성하고도, 모두에게 반해서 크게 웃으며 행복하고 밝은 표정으로 춤을 췄다. 늘 나를 정말이지 불쌍하고 가엾은 놈으로 취급하던 파블로는 정말이지 환한 표정의 나를 보자 눈동자 가득 행복을 담고서 나를 쳐다봤다. 그는 감격하여 악단 의자에서 벌떡 일어나 호른을 마구 불어댔으며, 심지어 의자 위로 올라가 거기 서서 볼이 터지도록 악기를 불면서 몸과 악기를 〈여닝〉의 박자에 맞춰 격렬하고도 신나게 흔들어댔다. 나와 내 파트너는 그에게 손키스를 날리며 큰 소리로 노래를 따라 불렀다. 나는 틈틈이 생각했다. 아, 무슨 일이 일어나도 좋다. 나도 한 번은 행복했고 빛났으며 나 자신에게서 해방되었고 파블로의 형제가, 아이가 되어봤으니 말이다.

시간 감각이 사라져서 그런 행복한 도취 상태가 몇 시간 혹은 얼마나 이어졌는지 알 수 없었다. 축제의 열기가 더해질수록 사람들이 점점 더 좁은 공간으로 모이고 있다는 사실도 깨닫지 못했다. 대부분이 이미 가버려서 복도는 조용해졌고 등불도 많이 꺼졌으며 계단은 쥐 죽은 듯 고요했다. 위층 홀에서 연주하던 악단들도 하나둘 마무리를 짓고서 떠나버렸다. 중앙의 큰 홀과 아래

층 지옥에서만 열기가 계속 고조되면서 휘황찬란한 축제의 흥분이 여전히 날뛰었다. 남자 차림의 헤르미네와는 같이 춤을 출 수가 없어서 우리는 춤을 쉬는 시간에만 잠시 만나 인사를 나눴고, 그러다 결국 그녀가 완전히 사라져버렸다. 눈에서만이 아니라 생각에서도 사라졌다. 아무 생각이 나지 않았다. 나는 풀어헤쳐져 취한 춤꾼들 속에서 허우적거렸다. 향기와 소리, 한숨과 말에 감동하고 낯선 눈의 인사를 받고서 마음이 달떴으며 처음 보는 얼굴과 입술, 뺨, 팔, 가슴, 무릎에 에워싸이고 음악의 박자에 따라 파도처럼 이리저리 내던져졌다.

그러다가 잠깐 정신이 살짝 돌아왔는데, 여러 작은 홀 중에서 아직 음악이 울리고 있는 마지막 작은 한 홀을 가득 채운 마지막 손님들 가운데에서 문득 검은 피에로가 눈에 띄었다. 얼굴을 하얗게 칠한 아름답고 상큼한 아가씨로, 혼자서만 가면을 쓰고 있었는데, 오늘 밤 내내 한 번도 본 적 없는 매력적인 인물이었다. 다른 사람들에게서는 늦은 시간까지 즐긴 흔적이 보였다. 다들 얼굴은 열기로 붉게 달아올랐고 옷은 구겨지고 깃과 주름은 축 처졌다. 그러나 검은 피에로만은 가면으로 가린 얼굴이 하얬고 옷에도 주름 하나 없었으며 깃은 말짱했고 커프스는 반짝거렸으며 머리도 방금 손질한 그대로여서 산뜻하고 새로웠다. 그녀에게 끌린 나는 그녀를 감싸안아 춤으로 끌어들였다. 그녀의 주름 장식 옷깃이 향기를 뿜으며 내 턱을 간질였고 그녀의 머리카락이 내 뺨을 스쳤다. 그녀의 탱탱한 젊은 몸은 이날 밤 같이 춤추었던 그 어떤 여자보다 더 부드럽고 사랑스럽게 내 동작을 받아주었다가 피하고 놀이하듯 자꾸 다시 접촉하게끔 강요하고 유혹했다. 내가 춤을 추면서 허리를 굽혀 내 입술을 그녀의 입술에 포개려 하자 갑자기 이 입술이 잘난 척 익숙한 미소를 지었다. 나는 그 야무진 이마, 어깨와 팔꿈치, 손을 알아보고 행복해졌다. 그녀는 이제 헤르만이 아니라 헤르미네였다. 헤르미네는 옷을 갈아입고 살짝 향수를 뿌리고 분도 발라서 상큼했다. 우리의 입술은 뜨겁게 만났고, 그녀는 잠깐 욕망에 불타서 자신의 온몸을 무릎에 이르기까지 내게 던지듯 바짝 달라붙였다가 입술을 떼더니 조심하면서 도망치듯 춤을 췄다. 음악이 멈췄어도 우리는 부둥켜안은 채로 계속해서 춤을 췄다. 한창 불붙은 주변의 모든 커플이 손뼉을 치고 발을 구르고 비명을 질러 지친 악단에게 〈여닝〉을 또 연주해달라고 채찍질했다. 순간 갑자기 우리 모두 밝아오는 아침을 느꼈다. 커튼 뒤로 희미한 빛이 보였다. 우리는 쾌락의 끝이 가까웠음을, 머지않아 피로가 몰려올 것을 느끼고는 맹목적으로 크게 웃으며, 절망적으로 다시 한번 춤과 음악, 빛의 물결로 뛰어들었다. 우리는 파트너끼리 몸을 딱 붙이고서 박자에 맞춰 미친 듯 스텝을 밟으며 다시 한번 행복한 마음으로 우리를 덮치는 거대한 파도에 몸을 맡겼다. 이번 춤에서 헤르미네는 잘난 척하지도 조롱하지도 냉담하지도 않았다. 굳이 그러지 않아도 내 사랑을 얻을 거라는 사실을 그녀는 잘 알았다. 나는 그녀의 것이었다. 그리고 그녀는 춤에, 눈빛과 키스, 웃음에 자신을 내던졌다. 이 뜨거운 밤의 모든 여자, 나와 춤을 췄고 내가 불을 지폈던 모든 여자, 나를 불타오르게 한 모든 여자, 내가 구애했고 욕망하며 몸을 밀착시켰던 모든 여자, 내가 사랑의 그리움을 품고서 바라봤던 모든 여자가 녹아 한 여인이 되었고, 그 여인이 내 품에서 활짝 피어나고 있었다.

이 결혼의 춤은 오래 이어졌다. 두 번, 세 번 음악이 멎고 관악기 연주자들이 악기를 내려놓고 피아노 연주자가 벌떡 일어났으며 제1바이올린 연주자는 더는 못하겠다는 듯 고개를 저었지만, 그럴 때마다 마지막 춤꾼들이 애원하며 아우성을 쳐서 연주자들은 또 한 번, 더 빨리, 더 격하게 연주했다. 우리는 여전히 엉킨 채 서서 마지막 열광의 춤 때문에 가쁜 숨을 몰아쉬고 있었는데 쾅 하며 피아노 뚜껑이 닫혔다. 그와 동시에 우리의 팔이 피곤에 젖어 툭 떨어졌다. 관악기 연주자와 바이올린 연주자의 팔도 역시 피곤으로 툭 떨어졌으며 플루트 연주자가 눈짓을 하면서 악기를 케이스에 집어넣었다. 문이 벌컥 열리자 찬바람이 들어왔다. 하인들이 외투를 들고 나타났고 바텐더는 불을 껐다. 모두가 유령처럼 몸서리를 치면서 흩어졌다. 조금 전까지 뜨겁게 달아오르던 춤꾼들이 추위에 몸을 떨며 서둘러 외투를 입고서 옷깃을 세웠다. 헤르미네는 창백했지만 미소를 머금은 채 서 있었다. 그녀가 천천히 팔을 들어 머리를 뒤로 쓸어 넘기자 빛을 받은 겨드랑이가 반짝였고, 거기서부터 옷으로 덮인 가슴까지 너무도 부드러운 옅은 그림자가 드리워졌다. 그녀의 모든 매력, 아름다운 몸의 온갖 놀이와 가능성이 그녀의 미소에 한데 모여 있듯, 그 작고 흔들리는 그림자의 선에도 한데 모인 것 같았다.

우리는 마주 보고 서서 서로를 쳐다봤다. 그 홀에, 그 집에 우리밖에 없는 것 같았다. 어디선가 저 아래에서 문 닫히는 소리가 들렸다. 유리잔이 박살 났고 시동을 건 자동차의 허둥대는 기분 나쁜 소음에 섞여 킥킥대는 웃음소리가 멀어졌다. 어딘지는 알 수 없어도 멀리 저 위에서도 웃음소리가 들렸다. 정말 맑고 명랑했지만 무섭고 낯설었다. 유리와 수정으로 만든 듯 맑고 찬란하지만 차갑고 야멸찬 웃음이었다. 그런데 왜 이 이상한 웃음소리를 어디서 많이 들어본 것 같을까? 이유를 알 수 없었다.

우리 둘은 마주 서서 서로를 바라봤다. 잠깐 정신이 돌아와 머리는 맑았으나 뒤에서 엄청난 피로가 덮치는 기분이었고, 땀에 젖은 옷이 축축하고 미적지근하게 몸에 달라붙어 기분이 좋지 않았으며, 땀이 배어 구겨진 커프스 아래로 비어져 나온 손은 힘줄이 튀어나오고 시뻘겠다. 하지만 그것도 잠시, 헤르미네의 눈길이 와 닿자 그 모두가 사라져버렸다. 그녀의 눈빛 앞에서 나의 영혼이, 나를 보고 있는 듯한 그녀의 눈빛 앞에서 모든 현실이 무너졌다. 그녀를 향한 나의 육체적인 욕망의 현실마저 무너지고 말았다. 우리는 마법에 걸린 듯 서로를 쳐다봤다. 불쌍한 내 작은 영혼이 나를 쳐다봤다.

"준비됐어?"

헤르미네가 물었다. 그녀의 가슴에 드리웠던 그림자처럼 그녀의 미소도 사라졌다. 저 멀리 위쪽, 내가 모르는 방에서 들려오던 그 낯선 웃음소리도 사라졌다. 나는 고개를 끄덕였다. 물론이다. 나는 준비가 되었다.

그 순간 문에 악사 파블로가 나타나서 반가운 표정으로 눈동자를 반짝이며 우리를 바라봤다. 사실 그 눈은 짐승의 눈이었다. 하지만 짐승의 눈은 늘 진지한데 그의 눈은 늘 웃었다. 그 웃음이 그 눈을 인간의 눈으로 만들어주었다. 그는 우리를 향해 진심으로 다정하게 손짓하며 따라오라 일렀다. 화려한 실크 재킷의 빨간 옷깃 위로 땀에 흠뻑 젖은 셔츠 칼라와 피곤에 젖은 창백한 얼굴이 이상하리만치 시들시들하고 해쓱했지만 그의 빛나는 검은 눈동자가 그 모든 것을 지워버렸다. 그 눈동자가 현실을 지웠고 마법을 걸었다.

우리가 그의 손짓을 따라가자, 그가 문에서 소리 죽여 내게 말했다.

"하리 형님, 작은 파티에 초대합니다. 미친 사람들만 입장할 수 있고요, 입장료는 이성입니다. 준비되셨죠?"

나는 또 고개를 끄덕였다.

귀여운 녀석! 그가 부드럽게 조심조심 우리의 팔을 붙잡았다. 오른손으로는 헤르미네의 팔을, 왼손으로는 내 팔을 붙잡고 계단을 올라 둥그런 모양의 작은 방으로 데려갔다. 천장에서 푸른빛이 비치고 텅 비다시피 한 방이었다. 거기에는 작고 둥근 탁자 하나와 의자 세 개밖에 없었는데 그 의자에 우리가 앉았다.

여기가 어딜까? 내가 잠이 들었을까? 집인가? 자동차에 앉아서 운전하고 있는 걸까? 아니다. 나는 푸른빛이 비치는 둥근 방에 앉아 있었다. 희박한 공기, 아주 허술해진 현실의 층위에. 그런데 헤르미네는 왜 저렇게 창백할까? 파블로는 왜 저렇게 말이 많을까? 내가 그를 말하게 만드는 것은 아닐까? 그의 입을 빌려 내가 말하고 있는 것은 아닐까? 헤르미네의 회색 눈동자처럼 그의 검은 눈동자로 나를 보고 있는 것도 길을 잃고 불안에 떠는 새, 나의 영혼이 아닐까?

우리 친구 파블로는 선하지만 약간 격식을 갖춘 친절한 눈빛으로 우리를 쳐다봤고 말을 많이, 길게 했다. 그가 이렇게 앞뒤가 맞는 말을 한 적이 없었고, 그는 토론이나 표현에도 관심이 없었기에 나는 그가 생각이란 것을 할 줄 모른다고 믿어왔다. 그런데 지금 그가 말을 했다. 그다운 선하고 따뜻한 목소리로 유창하게, 실수 하나 없이 연설을 늘어놓았다.

"친구들, 하리가 오래도록 바라고 꿈꾸던 놀이에 그대들을 초대했습니다. 시간이 좀 늦어서 아마 우리 모두 약간 피곤할 겁니다. 그러니 여기서 일단 잠시 휴식을 취하며 원기를 북돋웁시다."

그가 벽감에서 작은 유리잔 세 개와 웃기게 생긴 작은 병 하나, 색칠한 나무로 만든 외국풍의 작은 상자 하나를 꺼냈다. 그리고 병에 든 액체를 잔 세 개에 가득 따르고 상자에서 길고 얇은 노란 담배 세 개비를 꺼내더니 실크 재킷에서 라이터를 집어 불을 붙여 주었다. 모두가 의자에 등을 기대고서 느긋하게 담배를 피웠다. 담배 연기가 향처럼 진했다. 나는 난생처음 맛보는 낯선 맛의 떫고 달콤한 액체를 천천히 조금씩 마셨다. 그랬더니 정말로 가스를 채워 몸이 무게를 잃어버린 듯 끝없이 힘이 샘솟고 행복해졌다. 우리는 그렇게 앉아서 뻐끔뻐끔 담배를 피우며 휴식을 취하고 잔을 홀짝였고, 마음이 가볍고 유쾌해졌다. 파블로의 따뜻한 목소리가 희미하게 들렸다.

"사랑하는 하리, 차린 것은 많지 않지만 오늘 당신을 대접할 수 있어서 나는 참 기쁩니다. 당신은 사는 게 지긋지긋해서 이곳을 떠나려 했지요. 그렇지 않나요? 당신은 이 시대, 이 세상, 이 현실을 떠나 당신에게 어울리는 다른 현실, 시간이 없는 세상으로 가고 싶어 했지요. 사랑하는 친구, 그렇게 하세요. 내가 당신을 그곳으로 초대합니다. 당신은 그 다른 세상이 어디에 숨어 있는지 잘 아십니다. 당신이 찾고 있는 것이 당신 영혼의 세상이라는 것을 잘 압니다. 당신이 갈망하는 그 다른 현실은 당신의 마음에만 살아 있지요. 당신 마음에 이미 존재하지 않는 것을 당신에게 줄 수는 없습니다. 내가 열어줄 수 있는 것은 당신 영혼의 이미지 방뿐이지요. 내가 당신에게 줄 수 있는 것은 기회와 자극, 열쇠뿐 다른 것은 줄 것이 없습니다. 당신이 자신의 세상을 볼 수 있게 도와줄 뿐이죠. 그게 답니다."

그는 다시 화려한 재킷의 호주머니를 뒤져 동그란 손거울을 꺼냈다.

"보세요. 지금껏 당신이 본 당신의 모습입니다."

그는 거울을 내 눈앞에 갖다 댔다. (순간 어린 시절에 들었던 시구절이 떠올랐다. '거울아, 내 손의 거울아.') 약간 희미하고 뿌옜지만 나는 마음이 요동치고 격하게 움직이며 부글부글 끓는 무서운 이미지를 봤다. 나 자신, 하리 할러였다. 이 하리의 마음에는 황야의 이리가, 수줍고 아름답지만 길을 잃고서 겁을 집어먹은 눈빛으로 쳐다보는 이리가 있었다. 녀석의 눈동자는 때로는 사악하게, 때로는 슬프게 빛났다. 이 이리의 형체가 쉬지 않고 움직이며 하리를 관통해 흘러갔다. 마치 다른 색깔의 지류가 강에 흘러들어 물이 탁해지는 것과 같았다. 둘은 싸우며 고통받고, 하나가 다른 하나를 파먹으면서 지치지 않고 형체를 갈망한다. 확정되지 않은, 형체가 완성되지 못한 이리가 아름답고 수줍은 눈동자로 나를 슬프게, 슬프게 쳐다봤다.

"당신은 이런 당신의 모습을 봤어요."

파블로가 부드럽게 같은 말을 되풀이하고는 거울을 주머니에 다시 집어넣었다. 나는 고맙다고 한 후 눈을 감고 그 술을 홀짝거렸다.

"이제 실컷 쉬었습니다. 원기를 찾았고 수다도 좀 떨었죠. 피곤이 가셨다면 이제 저의 요지경으로 안내해서 작은 극장을 보여드리려 합니다. 괜찮으신가요?"

파블로가 말했다.

우리는 자리에서 일어났다. 파블로가 미소를 지으며 앞서서 문을 열고 커튼을 걷었다. 우리는 말굽 모양의 둥근 극장 복도에, 정확히 그 한가운데에 서 있었다. 양쪽으로 뻗은 휘어진 곡선 모양의 복도에는 아주 많은, 정말로 많은 좁다란 출입문이 붙어 있었다.

"이것이 우리 극장입니다. 즐거움을 주는 극장이죠. 그대들도 여기서 웃을 거리를 많이 만났으면 좋겠네요."

파블로가 설명했다. 말을 하며 그가 크게 웃었는데 몇 번 웃지 않았는데도 그 소리가 내 몸을 맹렬히 지나갔다. 조금 전에 위층에서 들었던 그 밝고 특이한 웃음이었다.

"우리 극장에는 그대들이 원하는 만큼의 문이 있습니다. 10개,

100개, 1,000개. 그 문을 열면 그대들이 지금 찾는 것이 그대들을 기다리고 있을 겁니다. 귀여운 영상 진열장인 셈이지요. 사랑하는 친구여, 그러나 지금 그대로는 아무리 돌아다녀봤자 소용이 없습니다. 인성이라 불러온 것이 당신을 가로막고 눈멀게 할 테니까요. 분명 당신은 시간의 극복, 현실로부터의 구원, 뭐 어떻게 불러도 좋습니다. 당신이 갈망하던 그것이 인성을 벗어던지고픈 바람이라는 사실을 오래전부터 짐작했을 겁니다. 인성은 당신을 가둔 감옥입니다. 그러니 당신이 지금 그대로 극장에 들어가면 모든 것을 하리의 눈으로, 황야의 이리가 쓰고 다니던 낡은 안경을 통해 볼 테지요. 바로 그래서 당신을 초대한 겁니다. 그 안경을 벗고 존경하는 그 인성을 여기 물품 보관소에 살포시 맡기라고 말입니다. 원하실 때는 언제라도 도로 찾을 수 있으니까요. 하리, 당신의 소중한 인성을 맡긴 후에 당신은 극장 왼쪽을 마음대로 쓸 수 있어요. 헤르미네는 오른쪽을 쓸 수 있고요. 안에 들어가면 두 사람은 마음대로 만날 수 있습니다. 헤르미네, 잠깐 커튼 뒤로 가 있어. 하리 먼저 들여보낼게."

헤르미네가 바닥에서 둥근 천장까지 뒷벽 전체를 덮은 거대한 거울을 지나 오른쪽으로 사라졌다.

"자, 그럼 하리, 갑시다. 당신 기분이 정말로 좋아야 해요. 당신을 기분 좋게 하고 웃는 법을 가르치는 것이 이 행사 전체의 목적이니까요. 잘 따라주면 좋겠어요. 기분 좋죠? 그렇죠? 무섭지 않죠? 그럼, 좋아요. 아주 좋아요. 이제 당신은 두려움 없이 진심으로 즐기면서 우리의 가상 세계로 들어갈 겁니다. 먼저 이곳의 관례대로 작은 가상 자살을 시행할 겁니다."

그가 다시 작은 손거울을 꺼내 내 얼굴 앞으로 들이밀었다. 싸우는 이리의 모습이 뒤섞인 흐릿하고 혼란스러운 하리가 다시 나를 쳐다봤다. 익숙하지만 호감 가는 이미지는 아니어서 그것을 없애버린다고 해도 나는 별걱정이 되지 않았다.

"사랑하는 친구, 쓸모없어진 이 거울상을 이제 삭제할 겁니다. 그것만으로 충분해요. 기분이 괜찮다면 진심으로 크게 웃으면서 이 이미지를 바라보기만 하면 됩니다. 여기는 유머 학교니까 웃는 법을 배워야 해요. 음, 차원 높은 유머는 전부 자신을 심각하게 생각하지 않는 데서 시작하지요."

나는 손에 든 그 작은 거울을 노려봤다. 하리 이리가 몸부림치고 있었다. 한순간 내 마음 저 깊은 곳에서 추억, 향수, 후회 같은 것이 소리는 작았지만 고통스럽게 움칠거렸다. 그러고는 그 가벼운 압박감이 물러나며 새로운 감정이 밀려왔다. 코카인으로 마취를 한 턱에서 아픈 이를 뽑았을 때 느끼는 감정과 비슷했다. 안도하며 크게 숨을 쉬는 기분, 그와 동시에 전혀 아프지 않다는 사실에 놀라는 기분이었다. 이 기분에 더해 기분이 상쾌해지고 웃고 싶은 충동까지 곁들여지자 나는 도저히 참지 못하고 그만 구원의 웃음을 터뜨리고 말았다.

우울한 거울상이 몸부림치더니 사라졌고 작고 동그란 거울의 표면이 갑자기 불에 탄 듯 잿빛으로 변하며 우둘투둘해지고 탁해졌다. 파블로가 웃으며 그 거울 조각을 던지자 조각은 끝없이 이어지는 복도 바닥을 돌돌 구르다 사라져버렸다.

"잘 웃었어, 하리."

파블로가 외쳤다.

"당신은 이제 불멸의 존재처럼 웃는 법을 배울 거야. 드디어 황야의 이리를 죽였어. 면도칼로는 안 될 일이었지. 조심해! 그 녀석이 되살아나지 않게. 당신은 이제 금방 이 어리석은 현실을 떠날 수 있을 거야. 다음에 기회가 되면 우리 술로 의형제를 맺기로 하자. 하리, 오늘만큼 당신이 마음에 든 적이 없었거든. 당신이 여전히 중요하다고 생각한다면 우리 함께 철학을 이야기하고 토론을 할 수도 있을 거야. 음악과 모차르트, 글루크*와 플라톤, 괴테에 대해 당신이 원하는 만큼 이야기를 나눌 수도 있을 테고. 이제 당신은 왜 예전에는 그럴 수 없었는지 이해가 될 거야. 잘되기를 바랄게. 어쨌든 오늘 하루는 황야의 이리를 떼어낼 수 있을 거야. 당신의 자살은 당연히 최종적인 죽음이 아니기 때문이지. 우리는 여기 마술 극장에 있고 여기에는 이미지만 있을 뿐 현실은 없어. 아름답고 명랑한 이미지를 골라서 당신이 그 미심쩍은 인성에 더는 미련이 없다는 걸 보여줘! 그래도 인성을 되돌려받고 싶을 때는 그냥 내가 지금 당신에게 보여주는 이 거울을 다시 쳐다보기만 하면 돼. '내 손에 있는 거울 하나가 벽에 걸린 거울 두 개보다 낫다'라는 옛말도 있잖아. 하하하! (이번에도 그의 웃음소리는 너무도 아름답고 소름 끼쳤다.) 자, 이제 아주 작고 재미난 의식 하나만 치르면

---

* Christoph Willibald Gluck, 1714~1787. 독일의 작곡가로 종래의 아리아 중심의 오페라를 가사와 극적 내용을 존중하는 새로운 양식으로 개혁했다.

돼. 인성이라는 안경을 벗어던졌으니 이리 와서 진짜 거울을 들여다봐. 재미있을 거야."

파블로는 크게 웃고 나를 묘하게 쓰다듬으면서 내 몸을 돌려세웠다. 맞은편에 거대한 거울이 있었다. 거울에 내가 보였다. 아주 잠깐 평소에 늘 보던 하리가 나타났다. 다만 이상하게 기분이 좋았고 환한 표정으로 웃고 있었다. 하지만 내가 알아보자마자 얼굴이 깨지면서 두 번째 하리가 떨어져나갔다. 이윽고 세 번째, 열 번째, 스무 번째 하리가 떨어지면서 거대한 거울 전체가 하리 혹은 하리의 조각, 수많은 하리로 가득 찼다. 나는 찰나의 순간만 보고도 그 조각조각을 다 알아봤다. 그 수많은 하리 중 몇 개는 나만큼 나이가 많았고 몇 개는 나보다 더 늙었으며 몇 개는 훨씬 더 늙었지만 다른 것은 정말 젊어서 청년, 소년, 초등학생, 개구쟁이, 어린이 하리도 있었다. 쉰 살 하리와 스무 살 하리가 뒤엉켜 뛰고 달렸고 서른 살 하리와 다섯 살 하리, 심각한 하리와 명랑한 하리, 품위 있는 하리와 웃기는 하리, 잘 차려입은 하리와 넝마를 걸친 하리는 물론이고 홀딱 벗은 하리도 있었으며, 대머리 하리, 긴 곱슬머리의 하리도 있었다. 모두가 나였고 모두가 번개처럼 빠르게 나타났다 사라졌다. 각자 사방으로 흩어져서 왼쪽으로 가거나 오른쪽으로 달려갔고 거울 안으로 들어가거나 거울 바깥으로 튀어나왔다. 젊고 우아한 한 녀석은 웃으며 파블로의 품으로 뛰어들어 그를 안았고 그와 함께 달려가버렸다. 열여섯 내지 열일곱쯤으로 보이는, 내 마음에 쏙 드는 잘생기고 매력적인 젊은 녀석 하나가 번개처럼 복도로 달려들어 가더니 문마다 붙어 있는 방문 팻말을 열심히 읽었다. 나도 따라갔는데, 그가 어떤 문 앞에 멈춰 서기에 그 문의 팻말을 읽어봤다.

아가씨는 전부 너의 것!

1마르크를 넣으시오.

그 귀여운 젊은 녀석이 펄쩍 뛰더니 머리를 쭉 내밀고 동전 투입구로 뛰어들었고 그대로 문 뒤로 사라져버렸다.

파블로도 사라졌고 거울도 수많은 하리들을 데리고 사라져버린 것 같았다. 이제는 나와 극장만 남아서 나는 호기심을 품고서 이 문 저 문으로 다가갔고 문마다 달린 팻말을 쭉 읽었다. 모두가 유혹이요, 약속이었다.

즐거운 사냥을 하러 떠납시다!

자동차 사냥

이런 팻말을 보자 마음이 동해서 나는 좁은 문을 열고 안으로 들어갔다.

요란하고 흥겨운 세상이 나를 낚아챘다. 도로를 자동차들이 질주했다. 일부 무장한 자동차도 있었는데 행인들에게 달려들어 그들을 치어 곤죽을 만들거나 집 벽으로 밀어붙여 죽였다. 인간과 기계의 전쟁이라는 것을 나는 바로 알아차렸다. 오래 준비하고 오래 기다렸고 오래 겁내다가 마침내 터진 전쟁이었다. 사방에 죽은 사람과 찢어진 시신이 널려 있었고, 사방에 박살 나고 찌그러지고 반쯤 타버린 자동차들이 나뒹굴었으며, 그 황량한 난장판 위로 비행기가 맴돌았는데, 수많은 지붕과 창문에서 산탄총과 기관총이 그 비행기를 향해 총알을 뿜었다. 화려한 색으로 자극하는 거친 문구의 포스터들이 벽마다 붙어서 횃불처럼 불타는 큰 글자로 기계와 싸우는 인간의 전쟁을 지지하라고 국가에 호소했다. 반드르르하게 차려입고 향수 냄새를 풍기는 저 뚱뚱한 부자들, 기계를 이용해 타인의 고혈을 짜내는 저들을 기침과 고약한 소음과 악마의 괴성을 뿜어대는 거대한 그들의 자동차와 함께 이제는 처단해버리자고, 공장을 불태우고 더럽혀진 대지를 조금이나마 정리하고 인구를 줄여 풀이 다시 자라게 하고 먼지 덮인 시멘트 세상이 다시 숲과 들과 초원과 시냇물과 늪이 되도록 하자고 말이다. 다른 포스터는 반대로 그림이 예쁘고 꾸밈이 화려하며 색깔도 더 부드럽고 덜 유치한 데다 문구도 놀라울 만큼 영리하고 재치 있었다. 그 포스터는 모든 자본가와 생각 있는 사람들에게 무정부주의의 위협적인 혼란을 조심하자고 비장하게 경고했고, 질서와 노동, 소유와 문화, 법의 혜택을 정말이지 감동적으로 열거하면서 기계를 인간이 만든 최고이자 최후의 발명품이라 칭송했고, 그 기계를 이용해 인간은 신이 될 거라고 주장했다. 나는 그 붉은색과 초록색 포스터들을 읽으며 생각에 잠기기도 했고 탄복하기도 했다. 불꽃같은 그들의 말솜씨와 허점 없는 논리는 내게 큰 인상을 남겼다. 하나같이 옳은 말이어서 나는 깊이 공감하며 이 포스터 저 포스터를 옮겨 다녔다. 그래도 사방에서 들려오는 총소리가 상당히 시끄러워 이만저만 거슬리지 않았다. 이제 진짜 문제가 무엇인지 명확해졌다. 전쟁이었다. 격하고 열정적이며 크게 공감되는 전쟁이었다. 중요한 것은 황제나 공화국, 국경이 아니었다. 깃발과 색깔 혹은 그보다 더 장식적이고 연극적인 그 비슷한 문제들이 아니었다. 근본적으로 아무 쓸데가 없는 그런 짓거리들이 아니었다. 가슴이 답답하고 사는 게 더는 입맛에 맞지 않는 모두가 자신의 불만을 폭발적으로 표출하고 납빛 문명 세계를 총체적으로 파괴할 길을 내기 위해 노력한다는 점이 중요했다. 모두의 눈에서 파괴욕과 살인욕이 너무도 밝고 정직하게 웃고 있어서 내 마음에서도 이 붉은 야생화가 탐스럽게 활짝 피며 웃음을 터뜨렸다. 나는 기쁜 마음으로 전쟁에 합류했다.

하지만 제일 좋았던 것은 갑자기 내 옆에 수십 년 동안 연락이 끊겼던 학창 시절 친구 구스타프가 나타난 것이다. 어린 시절 친구 중에서 제일 별나고 힘도 세고 생활력도 강한 친구였다. 그의 연파랑 눈동자가 옛날처럼 나를 보며 눈을 찡긋하자 내 심장이 웃음을 터뜨렸다. 그가 눈짓을 하자 나는 곧바로 신이 나서 그를 따라갔다.

"세상에, 구스타프, 널 다시 만나다니! 그동안 어떻게 지냈어?"

나는 행복에 겨워 외쳤다.

그는 소년 시절과 똑같이 골난 사람처럼 웃음을 터뜨렸다.

"바보야, 보자마자 또 묻고 수다냐? 나는 신학 교수가 되었어.

하지만 다행히 너도 알다시피 신학은 더 안 해. 대신 전쟁이야. 자, 가자!"

그 순간 우리를 향해 작은 화물차 한 대가 덜컹대며 달려왔다. 그는 운전사를 쏴 떨어뜨리고는 원숭이처럼 잽싸게 화물차에 뛰어올라 차를 세운 후 나를 태웠다. 우리는 날아오는 총탄과 뒤집힌 자동차들 사이를 악마처럼 빠르게 헤치면서 시내로, 교외로 달려갔다.

"넌 공장주들 편이야?"

내가 친구에게 물었다.

"그게 뭐가 중요해. 취향에 달린 거지. 그 문제는 외곽으로 나가거든 그때 고민해보기로 하지 뭐. 아니, 잠깐만, 근본적으로는 아무래도 좋겠지만 그래도 나는 우리가 서로 다른 편을 택하는 게 더 좋겠어. 나는 신학자고 내 선배 루터가 그 시절에 농부를 배반하고 영주와 부자들을 도왔으니까 지금 우리가 그걸 살짝 고쳐보려는 거야. 에잇, 고물차 같으니라고. 몇 킬로만 더 견뎌주면 좋겠는데."

우리는 하늘의 아들인 바람처럼 빠르게 차를 몰아 조용한 초록의 풍경 안으로 들어갔고, 몇 마일을 더 달려 넓은 평야를 지난 후 천천히 큰 산으로 올라갔다. 그리고 그곳의 평탄하고 반싹이는 도로에다 차를 세웠다. 도로는 가파른 암벽과 나지막한 옹벽 사이를 급커브로 올라 반짝이는 푸른 호수가 내려다보이는 곳까지 이어졌다.

"아름다운 곳이네."

내가 말했다.

“정말 예쁘다. 차축 도로라고 불러도 되겠어. 여기서 온갖 차축들이 부서질 테니까. 하리, 조심해!”

큰 소나무 한 그루가 길가에 서 있었는데, 누군가 그 소나무 위에 널빤지로 만든 오두막 같은 것을 지어놓았다. 망루였다. 구스타프가 푸른 눈동자를 교활하게 깜빡이면서 환하게 웃었다. 우리는 서둘러 차에서 내린 후 나무줄기를 타고 올라갔고 안도의 한숨을 내쉬면서 망루에 몸을 숨겼다. 망루는 마음에 쏙 들었다. 더구나 그곳에는 엽총과 권총, 탄약 상자도 있었다. 우리가 흥분을 조금 가라앉히고 사냥 자세를 잡자마자 제일 가까운 커브 길에서 고급 차 한 대가 갈라지는 소리를 내며 위압적으로 경적을 울렸고, 평평한 산길을 덜컹거리며 고속으로 달려왔다. 우리는 이미 엽총을 쥐고 있었다. 엄청나게 긴장되었다.

“기사를 조준해!”

구스타프가 급하게 명령을 내렸다. 육중한 자동차가 막 우리 아래를 지나가던 찰나였다. 나는 파란 모자를 쓴 운전사를 조준해서 방아쇠를 당겼다. 남자가 고꾸라졌고, 차는 계속 달려 암벽과 충돌한 뒤 도로 튕겨 나왔다가 크고 뚱뚱한 벌처럼 성이 나서 다시 나지막한 옹벽에 세게 부딪치더니 뒤집혔고 짧고 낮은 폭음을 내며 옹벽을 넘어 낭떠러지로 쾅쾅 굴러떨어졌다.

“처치했어! 다음은 내가 맡을게.”

구스타프가 웃었다. 벌써 또 한 대의 자동차가 달려왔다. 좌석 쿠션에 서너 명이 앉아 있었는데, 한 여자의 머리에서 나부끼는 베일 한 조각이 빳빳하게 수평으로 따라왔다. 하늘색 베일이었다. 나는 사실 그 베일 때문에 마음이 아팠다. 베일 너머에서 세상 제일 아름다운 여자의 얼굴이 웃고 있을지 누가 알겠는가. 우리가 이미 강도 놀이를 하고는 있지만, 위대한 모범을 좇아 우리의 용맹한 살인욕을 어여쁜 숙녀분들에게까지 확장하지는 않는 편이 더 옳고 아름답지 않겠는가. 그러나 구스타프는 이미 총을 쏴버렸다. 운전사가 움칠하더니 고꾸라졌고 차는 곧추선 바위에 부딪혀 높이 튀어 올랐다가 큰 소리를 내며 거꾸로 도로에 떨어졌다. 기다렸지만 아무런 움직임이 없었다. 사람들은 덫에 갇힌 것처럼 찍 소리도 못 내고 차에 깔려 있었다. 차는 여전히 윙윙거리고 덜거덕댔고 우습게도 바퀴가 허공에서 헛돌았다. 그러다 갑자기 끔찍한 폭음을 내며 자동차가 환한 불길에 휩싸였다.

"포드야. 내려가서 치워야겠어."

구스타프가 말했다.

우리는 내려가서 불타는 차 덩어리를 쳐다봤다. 차는 정말로 빠르게 다 타버렸다. 그 틈에 우리는 어린나무로 지렛대를 만들어 차를 옆으로 밀어 도로 가장자리까지 간 다음 낭떠러지 너머로 넘겨 떨어뜨렸다. 차가 떨어지면서 덤불에 걸렸는지 탁탁거리는 소리가 한참이나 이어졌다. 차가 뒤집힐 때 시신 두 구가 차 밖으로 튕겨 나와서 바닥에 놓여 있었다. 그들이 입고 있던 옷 일부가 불에 타서 까맸다. 한 사람이 입은 재킷이 상당히 말짱해서 나는 호주머니를 뒤져 그가 누군지 알 만한 물건이 있나 찾아봤다. 가죽지갑이 나왔고 그 안에 명함이 들어 있었다. 한 장을 꺼내 소리 내 읽었다.

"타트 트왐 아시."

"정말 웃긴 이름이네. 하긴 우리가 죽인 사람 이름이 뭐든 무슨 상관이겠어. 그냥 다 우리처럼 불쌍한 인간들이지. 이름은 중요하지 않아. 이 세상이 망해야 해. 우리도 같이. 세상을 10분 동안 물에 담가놓는 것이 가장 고통 없는 해결책일 텐데 말이야. 자, 일하자!"

구스타프가 말했다.

우리는 차를 던진 곳으로 시신을 던졌다. 벌써 새 자동차가 경적을 울리며 달려왔다. 우리는 도로에서 바로 총을 쐈다. 자동차는 만취한 사람처럼 뱅뱅 돌면서 조금 더 달리더니 뒤집혔고 잠시 헐떡이다가 멈춰 섰다. 한 사람은 가만히 차 안에 앉아 있었지만, 예쁜 젊은 아가씨 하나는 얼굴이 창백하고 심하게 몸을 떨기는 했어도 다친 곳 하나 없이 차 밖으로 무사히 빠져나왔다. 우리는 다정하게 인사를 건네고는 도와주겠다고 말했다. 그녀는 어찌나 놀랐는지 대답도 못했고 한동안 넋 나간 사람처럼 우리를 빤히 쳐다보기만 했다.

"우선 저 노신사부터 살펴보자."

구스타프가 말하며 죽은 운전사 뒷좌석에 아직 매달려 있는 승객에게로 몸을 돌렸다. 짧은 머리가 희끗희끗한 신사였는데 총명한 연회색 눈을 뜨고는 있었지만 심하게 다친 것 같았다. 입에서 피가 흘렀고 목은 엄청나게 비틀리고 뻣뻣했다.

"안녕하세요. 저는 구스타프라고 합니다. 우리가 당신의 기사를 쐈습니다. 실례지만 성함을 여쭤봐도 될까요?"

노인은 작은 회색 눈으로 차갑고 슬프게 쳐다봤다.

"나는 검사장 뢰링이오. 당신들은 불쌍한 우리 기사만 죽인 게 아니라 나도 죽였소. 얼마 안 남은 거 같은 느낌이 오거든. 왜 우리를 쐈지?"

그가 천천히 말했다.

"너무 빨리 달려서요."

"우리는 정상 속도로 달렸어."

"어제는 정상이었어도 오늘은 아니지요, 검사장님. 오늘 우리는 자동차가 어떤 속도로 달려도 너무 빠르다고 생각합니다. 이제 우리는 자동차를 망가뜨릴 겁니다. 모조리, 다른 기계도 전부 다 망가뜨릴 겁니다."

"당신들 엽총도?"

"때가 되면 엽총 차례도 오겠지요. 우리 모두가 내일이나 모레나 죽을 겁니다. 당신도 알다시피 우리 대륙은 인간이 넘쳐나잖습니까. 숨 쉴 틈을 좀 줘야죠."

"그래서 무차별적으로 아무한테나 총을 쏘는 거요?"

"그렇습니다. 안타까운 사람도 많죠. 가령 저 젊고 어여쁜 숙녀분은 서노 참 안되었어요. 따님이세요?"

"아니, 속기사요."

"그럼 더 잘되었네요. 일단 차에서 내리세요. 아니면 우리가 내려드릴까요? 차를 없애야 하거든요."

"같이 없애주게."

"원하시면 그렇게 하겠습니다. 그런데 질문이 하나 더 있습니다. 검사라고 하셨는데, 어떻게 인간이 검사가 될 수 있는지 저는 늘 이해가 되지 않았습니다. 다른 사람을, 대부분이 불쌍한 사람들일 텐데 그들을 기소하고 구형하는 일로 먹고사시잖아요. 아닌가요?"

"그렇지. 나는 내 의무를 다한 거야. 그게 내 일이니까. 내가 구형한 사람을 죽이는 게 형리의 일인 것과 같지. 당신들도 마찬가지로 사람을 죽이고 있잖는가."

"맞습니다. 다만 우리는 의무가 아니라 즐기려고 죽입니다. 아니, 그 이상이죠. 불만 때문에요. 이 세상이 절망적이어서 죽입니다. 그래서 사람 죽이는 일이 약간 재미나기도 하죠. 사람 죽이는 일이 한 번도 즐겁지 않으셨어요?"

"재미없군. 하던 일이나 그만 끝내게나. 의무라는 개념이 익숙하지 않다면……."

그가 입을 다물더니 침을 뱉고 싶은 듯 입술을 일그러뜨렸다. 하지만 피만 약간 흘러나와 턱에 붙어 떨어지지 않았다.

"잠깐만 기다려주세요. 저는 의무라는 개념을 모릅니다. 이제 더는 모릅니다. 물론 예전에는 직업 탓에 의무를 다하며 살았죠. 저는 신학 교수였습니다. 또 군인이어서 참전도 했고요. 하지만 의무라 생각한 것, 권위자나 상관들이 내린 명령은 하나같이 좋지 않아서 저는 항상 반대로 하고 싶었습니다. 제가 의무라는 개념을 더는 모른다고 해도 책임이라면 잘 압니다. 아마 둘은 같을 겁니다. 어머니가 저를 낳으면서부터 저는 책임을 지게 된 거죠. 살아야 한다는 선고를 받았고 국가의 국민이 되고 군인이 되어 사람을 죽이고 군비 확충에 필요한 세금을 내야 할 의무를 지게 된 겁니다. 그리고 지금, 이 순간에는 예전에 전쟁터에서 그랬듯 살아야 한다는 책임감이 다시 사람을 죽일 수밖에 없도록 만듭니다. 물론 이번에는 마지못해 사람을 죽이는 게 아니라 책임을 따르는 거죠. 이 한심하고 꽉 막힌 세상을 산산조각 내는 데 나는 아무런 반대 의사가 없고, 흔쾌히 나서서 도울 거고, 나 자신도 함께 산산조각 나려 합니다."

구스타프가 정중하게 말했다.

검사는 피가 달라붙은 입술로 조금이나마 미소를 지어보려고 안간힘을 썼다. 멋진 미소를 짓지는 못했지만 그래도 선의는 알아볼 수 있었다.

"좋아. 그렇다면 우리는 동지군. 의무를 다해주게, 동지."

그가 말했다.

그사이 예쁜 아가씨는 길가에 픽 주저앉더니 그만 기절해버리고 말았다.

그 순간 또 자동차 한 대가 경적을 울리며 전속력으로 달려왔다. 우리는 아가씨를 살짝 옆으로 옮겨놓고 바위에 몸을 붙이고서 달려오던 차가 부서진 차의 파편을 향해 돌진하는 모습을 지켜봤다. 사동차는 급브레이크를 밟고 벌떡 일어섰지만 무사히 멈췄다. 우리는 서둘러 총을 집어 들고 차에 탄 사람들을 겨눴다.

"내려! 손 들어!"

구스타프가 명령했다.

세 명의 남자가 차에서 내려 시키는 대로 손을 들었다.

"누구 의사 있어요?"

구스타프가 물었다.

다들 고개를 저었다.

"그럼 저기 저 신사분을 조심해서 시트에서 풀어줘요. 중상을 입었거든요. 당신네 차에 태워서 제일 가까운 도시로 실어가줘요. 자, 어서."

노신사는 금방 다른 차로 옮겨졌고 구스타프가 명령하자 모두 출발했다.

그사이 정신을 차린 우리의 속기사도 그 광경을 지켜봤다. 나는 아름다운 전리품을 얻게 되어 기분이 좋았다.

"아가씨, 아가씨는 고용주를 잃었어요. 그 노신사가 고용주 이상으로 가까운 사이가 아니었기를 바랍니다. 이제 내가 당신을 고용했으니 좋은 동료가 되어줘요. 자, 조금 서둘러야겠어요. 여긴 금방 시끄러워질 겁니다. 나무 탈 줄 알아요? 안다고? 그럼 갑시다. 우리가 아래, 위에서 도와줄 테니까."

구스타프가 말했다.

우리 셋은 나무 오두막을 향해 최대한 속력을 내 기어올랐다. 위에 올라가니 아가씨의 몸 상태가 안 좋아졌다. 하지만 코냑을 마시게 했더니 금방 회복되어서 호수와 산이 내려다보이는 멋진 전망을 감상할 수 있었고 자기 이름이 도라라고 가르쳐주었다.

얼마 안 가 아래쪽에서 다시 자동차 한 대가 달려왔다. 차는 멈추지 않고 넘어진 자동차를 조심히 잘 피하더니 금방 속도를 높였다.

"도망자!"

구스타프가 웃으며 운전자를 쐈다. 자동차는 약간 비틀거리다가 방벽을 향해 껑충 뛰어오르더니 방벽을 부수고는 절벽 위에 비스듬하게 걸렸다.

"도라, 엽총 쏠 줄 알아요?"

그녀가 총을 쏠 줄 몰라서 우리는 장전하는 법을 가르쳐주었다. 처음에는 서툴러서 손가락 하나가 찢어져 피가 나는 바람에 그녀가 울면서 반창고를 달라고 했다. 그러나 지금은 전쟁 중이고 용감하고 씩씩한 여성이면 좋겠다는 구스타프의 말에 잠잠해졌다.

"그런데 우리는 어떻게 되는 건가요?"

그녀가 물었다.

"나도 몰라요. 내 친구 하리는 예쁜 여자를 좋아하니까 하리가 당신 친구가 되어줄 겁니다."

구스타프가 말했다.

"그 사람들이 경찰과 군인을 데리고 와서 우릴 죽일 거예요."

"경찰 같은 건 이제 없어요. 우리는 선택할 수 있어요, 도라. 여기 위에 가만히 있으면서 지나가는 자동차를 전부 다 쏘든지, 아니면 직접 차를 몰고 가다가 다른 사람들 총에 맞든지. 어떤 쪽을 택해도 똑같아요. 나는 여기 있을 겁니다."

나무 아래로 다시 자동차 한 대가 달려오며 신나게 경적을 울렸다. 차는 금방 총을 맞고 바퀴를 위로 올린 채로 멈춰 섰다.

"웃겨. 총 쏘는 게 이렇게 재미있다니. 예전에 나는 반전주의자였는데 말이야."

내가 말했다.

구스타프가 미소를 지었다.

"맞아. 세상에 인간이 너무 많아. 예전에는 못 느꼈거든. 그런데 지금은 다들 숨만 쉬지 않고 차도 몰고 싶어 하니까 그걸 깨달은 거야. 물론 우리가 지금 하는 짓도 합리적이지는 않아. 애들 장난이지. 전쟁도 규모만 컸지 애들 장난이었듯이. 언젠가는 인류도 인구 증가를 억제할 합리적인 수단을 배워야 할 거야. 당장은 이 견딜 수 없는 상태에 상당히 비합리적으로 반응하고 있지만 근본적으로 우리는 옳은 일을 하고 있어. 숫자를 줄이고 있으니까."

"맞아. 우리가 하는 짓이 어쩌면 미친 짓일 수도 있지만, 그래도 옳고 필요한 일이야. 인류가 이성을 혹사하고 이성으로는 절대 풀 수 없는 문제를 이성으로 해결하려고 하는 것은 옳지 않아. 그러다가는 미국인이나 볼셰비키의 이상과 같은 그런 이상이 생겨나지. 둘 다 엄청나게 이성적이지만 삶을 너무 순진하게 단순화하는 바람에 오히려 삶을 끔찍하게 짓밟고 약탈했으니까. 한때 숭고한 이상이던 인간상이 이제 상투어가 되어가고 있어. 어쩌면 우리 같은 미친 인간들이 다시 그걸 고상하게 만들 수 있을 거야."

내가 말했다.

"아주 학식이 풍부하신 말씀이시군. 그 지혜의 샘에 귀를 기울여보는 것도 즐겁고 유익하겠지. 네 말이 조금 옳기도 하고. 하지만 그쯤 하고 총이나 다시 장전해. 내 보기에 너는 좀 지나치게 비현실적이야. 노루가 언제 다시 달려올지 모르는데 철학으로 잡을 수는 없지. 항상 총에 총알이 들어 있어야 해."

구스타프가 웃으며 대답했다.

자동차 한 대가 달려오다가 바로 넘어져 도로를 막아버렸다. 목숨을 구한 붉은 머리의 뚱뚱한 남자가 잔해 옆에서 사납게 손짓과 발짓을 해대더니 위아래를 노려보다가 우리 은신처를 발견하고는 고함을 지르며 달렸고, 권총을 우리 쪽으로 향해 여러 발 발사했다.

"당장 꺼져. 안 그러면 쏜다."

구스타프가 아래를 향해 소리쳤다. 남자는 구스타프를 조준하여 다시 총을 쐈다. 우리는 두 발을 쏴 그를 죽였다.

자동차 두 대가 더 달려왔고, 역시 우리가 처치했다. 그러고 나자 도로가 조용해졌고 인적이 끊겼다. 여기가 위험하다는 소식이 퍼진 듯했다. 우리는 여유 있게 아름다운 경치를 감상했다. 호수 저 너머 저지대에 작은 도시가 있었는데, 거기서 연기가 솟구쳤고 얼마 안 가 불이 여기저기 지붕으로 옮겨붙었다. 총소리도 들렸다. 도라가 찔끔 울었고 나는 그녀의 젖은 뺨을 어루만졌다.

"우리 다 죽는 거예요?"

그녀가 물었다. 아무도 대답하지 않았다. 그사이 행인 하나가 걸어오더니 망가져 나뒹구는 자동차들을 보고는 이곳저곳 살피고 그중 한 자동차 안으로 몸을 집어넣어서는 화려한 색의 양산과 여성 가죽 가방, 포도주 한 병을 꺼냈다. 그러고는 여유만만하게 방벽 위로 올라가 앉아서 포도주를 마시며 가방에서 은박지에 싼 뭔가를 꺼내 먹었다. 그는 포도주병을 싹 다 비우고는 양산을 겨드랑이에 끼고 기분 좋게 걸어갔다. 그가 아무 일 없이 가버리자 나는 구스타프에게 말했다.

"저 기분 좋은 녀석을 쏴 머리에 구멍을 낼 수 있겠어? 난 못할 거야."

"하라고 하지도 않아."

내 친구가 퉁명하게 대꾸했다. 하지만 그도 마음이 편치는 않은 것 같았다. 아직 천진하고 순하며 구김살 없이 행동하는 사람의 얼굴을 보는 순간, 그토록 칭찬할 만하고 꼭 필요하다 여겼던 우리의 모든 행동이 갑자기 어리석고 역겹게 느껴졌다. 젠장! 우리는 이 많은 피가 부끄러웠다. 하지만 전쟁 중에는 장군들도 가끔은 그런 기분이 든다고 한다.

"우리 여기 오래 있지 말아요. 내려가서 차를 뒤지면 분명히 먹을 게 있을 거예요. 볼셰비키 씨들, 배도 안 고파요?"

도라가 하소연했다.

저 아래 불타는 도시에서 종이 울리기 시작했다. 흥분과 불안을 담은 소리였다. 우리는 아래로 내려갔다. 도라가 턱을 넘도록 도와주면서 나는 그녀의 무릎에 키스했다. 그녀가 환하게 웃었다. 하지만 그 순간 말뚝이 뚝 부러지면서 우리 둘이 허공으로 떨어져 내렸는데…….

사냥 모험 탓에 흥분이 채 가시지 않은 상태로 나는 다시 둥근 복도로 돌아왔다. 사방의 수없이 많은 문에 붙은 팻말이 다시 나를 유혹했다.

무타보르*

원하는 동물과 식물로 변신 가능

카마수트라

인도 연애술 강의

초보자 코스: 42가지 사랑 훈련법

즐거운 자살!

웃다가 죽는다

영적인 인간이 되고 싶나요?

동양의 지혜

아, 혀가 천 개라면!

남성만 입장 가능

* 독일 작가 빌헬름 하우프(Wilhelm Hauff, 1802~1827)의 동화《황새가 된 임금님》에 나오는 마법의 주문이다.

서양의 몰락

할인가, 여전히 최고 수준

예술의 정수

음악을 통해 시간이 공간으로 바뀐다

너무 웃겨서 운다

유머의 방

은둔자 놀이

어떤 사교 모임도 대체할 완벽 대용품

팻말은 끝없이 이어졌다. 그중 한 곳에 이렇게 적혀 있었다.

인성 형성 입문

성공 보장

이건 좀 살펴볼 만한 것 같아서 나는 그 문으로 들어갔다.

어두침침하고 조용한 방이 나를 반겼다. 거기에 동양식으로 의자도 없이 한 남자가 바닥에 앉아 있었다. 그의 앞에는 큰 체스판이 놓여 있었다. 얼른 보기에는 친구 파블로 같았다. 파블로처럼 화려한 실크 재킷을 입었고 눈동자가 검게 반짝였다.

"파블로?"

내가 물었다.

"나는 아무도 아닙니다. 여기선 이름이 없어요. 우리는 개인이 아닙니다. 나는 체스 두는 사람이죠. 인성 형성 강의를 받고 싶으신가요?"

그가 친절하게 설명했다.

"네, 그렇습니다."

"그럼 당신의 체스 말 몇 개를 제게 주셔야 합니다."

"체스 말요?"

"당신의 인성이란 게 찢어진 조각들 말입니다. 말이 없으면 체스를 둘 수가 없거든요."

그는 내게 거울을 들이밀었다. 그 안에서 다시 통일된 나의 인성이 수많은 자아로 분열되었는데, 그사이 숫자가 더 늘어난 듯했다. 하지만 크기가 아주 작아서 손에 잡히는 체스 말 크기였다. 체스를 두는 남자가 차분하지만 확신 있는 손놀림으로 그중 20~30개를 집어서 체스판 옆 바닥에 놓았다. 그러면서 같은 내용의 강연이나 수업을 되풀이하는 사람처럼 단조로운 말투로 말했다.

"인간이 변치 않는 통일체라는 견해는 당신도 잘 아시는 주장이겠지만, 틀렸고 또 불행을 몰고 옵니다. 인간이 많은 영혼으로, 아주 많은 자아로 이루어진다는 생각도 당신은 잘 알고 있겠지요. 사람들은 겉보기에 통일적으로 보이는 인간이 이런 수많은 모습으로 분열되는 것을 미쳤다고 보고, 학문은 거기에 정신분열증이라는 이름을 붙여주었습니다. 물론 지도나 일정 정도의 질서, 집단화가 없으면 다수를 통제할 수 없으므로 그런 점에서는 학문이 옳아요. 하지만 딱 한 번의 구속력 있는 질서로 수많은 하부 자아를 평생 통제할 수 있다고 믿는다는 점에서는 옳지 않지요. 학문의 이런 오류는 온갖 불쾌한 결과를 몰고 옵니다. 굳이 가치를 따지자면 국가가 고용한 교사와 교육자의 일을 덜어주고 생각과 실험을 생략해준다는 것밖에는 없는 거죠. 이런 오류 때문에 도저히 고칠 수 없을 만큼 미친 수많은 사람을 '정상'이라고, 사회적으로 가치가 높다고 생각합니다. 거꾸로 천재는 미친 사람 취급을 하지요. 그러니 우리는 허점투성이 심리학을 우리가 형성 기술이라 부르는 개념으로 보완할 겁니다. 자아의 분열을 경험한 사람들에게 그들이 원하는 질서대로 그 조각들을 언제라도 새롭게 조합할 수 있고 이를 통해 무한히 다채로운 인생 게임을 달성할 수 있다는 사실을 알려줄 겁니다. 작가가 한 줌의 인물로 연극 한 편을 쓰듯이 우리는 새로운 게임과 긴장, 영원히 새로운 상황을 이용해 분열된 자아의 인물들로 계속해서 새로운 집단을 형성합니다. 보세요!"

그는 차분하고 능숙한 손놀림으로 나의 말들을 집었다. 늙은이, 젊은이, 아이, 여자, 명랑한 말과 슬픈 말, 강한 말과 약한 말, 잽싼 말과 굼뜬 말. 그는 그 모든 말을 자신의 체스판에 빠르게 배열하여 게임을 할 수 있도록 만들었다. 말들은 무리와 가족을 형성하여 게임과 전쟁을 하고 우정을 나누고 대결을 벌이면서 축소판 세상을 만들었다. 활기차지만 잘 정돈된 작은 세상이 넋을 잃고 푹 빠진 내 눈앞에서 움직였다. 게임을 하고 전쟁을 했으며 동맹을 맺고 전투를 벌였고 서로 구애하고 결혼을 하여 자식을 낳았다. 실제 그것은 많은 인물이 등장하는 감동적이고 스릴 넘치는 드라마였다. 그러다 그는 경쾌한 몸짓으로 체스판을 쓸어 모든 말을 살짝 넘어뜨린 후 한곳으로 모았고, 까탈스러운 예술가처럼 곰곰이 생각하면서 같은 말들로 조합과 관계, 연결이 전혀 다른, 완전히 새로운 게임의 판을 깔았다. 두 번째 게임은 첫 번째와 유사했다. 세계가 같았고 만든 재료도 같았다. 하지만 음조가 변했고 속도가 바뀌었으며 모티브의 강세가 달라졌고 설정한 상황도 달랐다.

그렇게 이 똑똑한 체스꾼은 나 자신의 조각들인 체스 말로 계속해서 게임을 만들었다. 모든 게임이 대체로 비슷했고 모두가 같은 세계 소속이며 같은 혈통인 것 같았지만 사실 각각이 완전히 새로웠다.

"이것이 삶의 기술입니다. 앞으로는 당신이 직접 나서서 원하는 대로 삶의 게임을 만들고 살리고 엮고 채워보세요. 당신 손에 달렸습니다. 더 높은 의미의 광기가 모든 지혜의 출발점이듯 정신분열증은 모든 기술, 모든 환상의 출발점입니다. 학자들도 어느 정도는 깨달은 사실이지요. 가령 그 매력적인 책《왕자의 마술피리》에서도 확인할 수 있잖습니까. 한 학자가 힘들여 성실하게 연구한

결과가 정신 병원에 감금된 미친 예술가들의 천재적인 협력 덕분에 수준이 높아졌지요. 자, 여기 있어요. 당신의 말을 챙겨요. 게임을 하다 보면 재미있을 겁니다. 오늘은 두고 보기 힘든 괴물로 힘을 키워 게임을 망치는 말을 내일은 있어도 좋고 없어도 좋은 조연으로 강등시킬 수 있습니다. 한동안 불행과 불운만 겪는 불쌍한 운명의 말을 다음 게임에서는 공주로 만들 수도 있지요. 부디 즐거운 시간이 되시기를 바랍니다."

그가 강의 투로 말했다.

나는 이 재능 있는 체스꾼에게 허리 숙여 절하며 감사 인사를 했고 체스 말을 주머니에 넣고 좁은 문을 지나 밖으로 도로 나왔다.

원래는 나오자마자 복도 바닥에 앉아서 몇 시간 동안, 아니 영원히 말을 가지고 게임을 할 생각이었지만 둥근 모양의 환한 극장 복도로 돌아오자마자 새로운 물결이 나보다 더 강렬하게 나를 끌어당겼다. 포스터 한 장이 내 눈앞에서 눈부시게 빛을 뿜었다.

황야의 이리 조련이 낳은 기적

그 글자를 보자 내 마음에 온갖 감정이 솟구쳐 올랐다. 과거의 삶, 떠나온 현실에서 느꼈던 온갖 불안과 억압이 되돌아와 심장이 오그라들며 아팠다. 나는 손을 떨며 문을 열었고 대목장의 노점으로 들어갔다. 나와 허술한 무대 사이에는 철창이 처져 있었다. 무대 위에 조련사가 서 있었는데 사기꾼 기질이 있어 보이는 데다 거만해 보이는 남자였다. 콧수염이 덥수룩하고 팔뚝은 근육질이었으며 서커스 의상을 쫙 빼입었지만, 그는 음흉스럽고 상당히 기분 나쁘게 나와 닮은 모습이었다. 그런데 덩치는 크고 잘생겼지만 정말 삐쩍 말랐고 노예처럼 겁에 질린 눈빛의 이리 한 마리(보기가 딱했다!)를 이 건장한 남자가 개처럼 줄에 묶어 끌고 다녔다. 이런 잔인한 조련사가 기품이 넘치지만 수치스러울 정도로 말을 잘 듣는 맹수를 데리고 온갖 묘기와 놀라운 장면을 연출하는 모습을 보고 있자니 구역질이 치밀면서도 흥미진진했고 섬뜩하면서도 은근히 쾌감이 일었다.

불쾌한 그 남자는, 마술 거울에 비친 듯 뒤틀린 나의 재수 없는 쌍둥이는 자기 이리를 아주 기가 막히게 길들였다. 이리는 정신 바짝 차리고서 남자의 모든 명령을 따랐고 주인이 부르거나 채찍을 내리칠 때마다 개처럼 반응했다. 무릎을 꿇었고 죽은 척했으며 뒷다리로 섰고 빵 한 덩어리, 달걀 한 개, 고기 한 조각, 바구니 한 개를 시키는 대로 얌전히 주둥이로 물어 가져왔다. 그랬다. 그는 조련사가 떨어뜨린 채찍마저 주둥이로 집어 조련사에게 도로 물어다 주었고, 그러면서 보기 민망할 정도로 비굴하게 꼬리를 흔들었다. 이리에게 토끼 한 마리를 보여주고, 이어 흰 양 한 마리를 갖다주었다. 이리는 이빨을 드러내며 먹고 싶은 욕망에 몸을 떨었고 침을 뚝뚝 흘렸지만 손도 대지 않았고 조련사가 명령하자 벌벌 떨며 바닥에 웅크린 그 동물들을 우아하게 뛰어넘었다. 그랬다. 이리는 토끼와 양 가운데에 엎드려 앞발로 둘을 감싸안아 두 동물과 함께 감동적인 가족 무리를 형성했다. 그러면서 사람이 건네준 초콜릿을 받아먹었다. 그 이리가 얼마나 놀라우리만치 자기 본성을 부정하는 법을 배웠는지 지켜보는 것은 고통이었다. 나는 머리카락이 쭈뼛 섰다.

그러나 2부 공연에서는 흥분한 관객은 물론이고 이리도 이런 고통의 보상을 받았다. 그 세련된 조련 프로그램을 다 펼쳐 보이고 조련사가 양과 이리 무리 위에서 의기양양 미소를 띠며 허리 숙여 인사를 하자 역할이 바뀌었다. 하리를 닮은 조련사가 갑자기 허리를 굽히고서 자신의 채찍을 이리의 발치에 내려놓고는 조금 전에 이리가 그랬듯 벌벌 떨며 기가 팍 죽어 불쌍한 모습이 되었다. 반대로 이리는 웃으며 입술을 핥았고, 긴장과 가식을 벗어던지고 눈을 반짝였으며 온몸은 힘이 들어가 팽팽했고 야성을 되찾아 건강함을 뿜어냈다.

이제는 이리가 명령하고 인간이 따라야 했다. 명령에 따라 인간은 무릎을 꿇었고 이리 연기를 시작해 혀를 쭉 내밀고 때운 이빨로 옷을 찢어발겼다. 이리의 명령에 맞춰 두 발로 걷거나 네발로 기었고 차려 자세를 취하거나 죽은 척했으며 이리를 등에 태웠고 채찍을 물어다 주었다. 그 온갖 모욕과 도착적인 행동을 개처럼 비굴하고 유능하게 척척 해냈다. 예쁜 소녀 하나가 무대에 올라 조련된 남자에게 다가가서 그의 턱을 쓰다듬었고 자기 뺨을 그의 뺨에 문질렀다. 그러나 그는 네발로 엎드린 채 여전히 짐승 같은 모습을 유지했다. 머리를 흔들더니 소녀에게 이빨을 드러내 보이기 시작했고, 마지막에는 어찌나 위협적이고 이리 같았는지 결국 소녀는 도망을 치고 말았다. 관객이 초콜릿을 건네주었을 때는 멸시하듯 킁킁 냄새를 맡더니 차버렸다. 마지막으로 흰 양과 살찐 얼룩무늬 토끼를 다시 무대로 데려오자 영리한 그 인간은 최선을 다해 이리 연기를 했는데 그게 재미있었다. 그는 비명을 지르는 동물을 손가락과 이빨로 집어서 가죽과 살을 찢어발긴 후 히죽히죽 웃으며 살코기를 씹어 먹었고 취한 사람처럼 눈을 지그시 감고서 따뜻한 피를 정신없이 들이켰다.

나는 너무 놀라 문밖으로 뛰쳐나왔다. 이 마술 극장도 그냥 낙원이기만 하지는 않았다. 아름다운 껍데기 밑에 온갖 지옥이 숨어 있었다. 아, 여기에도 구원은 없단 말인가?

나는 불안한 마음을 억누를 길이 없어 왔다 갔다 했다. 입에서 피와 초콜릿 맛이 났다. 이것도 저것도 다 불쾌했다. 나는 이 음울한 파도에서 벗어나기를 간절히 바랐고 조금 더 편하고 더 마음에 드는 이미지를 떠올리려고 열심히 애썼다.

"오, 친구여! 이 소리가 아니야!"

마음에서 이런 노래가 울렸다. 문득 전쟁 중에 자주 봤던 끔찍한 전선의 사진들이 떠올라 나는 깜짝 놀랐다. 뒤엉켜 산처럼 쌓인 시신의 얼굴은 방독면을 쓰고 있어 히죽거리는 악마의 얼굴로 변했다. 당시 나는 그 사진을 보고 경악했다. 인도주의 정신의 반전주의자였던 그때의 나는 얼마나 어리석고 유치했던가! 이제야 나는 깨달았다. 그 어떤 동물 조련사도, 장관도, 장군도, 정신병자도 내 머리에 들어 있는 사상과 이미지를 부화시킬 수는 없으니, 내 안에 살고 있던 그것들 역시 끔찍하고 야만적이며 악하고 미숙하고 어리석었다.

나는 안도의 한숨을 내쉬며 조금 전 극장 초입에서 잘생긴 젊은이가 허둥지둥 쫓아가던 팻말의 글자를 떠올렸다.

아가씨는 전부 너의 것!

전체적으로 볼 때 이 팻말만큼 매력적인 게 없어 보였다. 저주받은 이리의 세상을 빠져나올 수 있어서 행복해하며 나는 그 안으로 들어갔다.

놀랍게도 이곳에서는 내 어린 시절의 냄새, 어린 시절의 분위기가 풍겨왔다. 내 심장에서도 그때의 피가 흘렀다. 너무 신기하기도 하고 또 너무 친숙하기도 해서 소름이 돋을 정도였다. 조금 전까지 내가 한 생각과 행동, 내 존재가 저 뒤편으로 가라앉으면서 나는 다시 젊어졌다. 한 시간 전, 아니 바로 직전만 해도 나는 사랑이 무엇인지, 욕망과 그리움이 무엇인지 잘 안다고 믿었다. 그러나 그것은 늙은 남자의 사랑이요, 그리움이었다. 지금 나는 다시 젊어졌고, 내가 느끼는 이 타오르는 불길, 이 강렬한 그리움, 따스한 3월의 바람처럼 얼음을 녹이는 이 정열은 푸릇푸릇하고 새롭고 순수했다. 오, 잊었던 불길이 되살아났고 지난날의 목소리가 점점 소리를 키우며 그윽하게 울려 퍼졌다. 청춘의 피가 들끓었고 외침과 노랫소리가 영혼을 가득 채웠다. 나는 열다섯, 열여섯 소년이었다. 머릿속은 온통 라틴어와 그리스어, 아름다운 시구절로 가득 찼으며 생각은 노력과 야망으로 채워졌고, 상상은 예술가가 되겠다는 꿈으로 넘쳤다. 그러나 이 모든 불길보다 더 깊고 더 강렬하고 더 대담하게 타오른 것은 사랑의 불길이었다. 성을 향한 갈망, 나를 갉아먹는 쾌락의 예감이었다.

나는 내 고향 소도시가 내려다보이는 바위 언덕에 서 있었다. 봄바람과 이제 막 고개를 내민 제비꽃 향기가 풍겨왔고 저 아래 도시를 흐르는 강물과 우리 집 창문이 햇살을 받아 반짝거렸다. 풍경과 소리와 냄새가 담뿍하고 새로웠으며 창조에 취해 있었고 심원한 색깔로 빛났으며 봄바람에 실려 초현실적이고 거룩했다. 문학적 감성이 넘쳐나던 청소년 시절에 내 눈에 비친 세상의 모습처럼 말이다. 나는 언덕에 서 있었고 바람이 나의 긴 머리카락을 쓰다듬었다. 나는 꿈결 같은 사랑의 갈망에 젖어 손을 휘저으며 이제 막 파릇파릇 초록이 돋아나는 수풀에서 살짝 고개를 내민 어린싹을 뜯어 들여다보고 냄새도 맡아봤고(이 냄새만 맡아도 벌써 당시의 모든 것이 다시 선명하게 떠올랐다) 이 작은 초록 잎을 아직 어떤 소녀와도 키스한 적 없는 입술로 물고 놀다가 씹기 시작했다. 이 떫고 약초 같은 쓴맛이 입안에 돌자 문득 내가 경험하는 것이 무엇인지 정확히 알게 되었다. 모든 것이 다시 돌아왔다. 나는 소년 시절의 마지막 한때를, 이른 봄 어느 일요일의 오후를 다시 겪고 있었다. 그날 나는 홀로 산책하다가 로자 크라이슬러를 만났고, 제대로 정신을 차리지도 못한 채로 그만 그녀에게 푹 빠지고 말았다.

홀로 몽상에 젖어 미처 나를 보지 못한 채 언덕을 오르던 그 아름다운 소녀를 나는 떨리는 마음으로 기대하면서 바라봤다. 머리는 굵게 땋았지만 양옆 뺨으로 삐져나와 늘어진 머리카락이 바람에 하늘하늘 나부꼈다. 나는 평생 처음으로 이 소녀가 얼마나 아름다웠는지, 부드러운 그녀의 머리카락을 흩날리는 바람의 놀이가 얼마나 아름답고 꿈결 같았는지, 그녀의 청순한 몸을 휘감은 얇은 파란 옷이 얼마나 아름답고 그리움을 불러일으켰는지 깨달았다. 내가 씹은 싹의 쓴 약초 맛과 더불어 불안하고 달콤한 봄날의 그 모든 두려움과 기쁨이 내 마음을 푹 적셨듯, 그녀를 본 순간에는 사랑에 빠질 거라는 치명적인 예감이, 여성에 대한 예감, 엄청난 가능성과 약속, 이름 모를 환희와 상상조차 할 수 없는 혼돈, 불안과 고통, 진정한 구원과 큰 죄책감이 내 마음을 온 가득 채웠다. 아, 혀에 맴돌던 그 쓰디쓴 봄날의 맛은 얼마나 뜨거웠던가! 아, 빨개진 그녀의 뺨 옆에서 풀어진 머리카락을 가지고 놀던 바람은 또 얼마나 신나게 불어왔던가! 가까이 다가온 그녀는 고개 들어 나를 알아보더니 한순간 살짝 뺨을 붉히다 눈길을 옆으로 돌렸다. 내가 견진성사 때 썼던 모자를 벗어 들고 그녀에게 인사하자 그녀는 곧 마음을 가다듬고 미소를 지으면서 약간 숙녀처럼 고개를 들고서 인사를 받아주었고 느리지만 다부지고 침착한 걸음걸이로 가던 길을 계속 걸어갔다. 내가 그녀의 뒷모습을 향해 던진 수천 가지 사랑의 바람과 요구와 맹세에 휩싸인 채로 말이다.

과거에는, 35년 전 일요일은 그랬다. 그리고 그때의 그 모든 것이 이 순간 되돌아왔다. 언덕과 도시, 3월의 바람과 새싹의 냄새, 로자와 갈색 머리카락, 부풀어 오르는 그리움과 목을 옥죄는 달콤한 불안, 모든 것이 그때와 같았다. 그날 이후 나는 그때 내가 로자에게 느꼈던 사랑보다 더한 사랑을 평생 느껴본 적이 없는 것 같았다. 그러나 이번에는 그때와는 다르게 그녀를 맞이할 기회가 주어졌다. 나는 나를 보고 붉어진 그녀의 뺨을 봤고, 그것을 감추려 애쓰는 모습을 봤으며, 그녀도 나를 좋아하므로 이 만남이 그녀에게도 나와 같은 의미라는 사실을 금방 알아차렸다. 그래서 이번에는 마음이 불안하고 조마조마했지만, 예전처럼 모자를 벗어 들고 엄숙하게 서서 그녀가 지나가기를 기다리지 않고 청춘의 피가 시키는 대로 크게 외쳤다.

"로자! 아름다운 아가씨, 네가 오다니 정말 좋아. 나 너 좋아해."

어쩌면 이 순간 뱉을 수 있는 가장 재치 있는 말은 아니었겠지만 여기서 굳이 재치는 필요치 않았다. 그것만으로도 충분했다. 로자는 숙녀 같은 표정을 짓지 않았고 가버리지도 않았다. 걸음을 멈추고 나를 보더니 얼굴을 더 붉히며 말했다.

"안녕, 하리. 너 정말 나 좋아해?"

말을 하는 그녀의 다부진 얼굴에서 갈색 눈이 반짝거렸고, 나는 그 일요일에 내가 로자를 그냥 보낸 순간부터 지나온 내 삶과 사랑이 모조리 다 틀렸고 엉망진창이었으며 어리석은 불행으로 가득했다는 느낌이 들었다. 그러나 이제는 그 실수를 만회했으니 모든 것이 다 달라지고 다 좋아질 것이다.

우리는 손을 내밀어 맞잡고 천천히 걸어갔다. 이루 말할 수 없이 행복했으나 너무도 당황스러워 무슨 말을 하고 무엇을 해야 할지 몰랐다. 우리는 당황해서 걸음을 빨리하다가 뛰다시피 걸었고 결국 숨이 차서 걸음을 멈출 수밖에 없었지만 끝까지 손은 놓지 않았다. 둘 다 아직 어린애여서 어디서부터 시작해야 할지 알지 못했다. 그래서 그 일요일에는 첫 키스조차 하지 못했지만 우리는 너무나 행복했다. 우리는 걸음을 멈추고 숨을 쉬었고 풀밭에 앉았다. 내가 그녀의 손을 어루만지자 그녀는 다른 손으로 수줍게 내 머리를 쓸었고, 다시 일어선 우리는 누구 키가 더 큰지 재봤다. 사실은 내가 손가락 너비만큼 더 컸지만 그 말은 하지 않았다. 대신 우리 둘이 키가 똑같은 걸 보면 신께서 우리를 운명의 짝으로 정하셨고 나중에 우리가 결혼할 거라고 확신 있게 말했다. 그러자 로자가 어디서 제비꽃 향기가 난다고 말했고, 우리는 무릎을 꿇고서 봄날의 풀밭에서 아직 키가 작은 제비꽃을 찾았다. 짤막한 줄기에 달린 제비꽃 몇 송이를 찾아낸 우리는 서로에게 자기가 찾은 꽃을 선물했다. 기온이 낮아지고 햇빛이 벌써 바위 위로 비스듬히 떨어지자 로자는 집에 가야 한다고 말했다. 내가 그녀를 바래다줄 수가 없었기에 우리는 많이 슬펐다. 그래도 이제 우리에게는 함께 나눈 비밀이 생겼고 그 비밀이 우리가 가진 가장 소중한 것이었다. 나는 바위 언덕에 남아서 로자가 준 제비꽃의 향기를 맡았고, 얼굴을 아래로 향한 채 낭떠러지의 바닥에 납작 엎드려 아래쪽 도시를 내려다봤다. 로자의 작고 어여쁜 모습이 저 아래에서 나타나더니 우물을 지나고 다리를 건넜다. 아마 지금쯤이면 그녀는 집에 도착해서 방으로 들어갔을 것이다. 나는 그녀와 멀리 떨어진 이곳 언덕에 누워 있지만 내게서 그녀에게로 끈이 이어졌고 전류가 흘렀으며 비밀의 바람이 불었다.

우리는 그해 봄 내내 여기저기에서 다시 만났다. 바위 언덕에서, 정원 울타리에서도 만났으며 라일락이 피기 시작할 무렵에는 떨리는 첫 키스를 나눴다. 아이들이 서로에게 줄 수 있는 것은 많지 않았기에 우리의 첫 키스는 뜨거운 불길도, 충만함도 없어서 나는 그저 귓가로 흘러내린 그녀의 머리카락을 가만히 쓰다듬을 용기밖에 내지 못했다. 그렇지만 우리가 사랑하고 기뻐할 수 있었던 모든 것이 우리 것이었다. 수줍게 스친 모든 손길, 미숙한 모든 사랑의 말, 가슴 졸이며 기다린 모든 순간과 더불어 우리는 새로운 행복을 배웠고 사랑의 사다리를 한 칸씩 올랐다.

그렇게 로자와 제비꽃을 시작으로 나는 내 평생의 연애사를 다시 한번 더욱 행복하게 경험했다. 로자가 사라지고 이름가르트가 나타났다. 태양은 더욱 뜨거워지고 별은 더욱 취했지만 로자도, 이름가르트도 내 것이 되지는 못했다. 나는 사다리를 한 칸 한 칸 오르며 많은 것을 경험하고 많은 것을 배워야 했고 이름가르트도, 안나도 다시 잃어야 했다. 젊은 시절 내가 사랑한 모든 소녀와 나는 다시 사랑을 나눴고, 이번에는 모두의 마음에 사랑을 불어넣고 모두와 무엇이든 주고받을 수 있었다. 그때는 상상만 했던 소망과 꿈, 가능성이 이제는 현실이었고 경험이 되었다. 오, 너희 아름다운 꽃들이여, 이다, 로레, 내가 여름 한 계절 동안, 한 달 동안, 하루 동안 사랑했던 모든 소녀들이여!

그제야 나는 조금 전 사랑의 문으로 허겁지겁 달려가던 그 잘생기고 열정적인 청년이 나였다는 사실을 깨달았다. 이제야 나는 나의 이 조각, 내 본성과 삶을 10분의 1, 1,000분의 1밖에는 담아내지 못한 이 조각을 온전히 펼치고 키웠다. 내 자아의 다른 어떤 모습에도 구애받지 않아서 사상가의 방해도, 황야의 이리의 괴롭힘도, 시인과 몽상가, 도덕군자의 구박도 나를 방해하지 못했다. 아니, 이제야 나는 오직 사랑하는 사람이었고 사랑의 행복과 고통 말고는 그 어떤 행복과 고통도 숨 쉬지 않았다. 나는 이미 이름가르트에게서 춤을 배웠고, 이다에게서는 키스를 배웠으며, 제일 미인이던 엠마는 가을 저녁에 잎이 나부끼는 느릅나무 아래에서 그 까무잡잡한 가슴에 키스하도록 허락해줘서 내게 쾌락의 술잔을 들이켜게 한 첫 여인이었다.

나는 파블로의 작은 극장에서 많은 것을 경험했다. 그중 말로 옮길 수 있는 것은 1,000분의 1도 되지 않는다. 내가 사랑했던 모든 소녀가 이제는 내 것이었다. 모두가 내게 그녀만이 줄 수 있는 것을 주었고, 그녀만이 받을 줄 아는 것을 내게서 받았다. 나는 많은 사랑, 많은 행복, 많은 쾌락을 맛봤고 많은 혼란과 고통도 맛봤다. 살면서 놓친 모든 사랑이 이 꿈같은 시간에 마법처럼 나의 뜰에 피어났다. 그것은 순결하고 여린 꽃, 눈부시게 타오르는 꽃, 금방 시드는 어두운 꽃, 가물거리는 욕정, 내밀한 몽상, 작열하는 우울, 무서운 죽음, 찬란한 부활이었다. 서둘러 달려들어야 얻을 수 있는 여자가 있었고, 시간을 두고 정성을 들여 구애해야 행운이 찾아오는 여자가 있었다. 내 인생의 어둑어둑한 구석이 다시 하나하나 모습을 드러냈다. 그 구석에서 단 1분에 불과하다 해도 성(性)의 목소리가 나를 불렀고 여인의 눈길이 내 마음에 불을 지폈으며, 소녀의 하얀 살갗에서 풍기는 광택이 나를 유혹했다. 나는 살면서 놓친 모든 것을 되찾았다. 모두가 각자의 방식으로 내 것이 되었다. 급행열차 통로 쪽 창가에서 15분 동안 내 곁에 서 있었고 그 후 몇 번 꿈에도 나타났던 여자는 밝은 아마 빛깔 머리카락에 짙은 갈색 눈동자가 독특했다. 그녀는 한마디도 하지 않았지만 상상하지 못한 무섭고 치명적인 사랑의 기술을 내게 가르쳐주었다. 마르세유 항구에서 만난 통통한 중국 여인은 말이 없었고 생기 없는 미소를 지었다. 윤기 있는 검은 머리카락과 몽롱한 눈동자의 그녀 역시 엄청난 것을 알고 있었다. 모두가 각자의 비밀을 가지고 있었고, 자기 땅의 냄새를 풍겼으며, 자기 방식으로 키스하고 웃었다. 자기만의 특별한 방식으로 부끄러워했으며 자기만의 특별한 방식으로 부끄러움을 몰랐다. 그들이 왔다 갔다. 물결이 그들을 내게로 실어 날랐고 나를 그들에게로 실어 갔다가 도로 실어 왔다. 매력과 위험, 놀라움이 가득한 성의 강물에서 아이처럼 장난삼아 치는 헤엄이었다. 그리고 나는 내 삶에, 겉보기에는 너무도 초라하고 사랑이라고는 없는 황야의 이리의 삶에 사랑과 기회와 유혹이 너무도 많았다는 사실에 깜짝 놀랐다. 그 모든 것을 나는 거의 놓쳤고 도망쳤으며, 그것에 걸려 넘어지고는 금방 잊어버렸다. 그러나 여기에서는 모든 기회가, 수백 가지 기회가 빠짐없이 보존되어 있었다. 이제 나는 그 기회들을 봤고, 그 기회에 정성을 쏟았으며, 마음을 열어 그것의 장밋빛 황혼의 지하 세계로 내려갔다. 파블로가 얼마 전에 제안한 그 유혹도 되돌아왔고, 그 시절에는 제대로 이해하지 못했던 다른 놀이도 되돌아왔다. 서넛이 벌이는 환상적인 놀이가 미소 지으며 나를 그들의 윤무에 끌어들였다.

말로 할 수 없는 많은 일이 일어났고 많은 놀이가 벌어졌다.

유혹과 악덕, 탐닉의 끝없는 강물에서 나는 다시 조용히 말없이 솟아 나왔다. 준비를 마쳤고 지식을 채웠으며 현명해졌고 심도 있는 경험을 거쳐 헤르미네를 만날 수 있을 만큼 성숙해졌다. 수천 가지 모습의 내 신화에서 마지막 인물이며, 끝없는 윤무에서 마지막 이름으로 헤르미네가 등장했다. 그와 동시에 나는 의식을 되찾아 사랑의 동화를 끝맺었다. 그러나 그녀를 여기 이 흐릿한 마법 거울에서 만나고 싶지는 않았다. 내 체스 놀이의 이 말 하나만 그녀의 것이 아니라 하리 전체가 그녀의 것이었기 때문이다. 아, 나는 이제 체스 말을 바꿔 모든 것이 그녀와 연관되고 완성되도록 만들 것이다.

물살에 밀려 육지로 떠밀려간 나는 다시 극장의 고요한 복도에서 있었다. 이제 어쩌지? 나는 주머니에 손을 넣어 말을 만지작거렸지만, 그것을 가지고 놀이를 하고픈 마음은 이미 시들해졌다. 문과 팻말과 마술 거울의 무궁무진한 세상이 다시 나를 에워쌌다. 나는 무심코 다음 팻말을 읽다가 소름이 돋았다.

사랑으로 사람을 죽이는 법

그 팻말에는 이런 글자가 적혀 있었다. 순간 기억의 한 장면이 빠르게 떨리며 머리에 떠올랐다. 1초 동안이었다. 식당 식탁에 앉은 헤르미네가 갑자기 포도주와 음식을 밀어내고 심오한 대화에 빠져들었다. 무서우리만치 진지한 눈빛으로 그녀는 말했다. 내가 그녀를 사랑하게 만든 것은 오직 내 손에 죽기 위해서였다고. 불안과 암흑의 거센 물결이 내 심장을 덮쳤고, 갑자기 모든 것이 내 앞에 서 있었으며, 갑자기 나는 마음속 깊은 곳에서 다시금 시련과 운명을 느꼈다. 나는 절망의 심정으로 주머니에 손을 넣어 체스 말을 꺼내 약간 마법을 부려서 내 체스판의 배치를 바꾸려 했다. 그런데 말이 하나도 없었다. 말 대신 주머니에서 나온 것은 칼이었다. 까무러치게 놀란 나는 복도를 달려 문을 지났고, 갑자기 거대한 거울과 마주쳐서 그 거울을 들여다봤다. 거울에 나만큼 키가 크고 덩치도 좋은 잘생긴 이리 한 마리가 있었다. 이리는 차분하게 서서 불안한 눈동자를 수줍게 반짝였다. 이리가 눈을 깜빡이면서 나를 쳐다보더니 살짝 웃었고 한순간 입술이 벌어지자 붉은 혀가 보였다.

파블로는 어디 있을까? 헤르미네는? 인성 형성을 주제로 신나게 떠들던 그 똑똑한 녀석은 어디 있을까?

나는 다시 거울을 들여다봤다. 내가 미쳤던 모양이다. 키 큰 거울 뒤편에 서서 입안에서 혀를 굴리던 이리는 없었다. 거울에는 나, 하리가 서 있었다. 모든 게임을 마치고 온갖 나쁜 짓에 지쳐서 무서우리만치 창백해진 잿빛 얼굴의 하리가 서 있었다. 그래도 어쨌든 그는 인간이었고, 어쨌든 이야기를 나눌 수 있는 누군가였다.

"하리, 거기서 뭐해?"

내가 물었다.

"아무것도 안 해. 그냥 기다려. 죽음을 기다려."

거울 속 하리가 대답했다.

"죽음이 어디 있는데?"

내가 물었다.

"오고 있어."

그가 말했다. 극장 저 안쪽 텅 빈 방들에서 음악 소리가 울렸다. 아름답지만 섬뜩한 음악, 〈돈 조반니〉에서 석상 손님이 등장할 때 나오는 음악이었다. 저승, 불멸의 존재들이 사는 세상에서 온 얼음장같이 차가운 음악이 유령이라도 나올 것 같은 집 안에 울려 퍼지자 오싹 소름이 돋았다.

"모차르트다!"

퍼뜩 그 생각이 났다. 그러자 내 내면의 삶에서 가장 아꼈던 최고의 이미지들이 되살아났다.

그때 내 뒤에서 웃음소리가 들렸다. 얼음처럼 차가운 낭랑한 소리, 인간은 듣지도 보지도 못한 저세상에서 고통과 신들의 유머가 낳은 웃음소리였다. 이 웃음에 몸은 얼어붙었으나 마음은 행복해진 내가 뒤를 돌아봤더니 모차르트가 다가왔다. 그가 웃으며 나를 지나쳐 태연하게 문 쪽으로 걸어갔고, 그중 하나를 열고 안으로 들어갔다. 나는 젊은 시절 나의 신이었고 평생 사랑하고 존경한 그를 열심히 뒤쫓아갔다. 음악은 계속해서 울렸다. 모차르트는 칸막이 관람석의 난간에 서 있었다. 무대에는 아무것도 보이지 않았고, 끝없는 공간이 어둠에 덮여 있었다.

"봐, 색소폰이 없어도 괜찮잖아. 아, 물론 그 유명한 악기를 모욕하려는 것은 아니지만."

모차르트가 말했다.

"여기가 어느 부분인가요?"

내가 물었다.

"〈돈 조반니〉의 마지막 막이라네. 레포렐로는 벌써 무릎을 꿇었고. 멋진 장면이지. 음악도 들을 만하고. 아직 인간적인 면모가 두루두루 남아 있기는 하지만 그래도 이미 저세상을 느끼게 하는 장면이거든. 저 웃음 말일세. 그렇지 않나?"

"인간이 남긴 마지막 걸작이죠. 물론 그 후로도 슈베르트가 있고 후고 볼프도 있고, 또 그 대단하고 불쌍한 쇼팽도 빼놓을 수 없겠죠. 마에스트로, 이마를 찌푸리시는군요. 아, 베토벤도 있어요. 그도 대단하지요. 하지만 제아무리 아름답다 한들 그들의 작품은 미완성의 무언가가, 해체의 어떤 것이 담겨 있답니다. 인간은 〈돈 조반니〉 이후로 그렇게 완벽한 작품을 더는 만들지 못했지요."

내가 교사처럼 엄숙하게 말했다.

"애쓰지 말게."

모차르트가 웃었다. 심한 비웃음이었다.

"자네도 음악가인가? 나는 일을 그만두고 은퇴했다네. 그냥 재미 삼아 가끔 구경하는 거지."

그가 오케스트라를 지휘하듯 두 팔을 들었다. 어디선가 달인지, 창백한 별인지가 떠올랐다. 난간 너머로 까마득한 깊이의 공간이 보였다. 거기에 안개와 구름이 자욱했고 산과 해안이 어스름하게 보였다. 발아래에는 사막을 닮은 평야가 넓게 펼쳐져 있었다. 그 평야에 성직자 같은 외모에 수염을 길게 기른 노신사가 슬픈 표정을 짓고서 검은 옷을 입은 엄청난 무리의 남자들 맨 앞에 서서 걸어가고 있었다. 상심하고 절망한 듯한 그를 보며 모차르트가 말했다.

"봐, 저 사람이 브람스야. 구원을 받으려고 애는 쓰지만 아직 한참 멀었지."

검은 옷을 입은 수천 명은 모두 브람스의 악보에서 쓸모없다고 신이 판단한 성부나 음표를 연주했던 사람들이었다.

"악기를 너무 많이 사용했어. 재료를 과하게 낭비한 거지."

모차르트가 고개를 끄덕였다.

그러자마자 리하르트 바그너가 역시나 큰 무리를 이끌고 걸어왔다. 그 수천 명이 그를 끌어당기고 빨아먹는 느낌이 들었다. 바그너 역시도 순교자 같은 지친 걸음으로 터덜터덜 걸었다.

"제가 젊었을 때는 저 두 음악가가 가장 차이가 크다고 생각했습니다."

모차르트가 웃었다.

"그래. 늘 그렇지. 하지만 조금만 떨어져서 보면 그런 차이도 점점 더 비슷해지는 법이라네. 하긴 악기를 많이 사용하는 것이 바그너 개인의 잘못은 아니지. 브람스 개인의 잘못도 아니고. 그 시대의 잘못이었을 뿐."

"네? 그런데 그걸 저분들이 저렇게 힘들게 속죄를 해야 한다고요?"

나는 큰 소리로 비난했다.

"당연하지. 그게 순서니까. 시대의 죄를 갚고 나야, 갚아야 할 개인의 죄가 아직 많이 남았는지 밝혀질 테니까."

"하지만 저 두 분은 할 수 있는 게 없어요."

"당연히 없겠지. 자네도 아담이 먹은 사과의 죗값을 갚을 수 없지만 그래도 속죄를 해야 하잖나."

"끔찍하군요."

"맞아. 인생은 늘 끔찍하지. 할 수 있는 일은 없는데 책임은 져야 하거든. 태어나기만 해도 이미 죄인이야. 그걸 몰랐다면 오늘 자네는 나한테 특별 종교 수업을 받은 거네."

기분이 정말로 참담했다. 나는 나 자신을 봤다. 지칠 대로 지친 순례자가 저세상의 사막을 걸어가고 있었다. 내가 썼던 그 많은 쓸데없는 책들, 그 모든 논문과 잡문을 짊어지고서 그 글을 찍어 냈던 식자공 무리와 그 글을 읽어야 했던 독자 무리를 이끌고 걷고 있었다. 세상에! 더구나 그렇다 해도 아담과 사과, 나머지 모든 원죄는 여전히 남아 있었다. 그러니 이 모두에 대해 속죄해야 하고, 정죄의 불길은 끝없이 타올라야 한다. 그런 후에야 그 모든 것 뒤편에 아직도 개인의 죄가, 자신만의 죄가 있는지, 아니면 나의 모든 행동과 그것의 결과는 그저 바다에 뜬 빈 거품에 불과하고 사건의 강물을 타고 흐르는 의미 없는 놀이에 불과했는지 물을 수 있을 것이다.

모차르트는 우울한 내 표정을 보고 크게 웃기 시작했다. 너무 웃어서 허공중에 나동그라졌고 다리를 덜덜 떨었다. 그러면서 내게 이렇게 외쳤다.

"이봐, 젊은이, 혀 깨물었어? 아니면 허파를 꼬집기라도 했어?

독자들을 걱정하는 거야? 그 망나니들, 처먹기만 하는 불쌍한 놈들을 생각하는 거야? 식자공, 이교도, 그 빌어먹을 선동가들, 그 칼 가는 자들을 걱정해? 웃기는군. 박장대소하고 포복절도하고 오줌을 쌀 노릇이야. 오, 인쇄용 검은 잉크와 영혼의 고통을 안고 사는 순해빠진 사람. 내 그대에게 양초를 선물하겠네. 아냐, 그냥 농담이야. 훌쩍대고 딸각대고 소동도 피우고 못된 장난도 치고 꼬리도 흔들겠지만 불꽃이 오래 펄럭이지는 않을 거야. 안녕! 악마가 너를 데려갈 거야. 네가 끼적인 글과 지껄인 헛소리의 대가로 아주 흠씬 두들겨 패겠지. 너 그거 전부 다 훔친 거잖아."

이 말은 너무 심했다. 화가 치밀어 슬픔에 젖어 있을 겨를이 없었다. 나는 모차르트의 댕기 머리를 움켜쥐었다. 그가 달아나자 댕기 머리가 혜성 꼬리처럼 자꾸자꾸 길어졌고, 나는 그 끝에 매달려 세상을 빙빙 돌았다. 으악, 이 세계는 너무 춥다. 불멸의 존재들은 끔찍할 만큼 희박하고 얼음처럼 차가운 공기를 견디고 있었다. 하지만 이 얼음장 같은 공기 덕분에 기분은 좋았다. 짧은 순간 그렇게 느끼다가 나는 이내 감각을 잃었다. 혹독하게 예리하고 강철처럼 번쩍이며 얼음같이 쨍한 명랑함이, 모차르트처럼 밝고 제멋대로이며 이 세상 것이 아닌 웃음을 터뜨리고픈 욕망이 온몸을 훑고 지나갔다. 그러나 그 순간 나는 숨이 멎었고 의식을 잃었다.

정신이 돌아오니 어리둥절했고 몸도 기진맥진이었다. 복도의 흰빛이 반질반질한 바닥을 비췄다. 나는 불멸의 존재들이 사는 세상에 있지 않았다. 아직은 아니었다. 나는 여전히 수수께끼와 고

뇌, 황야의 이리가 사는 고통스러운 혼돈의 이 세상에 있었다. 좋은 장소가 아니었고 참고 견디며 머물 만한 곳도 아니었다. 끝을 내야 했다.

커다란 벽 거울에 하리가 나와 마주 서 있었다. 몸이 좋아 보이지 않았다. 그날 밤 교수를 만나고 나와서 '검은 독수리'에서 무도회를 봤을 때와 별반 다르지 않아 보였다. 하지만 그건 아주 오래전 일이었다. 몇 년 전, 몇백 년 전의 일이었다. 하리는 더 나이가 들었고 춤을 배웠으며 마술 극장을 찾아갔고 모차르트의 웃음소리를 들었으며 춤과 여자와 칼이 더는 무섭지 않았으니 말이다. 재능이 뛰어나지 않은 사람도 몇백 년을 달리다 보면 성숙해진다. 나는 거울 속 하리를 오래 바라봤다. 아직은 그를 알아볼 수 있었다. 3월의 어느 일요일에 바위 언덕에서 로자를 만나 견진성사 때 쓰던 모자를 벗었던 열다섯 살의 그 하리와 아직은 아주 살짝 닮은 구석이 있었다. 그러나 그날 이후 그는 몇백 살 더 먹었고, 음악과 철학을 물리도록 공부했으며, '슈탈헬름'에서 알자스산 포도주를 마셨고, 고리타분한 학자들과 크리슈나에 대해 토론도 했다. 에리카와 마리아를 사랑했고, 헤르미네의 친구가 되었으며, 자동차에 총을 쏘기도 했고, 부드러운 살결의 중국 여자와 잠도 잤으며, 괴테와 모차르트를 만났고, 아직도 그를 사로잡고 있는 가상 현실과 시간의 그물에 이런저런 구멍을 내기도 했다. 귀여운 체스 말은 잃어버렸지만 주머니에는 멋진 칼이 하나 들어 있었다.

에잇! 인생은 왜 이리 쓸까? 나는 거울 속 하리에게 침을 뱉었고, 거울을 발로 차서 산산조각 내버렸다. 그리고 소리가 울리는 통로를 천천히 걸어가며 그렇게나 달콤한 약속을 해대던 문들을 유심히 살펴봤다. 그런데 이제는 어느 문에도 팻말이 붙어 있지 않았다. 나는 마술 극장의 문 100개를 전부 다 지나갔다. 오늘 내가 가장무도회에 간 게 아니었나? 그날로부터 100년이 흘렀다. 그래도 아직 할 일이 남았다. 헤르미네가 기다리고 있었다. 특별한 결혼식이 될 것이다. 탁한 물결에 몸을 싣고서 나는 그곳으로 헤엄을 쳤다. 우울하게 끌려가는 노예, 황야의 이리! 에잇!

마지막 문 앞에서 걸음을 멈췄다. 탁한 물결이 그곳으로 나를 끌고 왔다. 아, 로자, 아, 아득한 청춘! 아, 괴테와 모차르트!

나는 문을 열었다. 소박하고 아름다운 광경이 펼쳐졌다. 바닥 양탄자에 벌거벗은 두 사람이 누워 있었다. 아름다운 헤르미네와 잘생긴 파블로가 나란히 누워 깊은 잠에 빠져 있었다. 절대 만족하지 못할 것 같지만 너무도 쉽게 물려버리는 사랑의 놀이에 지쳐 잠이 든 것이다. 아름답고 아름다운 사람들, 멋진 모습, 감탄스러운 육체. 헤르미네의 왼쪽 가슴 밑에 새로 생긴 동그란 자국이 있었다. 거무스름한 자국은 반짝이는 고른 이로 파블로가 물어 만든 사랑의 흔적이었다. 나는 칼을 꺼내 자국이 있는 자리를 칼날이 다 들어갈 만큼 깊이 찔렀다. 헤르미네의 희고 부드러운 피부로 피가 흘렀다. 모든 것이 달랐다면, 다르게 흘러갔더라면 나는 그 피를 키스로 몽땅 다 핥았을 것이다. 그러나 지금 나는 그렇게 하지 않았다. 흐르는 피를 그저 지켜봤을 뿐이다. 그녀가 고통스러워하며 놀라서 잠깐 눈을 떴다. '그녀가 왜 놀라지?' 나는 생각했다. 그리고 내가 그녀의 눈을 감겨줘야 한다고 생각했다. 하지만 그녀의 눈은 절로 감겼다. 끝난 것이다. 그녀가 살짝 옆으로 몸을 돌리자 겨드랑이에서 가슴까지 은은하고 부드러운 그림자가 생겼다. 그 그림자가 내게 뭔가를 상기시키려 하는 것 같았다. 잊어! 그러자 그녀는 움직이지 않았다.

나는 한참 동안 그녀를 지켜봤다. 그러다가 마침내 자다가 깬 사람처럼 몸을 부르르 떨었고 자리를 뜨려고 했다. 그 순간 파블로가 기지개를 켜며 눈을 뜨고 사지를 쭉 뻗다가 아름다운 죽은 여인에게로 몸을 구부리더니 미소를 지었다. 도통 진지할 줄 모르는 녀석이라는 생각이 들었다. 뭘 보든 웃으니 말이다. 파블로는 조심조심 양탄자의 한 모서리를 들추어 헤르미네의 몸을 가슴까지 덮어 상처가 보이지 않게 가리더니 소리 죽여 칸막이 관람석을 빠져나갔다. 그는 어디로 간 걸까? 모두 나를 홀로 두고 가버렸나? 나는 사랑했고 시기했던 여인의 반라 시신과 단둘이 남았다. 그녀의 창백한 이마 위로 소년 같은 곱슬머리가 흘러내렸고, 살짝 벌어진 입이 새하얘진 얼굴에서 빨갛게 빛났으며, 머리카락은 은은한 향기를 풍기며 잘생긴 작은 귀를 반쯤 덮었다.

이제 그녀의 소원이 이루어졌다. 온전히 내 것이 되기도 전에 나는 사랑하는 여인을 죽였다. 상상할 수도 없는 일을 저질렀다. 나는 이 행위의 의미가 무엇인지도 알지 못한 채 무릎을 꿇고서 앞을 노려봤다. 나의 행동이 옳고 정당했는지, 그 반대인지조차도 나는 알지 못했다. 체스를 두던 그 똑똑한 남자라면, 파블로라면 이 행동에 대해 무슨 말을 할까? 나는 아무것도 알지 못했고 아무것도 생각할 수 없었다. 생명이 꺼져가는 얼굴에서 립스틱 칠한 입술이 점점 더 붉게 타올랐다. 나의 온 삶이, 내가 경험한 약간의 행복과 사랑이 이 굳은 입과 같았다. 시신의 얼굴에 그려진 약간의 빨강과 같았다.

죽은 얼굴, 죽은 하얀 어깨, 죽은 하얀 팔에서 공포가, 겨울 같은 황량한 고독이, 천천히 커지는 추위가 슬그머니 뿜어져 나와 내 손과 입술이 얼어붙기 시작했다. 내가 태양의 불을 꺼버렸을까? 내가 온 생명의 심장을 찔러 죽였을까? 죽음과 같은 우주의 추위가 밀어닥친 걸까?

나는 벌벌 떨면서 돌이 되어버린 이마를, 뻣뻣해진 곱슬머리를, 귓바퀴의 서늘한 빛을 노려봤다. 거기에서 흘러나오는 냉기는 치명적이었으나 아름다웠다. 냉기가 소리를 내 멋지게 울려 퍼졌다. 그것은 음악이었다!

나도 언젠가 지난날에 이런 전율을 느껴보지 않았던가? 전율이자 행복을? 언젠가 이 음악을 들어보지 않았던가? 그랬다. 모차르트에게서, 그 불멸의 존재에게서 느끼고 들었다.

언젠가 지난날에 어디선가 본 적 있는 시구가 떠올랐다.

> 그러나 우리는 별빛에 젖어 반짝이는 에테르의 얼음 속에서
> 자신을 발견했다.
> 며칠인지 몇 시인지도 모르고,
> 남자도 여자도 아니며, 젊지도 늙지도 않았으며……
> 우리의 영원한 존재는 차갑고 변치 않으며
> 우리의 영원한 웃음은 차갑고 별처럼 환하니…….

그때 칸막이 관람석의 문이 벌컥 열리며 모차르트가 들어왔다. 댕기 머리도 없고 짧은 바지에 버클 구두를 신지도 않은 현대적인 차림이어서 처음에는 미처 알아보지 못했다. 그가 내 옆에 바짝 붙어 앉았고, 나는 헤르미네의 가슴에서 바닥으로 흘러내린 피에 그의 옷이 더러워질까 걱정되어 하마터면 그를 뒤로 잡아당길 뻔했다. 그는 자리에 앉더니 여기저기 놓여 있는 몇몇 작은 장비와 도구를 열심히 만져봤다. 그것들을 아주 소중히 다루었고, 옮기기도 하고 나사를 죄기도 했다. 나는 그 능숙하고 날렵한 손놀림을 감탄하며 지켜봤다. 그가 그 손놀림으로 피아노 치는 모습을 봤더라면 얼마나 좋았을까 하며 말이다. 나는 생각에 잠겨 그를 지켜봤다. 아니, 실은 생각에 잠긴 것이 아니라 아름답고 재주 많은 그의 손에 완전히 홀려서 꿈을 꾸는 것 같았고, 그가 곁에 있다는 느낌에 흥분되면서도 약간 불안했다. 그가 무엇을 하는지, 무슨 기계의 나사를 조이고 무엇을 다루고 있는지에는 아무 관심이 없었다.

그가 조립해서 작동시킨 것은 라디오였다. 그가 스피커를 켜면서 말했다.

“뮌헨 방송입니다. 헨델의 F장조 콘체르토 그로소.”

나는 말할 수 없이 놀라고 경악했다. 축음기 주인과 라디오 청취자들이 한목소리로 음악이라 부르는 그것, 기관지 염증의 가래와 단물 빠진 씹던 껌의 혼합물을 그 끔찍한 함석 깔때기가 곧바로 뱉어냈기 때문이다. 그러나 켜켜이 쌓인 먼지를 걷어내면 귀중한 옛 그림이 모습을 드러내듯, 그 탁한 점액과 쉰 소리 너머에는 이 신성한 음악의 고상한 구조와 위풍당당한 구성, 차갑고 긴 호흡, 현악기의 풍성하고 폭넓은 울림이 온전히 감추어져 있었다.

"아니! 모차르트, 뭐 하시는 겁니까? 이런 추잡한 짓을 하시다니, 제정신인가요? 이 더러운 기계를, 우리 시대의 전리품이자 예술을 죽이려는 섬멸전에서 최후의 승리를 거둔 무기를 우리한테로 날리다니요? 모차르트, 꼭 그러셔야 합니까?"

나는 놀라 소리쳤다.

아, 그 섬뜩한 남자는 차갑게, 유령처럼 웃었다. 소리는 내지 않았지만 웃음으로 모든 것을 박살 내버렸다. 그는 아주 흡족한 표정으로 고통스러워하는 나를 보면서 그 빌어먹을 나사를 돌려댔고 함석 깔때기를 이리저리 움직였다. 그는 영혼 없는 일그러진 음악, 독을 품은 음악을 웃으며 계속 그 공간으로 흘려보냈고 웃으면서 내 질문에 대답했다.

"너무 열 내지 마시게, 이웃집 양반. 그런데 여기 이 리타르단도를 새겨들었나? 멋진 아이디어지, 안 그런가? 그럼, 그렇지. 성질이 급한 것 같은데, 성질 좀 죽이고 이 리타르단도의 의향을 마음으로 한번 음미해보게나. 베이스 소리가 들리는가? 신들처럼 나아가고 있잖은가 말이야. 늙은 헨델의 이 멋진 아이디어로 불안한 가슴을 잠재우고 적셔보게. 흥분하지 말고, 그렇다고 조롱도 하지 말고 한번 잘 들어봐. 이 우스꽝스러운 기계가 정말로 대책 없이 바보 같은 베일을 드리우고 있지만, 그 너머에선 이런 신의 음악의 아득한 형체가 거닐고 있으니 말일세. 정신 바짝 차리고 귀담아들으면 배우게 될 거야. 이 황당한 소리통이 세상에서 제일 멍청하고 제일 쓸모없고 제일 금지된 짓을 하는 것 같고, 어디선가 연주한 음악을 멍청하고 거칠게, 나아가 엄청 왜곡하여 아무 데로나 자신과 어울리지 않는 남의 공간으로 집어 던지는 것 같겠지. 그렇지만 이 음악의 원래 정신을 파괴할 수는 없어. 이 소리통이 할 수 있는 거라고는 어쩔 줄 모르는 자신의 기술과 멍청한 자기 짓거리들을 음악으로 입증하는 것밖에는 없거든. 잘 들어보게. 꼭 그래야 해. 자, 귀를 활짝 열어. 그래, 그렇게. 이제 들어보게. 라디오에 짓밟혔어도, 이런 참혹한 형식으로도 여전히 거룩한 헨델을 들어봐. 나아가 모든 생명의 뛰어난 비유를 귀로 듣고 눈으로 보게나. 라디오에 귀를 기울이면 이념과 현상, 영원과 시간, 신과 인간의 근원적 투쟁을 듣고 보는 걸세. 라디오가 제 마음대로 10분 동안 절대 불가능한 공간으로, 시민 계급의 살롱과 다락방으로, 잡담하고 밥 먹고 하품하고 잠자는 청취자들 틈으로 세상 최고의 음악을 집어 던진다 해도, 라디오가 이 음악에서 감각적인 아름다움을 빼앗고 망가뜨리고 할퀴고 더럽힌다 해도, 음악의 정신을 완전히 죽일 수는 없다네. 그렇듯 삶은, 흔히 말하는 현실은 세상의 찬란한 이미지 유희를 사방에 뿌려대지. 헨델에 이어 중소기업 회계 조작법 강연을 틀어주고, 마법 같은 오케스트라 음악을 밥맛없는 소리 분비물로 만들어버리고, 이념과 현실, 오케스트라와 귀 사이 곳곳에다 자신의 기술과 자신의 활동, 자신의 더러운 용변과 허영심을 밀어 넣고 있지. 이봐, 삶은 다 그런 거야. 그리고 그 삶을 그렇게 내버려둬야 해. 우리는 미련한 당나귀가 아니니 그걸 보고 웃는 거야. 자네 같은 사람들은 라디오나 인생을 비판할 자격이 없어. 먼저 귀 기울여 듣는 법부터 배우게나! 진지하게 대접할 가치가 있는 것을 진지하게 대접하는 법을 배우고 다른 것은 그냥 웃어넘기게. 그게 아니면, 자네는 더 잘했어? 더 기품 있고 더 현명하며 더 세련되게 살았어? 아, 아니야. 그렇지 않아. 하리 씨, 자네는 그렇지 않아. 자네는 삶을 괴로운 병력으로, 재능을 불행으로 만들어버렸지. 내 보기에 자네는 저렇게 예쁘고 매력적인 젊은 아가씨를 칼로 찔러 죽이는 거 말고는 달리 재능을 활용할 줄도 몰라. 그게 옳다고 생각해?"

"옳다고요? 아, 아닙니다. 전부 다 틀렸고 너무 멍청했고 다 잘못했습니다. 저는 짐승입니다. 모차르트! 멍청하고 사악한 짐승이에요. 병들어 못 쓰게 된 짐승입니다. 당신 말이 천 번 만 번 옳습니다. 그렇지만 저 아가씨가 스스로 원한 일입니다. 나는 그저 그녀의 소망을 들어줬을 뿐이에요."

나는 절망에 빠져 부르짖었다.

모차르트는 소리 없이 웃었지만 이제는 큰 호의를 베풀어 라디오를 꺼주었다.

뜻밖에도 나의 변명은 여전히 그 말을 충실히 믿고 있던 나 자신의 귀에도 정말 어리석게 들렸다. 문득 기억이 났다. 예전에 헤르미네가 시간과 영원에 대해 이야기를 했을 때 나는 곧바로 그녀의 생각을 내 생각의 반영으로 받아들이자고 마음먹었다. 그러나 내 손에 죽고 싶다는 생각은 당연히 전적으로 헤르미네의 아이디어이자 소망이지 나는 털끝도 영향을 주지 않았다고 믿었다. 그런데도 나는 왜 그 당시에 정말로 끔찍하고 황당한 이런 생각을 수긍하고 믿었을 뿐 아니라 예상까지 한 걸까? 아마 내 생각이었기 때문이 아닐까? 왜 나는 헤르미네를 그녀가 벌거벗은 채 다른 남자의 품에 안겨 있던 바로 그 순간에 죽였을까? 모차르트의 소리 없는 웃음은 다 안다는 듯 조롱이 가득했다.

그가 다시 입을 열었다.

"하리, 사람 웃기는 재주가 있군. 그 아름다운 아가씨가 자네한테 바라는 게 정말로 칼로 찔러주는 것밖에 없었을까? 나한테는 안 통해. 하긴 찌르기는 참 잘 찔렀네. 불쌍한 아가씨가 완전히 죽어버렸으니. 저 숙녀한테 베푼 자네의 예의 바른 행동이 어떤 결과를 불러왔는지 알 때가 된 거 같군. 아니면 결과를 회피하고 싶은가?"

"아닙니다. 제 말을 못 알아들으셨어요? 결과를 회피하다니요. 제가 바라는 건 속죄하고, 속죄하고, 또 속죄하는 겁니다. 단두대에 머리를 밀어 넣어 벌을 받고 죽고 싶습니다."

나는 소리쳤다.

모차르트는 참기 힘든 조롱의 눈빛으로 나를 쳐다봤다.

"자네는 늘 참 비장하군. 하리, 하지만 앞으로는 유머를 배우게 될 걸세. 유머는 언제나 교수대 유머지. 필요하다면 진짜로 교수대에서 배우면 될 거야. 각오가 됐나? 됐다고? 좋아. 그럼 검사한테 가서 유머 감각이라고는 없는 사법 기관을 다 거친 후에 이른 아침 감옥에서 침착하게 머리를 자르도록 하세. 그러니까 각오가 됐다는 거지?"

갑자기 팻말 하나가 눈앞에서 번쩍였다.

하리의 처형

나는 고개를 끄덕여 동의의 뜻을 전했다. 작은 격자 창문이 붙은 네 개의 담으로 둘러싸인 작은 마당, 말쑥하게 설치해둔 교수대, 법복과 프록코트를 입은 열두 명의 신사, 그 한가운데에 내가 서 있었다. 이른 아침의 잿빛 공기가 추워 몸을 떨었고 무시무시한 불안으로 심장이 오그라들었지만 나는 처형당할 각오가 되었고 처형에 동의했다. 명령을 받자 나는 앞으로 나섰고 무릎을 꿇었다. 검사가 모자를 벗고 헛기침을 하니 다른 신사들도 모두 헛기침을 했다. 검사는 격식을 갖춘 종이를 펼쳐 읽기 시작했다.

"신사 여러분, 여러분 앞에 선 하리 할러는 우리 마술 극장을 고의로 악용한 죄로 기소되어 유죄 판결을 받았습니다. 할러는 우리의 아름다운 상영관을 현실과 혼동하여 거울에 비친 아가씨를 거울에 비친 칼로 찔러 죽여 숭고한 예술을 모욕했습니다. 나아가 유머 없게도 우리 극장을 자살 기계로 이용하려는 의도를 드러냈습니다. 따라서 우리는 할러에게 영생의 벌과 열두 시간 동안 우리 극장에 입장할 자격을 박탈하는 벌을 선고합니다. 아울러 피고는 1회 비웃음당하는 벌도 피할 수 없습니다. 자, 신사 여러분, 시작해봅시다. 하나, 둘, 셋!"

"셋"에 맞추어 그 자리에 있던 모두가 한 사람도 빠짐없이 웃음을 터뜨렸다. 한 차원 높은 합창, 인간이라면 견디기 힘든 섬뜩한 저세상의 웃음이었다.

정신이 돌아왔을 때 모차르트는 여전히 내 옆에 앉아 있었다. 그가 내 어깨를 톡톡 치면서 말했다.

"판결 들었지. 그러니까 삶의 라디오 음악에 계속 귀 기울여야 할 걸세. 그게 자네한테 좋아. 한심한 젊은이, 자네는 도통 그 재능이 없어요. 그래도 세상이 자네한테 무엇을 요구하는지, 서서히 깨달을 걸세. 자네는 웃는 법을 배워야 해. 그게 세상이 자네한테 요구하는 바네. 삶의 유머, 이 삶이라는 교수대의 유머를 깨달아야 해. 물론 자네는 세상이 요구하는 것뿐 아니라 다른 모든 일도 기꺼이 하겠다는 각오가 되어 있을 걸세. 아가씨를 찔러 죽일 각오도, 장엄하게 처형당할 각오도 되어 있겠지. 분명 100년 동안 고행하고 채찍질당할 각오도 되어 있을 테고. 아닌가?"

"물론입니다. 진심으로 그럴 겁니다."

나는 참담한 심정으로 소리쳤다.

"당연히 그럴 테지. 유머 없는 한심한 행사라면 모조리 좋아하는 사람이니. 참 마음도 넓지. 비장하고 진지하다면 무조건 좋아하다니! 그렇지만 나는 그런 거 안 좋아한다네. 자네의 낭만적인 속죄에 땡전 한 푼도 보태지 않을 걸세. 자네는 처형당하기를, 머리가 잘리기를 바라고 있어. 이 야만인 같으니라고. 그 한심한 이상을 위해서라면 살인을 10건도 더 저지를 거야. 겁쟁이. 자네는 죽으려 할 뿐, 살고자 하지 않아. 하지만 바로 그 살고자 하는 마음을 먹어야 하는 거야. 가장 무거운 벌을 받는다고 해도 자네에게는 정당한 벌일 거야."

"무슨 벌을 받을까요?"

"가령 그 아가씨를 다시 살려내서 자네하고 결혼시키는 거지."

"안 됩니다. 마음의 준비가 안 됐어요. 불행할 겁니다."

"자네가 저지른 짓으로 이미 충분히 불행하지 않나? 비장함과 살인은 끝내야 해. 이제 그만 정신 차리게. 자네는 살아야 하고 웃음을 배워야 해. 그 빌어먹을 삶의 라디오 음악을 귀 기울여 듣고 그 너머의 정신을 존중하며 그 음악에 끼어든 쓰레기를 비웃는 법을 배워야 해. 그거면 됐어. 자네한테 더는 요구하지는 않을 테니까."

이를 악물며 나는 소리 죽여 물었다.

"제가 싫다고 하면요? 모차르트 씨, 황야의 이리에게 지시를 내리고 그의 운명에 끼어들 권리가 당신한테는 없다고 한다면요?"

모차르트는 침착하게 대답했다.

"그럼 맛난 내 담배 한 개비를 자네한테 권하겠지."

그렇게 말하며 그는 마술을 부리듯 조끼 주머니에서 담배 한 개비를 꺼내 내게 내밀었다. 그 순간 갑자기 그가 모차르트가 아니라 검은 외국인의 눈으로 따뜻하게 바라보는 내 친구 파블로로 변했다. 내게 말을 가지고 체스 놀이를 가르쳐준 그 남자와 쌍둥이처럼 닮기도 했다.

"파블로!"

나는 벌떡 일어서며 큰 소리로 불렀다.

"파블로, 여기가 어디야?"

파블로가 내게 담배를 주고 불을 붙여주었다.

"나의 마술 극장이지."

그가 미소 지었다.

"탱고를 배우거나 장군이 되거나 알렉산더대왕과 대화를 나누고 싶어도 다 곧바로 할 수 있는 곳. 하지만 이 말만은 꼭 해야겠어. 하리, 난 너한테 약간 실망했어. 자제력을 잃고 내 작은 극장의 유머를 뒤죽박죽으로 만들고 추잡한 짓을 했잖아. 칼로 찔러서 우리의 예쁜 이미지 세상을 현실의 얼룩으로 더럽혔잖아. 보기 좋지 않았어. 차라리 헤르미네와 내가 나란히 누워 있는 걸 보고 질투에 사로잡혀서 그랬기를 바라. 유감이지만 넌 이 체스 말들을 제대로 다룰 줄 몰랐던 거지. 네가 놀이를 잘 배웠을 거라고 믿었거든. 뭐, 좋아. 고치면 돼."

그가 체스 말 크기로 줄어든 헤르미네를 손가락으로 집어 들어 조금 전 담배를 꺼냈던 그 조끼 주머니에 집어넣었다.

달콤하고 자욱한 담배 연기에서 기분 좋은 냄새가 났다. 마음이 헛헛했고 1년이라도 잠을 잘 수 있겠다는 마음이 들었다.

아, 이제야 모든 것을 이해했다. 파블로를 이해했고 모차르트를 이해했다. 어디선가 내 뒤편에서 그의 끔찍한 웃음소리가 들렸다. 나는 내 주머니에 든 인생 놀이의 그 수십만 가지 말을 모조리 다 알았으며, 충격 속에서 의미를 짐작했고, 다시 한번 놀이를 시작해 다시 한번 그 고통을 맛보며 다시 한번 그것의 무의미로 몸을 떨고 싶었다. 내 마음의 지옥에서 다시 한번, 자주 방랑하고 싶었다.

언젠가 때가 되면 나는 체스 게임을 더 잘하게 될 것이다. 언젠가 때가 되면 웃는 법을 배울 것이다. 파블로가 나를 기다렸다. 모차르트가 나를 기다렸다.

작품 해설

1

헤르만 헤세는 오늘날 토마스 만, 프란츠 카프카, 슈테판 츠바이크 등과 함께 전 세계적으로 가장 많이 읽히는 독일어권 작가 중 한 명이다. 그의 작품은 2010년대에 이르기까지 (독일, 오스트리아, 스위스 같은) 독일어권 국가들에서만 2,500만 부 이상이 팔렸으며, 전 세계적으로는 1억 2,500만 부 이상 팔렸을 것으로 추정된다. 헤세는 시, 에세이, 단편소설, 장편소설 등 수많은 작품을 발표했으나(2007년에 완간된 독일 주어캄프 출판사의 '헤세 전집'은 총 20권에 달한다), 그중 전 세계적으로 가장 많은 사랑을 받은 것은 바로 1927년에 출간된 《황야의 이리》다. 이 소설은 특히 1960년대 (주류 사회와 전통적인 가치관에 반대하며 자유와 사랑, 평화, 자연과의 조화

등을 추구한 젊은 세대의 시민운동인) 히피 운동의 영향 아래 미국에서 큰 인기를 끌었는데, 1969년에는 단 한 달 만에 36만 권이 팔린 적도 있다고 한다.

《황야의 이리》가 이렇게 큰 사랑을 받은 이유는 무엇일까? 헤세의 작품은 대체로 전통적인 세계관과 가치관을 거부하지만 아직 새로운 가치의 기준을 찾지 못한 한 젊은이가 방황하고 성장하며 자신의 내면에서 삶의 방향을 찾아가는 이야기를 진정성 있게, 때로는 섬세하게, 때로는 단호한 문체로 그려낸다. 그렇기 때문에 그의 작품은 시대를 불문하고 삶의 의미와 어떻게 살아야 하는지를 고민하는 이들에게, 존재의 이유를 찾고자 하는 이들에게 커다란 울림을 준다. 《황야의 이리》 역시 이러한 기본적인 틀에서 벗어나지 않지만, 이 소설이 다른 작품에 비해 더 큰 사랑을 받은 것은 아마도 주인공 하리 할러가 느끼는 절망과 방황이 더 처절하고 진정성 있게 다가오고 시민적 삶에 대한 반감과 저항이 더 노골적으로, 더 자유분방한 형태로 묘사되고 있어서일 것이다. 그리고 그러한 특징은 아마도 이 소설이 (주인공 이름의 이니셜이 헤르만 헤세의 이름과 같다는 데에서 단적으로 알 수 있듯이) 헤세의 그 어떤 소설보다도 더 자전적이라는 사실과 관련이 있다.

2

헤르만 헤세는 1877년에 태어났다. 이는 그가 19세기 말 유럽의 사회와 문화 모든 영역에서 벌어진 혁명적인 변화를 온몸으로 겪으며 성장했다는 사실을 의미한다. 독일은 중세 이래 신성 로마 제국의 느슨한 틀 안에 프로이센, 오스트리아, 바이에른, 작센, 헤센 등 여러 나라로 쪼개져 있었다. 독일의 첫 번째 통일은 강력한 군사력을 가지고 있던 프로이센이 당시 수상이던 오토 폰 비스마르크의 지휘 아래 통일의 방해 세력이던 오스트리아와 프랑스를 1866년과 1870년 차례로 제압하고, 1871년 1월 베르사유 궁전 거울의 방에서 독일 제국의 수립을 선포하면서 이뤄졌다. 통일 이후 독일은 영국과 같은 강력한 중앙 집권 체제를 구축하며 다른 유럽 국가에 비해 늦었던 산업혁명을 신속하게 진행할 수 있었으며, 그 결과 1차 세계대전이 벌어지기 직전인 1913년에는 영국을 추월해 유럽 최고의 경제 대국으로 성장할 수 있었다.

산업혁명은 이전에는 상상할 수 없었던 기술의 발전과 부의 축적을 가능하게 해줬을 뿐 아니라 일상적 삶에도 커다란 변화를 가져왔다. 자본가들에 의한 부의 독점이나 빈민 도시 노동자 계급의 생성과 같은 심각한 부작용도 있었지만 증기기관을 활용한 대량 생산, 굉음을 울리며 어마어마한 속도로 달리는 기차와 자동차, 어두운 거리를 환하게 밝히는 전기 가로등, 먼 곳의 소식을 실시간으로 전달하는 전신과 전화 등과 같은 산업혁명의 결과물들은 인간의 삶을 풍요롭게 만들었다. 그리고 이러한 산업혁명의 강력한 영향 아래에서 사람들은 산업혁명의 토대가 된 자연과학에 열광했다. 자연과학이 발견한 자연법칙들은 산업 기술 발전의 원동력이자 놀라운 발명의 근원이었으며, 이를 목격한 사람들은 자연과학이야말로 세계의 진리에 도달할 수 있는 유일한 길이라고 믿었고, 인간과 사회 역시도 자연과학적인 방법으로 연구해야 한다고 생각하기 시작했다. 그리고 이러한 생각은 인간을 더는 자연과 반대되는 존재나 (하느님이 자신의 모습을 따라 만든 후 '자연을 지배하라'는 사명을 준) 신과 자연 사이 어딘가에 위치하는 존재가 아니라 다른 생물들처럼 자연법칙의 지배를 받는 자연 현상의 일부로 이해하도록 만들었다.

이와 같은 새로운 인간관이 19세기 후반 유럽의 사회와 문화에서 무엇을 의미하는지는 찰스 다윈의《종의 기원》(1859)이 잘 보여준다. 1830년대에 갈라파고스 제도를 여행하며 그곳의 생물들을 연구하던 다윈은 (인간을 포함한) 모든 생명체가 처음부터 현재와 같은 모습으로 존재한 게 아니라 기나긴 진화의 과정을 거쳐 오늘날의 모습에 이르렀다는 사실을 알게 된다. 그러나 다윈은 이 발견이 가진 종교적 함의, 즉 기독교의 창조론이 과학적 사실에 부합하지 않는다는 사실 때문에 논문 발표를 미룬다. 그러다가 1859년에 자신이 발견한 내용과 비슷한 연구들이 등장하기 시작하자 자신의 연구를 정리해《종의 기원》을 발표했다. 다윈의 연구는 인간을 자연적 존재로 이해하는 새로운 인간관의 시작이자 수백 년 동안 유럽을 지배해온 기독교적 인간관의 붕괴를 의미했다.

기독교적 인간관의 붕괴는 단순히 인간에 대한 이해의 변화만을 의미하지 않았다. 기독교적 세계관의 근간을 이루는 창조론의 붕괴는 기독교적 세계관과 기독교적 가치 체계를 의심스러운 것으로 만들었으며, 이에 따라 유럽인들은 세계와 인간의 삶을 의미 있는 존재로 만들어주던 오래된 가치 체계를 상실하게 되었다. 이제 사람들은 세상을 훨씬 더 과학적으로 설명할 수 있게 되었지만 그 대신 세상이 어떻게 해서 존재하게 되었는지, 우리가 살아가는 이유는 무엇이며 무엇을 목적으로 살아가야 하는지를 더는 알 수 없게 되었다. 19세기 후반 이래로 특히 독일의 많은 작가가 삶의 문제와 삶의 의미에 천착한 것도 이러한 맥락과 관련이 있다.

3

헤세는 산업의 폭발적인 발전과 그 사회 문화적 영향을 직접 경험하기 어려운 독일 남서부의 작고 조용한 도시 칼프(2023년 기준, 칼프의 인구는 2만 4,000여 명에 불과하다)에서 태어났고, 경건한 삶을 살아가는 독실한 기독교 신자인 부모님 밑에서 어린 시절을 보냈지만, 이러한 시대정신을 가장 잘 보여주는 작가 중 한 명으로 성장했다. 그의 작품은 가치의 절대적 기준이 사라져버린 시대에 스스로 삶의 의미와 방향을, 가치의 체계를 만들기 위해 노력하고, 그러한 노력이 쉽사리 성공할 수 없기에 방황하지만 결국에는 깨달음을 얻는 젊은이의 모습을 그리고 있다. 이는 우선은 1차 세계대전 중이던 1917년에 집필을 시작해 1919년에 발표한 《데미안》

에서 분명하게 드러난다. 《데미안》의 주인공 싱클레어는 어린 시절 크로머라는 이름을 가진 불량배와 만나면서 종교적인 선함이 지배하는 밝고 경건한 부모님과 누이들의 세계에서 벗어나 삶의 어둡고 악한 영역을 접하게 되고, 혼자서는 극복할 수 없는 커다란 어려움을 겪는다. 이때 나타난 전학생 데미안은 싱클레어를 크로머에게서 간단하게 해방시켜주었을 뿐만 아니라 그에게 선과 악의 두 세계, 부정할 수 없는 인간의 두 측면을 모두 아우르는 삶의 가능성을 보여준다. 이후 싱클레어는 때로는 직접 쓰디쓴 경험을 하면서, 때로는 오르간 연주자인 피스토리우스와 같은 조력자를 만나면서 점차 어린 시절의 경험과 데미안의 암시가 무엇을 의미하는지 보다 깊이 이해하고, 최종적으로는 선과 악의 구분을 넘어서는 총체적인 세계 인식에 도달한다. 이후 데미안과 재회하면서 확인하게 되는 이러한 개인적 깨달음은 데미안의 어머니인 에바 부인에 대한 사랑, 즉 근원적 여인('에바'는 하느님이 창조한 최초의 여성인 '이브'의 독일식 이름이다)에 대한 사랑을 통해 타인에게로, 또한 1차 세계대전 참전을 통해 세계로 그 범위가 확대된다.

헤세는 자신이 아닌 에밀 싱클레어를 저자로 내세운 《데미안》에서 새로운 시대에 걸맞은 새로운 삶의 기준을 외부가 아니라 우리의 내면에서, 기독교에 뿌리를 내리고 있는 전통적인 가치관이 아니라 세계의 본질을 품고 있는 우리의 깊은 내면에서 찾으라고 주장한다. 그의 예언자적이고 선지자적인 확신에 가득 찬 목소리는 혼란의 시기를 살아가던 당대의 젊은이들에게 큰 호응을 얻었다. 그러나 그러한 확신에 찬 목소리도, 싱클레어의 성장을 통해 묘사된 이상도 헤세가 겪어야만 했던 현실의 어려움을 막아줄 수는 없었다. 《데미안》이 발표된 1919년부터 《황야의 이리》가 출간된 1927년에 이르기까지 헤세는 끊임없이 여러 가지 해결하기 어려운 문제 때문에 어려운 시기를 보냈다. 그중 가장 큰 문제는 부인인 마리아 베르누이와의 끝없는 불화였다. 다양한 대화를 시도하고 함께 심리 치료도 해봤지만 둘의 관계는 나아지지 않았고, 결국 마리아는 1918년 겨울 신경 쇠약으로 요양소에 입원하게 된다. 부인과의 관계가 구제할 길 없는 상황으로 치닫던 이 시기에 헤세에게 들이닥친 또 다른 문제는 경제적 어려움이었다. 1918년 11월에 독일에서 혁명이 발발하고 왕정이 무너지면서 스위스에서 살고 있던 헤세는 독일의 출판사들에서 돈을 받을 수 없었고, 독일 국채에 투자해놓은 재산은 휴지 조각이 되어버렸기 때문이다. 이에 헤세는 세 명의 어린 자녀를 지인과 친구들에게 맡길 수밖에 없었고 그 후로 오랫동안 양육비를 마련하느라 어려움을 겪었다.

이런 곤궁의 와중에 헤세는 또 다른 곤란한 일을 겪는다. 1919년 7월에 헤세는 성악 학교에 다니는 루트 벵거를 만나게 된다. 당시 스무 살이던 루트는(헤세는 42세였다) 철강 공장을 운영하는 아버지를 둔 부유한 집안의 딸이었으며, 헤세의 작품을 읽어본 적이 있었고 몇 편의 시는 직접 외우고 있었다. 루트는 헤세를 처음 본 순간 사랑에 빠졌고 헤세가 자신보다 나이가 스무 살 이상 많다는 사실도, 헤세가 경제적인 이유로 아직 이혼할 수 없다는 사실도 그녀의 감정을 막을 수 없었다. 루트에 대한 헤세의 감정은 양가적이었다. 헤세는 어린 루트에게 매력을 느꼈으며 그녀를 위한 사랑의 시를 짓기도 했으나 그녀와 관계가 보다 진지해지는 것은 바라지 않았다. 그러나 루트는 부모의 반대와 헤세의 어정쩡한 태도에도 자신의 사랑을 관철시켰고, 결국 헤세가 첫 번째 부인 마리아와 이혼한 후 6개월이 지난 1924년 1월에 헤세와 시청에서 조촐하게 결혼식을 올렸다. 그러나 이 결혼으로 헤세는 조금도 더 행복해지지 않았다. 헤세는 병을 핑계로 결혼을 미루고자 했으나 뜻을 이루지 못했고 루트와의 결혼 전후로는 결혼과 관련된 시민적, 형식적 절차에 완전히 지쳐버리고 말았다. 급기야 그는 결혼 후 2주 뒤에 열린 결혼 기념 파티가 끝난 후 절망을 견디지 못해 호텔의 유리문을 부수고 수면제를 과다 복용하여 쓰러진 채 발견되어 병원으로 옮겨졌다. (헤세는 이후 루트와의 관계를 거의 방치했고 두 사람은 결국 한 번도 함께 살지 않았다. 두 사람은 1927년에 이혼했다.)

이 시기에 헤세는 결혼과 가정, 사랑 속에서 행복하기를 바라면서도 이를 제대로 꾸려나가지도 못하고, 내적으로는 전통적이고 시민적인 삶의 형식을 조롱하며 강력하게 거부하는 이율배반적 욕망에 큰 고통을 겪는다. 이에 더해 눈과 얼굴의 통증, 좌골신경통까지 심해지면서 정신적으로도 육체적으로도 지극히 어려운 시간을 보낸다. 이러한 절망의 순간에 헤세에게 빛을 보여준 것이 춤과 가면무도회, 가벼운 육체적 즐거움과 성적 해방이었다. 헤세는 당시 유행하던 사교댄스인 원스텝과 폭스트롯을 배웠으며 술집과 가면무도회를 찾아다니며 여러 여성과 사랑을 나눴다. 헤세는 그가 젊은 시절에 놓친 모든 것을 따라잡고자 했고 이를 통해 그가 알지 못했던 삶의 새로운 측면을 발견한다. 그리고 헤세는 그러한 "비이성적이고, 멍청하고, 미친 짓들, 혹은 유치한 짓들" 이야말로 모든 문학적 발전에서 필수적이라고 믿었다. 춤과 가면 무도회, 가볍고 에로틱한 삶의 경험과 더불어 헤세는 고통스러운 상황에서 벗어날 또 다른 궁극적인 방법을 찾아냈다. 그것은 바로 소설 《황야의 이리》의 집필이었다.

4

정신적, 육체적으로 힘든 시기를 보내고 있던 1925년 8월, 헤세는 자신의 후원자 중 한 명이던 게오르크 라인하르트에게 새로운 소설에 대한 이야기를 전했다. "제가 계획하고 있는 황야의 이리에 대한 이 환상 소설이 진짜로 쓰이게 될지는 모르겠습니다. 이 소설은 웃기게도 자신이 절반은 사람이고 절반은 이리라는 사실 때문에 고통받는 사람에 대한 이야기입니다. 반쪽은 퍼먹고 퍼마시고 살인을 하는 그런 일을 하려 하고, 다른 반쪽은 생각을 하고 모차르트를 듣는 것 같은 일을 하려고 하죠. 그래서 문제가 생겨나고 그 사내는 잘 지내지 못하게 됩니다. 그러다 마침내 자신의 상황에서 벗어나기 위해서는 두 가지 길밖에 없다는 사실을 깨닫게 되죠. 목을 매달거나 아니면 모든 것을 유머로 받아들이거나."

《황야의 이리》에 대한 이 간략한 묘사는 소설의 주인공과 기본적인 이야기 구조를 매우 잘 설명해주고 있다. 이 소설의 주인공 하리 할러는 인간과 세계를 깊이 들여다볼 수 있는 뛰어난 지적

능력과 수준 높은 예술적 감수성을 지닌 지극히 문명화된 인간이면서, 동시에 인간의 이성적인 측면만을 편협하게 대변하는 사회체계와 속물적인 시민적 인간관계를 경멸하는 반사회적 인간이다. 이러한 본질적인 모순은 그의 삶을 순탄치 못하게 만든다. 그는 문명화된 존재로서 결혼을 하지만 반사회적인 존재이기 때문에 가정을 올바로 꾸려나가지 못하고, 새로운 여자 친구를 만나지만 늘 싸우기만 할 뿐이며, 한 교수의 친절한 식사 초대에 응하지만 교수와 교수 부인의 속물적인 삶에 노골적으로 반감을 드러내며 교수와 관계를 끝장내버리고 만다. 이처럼 문명화된 존재이면서 동시에 사회성을 거부하는 야만성을 동시에 가진 하리 할러는 사회의 정당한 일원이 되지 못하고 영원히 아웃사이더로, 길을 잘못 든 '황야의 이리'로 살아갈 수밖에 없다.

내적 모순을 극복하지 못한 채 수십 년간 지난한 삶을 살아온 하리는 이제 곧 찾아올 50번째 생일에 스스로 목숨을 끊어야겠다는 생각만으로 유령 같은 삶을 살아간다. 그러나 한 여인과 우연히 만나면서 하리는 고통으로 가득한 삶에서 벗어날 수 있는 또 다른 길을 발견한다. 하리에게 그러한 가능성을 보여준 것은 바로 매춘부 헤르미네였다(독일어 이름 '헤르미네'는 남성 이름인 '헤르만'의 여성형이다. 하리 할러가 헤세의 자전적 인물이라는 점을 고려하면, 헤르미네를 실존하는 인물이 아니라 하리 할러, 혹은 헤세의 내면에 존재하는 또 다른 자아로 해석할 수도 있다). 하리는 헤르미네에게 배운 춤을 통해 자신의 육체를 새롭게 인식하고 헤르미네가 보내준 또 다른 매춘부 마리아를 통해 육체적 사랑과 감각적 즐거움에 눈을 뜬다.

그리고 이를 통해 문명화된 인간의 대척점에 있는 황야의 이리의 본질이 자연적 욕망이라는 사실을, 그동안 문명화된 반쪽이 다른 반쪽을 억압하고 있었다는 사실을 깨닫는다. 이제 하리는 삶의 즐거움을 알게 되며 그 욕망의 궁극적인 실현을 위해 자연적 본성이 모든 억압에서 벗어나 노골적으로 모습을 드러내는 가면무도회에, 마술 극장이자 (프로이트적 의미의) 꿈의 공간에 들어서게 된다. 그리고 그곳에서 헤르미네와 그녀의 친구이자 연주자인 파블로의 도움을 받아 모순을 품고 있는 인간의 본질을 유희와 유머로서 가볍게 긍정하고 받아들이는 방법을 배운다.

《황야의 이리》의 내용을 이렇게 정리해놓고 보면 시민 사회와 편협한 시민 사회가 포용하지 못하는 거친 이리의 세계로 구성된 작중 세계는 밝은 세계와 어두운 세계로 이루어진《데미안》의 세계 구성과 동일해 보인다. 주인공들이 이 상반된 두 세계를 포용하는 삶의 길을 찾아간다는 점에서도 두 소설은 유사하다. 그러나《황야의 이리》에서는 밝은 세계, 편협한 시민 사회가 구체적인 사건들을 통해 보다 디테일하게 묘사되고 있으며 훨씬 더 신랄하게 비판받고 있다는 점, 어두운 세계가 보다 분명하게 인간의 자연적 속성 및 성 욕망과 연결되어 있다는 점에서 두 작품은 큰 차이를 보인다. 무엇보다도 두 소설을 전혀 다른 작품으로 보이도록 만드는 것은 주인공 하리 할러가 이제 막 성장하는 청소년이나 젊은이가 아니라 긴 세월 동안 삶의 모순에 괴로워하며 이제는 지쳐버린 중년의 사내라는 사실이다. 그리고 우리는 끊임없이 자살을 생각하는 이 사내가《데미안》을 발표하고 10여 년이 지나는 동안 고통스러운 경험을 하며 지쳐버린 헤세의 자화상이라는 사실을, 이 소설이 그만큼 더 진정성을 가지고 있다는 사실을 알고 있다.《데미안》을 발표하며 가상의 작가 에밀 싱클레어를 내세우며 만들어내고자 한 '진정성'을 헤세는 이제 소설 속에 자신을 등장시켜 확보하고 있다.

5

그러나 헤세는《황야의 이리》를 통해 자신의 특별한 이야기를 전달하고자 한 것은 아니다. 그는 항상 자신의 소설을 통해 시대정신을 관통하는 주제를 다루고자 했고 자전적인 성격이 매우 강한 이 소설 역시 예외는 아니었다. 그렇다면 헤세가 전하고자 한 이야기는 무엇일까? 그것은《데미안》의 연장선상에서 한편으로는 가치 기준을 상실한 시대에 삶의 의미를 우리 내면에서, 모순적인 우리 존재에 대한 총체적인 이해에서 출발해 찾아야 한다는 것이다. 다른 한편으로는 인간의 존재를 총체적으로 받아들이지 못하는 편협하고 배타적인 시민 사회에 대한 비판이라 할 수 있다.

이러한 주제는 앞서 이야기한 것처럼 19세기 말부터 20세기 초반까지 이어진 독일의 사회 문화적 상황과 밀접한 관계가 있다. 그러나 1960년대 미국의 독자들이 그러한 맥락에서 벗어나 이 소설에서 속물적이고 호전적인 시민사회에 대한 비판과 인간의 자연적 본성에 대한 긍정, 편협한 사회적 규범의 해방, 성 해방, 심지어 사고의 확장을 위한 LSD의 유용성(?)까지 읽어낸 것처럼, 삶을 대하는 헤세의 진정성과 대담하고도 열린 자세에 마음의 울림을 느낀 독자라면 누구나 자신의 맥락에서 이 작품을 새롭게 읽어낼 권리를 가지고 있다. 그렇다면 헤세가《황야의 이리》를 발표한 지 100년이 지난 뒤, 21세기를 살아가는 한국의 독자들은 이 소설에서 무엇을 찾아낼 수 있을까? 아마도 각각의 독자들 모두가 서로 다른 무언가를 읽어낼 것이다. 그러나 그들이 이 소설을 읽으며 하리 할러의 삶에 사로잡히고 또 깊은 생각에 사로잡힌다면, 그것은 그들 모두가 하리 할러와 마찬가지로 삶을 진지하게 바라보고 있으며 삶의 본질을 깨닫기를 간절하게 바라기 때문일 것이다. 그리고 그렇게 자신만의 무언가를 발견했을 때《황야의 이리》는 하리 할러의 이야기도, 헤르만 헤세의 이야기도 아닌 바로 독자 자신의 이야기가 될 것이다.

홍진호(서울대학교 독어독문학과 교수)

헤르만 헤세 연보

1877년 7월 2일, 독일 남서부 슈바벤 지방의 소도시 칼프에서 태어났다. 아버지 요하네스 헤세는 개신교 목사였고 어머니 마리 군데르트는 유서 깊은 신학자 집안 출신이었다. 부모님의 종교적 영향 때문에 헤세는 어린 시절 엄격한 환경에서 자랐고 종교적 신념을 강요당하기도 했다. 아버지는 인도에서 선교 활동을 한 적이 있었고 외사촌 빌헬름 군데르트는 불교 연구의 권위자였다. 이러한 환경은 훗날 헤세가 동양 사상에 관심을 두는 계기가 되었다.

1881년 가족이 모두 스위스 바젤로 이사했고, 1883년 아버지가 스위스 국적을 얻었다.

1886년 스위스 바젤을 떠나 독일 칼프로 돌아왔다. 헤세는 시골 마을 칼프에서 마음껏 뛰어놀았고 외할아버지의 집을 자주 방문했다. 외할아버지 헤르만 군데르트는 철학 박사이자 여러 언어에 능통했고 그런 외할아버지의 영향으로 헤세는 어린 시절부터 폭넓은 독서를 할 수 있었다.

1890년 신학교 시험 준비를 위해 괴팅겐의 라틴어 학교에 다녔다.

1891년 명문 개신교 신학교이자 수도원인 마울브론 신학교에 입학했다. 처음 몇 달 동안은 성적이 좋았지만 답답한 신학교 생활에 적응하지 못해 힘들어했다. 고전 그리스 시를 읽고 번역하거나 글을 쓰면서 보냈다.

1892년 "시인이 되지 못하면 아무것도 되지 않겠다"라며 신학교를 그만두었다. 이후 우울증으로 힘들어하다가 자살을 시도해 잠시 정신 병원에 입원하기도 했다. 11월에 칸슈타트 김나지움에 입학했다.

1893년 1년 만에 칸슈타트 김나지움을 그만두었다. 이것으로 헤세는 공식 학교 교육을 끝냈다. 이후 나이 많은 친구들과 어울리며 시간을 보냈고 술과 담배를 시작했다.

1894년 칼프의 시계 부품 공장에서 14개월간 수습공으로 일했다.

1895년 튀빙겐의 서점에서 일하면서 글을 쓰기 시작했고 비로소 안정을 찾았다. 이 서점은 신학, 문헌학, 법학 등 전문 서적을 판매했고 헤세는 책을 정리하고 포장, 보관하는 일을 했다. 일이 끝나면 책을 읽으며 개인 시간을 보냈고 신학 논문, 그리스 신화, 괴테, 실러, 니체 등의 책을 탐독했다.

1896년 시 〈마돈나〉가 빈의 정기 간행물에 실렸다.

1899년 첫 시집《낭만적인 노래》와 산문집《자정 이후의 한 시간》을 출판했다. 두 작품 모두 상업적으로는 성공하지 못했다. 더욱이 헤세의 어머니는《낭만적인 노래》가 너무 세속적이고 심지어 "죄악스럽다"라고 해서 헤세가 큰 충격을 받았다. 이후 스위스 바젤의 유명한 고서점에서 일했다. 바젤에서 헤세는 자기만의 고독하고 예술적인 탐구를 이어갔다.

1900년 눈 질환으로 병역 의무가 면제되었다. 이 질환은 신경 장애, 지속적인 두통과 함께 평생 그를 따라다녔다. 시문집《헤르만 라우셔》를 발간해 시인 부세의 주목을 받았다.

1901년 오랫동안 품어온 꿈을 위해 처음으로 이탈리아로 여행을 떠났다.

1902년 어머니가 세상을 떠났다. 헤세는 아버지에게 보낸 편지에서 "어머니를 사랑하지만, 내가 가지 않는 것이 우리 둘에게 더 나을 것 같다"라고 말하며 장례식에 참석하지 않았다.

1904년 첫 소설인《페터 카멘친트》가 문단의 주목을 받았다. 스위스의 유명한 수학자 집안 출신으로 아홉 살 연상인 스위스 최초의 여류 사진작가 마리아 베르누이와 결혼했다. 마리아의 아버지가 두 사람의 관계를 강하게 반대하자 마리아의 아버지가 없는 주말을 이용해 집을 나와 결혼했고, 이후 스위스 근처 가이엔호펜이라는 작은 마을에 정착했다.

1906년 마울브론 신학교의 경험을 담은 자전적 소설《수레바퀴 아래서》를 출간했다.

1910년 예술가의 내면을 탐구하는 작품인《게르트루트》를 출간했다.

1911년 스리랑카와 인도네시아로 긴 여행을 떠났고 수마트라, 보르네오, 미얀마도 방문했다. 이 여행은 그의 문학 작품에 큰 영향을 미쳤다.

1912년 여행에서 돌아온 후 스위스 베른으로 이사했다.

1914년 《로스할데》를 출간했다. 1차 세계대전이 발발하자 평화를 호소하는 글을 스위스 〈신취리히 신문〉에 발표했고 독일인들에게 매국노, 반역자라는 비난을 받았다. 자원입대했지만 전투에 부적격하다는 판정을 받고 전쟁 포로를 돌보는 임무를 맡았다.

1915년 《크눌프》를 출간했다.

1916년 아버지가 세상을 떠났다.

1917년 《데미안》의 집필을 시작했다.

1919년 작가로 이름이 알려진 상태에서 자신을 감추고 '에밀 싱클레어'라는 필명으로《데미안》을 출간했다. 아내가 조현병을 앓았고 그의 결혼 생활도 파탄이 났다. 헤세는 아내가 회복된 후에도 함께 미래를 꾸려가기 힘들다고 판단해 4월부터 집을 나와 혼자 살았다. 몬테뇰라의 오래된 성(城)인 카사 카무치를 빌려 글쓰기를 이어갔고 이곳에서 대표작을 여럿 집필하고 발표했다.

1920년 가장 활발한 작품 활동을 하던 시기로 《클라인과 바그너》, 《클링조어의 마지막 여름》, 《방랑》, 《혼란 속으로 향한 시선》을 출간했다. 수채화를 그려 첫 개인 전시회를 열었다.

1922년 《싯다르타》를 출간했다. 처음 출간되었을 때는 큰 주목을 받지 못했지만 1950년대 영어로 번역 출판된 후 영적 깨달음을 추구하는 젊은 독자들의 지지를 받았다.

1923년 아내 마리아 베르누이와 정식으로 이혼했다. 스위스 국적을 취득했다.

1924년 스위스 작가 리사 벵거의 딸인 가수 루트 벵거와 두 번째 결혼을 했다. 하지만 이 결혼에서도 안정을 얻지 못하고 3년 만에 이혼했다.

1927년 물질 과잉의 현대 문명사회 비판을 담은 《황야의 이리》를 출간했다.

1930년 지성과 감정, 종교와 예술 등의 대립을 다룬 《나르치스와 골드문트》를 출간했다.

1931년 미술사학자 니논 돌빈과 세 번째 결혼을 했다. 그동안 글을 쓰며 생활하던 카사 카무치를 떠나 더 큰 집으로 이사했다.

1932년 《유리알 유희》의 모태가 되는 《동방 순례》를 출간했다. 《유리알 유희》의 집필을 시작했다.

1933년 독일의 나치즘을 걱정스러운 시선으로 지켜보다가, 베르톨트 브레히트와 토마스 만의 망명을 도왔다. 1930년대에 헤세는 프란츠 카프카를 포함해 유대인 작가들의 작품을 소개하며 조용히 자신만의 방식으로 저항 의사를 표현했다. 이에 나치는 1930년대 후반에 헤세의 작품을 금지했다.

1943년 《유리알 유희》를 출간했다.

1946년 《유리알 유희》로 노벨문학상과 괴테상을 수상했다.

1962년 8월 9일, 85세의 나이로 세상을 떠났다. 평생 자유와 행복의 의미를 찾으려 했고 수많은 소설과 시, 그림을 남겼다.

옮긴이 장혜경

연세대학교 독어독문학과를 졸업했으며, 같은 대학 대학원에서 박사 과정을 수료했다. 독일 학술교류처 장학생으로 하노버에서 공부했다. 현재 전문 번역가로 활동 중이다. 《나는 왜 무기력을 되풀이하는가》, 《우리는 여전히 삶을 사랑하는가》, 《설득의 법칙》, 《가까운 사람이 경계성 성격 장애일 때》, 《오노 요코》, 《처음 읽는 여성 세계사》, 《나는 이제 참지 않고 말하기로 했다》, 《변신》, 《사물의 심리학》, 《나무 수업》, 《우리는 어떻게 괴물이 되어가는가》 등 많은 도서를 우리말로 옮겼다.

황야의 이리

1판 1쇄 발행 2025년 4월 15일

지은이 헤르만 헤세 | 옮긴이 장혜경
펴낸곳 (주)문예출판사 | 펴낸이 전준배
출판등록 2004. 02. 11. 제 2013-000357호 (1966. 12. 2. 제 1-134호)
주소 04001 서울특별시 마포구 월드컵북로 21
전화 02-393-5681 | 팩스 02-393-5685
홈페이지 www.moonye.com | 블로그 blog.naver.com/imoonye
페이스북 www.facebook.com/moonyepublishing | 이메일 info@moonye.com

ISBN 978-89-310-2462-3 04800
ISBN 978-89-310-2365-7 (세트)

■ 문예세계문학선

★ 서울대, 연세대, 고려대 필독 권장 도서 ▲ 미국대학위원회 추천 도서
● 《타임》 선정 현대 100대 영문 소설 ▽ 《뉴스위크》 선정 세계 100대 명저

1 **젊은 베르테르의 슬픔** 괴테 / 송영택 옮김
▲▽ 2 **멋진 신세계** 올더스 헉슬리 / 이덕형 옮김
▲●▽ 3 **호밀밭의 파수꾼** J. D. 샐린저 / 이덕형 옮김
4 **데미안** 헤르만 헤세 / 구기성 옮김
5 **생의 한가운데** 루이제 린저 / 전혜린 옮김
6 **대지** 펄 S. 벅 / 안정효 옮김
●▽ 7 **1984** 조지 오웰 / 김승욱 옮김
▲●▽ 8 **위대한 개츠비** F. 스콧 피츠제럴드 / 송무 옮김
▲●▽ 9 **파리대왕** 윌리엄 골딩 / 이덕형 옮김
10 **삼십세** 잉게보르크 바흐만 / 차경아 옮김
★▲ 11 **오이디푸스왕 · 안티고네** 소포클레스 · 아이스킬로스 / 천병희 옮김
★▲ 12 **주홍글씨** 너새니얼 호손 / 조승국 옮김
▲●▽ 13 **동물농장** 조지 오웰 / 김승욱 옮김
★ 14 **마음** 나쓰메 소세키 / 오유리 옮김
★ 15 **아Q정전 · 광인일기** 루쉰 / 정석원 옮김
16 **개선문** 레마르크 / 송영택 옮김
★ 17 **구토** 장 폴 사르트르 / 방곤 옮김
18 **노인과 바다** 어니스트 헤밍웨이 / 이경식 옮김
19 **좁은 문** 앙드레 지드 / 오현우 옮김
★▲ 20 **변신 · 시골 의사** 프란츠 카프카 / 이덕형 옮김
★▲ 21 **이방인** 알베르 카뮈 / 이휘영 옮김
22 **지하생활자의 수기** 도스토옙스키 / 이동현 옮김
★ 23 **설국** 가와바타 야스나리 / 장경룡 옮김
★▲ 24 **이반 데니소비치의 하루** A. 솔제니친 / 이동현 옮김
25 **더블린 사람들** 제임스 조이스 / 김병철 옮김
★ 26 **여자의 일생** 기 드 모파상 / 신인영 옮김
27 **달과 6펜스** 서머싯 몸 / 안흥규 옮김
28 **지옥** 앙리 바르뷔스 / 오현우 옮김
★▲ 29 **젊은 예술가의 초상** 제임스 조이스 / 여석기 옮김
▲ 30 **검은 고양이** 애드거 앨런 포 / 김기철 옮김
★ 31 **도련님** 나쓰메 소세키 / 오유리 옮김
32 **우리 시대의 아이** 외된 폰 호르바트 / 조경수 옮김
33 **잃어버린 지평선** 제임스 힐턴 / 이경식 옮김
34 **지상의 양식** 앙드레 지드 / 김붕구 옮김
35 **체호프 단편선** 안톤 체호프 / 김학수 옮김
36 **인간 실격** 다자이 오사무 / 오유리 옮김
37 **위기의 여자** 시몬 드 보부아르 / 손장순 옮김
●▽ 38 **댈러웨이 부인** 버지니아 울프 / 나영균 옮김
39 **인간희극** 윌리엄 사로얀 / 안정효 옮김
40 **오 헨리 단편선** O. 헨리 / 이성호 옮김
★ 41 **말테의 수기** R. M. 릴케 / 박환덕 옮김
42 **파비안** 에리히 케스트너 / 전혜린 옮김
★▲▽ 43 **햄릿** 윌리엄 셰익스피어 / 여석기 옮김
44 **바라바** 페르 라게르크비스트 / 한영환 옮김
45 **토니오 크뢰거** 토마스 만 / 강두식 옮김
46 **첫사랑** 이반 투르게네프 / 김학수 옮김
47 **제3의 사나이** 그레이엄 그린 / 안흥규 옮김
★▲▽ 48 **어둠의 속** 조셉 콘래드 / 이덕형 옮김
49 **싯다르타** 헤르만 헤세 / 차경아 옮김
50 **모파상 단편선** 기 드 모파상 / 김동현 · 김사행 옮김
51 **찰스 램 수필선** 찰스 램 / 김기철 옮김
★▲▽ 52 **보바리 부인** 귀스타브 플로베르 / 민희식 옮김
53 **페터 카멘친트** 헤르만 헤세 / 박종서 옮김
★ 54 **몽테뉴 수상록** 몽테뉴 / 손우성 옮김
55 **알퐁스 도데 단편선** 알퐁스 도데 / 김사행 옮김
56 **베이컨 수필집** 프랜시스 베이컨 / 김길중 옮김
★▲ 57 **인형의 집** 헨리크 입센 / 안동민 옮김
★ 58 **소송** 프란츠 카프카 / 김현성 옮김
★▲ 59 **테스** 토마스 하디 / 이종구 옮김
★▽ 60 **리어왕** 윌리엄 셰익스피어 / 이종구 옮김
61 **라쇼몽** 아쿠타가와 류노스케 / 김영식 옮김
▲▽ 62 **프랑켄슈타인** 메리 셸리 / 임종기 옮김
▲●▽ 63 **등대로** 버지니아 울프 / 이숙자 옮김
64 **명상록** 마르쿠스 아우렐리우스 / 이덕형 옮김
65 **가든 파티** 캐서린 맨스필드 / 이덕형 옮김
66 **투명인간** H. G. 웰스 / 임종기 옮김
67 **게르트루트** 헤르만 헤세 / 송영택 옮김
68 **피가로의 결혼** 보마르셰 / 민희식 옮김

(뒷면 계속)

★ 69 **팡세** 블레즈 파스칼 / 하동훈 옮김
70 **한국 단편 소설선** 김동인 외
71 **지킬 박사와 하이드** 로버트 L. 스티븐슨 / 김세미 옮김
▲ 72 **밤으로의 긴 여로** 유진 오닐 / 박윤정 옮김
★▲▽ 73 **허클베리 핀의 모험** 마크 트웨인 / 이덕형 옮김
74 **이선 프롬** 이디스 워튼 / 손영미 옮김
75 **크리스마스 캐럴** 찰스 디킨슨 / 김세미 옮김
★▲ 76 **파우스트** 요한 볼프강 폰 괴테 / 정경석 옮김
▲ 77 **야성의 부름** 잭 런던 / 임종기 옮김
★▲ 78 **고도를 기다리며** 사뮈엘 베케트 / 홍복유 옮김
★▲▽ 79 **걸리버 여행기** 조너선 스위프트 / 박용수 옮김
80 **톰 소여의 모험** 마크 트웨인 / 이덕형 옮김
★▲▽ 81 **오만과 편견** 제인 오스틴 / 박용수 옮김
★▽ 82 **오셀로 · 템페스트** 윌리엄 셰익스피어 / 오화섭 옮김
★ 83 **맥베스** 윌리엄 셰익스피어 / 이종구 옮김
▽ 84 **순수의 시대** 이디스 워튼 / 이미선 옮김
★ 85 **차라투스트라는 이렇게 말했다** 니체 / 황문수 옮김
★ 86 **그리스 로마 신화** 에디스 해밀턴 / 장왕록 옮김
87 **모로 박사의 섬** H. G. 웰스 / 한동훈 옮김
88 **유토피아** 토머스 모어 / 김남우 옮김
★▲ 89 **로빈슨 크루소** 대니얼 디포 / 이덕형 옮김
90 **자기만의 방** 버지니아 울프 / 정윤조 옮김
▲ 91 **월든** 헨리 D. 소로 / 이덕형 옮김
92 **나는 고양이로소이다** 나쓰메 소세키 / 김영식 옮김
★ 93 **폭풍의 언덕** 에밀리 브론테 / 이덕형 옮김
★▲ 94 **스완네 쪽으로** 마르셀 프루스트 / 김인환 옮김
★ 95 **이솝 우화** 이솝 / 이덕형 옮김
★ 96 **페스트** 알베르 카뮈 / 이휘영 옮김
▲ 97 **도리언 그레이의 초상** 오스카 와일드 / 임종기 옮김
98 **기러기** 모리 오가이 / 김영식 옮김
★▲ 99 **제인 에어 1** 샬럿 브론테 / 이덕형 옮김
★▲100 **제인 에어 2** 샬럿 브론테 / 이덕형 옮김
101 **방황** 루쉰 / 정석원 옮김
102 **타임머신** H. G. 웰스 / 임종기 옮김
●103 **보이지 않는 인간 1** 랠프 엘리슨 / 송무 옮김
●104 **보이지 않는 인간 2** 랠프 엘리슨 / 송무 옮김
▲105 **훌륭한 군인** 포드 매덕스 포드 / 손영미 옮김
106 **수레바퀴 아래서** 헤르만 헤세 / 송영택 옮김
▲107 **죄와 벌 1** 표도르 도스토옙스키 / 김학수 옮김
▲108 **죄와 벌 2** 표도르 도스토옙스키 / 김학수 옮김
109 **밤의 노예** 미셸 오스트 / 이재형 옮김
110 **바다여 바다여 1** 아이리스 머독 / 안정효 옮김
111 **바다여 바다여 2** 아이리스 머독 / 안정효 옮김
112 **부활 1** 레프 톨스토이 / 김학수 옮김
113 **부활 2** 레프 톨스토이 / 김학수 옮김
▲●114 **그들의 눈은 신을 보고 있었다** 조라 닐 허스턴 / 이미선 옮김
115 **약속** 프리드리히 뒤렌마트 / 차경아 옮김
116 **제니의 초상** 로버트 네이선 / 이덕희 옮김
117 **트로일러스와 크리세이드** 제프리 초서 / 김영남 옮김
118 **사람은 무엇으로 사는가** 레프 톨스토이 / 이순영 옮김
119 **전락** 알베르 카뮈 / 이휘영 옮김
120 **독일인의 사랑** 막스 뮐러 / 차경아 옮김
121 **릴케 단편선** R. M. 릴케 / 송영택 옮김
122 **이반 일리치의 죽음** 레프 톨스토이 / 이순영 옮김
123 **판사와 형리** F. 뒤렌마트 / 차경아 옮김
124 **보트 위의 세 남자** 제롬 K. 제롬 / 김이선 옮김
125 **자전거를 탄 세 남자** 제롬 K. 제롬 / 김이선 옮김
126 **사랑하는 하느님 이야기** R. M. 릴케 / 송영택 옮김
127 **그리스인 조르바** 니코스 카잔차키스 / 이재형 옮김
128 **여자 없는 남자들** 어니스트 헤밍웨이 / 이종인 옮김
129 **사양** 다자이 오사무 / 오유리 옮김
130 **슌킨 이야기** 다니자키 준이치로 / 김영식 옮김
131 **실종자** 프란츠 카프카 / 송경은 옮김
132 **시지프 신화** 알베르 카뮈 / 이가림 옮김
133 **장미의 기적** 장 주네 / 박형섭 옮김
134 **진주** 존 스타인벡 / 김승욱 옮김
135 **황야의 이리** 헤르만 헤세 / 장혜경 옮김